A MATEMATİK HALİ GRACE TAM SERI

KITAP 1 ve 2 Parça; Final Füzyonu

Cathy McGough

STRATFORD LIVING PUBLISHING

Direitos autorais Copyright © 2015 Cathy McGough

Publicado anteriormente pela CreateSpace Via Stratford Living Publishing: brochura: ISBN: 978-0993893-90-2 e VIA Stratford Living Publishing: ebooks ISBN 978-1-988201-00-9, 978-1-988201-02-3, 978-0993893-93-2; capa dura 978-1-990332-11-1; brochura 978-1-988201-67-2.

Esta versão atualizada foi publicada em março de 2026.

Todos os direitos reservados. Nenhuma parte deste livro pode ser reproduzida sob qualquer forma sem a permissão por escrito da editora ou do autor, exceto conforme permitido pela lei de direitos autorais dos EUA sem permissão prévia por escrito da editora Stratford Living Publishing.

ISBN: 978-1-997879-39-8

Cathy McGough afirmou o seu direito, nos termos da Lei de Direitos Autorais, Desenhos e Patentes de 1988, de ser identificada como autora desta obra.

Cover art powered by Canva Pro.

Esta é uma obra de ficção. As personagens e situações são todas fictícias. Qualquer semelhança com pessoas reais, vivas ou falecidas, é mera coincidência. Os nomes, personagens, locais e incidentes são produto da imaginação do autor ou são utilizados de forma fictícia.

O que os leitores estão a comentar

EUA:
"Excelente! Este é um romance juvenil altamente criativo. É uma história de imaginação fértil, aventuras fantásticas e conceitos intrigantes sobre a natureza do universo."

"Grace é uma heroína diferente e esta é uma história distópica juvenil diferente. À primeira vista, Grace é bastante comum, além de ser um prodígio em matemática. Após um acidente, começa a ficar claro que as coisas podem não ser o que parecem à primeira vista. Apreciei os vários níveis desta história. Um conto único e agradável de ler."

"A primeira parte parece um romance policial, o que faz com que se queira continuar a virar as páginas. Há muitas cenas românticas. Também apreciei o humor espalhado por toda a obra. No geral, há muito para apreciar, incluindo personagens excelentes, elementos fantásticos interessantes e uma escrita descritiva excelente."

Há uma qualidade flutuante na história que leva a mente a abrir possibilidades.

Reino Unido:

A excelente escrita e o enredo envolvente mantêm este romance a avançar a um ritmo soberbo.

Uma rapariga geek, um rapaz desportista — lançados num mundo caótico de ventos estranhos, terramotos e confrontados com o facto de serem os únicos seres vivos que restam no mundo. Uma história de sobrevivência e amor.

Índice

Citação	XV
Adanmışlık	XVII
BİRİNCİ KİTAP:	XIX
BÖLÜM 1	1
BÖLÜM 2	5
***	12
BÖLÜM 3	14
BÖLÜM 4	16
BÖLÜM 5	20
***	25
***	28
***	31
BÖLÜM 6	34
***	39

BÖLÜM 7	40
***	45
BÖLÜM 8	47
***	50
***	52
***	54
BÖLÜM 9	56
***	61
***	63
BÖLÜM 10	65
***	71
***	73
***	76
BÖLÜM 11	78
***	81
***	83
BÖLÜM 12	85
***	90
***	94
***	95
***	98

***	101
***	103
BÖLÜM 13	106
BÖLÜM 14	110
***	112
BÖLÜM 15	116
BÖLÜM 16	121
***	126
BÖLÜM 17	127
BÖLÜM 18	131
***	134
***	135
***	136
BÖLÜM 19	138
***	141
***	143
BÖLÜM 20	145
BÖLÜM 21	148
***	151
***	152
***	153

***	155
***	157
BÖLÜM 22	159
BÖLÜM 23	162
***	164
***	166
***	167
***	169
BÖLÜM 24	171
BÖLÜM 25	176
***	180
BÖLÜM 26	181
***	187
BÖLÜM 27	189
***	192
BÖLÜM 28	195
***	197
***	200
***	203
***	205
BÖLÜM 29	207

***	212
***	215
BÖLÜM 30	217
BÖLÜM 31	219
BÖLÜM 32	222
BÖLÜM 33	224
BÖLÜM 34	227
BÖLÜM 35	229
BÖLÜM 36	231
BÖLÜM 37	234
BÖLÜM 38	236
BÖLÜM 39	238
BÖLÜM 40	240
***	242
BÖLÜM 41	244
***	245
BÖLÜM 42	248
BÖLÜM 43	253
BÖLÜM 44	256
İKİNCİ KİTAP:	259
ÖNSÖZ	261

***	262
***	263
BÖLÜM 1	265
BÖLÜM 2	267
***	270
***	271
***	273
***	275
BÖLÜM 3	276
BÖLÜM 4	278
BÖLÜM 5	279
***	281
BÖLÜM 6	283
BÖLÜM 7	284
BÖLÜM 8	285
BÖLÜM 9	287
***	289
BÖLÜM 10	292
***	296
BÖLÜM 11	297
***	300

***	302
***	306
BÖLÜM 12	308
BÖLÜM 13	311
BÖLÜM 14	315
BÖLÜM 15	319
BÖLÜM 16	326
BÖLÜM 17	334
BÖLÜM 18	337
BÖLÜM 19	339
BÖLÜM 20	342
BÖLÜM 21	344
BÖLÜM 22	346
BÖLÜM 23	349
BÖLÜM 24	351
BÖLÜM 25	354
BÖLÜM 26	359
BÖLÜM 27	363
BÖLÜM 28	368
***	373
BÖLÜM 29	376

BÖLÜM 30	377
BÖLÜM 31	380
BÖLÜM 32	383
BÖLÜM 33	386
BÖLÜM 34	393
BÖLÜM 35	396
BÖLÜM 36	398
BÖLÜM 37	400
BÖLÜM 38	401
BÖLÜM 39	405
BÖLÜM 40	407
BÖLÜM 41	409
BÖLÜM 42	410
BÖLÜM 43	414
BÖLÜM 44	418
BÖLÜM 45	420
SONSÖZ	421
SON DÜŞÜNCE	423
TEŞEKKÜRLER	425
OKUMA ÖNERİLERİ	427
YAZARIN NOTU:	429

AYRICA:

Citação

"Considero que, enquanto ainda nos aproximávamos,
antes de estabelecermos contacto,
estávamos num estado de graça matemática."
Ian McEwan, ENDLESS LOVE

MABEL VE MICHAEL'A SEVGİLERLE

BİRİNCİ KİTAP:

PARÇA

BÖLÜM 1

On altı yaşındaki Grace Greenway, özellikle okul günlerinde uyumayı severdi.

Annesi Helen Greenway kapıyı açtı ve içeri girdi. Koala terliklerinin üzerindeki iki kafa ona yol gösterdi. Kafalar, serin parke zeminde fısıldayarak ilerlerken "şşşş" diye ses çıkardı.

Helen odanın diğer tarafına ulaştığında, gardını indirdi. Burnunu kapattığı parfüm kokulu mendili çıkardı. Odanın havası, dün geceki deneyler nedeniyle kokuyordu ve kokudan anlaşıldığı kadarıyla bu deneyler kükürtle ilgiliydi.

Pencereye vardığında, Helen camı sonuna kadar açtı. Kafasını dışarı çıkardı ve ciğerlerini temiz dış hava oksijeni ile doldurdu. Tazelenmiş bir şekilde perdeleri çekti. Helen, kendini ve terliklerini yataktaki yumruya doğru yönlendirdi: kızı Grace.

Odanın diğer ucunda, Grace'in bilgisayarı alarm sesi ile varlığını belli etti. Ekranda rastgele sayılar yanıp sönmeye başladı. Stephen Hawking'in sesine benzeyen bir sesle sayıları yüksek sesle okudu.

Helen, bu sayıların anlamını düşündü. Matematiksel olmayan beynine pek bir anlam ifade etmiyorlardı. Koala başlı terlikleri, anlamış gibi davranarak eğildi.

Helen odayı geçerken, koala başları birbirlerine baş sallayıp fısıldaştılar. Helen'in kendisi matematik konusunda hiçbir fikri yoktu. Kızının sayısal genlerini kimden miras aldığını bilmiyordu. Helen, kızının koza gibi sarılmış halini incelerken bu genetik aktarımı düşündü.

"Uyanma zamanı, canım!" dedi Helen.

Grace biraz kıpırdadı ve yorganı geri attı. Gözlerini açmadan esnedi ve gerindi.

"Günaydın, uykucu," dedi Helen, kızının alnına bir öpücük kondurarak.

"Günaydın anne," diye cevapladı Grace, sonunda gözlerini açarak.

"Otobüs on beş dakikaya burada olacak! Acele etmelisin. Yolda yemen için bir şeyler hazırlayacağım."

"Tamam anne," dedi Grace, battaniyeden çıkarken. Oturdu, ama hemen tekrar yastığa geri düştü. Rüyasına geri dönmeyi, Vincente Marino'nun zihnine geri dönmeyi çok istiyordu.

"Hadi Grace!" dedi Helen, kapıya doğru ilerlerken, "Beş dakika sonra aşağıda ol!"

Grace, Vincente'nin adını yüksek sesle, sessizce, yumuşakça fısıldadı, sanki onu duyabileceğini hayal ediyormuş gibi. Onun pencerenin dışındaki kafesin üzerine tırmandığını hayal etti. Tap-tap-tap.

Bilgisayarının sesi onu uyandırdı. Gözlerini ovuşturarak uykusunu attı. Giydiği geceliğe baktı. Beyaz dantelli ve kırmızı kurdeleli bu şeyi hiç sevmiyordu. Tamamen bakire gibi görünüyordu.

Grace parmağını kırmızı kurdelenin üzerinde gezdirdi ve kurdele parmağını kesti. Kağıt kesiği gibi çok acıdı, ama kurdele kumaştı. Onu geceliğinden çözdü. Kurdele yere düşerken, birkaç saniye sonra kırmızı kan damlalarının onu takip ettiğini izledi.

Grace kanayan parmağını emdi, ama kan damlamaya devam etti. Yılan gibi kıvrılan kırmızı kurdeleyle birleşti. Gözlerini kapattı ve yastığa geri düştü. Vincente Marino'yu düşündü. Onu bugün görmek için sabırsızlanıyordu.

Grace, kan damlalarının olduğu yatağın kenarına doğru gitti, ama damlalar artık yoktu. Omuz silkti ve kırmızı kurdeleyi aldı. Grace, kurdeleyi geceliğinin dantel yakasına tekrar taktı ve banyoya doğru yürüdü.

Helen aşağıdan bir kez daha hatırlatma için bağırdı, ama Grace buna aldırış etmedi. Bunun yerine, arkasındaki kapıyı kapattı ve esneyerek beyaz geceliğini soğuk fayans zemine düşürdü.

Grace duş kabinine yaslandı ve sıcak suyu sonuna kadar açtı. Omzunun üzerinden geriye bakarken buharın yükselmesine izin verdi. Yerde bir yığın halinde duran geceliği, gelip gitmiş bir ruh gibi görünüyordu.

Sonra buharlı sıcak suya girdi. Sadece sıcak, asla soğuk değil. Saçını, yüzünü ve vücudunun geri kalanını yıkadı, sonra sıcak suyun üzerine akmasına izin verdi.

Tereyağlı çörek kadar ısındığında, suyu kapattı ve geri çekildi. Soğuk suyu sonuna kadar açtı, üçe kadar saydı ve içine girdi. Vücuduna gelen şok, kimyasal bir reaksiyon, elektrik çarpması gibiydi. O anda, kendini en canlı hissetti. Tüm duyuları uyum içindeydi. Sanki yeniden doğmuş gibiydi.

Grace, suyun giderden aşağı akışını izledi. Kırmızı kurdelenin bir şekilde giderin içine düştüğünü fark etti. Girdap içinde dönüp duruyordu.

Elini uzatıp kırmızı kurdeleyi yakaladı, avucunda bir top haline getirip fazla suyu akıttı. Elini açtığında, kurdele canlandı ve bir şekil aldı.

Merakla, bu işlemi tekrarladı: Kurdelesini buruştur, yumruğunu sık, yumruğunu aç. Sonucu tekrar gör. Ve tekrar. Ve tekrar.

Her seferinde aynı şey oldu.

Tekrar tekrar, aynı şekle büründü: bir kalp şekline.

BÖLÜM 2

Grace geceliği kirli çamaşır sepetine attı. Okul üniformasını giymeye başladı, eteğini mümkün olduğunca yukarı çekti. Okuldaki tüm kızlar, eteklerini olması gerekenden daha kısa göstermek için bunu yapıyordu. Üniforması kabul edilebilir hale geldiğinde odasına geri döndü ve uzun, kızıl saçlarını kurutmaya ve taramaya başladı.

Omzunun üzerinden bilgisayar ekranına baktı: Hâlâ arama devam ediyordu. Grace, bir gecede cevabı bulmasını umuyordu. Bilgisayarı tek bir amaç için programlamıştı: Bir sonraki Fibonacci dizisini bulmak. Başarılı olursa, Grace Greenway'in adı tarih kitaplarına geçecekti. Keşfi, Altın Oran ile rekabet edecekti.

Grace gülümsedi ve saçlarını düzeltti. Vincente Marino'ya taktığı takma adı hatırladı. Ona Altın Oran diyordu. Bu, onun küçük sırrıydı.

İşini bitirmek için, makyaj malzemelerini ve fırçasını sakladığı çekmecenin en arkasına uzandı. Biraz fondöten ve biraz allık sürdü. Grace, aşağı inmeden önce boynuna biraz parfüm sıktı. Annesinin yanından hızla geçmeyi umuyordu. Annesinin bu sabah kısaltılmış eteğini veya diğer değişiklikleri fark etmemesini umuyordu. Aksi takdirde, drama yaşanacaktı.

Otobüs şoförü kaldırımda kornaya bastı ve Grace koşmaya başladı. Annesinin yanından geçerken kitaplarını ve bir parça tostu aldı. Annesinin keskin gözlerinden kaçarak kapıdan çıktı, merdivenleri çıktı ve otobüse bindi.

Helen, eteğinin olması gerekenden daha kısa olduğunu çok iyi bilerek kızının otobüse binmesini izledi.

Helen, kızının otobüsün arkasına doğru yavaşça ilerlemesini izlemeye devam etti. Kızının otobüse bindiğini ilk kez izlediği anı hatırladı. Helen, kızıyla birlikte otobüse yürümek istemişti. Grace çok heyecanlıydı ve büyük bir kız olmak için kararlıydı, bunu kendi başına yapmak istiyordu. Helen, kızının bağlarını koparmaya hazır olduğunu dün gibi hatırlıyordu. Helen, kalbini parçalayan bu dayanılmaz acıya hazırlıklı değildi. Otobüsü gözleriyle takip etti, ta ki onu göremez hale gelene kadar. Yanağından bir damla gözyaşı süzüldü. Helen onu sildi.

Otobüste Grace her zamanki koltuğunu buldu ve kitabını açtı. Kitabı bir duvar, bir maske gibi arkasına saklandı. Orada, Vincente Marino'nun gelişini gizlice bekleyebilirdi.

Otobüs yol boyunca gürültüyle ilerlerken, Grace bir an için nerede olduğunu unuttu. Vincente Marino otobüse bindiğinde gerçekliğe geri döndü.

Grace, adrenalin patlaması yaşamış gibi dik oturdu. Ders kitabını kalkan gibi önüne tuttu. İçinde, kalbi o kadar hızlı atıyordu ki, sanki kanatları çıkmış ve uçmak üzereymiş gibi. Nabzı hızla atıyordu ve her nefesini almayı düşünmek zorundaydı.

Vincente, otobüs şoförü ona oturmasını söyleyene kadar koltuktan koltuğa geçerek, insanlarla tokalaşıp selamlaştı. Mahalledeki tüm köpeklerin duyabileceği kadar yüksek bir ıslık çaldıktan sonra, Vincente kız arkadaşı Missy Malone'un yanındaki koltuğuna oturdu.

Grace, Vincente Marino'ya aşıktı, ama onu sadece uzaktan seviyordu. Onun kendisinden çok üstün olduğunu biliyordu, ama aynı zamanda umudu da vardı. Aşkın matematiksel bir denklem olduğuna inanıyordu. Gerçek aşkın önceden belirlenmiş olduğuna inanıyordu.

Diğer matematiksel formüller gibi: sadece aramak gerekiyordu. Mükemmel Altın Oran'ı bulana kadar aramak gerekiyordu. Doğru sıradaki tüm sayılar yerine oturduğunda, evren iki insanın aşık olması için işbirliği yapacaktı. Grace Greenway, Altın Oran'ın sıraya girmesini bekliyordu. O zaman o ve Vincente Marino mükemmel bir aşk durumuna ulaşacaklardı.

Grace ders kitabının arkasından başını kaldırdı. Vincente'nin sesi ona doğru geliyordu. Güneş ışığını yansıtan sarı saçlarının parıldamasını izledi. Altın rengi bukleleri omuzlarına dökülüyordu. Gülümsedi ve Missy'nin kulağına bir şey fısıldadı, sonra otobüsün arkasına doğru döndü.

Gözleri bir anlığına buluştuğunda Grace'in kalbi durdu. Yanakları kıpkırmızı oldu. Yüzünü yine ders kitabıyla, bir perde gibi kapattı. Grace hala ayaklarını, ayakkabılarını görebiliyordu. Sonra Vincente Marino'nun atletik koşu ayakkabıları onun ayakkabılarına değdi. Kitabı indirdi ve onun kobalt mavisi gözleri, Grace'in ela gözleriyle buluştu. Sonunda nefes almayı hatırlayınca öksürdü.

"Selam, Grace," dedi Vincente. "Hayatımı kurtarabilir misin acaba?"

Kız başını salladı.

"Dün geceki maç geç bitti ve sonra kutlama yapmaya çıktık, yani kazandık! Nasıl olduğunu bilirsin."

"Evet, biliyorum," diye fısıldadı kız.

"Ve sonra bu sabah, matematik ödevimi yapmadığımı fark ettim ve biliyorsun, yaşlı Bay Dense bana kin besliyor. Beni takımdan atmak için can atıyor."

"Evet, biliyorum."

"Grace?" O, onun adını söylediğinde derin bir nefes aldı ve o devam etti. "Eğer bana ödevini ödünç verecek kadar yürekli olursan, sana sonsuza kadar minnettar kalırım. Hayatımı kurtarmış olursun."

Tereddüt etmeden çantasına uzandı.

"Dersten önce sana geri vereceğim." Sonra kalbini çaprazlayarak yemin etti. Ona doğru gülümsedi. "Teşekkürler bebeğim," dedi ve kitabını sırt çantasına koyarken ona bir öpücük gönderdi. Vincente, Missy Malone'un onların etkileşimini izlediği yerine geri döndü.

Grace ve Missy'nin gözleri Vincente'nin omzunun üzerinden bir saniye boyunca kilitlendi. İkisi rakip değildi. Missy, Grace'in bir tehdit olmadığını biliyordu, ama zavallı aptalın Vincente'ye aşık olduğunu görebiliyordu. Herkes onun Vincente'yi başıboş bir köpek yavrusu gibi takip ettiğini biliyordu.

Grace ders kitabını tekrar bariyer olarak kullanarak kendine gülümsedi. Aslında, mümkün olan en büyük ve en aptalca gülümsemeyi takındı. Vincente ile tekrar konuşacak olması onu çok heyecanlandırmıştı. Fibonacci'yi düşünmek bile onun dikkatini dağıtamadı.

Sonra otobüsün durduğunu ve tüm yolcuların koridora tırmandığını fark etti. O da Vincente'nin hemen arkasına geçene kadar kendini koridorda ilerledi. Vincente, Missy'nin önünden inmesine izin verdi. Vincente'nin kolonyasının kokusu ona doğru esiyordu. Grace kokuyu içine çekti, onu içine çekti.

Vincente güneş ışığına çıktığında, ışınlar parmağındaki altın yüzüğü öptü ve bir an için Grace'in gözlerini kamaştırdı. Grace ona çarptı ama Vincente umursamadı. Güldü ve ona dişlerini gösteren bir gülümseme attı.

Grace nefes almayı unuttu.

Missy Malone bağırdı, kolunu Vincente'nin koluna taktı ve onu uzaklaştırdı.

Grace dolabına ulaştı. Derin bir nefes aldı ve sırt çantasını içine attı. Sabah programına baktı: Aborjin Yerli Çalışmaları, Matematik, Sanat, sonra Öğle Yemeği, ardından yine Sanat, İngilizce, Boş Ders. Maçı izlemeye gidebilirdi. Zil çaldı. Dolabını kapattı. Koridorda koştu ve pencerenin yanındaki yerine oturdu.

Öğretmeni Bayan Smart yoklamayı aldı ve sonra sınıfa özel bir konuğu tanıttı. Konuk konuşmacı, Çalınan Nesil'den bir kadındı.

Sınıfa nasıl kaçırıldığını anlattı. Sonra beyaz bir aileye evlatlık verildiğini. Gadigal halkının geleneklerini uygulamasına veya takip etmesine izin verilmediğini.

Grace ona acımıştı. Sonuçta, hiçbir çocuk terk edilmemeli, hele ki çalınmamalıydı. Hiçbir çocuk kendi tarihinden dışlanmamalıydı. Bu saçmalıktı.

Grace, kadının ebeveynlerinin bunun olmasına neden izin verdiklerini anlayamıyordu. Grace, bu durumun kendi evinde yaşandığını hayal etti. Yabancılar gelip onu götürmek istiyorlardı. Grace'in ebeveynleri, kasabadaki tüm avukatları tutar ve olay daha başlamadan engellerdi. Kadına bu soruyu sormayı düşündü. Ancak başka bir sınıf arkadaşı ondan önce davrandı.

Kadın, beyaz adamın silahlar da dahil olmak üzere silahlar getirdiğini hatırladı. Ailesi, direnirlerse kan döküleceğini biliyordu, bu yüzden direnmediler. Çocukları götürmenin yasalarca onaylanmış olduğunu, bu yüzden direnmenin bir anlamı olmadığını söyledi.

"Bu sadece Avustralya'da olmadı," diye açıkladı kadın sınıfa. "Aborjin Kanadalılar, Amerikan yerlileri, Yeni Zelanda yerlileri ve dünyanın farklı yerlerindeki birçok başka halk da aynı şeyi yaşadı. Her olay farklıydı, ama bu korkunç olaylar ailelerimizi sonsuza dek değiştirdi."

Grace empati duyuyordu, ama kadının geçmişi unutması ve ileriye bakması gerektiğini düşünüyordu. Hayatın matematiksel bir formül gibi olduğuna inanıyordu. Sürekli aramaya ve ilerlemeye devam etmek gerekiyordu. Yeniden yapılandırmak. İlerleme kaydetmek.

Grace matematik dersine gitti ve Vincente ödevini tam zamanında ona uzattı. Bay Dense, her şeyi kitaba göre yapan türden bir öğretmendi. Vincente Marino ödevini teslim etmek için sıranın başında durduğunda memnun görünüyordu.

Bugün sınıfta Fibonacci işleniyordu. On altı yaşındaki Grace Greenway tanınmış bir çocuk dahiydi, bu yüzden öğretmeni onu erken gönderdi. Grace boş zamanını kütüphanede çalışarak geçirdi. Diğer derslerine, öğle yemeğine, İngilizce dersine gitti. Sonra oyun zamanı gelene kadar boş zamanını kütüphanede geçirdi.

Bir sürü ders kitabını okuyup ödünç almaya karar verdikten sonra, kriket maçını izlemek için sahaya doğru yola çıktı. Tam o sırada Vincente Marino vuruş yapmak için öne çıktı. Lise öğrencileri coşkulu bir alkışla patladı.

Grace, Vincente'nin beyaz kriket forması öğleden sonra güneş ışığını yansıtınca dikkatinin dağıldı ve elindeki kitapları düşürdü. Kitapları kucaklayarak, başarılı bir şekilde geri kazanma umuduyla jonglörlük yaptı. Ancak, matematik rol modellerinin tüm eserlerini kucaklayarak ayakta kalma konusundaki kararlılığı, Sophie Germain, Hypatia, Lise Meitner ve Mary Somerville, kadere karşı gelemedi. Kitaplar yere düştüğünde, o da birden fazla şekilde yere devrildi.

Grace kendine geldiğinde her şey bulanık ve sisliydi. Başı dönüyordu ve kusacak gibi hissediyordu. Başı çok kötü ağrıyordu. Sanki beyni kafasından çıkmaya çalışıyormuş gibi. "Herkes geri çekilsin!" diye bağırdı biri, "Grace? Grace! İyi misin? Konuş benimle, Grace! Beni duyabiliyor musun?"

Gözlerini açıp gökyüzüne baktığında, bir melek onun adını çağırıyordu. Grace öldüğünü merak etti. Ölmüş ve başka bir boyuta geçmiş olabilir miydi? Bunun doğru olduğuna inanmayı reddeden Grace, gözlerini sıkıca kapattı ve tekrar açtı. Bir çocuk, güneş kadar büyük bir hale ile onun üzerinde süzülüyordu.

"Çok, çok üzgünüm Grace," dedi ve onun elini tuttu.

Etrafında bir kalabalık toplanmış, itişip kakışıyor ve bağırıyordu. Genel bir genç kaosu yaratıyorlardı.

Grace onların üzerine eğildiklerini görebiliyordu, bazılarının gülen yüzleri ters dönmüştü. Kafasında sürekli bir uğultu vardı. Tanıdık bir yüz, genç adamın yüzü olmasaydı, korkmuş hissederdi.

Cesur olmaya ve ayağa kalkmaya çalıştı. Bacakları ona uymadı. Aşırı pişmiş spagetti gibi titriyor ve sallanıyorlardı. Kulaklarında okyanusun sesi hakimdi.

Tekrar oturdu ve başını genç adamın göğsüne yasladı. Adam bunu umursamıyor gibiydi.

BÖLÜM 3

Çocuğun yüzü Grace'in yüzüne yaklaştı, böylece güneş ışınları onun halesinin şeklini ortadan kaldırdı. Boynunda onun tatlı, tarçın kokulu nefesini hissedebiliyordu. Grace onun ne istediğini biliyordu. Çıplak boynunu ona doğru çevirdi. Ona onu ısırması için izin verdi. Onu tatması için.

"Biri 112'yi arasın!" diye bağırdı çocuk, Grace'i kaldırıp vücudunu tutarken.

Grace kendini kötü hissetti. Kilo verme programına başlamak niyetindeydi. Tam olarak tüy kadar hafif sayılmazdı. Kalp atışlarını duymak için başını göğsüne yasladı. Tek duyabildiği şey okyanusun uğultusuydu.

Grace onun yakışıklı yüzüne baktı. Çok endişeli görünüyordu.

Birlikte, kalabalığın mırıldanmaları ve fısıltıları arasında ilerlediler. Sessiz bir yere. Sonunda, birkaç merdiven çıkıp sallanan bir kapıdan geçtiler. Sonra Grace Greenway, antiseptik ve spor çorapları kokan bir odada yumuşak bir sedyeye yatırıldı. Yüzünü ona doğru itti, onun tarçın kokusunu yeniden hissetmeye çalıştı.

"Burası hemşire odası. Burada bekleyin. Yardım getireceğim."

"Beni bırakma," dedi. "Lütfen beni bırakma."

"Nefes almıyor!" diye bağırdı biri, ona hatırlatmak için.

Kısa süre sonra Grace yeniden kendisi gibi hissetti. Keşke dalgalar zihninin kıyılarına çarpmayı bıraksa diye düşündü.

"Beni duyabiliyor musun?" diye sordu bir kadın. Grace başını salladı. "Ben Hemşire Hands."

"Hemşire, 5. Hands, 5—harika!" diye haykırdı Grace.

"Deliriyor!" Hemşire Hands dedi. Grace'in nabzını ve alnını kontrol etti, sonra Vincente'ye baktı ve başını salladı.

"Hayır, matematik dersini düşünüyor. Bay Dense onu erken çıkardı. Fibonacci sayılarını çalışıyorduk," diye açıkladı Vincente.

"Adını biliyor musun?"

"Evet, adı Grace. Grace Greenway."

Grace, Vincente'nin gömleğini avucunda buruşturdu.

"Gerçekten maça geri dönmem gerekiyor."

"Grace," dedi Hemşire Hands, "ambulansı bekliyoruz. Vincente'nin maça geri dönmesi gerekiyor. Lütfen gömleğini bırak."

Grace çığlık attı, "Beni bırakma!"

Vincente tekrar yanına diz çöktü ve gözlerine baktı.

Orada kaldı.

Grace iç geçirdi.

Ve sonra her şey karardı.

BÖLÜM 4

Hastanede, hemşire Grace'in yatağının başında durdu ve hayati fonksiyonlarını kontrol etti. Şu an için durumu stabildi. Hemşire, Grace'in kollarını örtüyle örttü. Kullanılmamış su bardaklarının bulunduğu tepsiyi aldı ve bir an durup kriket forması giymiş genç adama baktı. Adam pencerenin altındaki sandalyede derin uykudaydı.

Vincente, Grace'in bilinci kapalı halde hastaneye getirilmesinden beri onun yanından ayrılmamıştı. Hemşire odadan çıkarken saatine baktı ve vardiyasının bitmesine altı saat kaldığını hesapladı. İşini seviyordu, ama bu uzun bir gün olacaktı.

Grace'in odasına geri döndüğünde, hasta uyanmaya ve hareket etmeye başladı. Kısa süre sonra, bir dizi gürültülü makineyle yatağa bağlı olduğunu fark etti.

Bir hastane odasındaydı. Neden buradaydı? Buraya nasıl gelmişti? Gözlerini kapattı ve odaklanmaya çalıştı. Hatırlamaya çalıştı, ama hiçbir anı gelmedi.

Bip bip bip ve damla damla damla seslerinden kurtulmak isteyen Grace, oturmaya çalıştı. Bu basit isteğini gerçekleştiremeyince, kendini yastığa geri attı. Kaçmak için yoğun bir istek duyuyordu.

Neden buradayım? diye düşündü Grace. Ve neden herkes beni terk etti?

Grace, yatağının yanındaki sandalyede derin uykuda olan bir çocuk fark etti. Sonuçta yalnız değildi ve vücuduna bağlı makinelerle elinden geldiğince kendini kucakladı.

Birinin orada olduğunu, birinin onu önemsediğini bilmek onu mutlu etti.

Yüzünü göremiyordu ama her nefes alışında sarı saçlarının hareket ettiğini izledi. Derin uykudaydı. Grace ona ve giydiği beyaz üniformaya bakmaya devam etti. Hastanede mi çalışıyordu acaba? Bir hastanın yanında uyuyan bir personel garip görünüyordu.

Grace, çocuğun kollarını kavuşturmuş ve başını serbestçe sallayan sarı saçlarına bakarken garip hissetti.

Dakikalar geçti ve o bakmaya devam etti. Sonra, sanki onun bakışlarını hissetmiş gibi, çocuk birdenbire uyandı. Saçlarını geriye attı ve melek gibi bir yüz ortaya çıktı.

Grace eliyle ağzını kapattı. O çok yakışıklıydı. Çocuk ayağa kalktı ve ona doğru yürüdü.

Grace nefes alamıyordu. O yaklaşırken, koyu mavi gözleri kalp atışlarını hızlandırdı. Bayılacağını sandı. Sonra çocuk konuştu. "Uyandın Gracie! Tanrıya şükür! Çok endişelendim. Hepimiz çok endişelendik."

"Evet," dedi, başka ne diyeceğini bilemeden. O bir personel değildi. Onun için daha önemli bir anlamı vardı, bunu kalbinde hissediyordu ve zihninin derinliklerinde biliyordu. Ama kimdi o?

Elini ona uzattı, onun elini tutmasını bekledi. Ama o tutmadı. Bunun yerine bir adım geri çekildi. Biraz isteksizce elini geri çekti.

Oğlan, sanki bir şey bekliyormuş gibi Grace'e bakmaya devam etti. "Elini tutmak istiyorum" yanlış anlaşılmasından sonra, kendini korudu. Ellerini ceplerine soktu. Birkaç saniye sonra, ellerini tekrar çıkardı.

Grace aynı anda hem sıcak hem de soğuk hissetti.

"İyi misin?" diye sordu. "Herhangi bir yerin ağrıyor mu?"

Grace cevap vermeden önce bekledi ve düşündü. Cevabının kısa ve öz, ama keskin olmaması gerekiyordu. Nasıl hissettiği önemli değildi! Bilmek istediği şey, neden burada olduğuydu. Bilmek istediği şey, onun kim olduğuydu.

"En çok başım ağrıyor. Her şey aynı anda ağrıyor gibi, anlamlı geliyorsa. Ya sen?"

Gülümseyerek, göz kamaştırıcı derecede mükemmel beyaz dişlerini gösterdi. Grace, dişlerinin yanında bir uyarı olması gerektiğini düşündü: GÜNEŞ GÖZLÜĞÜ GEREKLİ. Parmaklarını saçlarının arasından geçirdi ve gözleri buluştu.

Grace, ondan gelen bir enerjiyi hissetti, önce göğsüne çarptı, sonra duvarlardan sekti. Zaten yatıyor olmasaydı, onu yere devirecekti. Aşık olmuştu. Bundan emindi. Ama adam garip davranıyordu. Ne söyleyeceğini veya ne yapacağını bilmiyormuş gibi. Sanki ona ulaşmak istiyordu ama nasıl yapacağını bilmiyordu. "Ben iyiyim, teşekkürler," dedi. Eli bal kavanozuna takılmış Winnie the Pooh gibi görünüyordu.

Grace, göz teması kurduğu çocuktan hiç ayrılmadan bir kez daha yastığa geri düştü. Ona sorular sormak istiyordu, birçok soru, ama nereden başlamalıydı? Soruları bir anda dökülmeli miydi? Çocuk çok rahatsız görünüyordu. Neden?

Yataktaki pozisyonunu düzeltti. Şimdi ona doğru eğilmiş, başını bir koluna dayamış—makinelere bağlıyken yapabileceğiniz kadar dinlenerek—ve onu yanına çağırdı.

Durdu ve ayakkabılarına baktı. Sonra yavaşça ilerledi. Ona hiçbir bilgi vermeyeceğini biliyordu, bunu hissediyordu, ama bilmek zorundaydı. Zaman geçiyordu. "Bana ne oldu?" diye sonunda patladı.

Oğlan biraz geri çekildi, bir şey söylemeye başladı, sonra durdu. Ağzını açtı, sonra tekrar kapattı, bir balık gibi.

Grace daha açık sorularla yardımcı olmaya çalıştı. "Bu hastanede ne yapıyorum? Buraya nasıl geldim?"

Oğlan sessiz kaldı, parmaklarını saçlarında gezdirdi.

Grace yılmadan devam etti, "Ve sen kimsin?"

BÖLÜM 5

Oğlan birinci soruya üzülmüş, ikinci ve üçüncü sorulara endişelenmiş görünüyordu. Dördüncü soru en şaşırtıcı tepkiyi yarattı.

Herkes Vincente Marino'nun kim olduğunu biliyordu, özellikle de Grace Greenway. Oğlan, kızın kendisine köpek yavrusu gibi bakışlar attığını gördü. Bazen, oğlanın bakmadığını düşündüğünde, okulda onu takip ediyordu. Hatta bazen oğlan kız arkadaşı Missy Malone ile birlikteyken bile bunu yapıyordu. Yani, kız onunla dalga mı geçiyordu? Vincente, onun kafasını karıştırdığından oldukça emindi.

Ona doğru adım attı ve ela gözlerine bakarak ruhunun derinliklerine baktı. Onun neyin peşinde olduğunu bilmek istiyordu. Ona oyun mu oynadığını yoksa şaka mı yaptığını görmek istiyordu, ama Grace gözünü bile kırpmadı ve hiçbir şey belli etmedi.

Grace onun kim olduğunu bilmiyordu.

Oğlan gözlerine baktığında, Grace yanlış mı anladığını merak etti. Belki o da kim olduğunu bilmiyordu? Ne de olsa sarışındı.

"Ben Vincente," dedi, Grace'in yüzünde bir tanıma işareti ararken. Bir şey bulamayınca, adını tekrar etti. Aslında, neredeyse şarkı söyler gibi, "Vincente Marino."

Grace'in kollarına tüyler diken diken oldu ve titredi. Adını tanımıyordu, ama içinden bir şey kıpırdadı. Belki de ses tonuydu.

Adını yüksek sesle tekrarladı. Hiçbir şey hafızasını canlandırmadı. Tüyler diken diken olmaktan vazgeçti. Adını hecelemeye çalıştı, karanlıkta yolunu bulmaya çalışır gibi her harfi dilinde yuvarlayarak:

"V- I-N-C-E-N-T."

"Benimki sonunda e ile yazılıyor," dedi Vincente. Adının, Kristof Kolomb'un denizcilerinden birinin adından geldiğini açıkladı. Ailesi ona aslında Christopher adını vermek istemişti. Annesi, teyzesinin de hamile olduğunu bilmeden ona bunu söylediğinde, teyzesi bu adı çaldı. Ailesi ona Vicente Pinzon'dan esinlenerek Vicente adını verdi. Onu gördüklerinde fikirlerini değiştirip ona Vincente adını verdiler.

"Bu ilginç," dedi. "Ama gerçekten, sen benim için kimsin?"

"Şaka yapmıyorsun, değil mi?" diye sordu Vincente. "Beni gerçekten hatırlamıyor musun?"

"Emin değilim. Seninle ilgili bir şeyler hissediyorum, ama... kendi adımı bile hatırlamıyorum."

"Adın Grace. Sen Grace'sin."

"Ama az önce bana Gracie dedin."

"Evet, dedim."

"Neden? Adım Grace ise... neden bana Gracie dedin? Bu isim hoşuma gitmiyor."

"Tamam, peki, bir daha sana Gracie demeyeceğim."

Geri çekildi ve parmaklarını yine sarı saçlarının arasında gezdirdi. Bunu sürekli yapıyordu. Muhtemelen sinirsel bir alışkanlıktı. Grace de parmaklarını onun saçlarında gezdirmek istedi. Neden böyle şeyler düşünüyordu? Ne hissettiğini anlamaya çalışıyordu. Sıcak ve soğuk dalgalar. Her şeyi anlamlandırmaya çalışıyordu. Kafasının içinde bir yerlerde saklı bir anıyı bulmaya çalışıyordu. Ama o her parmaklarını saçlarında gezdirdiğinde, bu onun dikkatini dağıtır, dizlerini jöle gibi titretirdi.

"Hadi Grace! Beni hatırlamalısın! Hatırlamıyorsan, bunu kanıtlamak için, yemin et ve ölmeyi dile."

"Bence bu tuhaf bir kelime seçimi. Hastanede olduğumu düşünürsek."

"Ah, özür dilerim. Düşünemedim. Lütfen kim olduğumu hatırlamaya çalış, tamam mı? Beni endişelendiriyorsun. Belki de dışarı çıkıp birini çağırmalıyım?"

"Endişeli misin? Ben korkuyorum! Seni tanımam gerektiğini söylüyorsan, o zaman burada bir yerlerde seninle ilgili bir anı saklı olmalı." Kapalı yumruğuyla kafasına vurdu. "Neden seni burada bulamıyorum?"

Elini tuttu ve tekrar kendine vurmasını engelledi. Yatağın yanına bir sandalye çekip oturdu. Ona her şeyi anlatmaya karar vermişti. Neden burada olduğunu, her şeyin onun yüzünden olduğunu açıklamaya karar vermişti. Onu nasıl yaraladığını ve sonra hastaneye getirdiğini.

O baygınken günlerce yanında oturduğunu. Beklediğini. Dua ettiğini. "Senin burada olmanın sebebi benim."

"Beni yaraladın mı?"

"Evet, seni yaraladım."

Yüzünü buruşturdu. "Beni yaraladın!"

"Evet, ama kazaydı. Kriket oynuyorum. Sen de maçtaydın.

Üç gün önce."

"Üç gün önce mi?"

"Evet. Üç gün önce, bir topu vurdum ve top kafana çarptı. O zamandan beri buradasın. Ben de senin yanında oldum. Bekledim."

"Bana vurdun mu? Kafama mı? Ve şimdi hafızamı mı kaybettim?"

"Öyle görünüyor."

"Sonra ne oldu?"

"Seni okulun hemşire odasına taşıdım. Ambulans seni buraya getirdi."

Grace vücudunu inceledi. Onun vücut yapısıyla, onun kendisini taşıdığını hayal edemiyordu. Formdaydı, üniforma giyiyordu, evet, ama onu taşımak? Mümkün değildi. "Beni sen mi taşıdın?"

"Evet."

Aynı anda hem ona vurmak hem de ona sarılmak için dayanılmaz bir istek duydu. Ama başı daha da fazla ağrıyordu.

"Çok, çok üzgünüm," dedi.

Sarılma dürtüsü vurma dürtüsünü bastırdı. "Bu bir kazaydı, üzülecek bir şey yok."

"Teşekkür ederim," dedi başını eğerek. Grace, onu iyi bir köpekmiş gibi okşamak için elini uzattı.

Garip bir kadın, döner kapılardan bir kasırga gibi odaya girdi. Onlara doğru koştu. Boyu kısa ama enerjisi güçlü olan kadın, onlara doğru ilerledi. Daracık mavi kot pantolonu hışırdadı ve botlarının topukları antiseptik hastane zemininde tıklıyordu.

Kadın, Vincente'ye sanki kesilmeyi bekleyen bir çıbanmış gibi baktı.

O, belirgin bir şekilde sessiz bir sesle konuştu. İkisini yalnız bırakmayı teklif etti. Onlar cevap vermeye fırsat bulamadan, ayağa kalktı ve odadan çıktı.

"Gitme," diye yalvardı Grace, ama çok geçti. Grace, Vincente'nin geri dönmesini umarak bir an kapıyı izledi. Vincente geri dönmedi. Grace dikkatini garip kadına çevirdi. Personelinin kot pantolon ve bot giymesine izin veren bu hastanenin ne tür bir hastane olduğunu merak etti.

"Nasılsın, canım?" diye sordu kadın, sonra eğilip dudaklarını Grace'in alnına koydu.

Grace bunu aşırı samimiyet göstergesi olarak değerlendirdi ve bunu söyledi. "Bunu yapmayın!" diye bağırdı, "Siz kendinizi kim sanıyorsunuz?" diye sordu ve kadının dudaklarıyla dokunduğu yeri mikroplardan arındırmak için silmeye başladı.

"Ne demek, ben kimim?"

"Siz de bilmiyor musunuz?" diye sordu Grace, kadının nezaketsizliği ve profesyonellikten yoksun tavrına kızarak.

"Ben kimim?"

"Burada yankı mı var?" diye sordu Grace.

"O zaman gerçekten, gerçekten kim olduğumu bilmiyor musun?"

Grace omuz silkti. Kadın dönüp odadan fırladı. Yüksek topuklu botlar giyen kısa boylu bir kadın için oldukça hızlı koşabiliyordu.

O dışarı çıkarken, Vincente içeri giriyordu. Neredeyse onu devirecekti. Grace, kadının koridorda bir hayalet gibi çığlık attığını duyunca dehşete kapıldı.

Grace, kapıların döner olması gerektiğini düşündü ve bunu söyledi.

Vincente ona gülümsedi ve bu, Grace'in kalbini bir kez daha çarpıtmaya başladı.

Grace, ne tür bir hastanede olduğunu merak etti. Psikiyatri koğuşu mu?

"O çılgın kadın kimdi?"

"O çılgın bir kadın değildi. O senin annen."

"Annem mi? Nasıl olabilir ki?" Grace durakladı ve ellerine baktı. Onlara bakmaktan kendini alamıyordu. Neydi bu? Orada gizlenen bir şey vardı. Önemli bir şey. Ne olursa olsun, bunu hatırlaması gerekiyordu, çünkü bunun çok ciddi bir şey olduğunu hissedebiliyordu.

Sonra olan oldu. Bir meleğin kollarında hızla uçuyordu. Yukarıya, üstündeki yüze baktı ve meleklerin arkasında güneş ışığı süzülüyordu, doğal bir hale oluşturuyordu. Kimliğini ortaya çıkarmak için gözlerini kısarak baktı, ama yüz bulanıktı. Bir meleğin özelliklerini belirlemek mümkün müydü acaba? Meleklerin özelliklerinin yaşayanlar tarafından ayırt edilemeyebileceğini düşündü. İşte buydu! Grace, ölümcül bir deneyim yaşamış olabileceğine karar verdi.

Uçarken yumruğunda bir şey tutuyordu ve bir tünele girdiler. Bir saniye için karanlık oldu ya da gözlerini kapatmıştı. Sonra yukarı baktı ve meleğinin kimliği ortaya çıktı. Aslında o bir melek değildi, yanında duran çocuktu. Onun adını tekrar tekrar fısıldadı. Müzik gibi, mırıldanma gibiydi. Kafasının içinde bir ritim çalıyordu.

"İyi misin?" diye sordu Vincente.

Grace gülümsedi.

Tekrar sordu, "İyi misin, Grace? Birini çağırmamı ister misin?"

"Minnettarım," dedi. "Ne için?"

"Tabii ki senin için. Senin için, meleğim."

Vincente ayaklarına baktı. Yumruklarını ceplerine soktu. Çok endişeli görünüyordu, sanki Grace'in artık gerçekten aklını kaçırdığını düşünüyordu.

Daha önce de onun kendisini terk ettiğini görmüştü — tam olarak bedenen değil, ruhen. Zihninde çok uzaklara gitmişti. Birinin "uzaklarda" olduğunu anlayabilirdiniz, çünkü gözleri cam gibi ve dalgın olurdu.

Vincente, Grace Greenway'in annesinin geri dönmesini diledi, böylece oradan kaçabilirdi. Grace ona ürperti vermeye başlamıştı.

Sonra, birdenbire Grace, "Vincente, sen benim erkek arkadaşım mısın?" diye patladı.

"Hayır!" diye bağırdı, yanlış anlaşılmayacak bir ses tonuyla. Yanlış anlaşılma ihtimaline karşı, sırtı duvara dayanana kadar daha da geri çekildi.

Tamamen, tamamen utanmış görünüyordu. Grace kafası karışmıştı. Onun tek kelimelik inkarının etkisi, göğsüne tam güçle çarptı. Ünlem işareti, bir kuzgunun gagası gibi kalbini delip geçiyordu. Yaralanmış hissediyordu, ama kafası çok karışmıştı. Onu izledi ve bir şey yapmasını, bir şey söylemesini bekledi. Herhangi bir şey.

"Bak, Grace, benim senin erkek arkadaşın olmadığımı bilmelisin. Seni buraya sadece seni inciten kişi olduğum için getirdim."

"Yani, genelde benimle konuşmak için fazla havalı mısın?"

"Grace, matematik ödevimde bana yardım ettin ve takımda kalmama yardım ettin. Yardımın için minnettarım, ama..."
"Minnettar..." Yastığa yaslandı ve gözlerini kapattı.
Tüylü yastığın içinde kaybolmak istiyordu.
O da odadan kaybolmak istiyordu.
Her ikisi de kendilerini birer ada gibi hissetmelerine rağmen, aynı alanı paylaşarak birlikte kaldılar.
"Anneni çağırayım, tamam mı? Ailenin yanında olman gerektiğini düşünüyorum." Dönüp odadan çıktı.
Grace kendini aptal gibi hissetti. Onun kim olduğunu bilmiyordu, ama kalbinin bir köşesinde onu sevdiğini biliyordu. Böyle pat diye söylemek ne kadar aptalcaydı. Belki de onu uzaktan seviyordu? Belki de o başka birine aşıktı ve şimdi ona hislerini söyleyerek kendini utandırmıştı.
Yüzünü yastığa çevirdi ve hıçkırarak ağladı.

Grace, Vincente Marino'nun peşinden koşmak istedi. Süvariler geldiğinde, makineleri boşuna çözmeye çalışarak çekip durdu.

"Ne yapıyorsun sen, Grace?" diye sordu Helen Greenway.

"Neredeyse bunları koparacaktın, seni aptal, aptal kız," diye azarladı hemşire.

Vincente geri döndü ama hiçbir şey söylemedi. Ayaklarını sürüyerek yürüdü ve sanki bozuk para arıyormuş gibi yumruklarını ceplerine sokup çıkardı.

"Ben..." diye başladı Grace.

Hemşire yatağı eğip ayarlamaya başladığı için cümlesini tamamlayamadı. Grace dengesini kaybetti ve yana doğru düşerek yere çarpacaktı. Vincente yumruklarını ceplerinden çıkarıp onu yakalamamış olsaydı yere çarpacaktı.

Onu bir kez daha kollarında tuttu, tıpkı anılarındaki gibi. O bir armağandı, yukarıdan gelen bir armağan ve bir kez daha Grace'in anıları geri geldi. Anılar, geri dönüşler gibi akın akın geldi. Vincente okul otobüsünde. Vincente sahada kriket oynuyor. Vincente ona gülümsüyor, ödevini ondan alıyor.

Vincente, Vincente, Vincente. Anılar sel gibi akın etti ve Grace bunlardan iki şeyi kesin olarak anladı.

Birincisi: Vincente Marino'yu seviyordu. İkincisi: Vincente onu sevmiyordu.

Gözlerine baktı. Gözleri boş ışık havuzları gibiydi, ona doğru eğiliyor, onu tehlikeden kurtarmak, kahraman olmak istiyordu. Ama o koyu mavi gözlerin arkasında aşk yoktu. Ona karşı aşk yoktu.

Grace güneşti, ışınlarını uzattı, ayı aradı: ayın karanlık yüzünü. Birbirlerinin zıt taraflarındaydılar, birbirlerinden uzaklaşıyorlardı.

"Ahem," Helen boğazını temizledi, Grace ve Vincente'nin gözlerini kırpmalarına neden oldu.

"Görüyorsunuz, hemşire, o tamamen kontrolden çıkmış durumda. Durumunun ne kadar ciddi olduğunu, ne kadar hasta olduğunu fark etmiyor." Helen ağlamaya başladı. Küçük gözyaşları değil. Hayır, vücudunu sarsan hıçkırıklarla dolu bir sel gibi.

"Sorun yok, anne," dedi Grace, annesinin elini tutmak için uzanırken.

"Beni hatırlıyor musun?"

"Tabii ki," dedi Grace, yalan söyleyerek. Onu tanımıyordu ve onunla ilgili hiçbir anısı yoktu; hala ağzı açık duran hemşireden daha fazla.

"Doktor yolda," dedi hemşire. Grace'in kolunu kaldırdı ve nabzını ölçmeye başladı. "Hayati belirtileriniz mükemmel, ama dinlenmeniz gerekiyor. Belki de arkadaşınızın eve gitme zamanı gelmiştir. Onun da dinlenmeye ihtiyacı var."

Vincente'ye baktı.

Onun endişesinin inceliği Vincente'nin gözünden kaçmadı.

"Evet, sanırım gitmeliyim," dedi Vincente. Yataktan birkaç adım uzaklaştı. Parmaklarını saçlarının arasından geçirdi. Grace'in onayını beklermiş gibi yatağa doğru geri yürüdü. "Ya da istersen kalabilirim."

"Sadece sen istersen," dedi Grace, sesinde bir umut ışığıyla. Vincente'nin sadece suçluluk duygusundan kaldığını fark etti, ama onun rızası doğrultusunda kabul etmeye karar verdi. "Belki ben uyuyana kadar kalabilirim?"

Helen, odadan çıkarken hemşireyle uzun zamandır görüşmemiş arkadaşlarmış gibi sohbet etti.

"Birkaç dakika içinde uykuya dalacak," dedi hemşire. "İyi bir gece uykusu çekmesi için ona yeterli miktarda sakinleştirici verdim."

Helen ikisine bir bakış attı ve kızına bir öpücük gönderdi.

Grace, annesinin onu neredeyse bir yabancıyla yalnız bırakmasının zor olduğunu düşündü. Annesi şikayet etmedi. Bunu bir savaş yarası gibi taşıdı.

Grace'in uykuya dalması uzun sürmedi.
Vincente bu fırsatı değerlendirerek cep telefonunu açtı ve annesini aradı. Grace'in durumuyla ilgili gelişmeleri ona mesajla bildiriyordu. Grace'in tehlikeden kurtulduğundan emin olana kadar onun yanından ayrılmayı reddediyordu. Eve gidip duş alması gerekiyordu, kriket forması giydiğini de unutmamak lazım.
Kısa süre sonra Grace derin bir uykuya daldı ve etrafında sesler duyduğunu hayal etti. Fısıldayan sesler. Sonra sesler gittikçe yükseldi. Zihnini kahkahalarla doldurdular. Şeytani bir kahkaha, ardından çığlıklar ve tırmalama sesleri geldi, sanki biri canlı canlı gömülmüş gibiydi. Sesler kapana kısılmıştı. Çığlık atıyor ve tırmalıyorlardı, çığlık atıyor ve tırmalıyorlardı.
Grace birdenbire uyandı, alnından ter damlıyordu. Yatak örtüleri nemli ve soğuktu. Kafası karışmıştı. Gözlerini açmaya korkuyordu. Rüyasında duyduğu şeyin şu anda odada olup olmadığını merak ediyordu. Gözlerini açarsa onu görecekti ve görürse kaçması

gerekecekti. Dikkatle dinledi. Tek ses, tıck-tack ve tıbbi ekipmanların kayma sesleriydi.

Gözlerini açtı ve içinden bir sıçrama, iki sıçrama, üç tik, dört tak diye tekrar etti. Grace yalnızdı. Soğuk odada titremeye başladı. Kıyafetlerini değiştirmesi gerekiyordu. Gitmesi gereken yere ulaşamıyordu, bu yüzden panik düğmesine bastı. Birkaç saniye içinde hemşire geldi ve temiz bir önlük giymesine yardım etti.

"Gitmek zorunda mısın?" diye sordu hemşire. Bu hemşire diğerinden daha küçük ve daha dost canlısıydı ve nazikçe gülümsedi. Hemşire yatak altlığını altına koyarken Grace'in yüzü kıpkırmızı oldu.

Sonra Grace pencereye daha yakın bir yere geçip geçemeyeceğini sordu. Hemşire ekipmanı bozmamaya dikkat ederek yatağı öne doğru itti. Perdeleri açarak gün ışığının içeri girmesini sağladı. Aniden gelen yoğun ışık Grace'in gözlerini kamaştırdı. Rüzgârla sallanan ince çimleri seyretti. Derin mavi, bulutsuz gökyüzüne baktı. Uzun süredir hastanede kaldıktan sonra, kendini canlı hissetti.

"Başka bir şeye ihtiyacınız olursa, bana haber verin," dedi hemşire.

Grace, elini tuttu ve "Teşekkür ederim" dedi.

Yine yalnızdı, ama bu sefer yolun daha ilerisine baktı. Küçük bir çiçek bahçesi ve hemen arkasında bir ağaç gördü.

Ağacın yanında, alaycı bir şekilde yukarı doğru süzülen bir kağıt parçası gördü. Hareketsiz çiçeklerin yanından geçerek, sanki "Bana bak! Sen güzel yaprakların ve canlı renklerin olabilir, ama ben senin yapamadığın bir şey yapabilirim. Sen zincirlenmişsin, ama ben uçabilirim. Uçuşumu izle!" der gibi. Kağıt parçası yolculuğuna devam etti. Grace, kağıt parçası yüksek, daha yüksek ve daha da yükseğe uçarken onu takip etti, ta ki artık göremez hale gelene kadar.

Grace güldü. Sanki sihir izliyor gibiydi.

"Ne yapıyorsun?" Grace'in annesi, kızını neredeyse ayakta dururken görünce haykırdı. Helen Greenway, kızını yastığının üzerine geri itti ve yatağı duvara doğru itti. Sonra kızını yatağa yatırdı. Grace bu şefkatli davranışı takdir etti. Bunun bir anıyı canlandırabileceğini düşündü — bu kadının önünde durduğu anıyı. Ama yine de hiçbir anı gelmedi.

BÖLÜM 6

"Umarım Dr. Christiansson'ın ziyaretine hazırsındır," dedi Helen. "Yakında gelip durumun hakkında konuşacak."

"Bir durumum mu var?" dedi Grace.

"Evet, Grace."

Doktor içeri girdiğinde Grace endişelendi. Doktor onlara selam verdi ve bir sandalye çekti. Bir an oturduktan sonra ayağa kalktı. Grace'in nabzını ölçtü. Grace'in alnını elledi. "Hmmm. Nasıl hissediyorsun, Gracie?"

"Lütfen bana Grace deyin."

"Oh, özür dilerim. Grace olsun o zaman. Bugün nasıl hissediyorsun?"

"Daha iyiyim. Baş ağrım artık o kadar şiddetli değil, ama doktor, hiçbir şey hatırlamıyorum."

"Hiçbir şey mi?"

Grace utanmış görünüyordu. Annesinin onu hatırlamadığını bilmesini istemiyordu. Tereddüt etti. "Anıların bir kısmı aklıma geliyor."

"Bir kısmı mı?"

"Evet."

"Daha fazla anlat," dedi doktor, notlarını klipsli tahtaya yazarken.

"Anıların bir kısmı, çoğunlukla bir çocukla ilgili. Vincente Marino," dedi Grace.

Doktor, Helen'e kaşlarını kaldırarak baktı.

"Oğlan. Ona topu atan," dedi Helen.

"Ah, evet. Bu normal, çünkü bilincini kaybetmeden önce gördüğün son kişi oydu." Tereddüt etti, bir şeyler karaladı. Sonra, "Anneni hatırlıyorsun, değil mi?"

Grace, doktorun ona bunu sormayacağını ummuş ve dua etmişti. Annesini mutlu etmek için yalan söylemeye devam etmeli miydi? Doktorun ona yardım edebilmesi için gerçeği, tüm gerçeği ve sadece gerçeği söylemesi gerektiğini biliyordu. Kafasını salladı. Helen ağlamaya başladı.

Doktor Helen'in elini okşadı ve sonra dikkatini hastaya verdi. "Grace, travmatik beyin hasarı denen bir şey geçirdin. Bunun ne anlama geldiğini biliyor musun?"

"Bilmiyorum."

"O zaman sana açıklamaya çalışayım," dedi doktor. "Kriket topuyla vurulmuşsun." Tereddüt etti ve sonra Helen'e baktı. Helen göğsü titreyerek hıçkırarak ağlıyordu. Duygularını kontrol etmeye çalıştığı belliydi.

Grace, doktorun sadede gelmesini istedi.

"Topun sana çarpmasının ilk etkisi, yani çarpmanın gücü, yaralanmaya neden olmak için yeterliydi. Komplikasyonlar var. Ciddi komplikasyonlar."

Önce bir hastalık. Şimdi de komplikasyonlar. Başka ne oluyordu? Hayatı tehlikede miydi?

"Evet, beyin yakınında kan pıhtıları veya anevrizmalar şeklinde komplikasyonlar var. Anevrizmaların yarattığı basınç hafıza kaybına neden olabilir. Bunun geçici bir durum olmasını umuyoruz."

"Geçici mi?"

"Evet. Eğer ameliyat yapıp bunları çıkarırsak, tüm hafızanızın geri geleceğini umuyoruz. Ancak ameliyat son derece tehlikelidir."

"Yani ölebilir miyim?"

Helen'in hıçkırıkları daha da şiddetlendi.

"Açıkça söylemek gerekirse, evet. Ameliyat yaparsak ölebilirsin, Grace. Ama şu da var: Ameliyat yapmazsak da ölebilirsin."

"Ha?"

"Pıhtılar büyüyor, size ağrı ve hafıza kaybına neden oluyor. Tehlikeliler. Daha fazlası oluşabilir, ancak ne zaman olacağını bilmiyoruz. Ne yazık ki, patlayıp parçalanarak kan dolaşımına girmedikçe yok olmayacaklar."

"Peki, onlardan nasıl kurtulabilirim?" Grace ağlamamaya çalışarak sordu.

"Size kan sulandırıcı ilaçlar vereceğiz. Sonunda ameliyat yapacağız. Bugün. Ya da yarın. Onayınızı verir vermez. Hepsini yok etmek için elimizden geleni yapacağız. Burada uzmanlarımız var. Ameliyat, hayatta kalmak ve tamamen iyileşmek için en iyi şansın."

"Peki ya hayır dersem?"

"Sen on altı yaşındasın, bu yüzden annen senin adına belgeleri imzalayabilir. Bizce kararı senin vermen ve kabul etmen daha iyi olur. Herkes için daha iyi olur. Bu yüzden sana doğruyu söylüyorum."

"Gerçekten bir seçeneğim var mı?"

"Hayır derseniz, pıhtılar hazır olduklarında yine de parçalanacaklar. Sonuç ölümcül olabilir ve hiçbir uyarı olmayabilir."

"Neden bekleyip daha sonra ameliyat olamıyoruz? Eğer gerekirse."

"Bekleyebiliriz. Karar size kalmış. Bekleyebilirsiniz. Muhtemelen her gün daha da güçlenecek ve daha sağlıklı olacaksınız. Ama bu bir risk olacaktır. Nüksedersen, zayıflarsan, tamamen iyileşme şansın da azalabilir."

"Öyleyse, ne kadar erken o kadar iyi mi?"

"Grace, bunu çok sakin karşılıyorsun," dedi Helen, hala hıçkırarak. "Benim güçlü küçük kızım. Çok cesursun." Onu kucakladı.

"Ölmek istemiyorum. Daha on altı yaşındayım."

"Bunu atlatman için elimizden gelen her şeyi yapacağız," dedi doktor.

"Durumun aciliyetinin arttığını nasıl anlayacağız?" diye sordu Grace.

"Pıhtılar patladığında, kritik listemize alacağız. Seni hemen ameliyathaneye alacağız. O noktada durumun ölüm kalım meselesi haline gelecek."

Grace gözyaşlarını tutmaya çalışıyordu. Yaşamak istiyordu. Ölmek istemiyordu, en azından bu şekilde değil. Zamana ihtiyacı vardı, ama zaman onun lehine işlemiyordu. Yalnız kalmak istiyordu. Kendine zaman ayırmak istiyordu. Düşünmek için zaman. Düşünmek için zaman.

"Sana düşünmen gereken çok şey verdim, Grace. Bir yetişkin için bile başa çıkması zor bir durum, bir genç için ise daha da zor. Ailenle ve arkadaşlarınla konuş. Onların desteğine ve sevgisine ihtiyacın olacak. Oh, ve bir şey daha. Durumun, pıhtılar, bir süredir böyle olabilir. Belki aylarca, hatta yıllarca uykuda kalmış olabilir. Seni duygusal olarak etkiliyor olabilirler. Seni yorgun hissettiriyor, baş ağrısı yapıyor olabilirler. O çocuk sana topu atana kadar, biz bunu bilmiyorduk. Artık bildiğimize göre, o kazayı, senin tekrar iyileşmene yardımcı olan şanslı bir katalizör olarak görmeliyiz."

Grace bu şekilde düşünmemişti. Başını salladı.

"Anladın mı, harekete geçmek zorunlu mu?"

"Çok açık bir şekilde anlattınız, Doktor."

"Aferin kızım," dedi. "Annenle konuş. O seni çok seviyor. Sonra biraz dinlen. Düşün. Yarın geri gelip sorularını cevaplayacağım."

Grace başını salladı. Helen kızına yaklaştı. "Sen de dinlen Helen. Grace senin gücüne ihtiyaç duyacak. En son ne zaman uyudun?"

"Bu aralar pek iyi uyuyamıyorum," diye itiraf etti Helen.

"Hemşirelerden birine sana uyumanı sağlayacak bir şey vermesini söyleyeceğim. Dinlenmen, yemek yemen ve kendine dikkat etmen gerekiyor, sadece kendin için değil, Grace için de."

"Evet, anlıyorum. Teşekkür ederim, Dr. Christiansson," dedi Helen.

Doktor dönüp odadan çıktı. Grace'in annesi yatağın yanında durmuş, kendi düşüncelerine dalmıştı.

"Anne, biraz yalnız kalmak istiyorum, düşünmek için."

"Ama yalnız değilsin. Bu kararı tek başına vermek zorunda değilsin."

"Biliyorum anne, teşekkür ederim."

Helen kızının alnına bir öpücük kondurdu ve odadan çıktı.

Sonunda yalnız kalan Grace'in gözyaşları sel oldu. Kendini sıkıca kucakladı. Ağlayarak rahatladı.

Gece havası dondurucu soğuktu. Etrafında çırpınıyordu. Arkasında bir peçe gibi dalgalanan geceliğini kesiyordu. Grace yüzünü Vincente'nin göğsüne sakladı. Yukarı doğru uçmaya devam ettiler. Daha yükseğe, daha yükseğe. Karanlığın içine. Her şeyi geride bırakarak.

Grace titredi.

Vincente onu kendine çekti. Kollarını onun etrafına doladı. Onu tuttu. Kendini güvende hissetti.

Şimdiydi. Ya şimdi ya da asla.

Yüksek yakalı geceliğini boynundan çekti ve kırmızı dantel bağcığı çözdü. Geriye yaslandı ve onu bekledi. Acıyı ve zevki bekledi.

Vincente dişlerini gösterdi ve sonra düşmeye başladı. Sürükleniyordu.

Aşağı. Çarpıyor. Aşağı.

Bekleyen kaldırıma doğru düşerken onu derisinin altında, çok derinde hissedebiliyordu.

Gözlerini açtı ve çığlık attı.

BÖLÜM 7

Grace kendine geldiğinde, biri boynuna battaniyeyi örtüyordu. Yanağına serin bir elin dokunduğunu hissetti. Adam, "Uyanık mısın?" diye sordu.

Grace gözlerini açıp odaklanmaya çalıştı. Adamın gözlerini seçebiliyordu — derin, ela rengi. Yanakları dikkatini çekti, çünkü gülümsediğinde bir çocuğunki gibi genişliyordu. Kendi gözlerini ovmaya çalıştı, ama adam kollarını battaniyenin altına sokmuştu. Battaniyenin altından kollarını çıkaramıyordu. Kendini kapana kısılmış hissetti. Korkmuyordu.

"Grace," dedi adam.

"Kollarımı çıkaramıyorum."

"Oh, çok özür dilerim. Seni çok sıkı sarmışım," dedi adam ve battaniyeyi indirerek Grace'in gözlerini ovup odaklanmasını sağladı. Şimdi ikinci bir genç adamın ona yaklaştığını fark etti. Kolları göğsünde kavuşturulmuştu.

"Teşekkürler."

"Grace, su içmek ister misin?"

"Evet, çok iyi olur," dedi, adam su doldurup bardağı titrek eline verdiğinde. Bir ebeveynin, çocuğu ilk kez kendi başına içmeyi öğrenirken elini tutması gibi, bardağı tuttu. Grace bardağı bitirdikten sonra, adam bardağı elinden aldı ve komodinin üzerine koydu. Bekledi.

Grace odanın içindeki iki kişinin kim olduğunu bilmesi gerektiğini çok iyi bildiği halde, etrafına bakındı. Onlar da onun bildiğini sanıyorlardı.

"Ben senin babanım," dedi gülümseyen adam, "ve bu da ağabeyin Daryl."

Grace şimdi anlayabilmişti: aile benzerliği, ela gözler.

Evet, babasının gözlerine sahipti.

"Annen bizi hatırlamayabileceğini söyledi," dedi. Kızının elini okşadı. Daryl yatağın kenarına yaklaşarak Grace'e elini uzattı.

"İyi görünüyorsun kızım," dedi Benjamin Greenway.

Grace hem rahatsız hem de rahatlamış hissediyordu. "Teşekkür ederim."

"Haberleri duyduğumuzda senin için çok endişelendik." Babası gözyaşlarını sildi. "Daha erken gelemediğim için üzgünüm. İş seyahatindeydim, biliyorsun."

"Anlıyorum."

"Ama benim küçük kızım için hiçbir şey fazla değildir ve buraya en iyi uzmanları getireceğiz. Seni tekrar normale döndürmek için elimizden gelen her şeyi yapacağız."

"Normal mi?"

"Eskisi gibi, bilirsin... eskisi gibi."

"Uh, teşekkürler," dedi Grace ve sonra battaniyenin altında ayaklarını sürükleyerek onları derin uykularından uyandırdı. Son zamanlarda böyle oluyordu. Vücudunun bir kısmı uyanıkken, diğer kısımları derin uykudaydı.

"Eskisi gibi olmanı istiyoruz," dedi kardeşi. Eğilip alnına bir öpücük kondurdu. Dudakları serindi, sanki az önce bir meşrubat içmiş gibi.

"Ben iyiyim," dedi Grace. "Sadece yorgunum... ve tabii ki hafızamın olmaması da var."

"Evet, kimseyi ve hiçbir şeyi hatırlayamamak çok üzücü," diye cevapladı Daryl. Sonra biraz mırıldandı ve güldü.

Garip bir durumdu.

Grace bir saniye gözlerini kapattı ve sonra tekrar açtı.

Babası ve kardeşi biraz temkinli görünüyorlardı. Yine bir anı, herhangi bir anı hatırlamaya çalıştı, ama başaramadı.

"O zaman ameliyat olmaya karar verdin mi?" diye sordu babası.

"Henüz bir karar vermedim."

"Her şeyin bir zamanı var canım, her şeyin bir zamanı var," dedi. Elini uzatıp Grace'in eline dokundu. Ciltleri temas ettiğinde, sıcaklık hissedeceğini ummuştu, ama babasının cildi soğuktu.

"Dün doktorla konuştum," dedi babası. "Ona elinden gelen her şeyi yapmasını söyledim. Paranın önemi olmadığını söyledim. En iyi doktorları çağırmasını söyledim. Küçük kızımı geri getirmek için her şeyi yapmasını söyledim."

"Buradayım baba," dedi, Vincente odasının kapısından başını içeri sokarken.

"İçeri gel Vincente," dedi, "bizi rahatsız etmiyorsun."

Oda içinde etrafına bakındı ve ona doğru yürüdü. Parmaklarını saçlarının arasında gezdirdi. Ellerini siyah Levi's pantolonunun ceplerine soktu.

"Sana babamı ve kardeşim Daryl'ı tanıtmak istiyorum."

"Baban ve kardeşin mi?"

"Evet."

"Uh, bu yüzden hemen içeri girmedim. Ben, uh, biriyle konuştuğunu duydum sandım."

Grace, Vincente'nin çok garip davrandığını, neredeyse kaba olmaya varacak kadar olduğunu düşündü.

"Birini aramamı ister misin? Doktorunu? Hemşirelerden birini? Yardıma ihtiyacın var mı?"

"Ne demek istiyorsun?" Grace ona çok kızmıştı, ama gülümsedi. "Baba, bu Vincente Marino, beni hastaneye getiren çocuk. Daryl, bu Vincente Marino. Vincente, babam ve kardeşim."

Vincente etrafına baktı. Odada kimse yoktu. Tek bir kişi bile. Ama zavallı, yanılgıya kapılmış Grace, odada biri olduğunu sanıyordu. Onun yanılgısına uymalı mıydı? Rol yapmalı mıydı? Elini uzatmalı mıydı? Hayali bir el sıkışması mı yapmalıydı? Vincente tıp uzmanı değildi. Nereye bakacağını, ne yapacağını bilmiyordu. Grace Greenway'i uçurumun kenarına itmekten sorumlu olmak istemiyordu. Ona zaten yeterince zarar vermişti.

"Gidip doktoru çağırayım, tamam mı?" Vincente saçlarını parmaklarıyla tararken dedi.

"Neden? Seni ailemle tanıştırıyorum diye mi? Sana evlenme teklif ettiğim falan yok ki!"

"Grace? Ya sana şunu söylersem..."

"Evet?"

"Ya bu odada senden ve benden başka kimse olmadığını söylersem?"

Grace babasının, sonra da kardeşinin gözlerine baktı. Onlar da başlarını sallayarak onayladılar.

"Ne demek istiyorsun? Onlar burada duruyorlar!"

"Grace, şimdi beni dinle. Lütfen. Baban ve kardeşin bir trafik kazasında öldüler. Kafa kafaya çarpıştılar. Okulda bir anma töreni yapıldı."

"Ölmüş olamazlar," dedi Grace. "Tabii, tabii... Ölüleri görmüyor olmuyorsam!"

"Eminim bunun tamamen masum bir açıklaması vardır, Grace. Muhtemelen ağrı kesicilerin bir yan etkisi. Lütfen yardım çağırmama izin ver."

Grace babasına uzandı. O geri çekildi. Daryl'e uzandı. O da geri çekildi.

"Tatlım, Vincente geldiğine göre artık gitmeliyiz. Başka bir zaman tekrar geliriz. Sen yalnız olduğunda," dedi babası. O ve Darryl duvara yaslandılar. Ortadan kayboldular.

Grace gözlerini kapattı ve çığlık atmaya başladı. Ve çığlık atmaya devam etti.

Tıbbi personel nihayet geldiğinde, artık çok geçti. Grace bazı tüpleri çoktan çıkarmıştı.
Ona sakinleştirici verdikten sonra, hemen sakinleşti. Kısa süre sonra uykuya daldı.
Vincente, Helen gelene kadar Grace'in yanında kaldı. Olanları anlattı.
Helen orada olmadığı için üzgündü. Tüm bunların ne anlama geldiğini merak ediyordu. Kızı aklını mı kaybediyordu? Onu başka bir hastaneye yatırmak için doktorla konuşması mı gerekiyordu? 24 saat izleneceği bir hastaneye mi? Bu düşünce onu ürpertti.
Vincente, Grace'in deli olmadığını ona telkin etmeye çalıştı. Aynı zamanda kendini de ikna etmeye çalışıyordu.
Pencereden dışarıya baktı ve rüzgarda gündüz hayalet gibi uçan bir plastik torba gördü. Ölülerin geri dönüp yaşayanları geri almaya çalıştığını anlatan okuduğu kitapları düşündü. Doğaüstü bir açıklaması olabilir miydi?
Helen, uyuyan kızını izledi. Orada dinlenirken çok masum bir ruh gibi görünüyordu. Helen kollarını kendine doladı. Gerçekten konuşmayalı çok uzun zaman olmuştu. Yanında duran çocuğa baktı ve

onun kızını kendisinden daha iyi tanıyıp tanımadığını merak etti. Bir gün kızıyla aralarının açılabileceği düşüncesinden nefret ediyordu.

Grace uykusunda kıpırdadı. Sonra yüksek sesle saymaya başladı.

Helen, Grace neredeyse yüze ulaşana kadar dinledi. Sonra kızı saymayı bıraktı. Her zaman yüze ulaştığında dururdu. Grace hayatı boyunca sayıları sevmişti. Sayılar ona rahatlık verirdi.

Helen bunu düşündü. Kızının hafızasını kaybetmiş olmasına rağmen, uykusunda saymak gibi normal şeyler yapmaya devam ediyordu. Helen bunun iyi bir işaret olduğuna inanıyordu. Bunu Marino'nun oğluna da söylemek üzereydi. Oğul pencereden dışarıya bakmakla meşguldü, bu yüzden Helen bir fincan çay almaya karar verdi.

Vincente, Helen'e geri dönene kadar odada kalacağına dair söz verdi. Helen onun yardımına minnettardı.

Vincente bir dergiyi karıştırdı ve pencereden dışarıya bakmaya devam etti.

Grace, "Lütfen beni götürmeyin. Lütfen!" diye bağırdı.

Vincente onu kaldırıp kucakladı. Hâlâ derin uykudaydı, sadece kabus görüyordu. Vücudu gevşediğinde, başını yastığa koydu.

"Lütfen ölme," diye fısıldadı Vincente. Kapıyı açıp dışarıda Helen'ı aradı. Bu durumdan kurtarılmayı gerçekten istiyordu. Helen Greenway neredeydi? Uykusunda tekrar kıpırdanmaya başlayan Grace'e bir kez daha baktı. İçini çekerek kapıyı kapattı ve görev yerine geri döndü.

BÖLÜM 8

Grace tamamen kafası karışık bir şekilde uyandı. Korkunç rüyalarla dolu bir gece geçirmişti.

Rüyasında iki ziyaretçisi olduğunu görmüştü: ölen babası ve kardeşi. Oda zifiri karanlıktı ve gözlerini açtığında havada belirgin bir sabun ve antiseptik kokusu vardı. Ne kadar süre uyuduğunu merak etti.

Grace alnına dokundu ve çok sıcak olduğunu hissetti. Ateşi çok yüksekti ve yine geceliğini değiştirmesi gerekiyordu. Yatağın diğer tarafına uzandı, zili çaldı ve bekledi. Hiçbir şey olmadı.

Kendine bir bardak su doldurmaya çalıştı ama sürahinin boş olduğunu gördü. Hemşirenin odaya gelmesini bekledi ama kimse gelmedi. Zili tekrar çaldı. Susuzluğu artıyordu. Alnını tekrar elledi ve zile yaslandı.

Dik oturdu ve Vincente'yi gördü. Pencere altındaki iki sandalyeye uzanmış, derin uykudaydı. Ayakları ve bacakları bir sandalyedeydi. Üst vücudu diğer sandalyedeydi. Sorun, ortasının aşağıya doğru sarkmasıydı. Yakında yere düşecekti. Bunu engellemenin tek yolu onu uyandırmaktı.

Grace onun adını seslendi. Şaşkınlıkla, vücudu sandalyeleri ayırdı. Ortası yere çarptı.

Ayağa fırladı. "Ne? Nerede?"

Grace gülmekten kendini alamadı.

Bir anlığına ona doğru baktı, sonra elleriyle kıyafetlerini düzeltti. Sonunda parmaklarıyla saçlarını taradı. Bir iki saniye daha ona baktı, sonra gözlerini ovuşturdu ve nerede olduğunu fark etti. Bir kez daha saçlarını elleriyle taradı, sonra Grace'e doğru ilerleyerek, "Vay canına, özür dilerim. Uyuyakalmış olmalıyım."

"Önemli değil. Düşmeni engellemek istedim ama üzgünüm, durumu daha da kötüleştirdim."

"Önemli değil." dedi Vincente. Kendini uyandırmak için birkaç zıplama hareketi yaptı.

"Saat çok geç oldu! Neden beni almadılar? Annen devralacaktı. Artık saat ondan sonra sadece aile üyeleri girebiliyor. Hastane kuralları."

"Bir süredir hemşireyi çağırıyorum," dedi Grace, "Ama şu ana kadar kimse gelmedi. Dur, bir daha deneyeyim." Zili çaldı ve beklemeye başladı.

Vincente, sesin koridorda yankılandığını duyabiliyordu. Garip. Gidip bakmaya karar verdi. Helen neredeydi? Vincente, Helen Greenway'e saat 10'da oradan çıkması gerektiğini özellikle belirtmişti. Onu uyandırmaya söz vermişti. Annesi onu almaya gelecekti ve ertesi gün kriket maçı vardı. İyi bir gece uykusu alması gerekiyordu. Helen onu hafife alıyordu. Onu aileden biri gibi davranıyordu. Ne oluyordu?

Vincente dolaşırken giderek daha fazla sinirleniyordu. İlk başta her şey normal görünüyordu, ama tüm hastane personelinin yokluğu onu endişelendirdi. Cebine uzandı ve cep telefonunu çıkardı. Telefonu açtı ve 4G'nin devreye girmesini bekledi, ama sinyal zayıftı, sadece bir çubuk vardı. Mesaj ve e-postalarını kontrol etti, ama hiçbir şey yoktu. Koridorun sonundaki saate baktı. Saat 2:30'du. Ne oluyor?

Merakla, hastane odalarından birini açtı, izinsiz girdiği için özür dilemeye hazırdı, ama oda boştu. Kapıları tek tek açmaya devam etti ve sonuç her seferinde aynıydı: boş.

Asansöre bindi. Bir kat aşağı indi: yukarıdaki ile aynıydı. Herkes nereye gitmişti? Bu durum garipleşmeye başlamıştı. Asansörle zemin kata indi. Orada da durum aynıydı. Resepsiyon masası bile boştu. Bekleme odasında veya acil serviste hasta veya hasta yakını yoktu.

Dışarı çıktı ve derin bir nefes aldı. Havada garip bir koku vardı, araba egzozları ve okaliptüsün karışımı gibi. Tek duyabildiği şey, aralıksız bir uğultuydu.

Uzakta, gözleri gece gökyüzünü aydınlatan dolunayla buluştu. Yıldızlar tüm güçleriyle parlıyordu. Bunlar, görmeyi beklediği, yani normal olan şeyler olduğu için birkaç saniye üzerinde durdu.

Birkaç saniye sonra, uğultu onu gerçeğe geri getirdi ve gözleri otoparkı taradı. En yakın araca doğru ilerlerken öksürdü, bu aracın egzoz borusundan duman çıkıyordu.

Aracın ön sürücü kapısı ardına kadar açıktı, bu yüzden içeriye eğildi, ancak aracın boş olduğunu gördü. Arka koltuğu kontrol etti ve onun da boş olduğunu gördü. Kontak anahtarını kapattı, ama araba hemen tekrar çalışmaya başladı. Sonunda anahtarı çıkardı ve bu işe yaradı gibi görünüyordu.

Bir sonraki araca gitti, o da boştu ve motoru hala çalışıyordu. Park yerinin ortasında durdu. Her araç çalışıyordu, ama görünürde ne sürücü ne de yolcu vardı. Vincente titredi ve Grace'i bulmak için içeri koştu.

Grace hala onu bıraktığı yerde oturuyordu. Hayatında hiç kimseyi bu kadar mutlu görmemişti. Odaya girerken üst dudağını ısırdı ve ona neler olduğunu anlatmalı mı diye düşündü. Ama zaten neler olduğunu kendisi de bilmiyordu. Olayları kafasında bir kez daha gözden geçirdi:
Gerçek: Hastane terk edilmişti.
Gerçek: Otopark terk edilmişti.
Bunlar soğuk ve acı gerçeklerdi.
Vincente durumu nasıl anlatması gerektiğini düşündü. Ona durumu yumuşatmalı mıydı? Yoksa Grace'e her şeyi anlatmalı mıydı? Onun şu anki ruh sağlığı hakkında endişelenmeden edemiyordu. Kısa bir süre önce çok uçurumun kenarında gibi görünüyordu. Onu uçurumdan iten kişi olmak istemiyordu. Ona zaten yeterince zarar vermişti.
Vincente, Grace'in çok terlediğini fark etti. Henüz ona hiçbir şey söylememiş olmasına rağmen, Grace zaten endişeli ve tedirgin görünüyordu. Ona soğuk su içmek isteyip istemediğini sordu ve Grace içmek istediğini söyledi.
Küçük sürahiyi suyla doldurdu ve bir bardak su doldurdu. Grace, bunun kendisi için olduğunu

düşünerek elini uzattı. Ama Vincente kendi dünyasında gibi görünüyordu ve bardağı ona vermek yerine, bardağı kendisi içti. Sonra aynı işlemi tekrarladı ve ikinci bardağı da son damlasına kadar içti.

Gerçek dünyaya döndüğünde, Grace giderek daha fazla korkmaya başlamıştı. Kesinlikle bir terslik vardı. Vincente bir şey görmüştü ve ona bundan bahsetmekten korkuyordu. Durum o kadar kötüydü.

Vincente'nin gözleri Grace'in gözleriyle buluştu. Bir bardak su doldurdu ve onu bekleyen eline uzattı. Grace, Vincente'nin yüzündeki ifadenin bir an bir an değiştiğini izleyerek suyu içti.

Grace artık dayanamıyordu. Vincente'nin kendine gelmesini istiyordu. "Ben, şey, tuvalete gitmem gerekiyor." Yine zili çaldı. Hemşirelerden birinin hemen odaya gelmesini umuyordu.

Vincente'nin zamanı azalıyordu. Grace'i gözlemledi. Etrafta hiç hemşire olmamasına rağmen, bir hemşirenin gelip ona yardım etmesini bekliyordu. Ne yapacaktı? Grace ciddi bir sağlık krizi geçiriyordu ve ilaca ihtiyacı vardı. Vincente doktor değildi ve ona nasıl bakacağını bilmiyordu.

Sonra bir fikir geldi aklına: onu başka bir hastaneye götürecekti.

Evet, öyle yapacaktı.

"Dün için özür dilerim. Yani ölüleri görme meselesi için," dedi Grace.

"Önemli değil."

Ona söylemek zorundaydı. Ne kadar erken o kadar iyi.

"O hemşire kovulmalı!" diye bağırdı Grace. Gerçekten tuvalete gitmesi gerekiyordu!

"En son ne zaman ilaçlarını aldın?" diye sordu Vincente.

"Bilmiyorum. O kadar çok uyuyorum ki, bazen gündüz mü gece mi olduğunu anlamak zor."

"Şu anda gece. Ziyaret saatleri çoktan geçti."

"Yani, yine geç saatlere kadar kalmana izin verdiler mi?"

"Sanmıyorum. Annen beni uyandıracaktı. Geceyi seninle geçirecekti. Düşündüğüm kadarıyla..."

"Ne düşündüğün? Aklımı kaçırdığımı mı düşünüyor?"

"Şey, öyle sayılır. Yani, sadece sana göz kulak olmak istiyor."

"O zaman ilaçlarımı aldığımdan emin olmalı," dedi Grace.

"Kanının pıhtılaşmaması için ilaçlarını alman gerekiyor."

"Biliyorum," dedi Grace sinirli bir şekilde, "Her şeyi yatağın ucundaki çizelgeye yazıyorlar. Bir bak. Bilmen gereken her şey orada yazıyor."

"İyi fikir," dedi Vincente, klipboardu kaldırırken. Üzerinde gizli bir şifreye benzeyen kısaltmalar vardı. Ne demek istediğini anladı.

Grace, yirmi dört saattir hemşire ya da doktor gibi kimseyi görmemişti.

Gerçekten tuvalete gitmesi gerekiyordu. Yanındaki makinenin damla damla damlayan sesi hiç yardımcı olmuyordu. Bunu düşünmemeye çalıştı. Vincente Marino'nun vampir versiyonunu düşünmemeye çalıştı. Ve ölü insanları görmeyi düşünmemeye çalıştı, ama bunların hiçbirini düşünmemek zordu. Özellikle de mesanesi doluyken.

Vincente, ya şimdi ya da asla diye karar verdi. Ona söylemek zorundaydı. Ona gerçeği söylemek zorundaydı. Onları bu hastaneden çıkarmak, başka bir yere götürmek zorundaydı. Grace'in ihtiyacı olan bakımı alabileceği bir yere.

Pencereye yürüdü ve perdeleri çekti. Bir dakika daha oyalamayacağına karar verdi. Ona söylemek zorundaydı... şimdi.

"Grace, sen ve ben hastanede yalnız kaldık," diye patladı Vincente. Acımasızca, diye düşündü. Kesinlikle acımasızca.

"Ne?"

"Hepsi... gitti."

"Bu imkansız! Hemşire! Hemşire!" diye bağırdı, acil durum düğmesine tekrar basarken.

"Birkaç dakika önce etrafa baktım, bu hastane terk edilmiş. Tamamen."

"Beni korkutmaya mı çalışıyorsun?"

"Evet. Yani, hayır, ama bence buradan çıkmalıyız."

"Ama dışarıda... Yani, hastanenin dışında, insan gördün mü?" diye sordu Grace.

"Hayır. Burada, binanın içinde ya da dışında kimseyi bulamadım. Gitmeliyiz. Buradan çıkmalıyız. Şehre gitmeliyiz. Dışarıda motorları çalışır halde arabalar gördüm, ama direksiyon başında kimse yoktu. Yolcu yoktu. Bir sürü boş araba vardı."

"Ama hastaneden ayrılamam. Benim durumum ne olacak?" diye haykırdı Grace. Vincente'ye baktı ve bir an için yine rüya görüyor mu diye merak etti. Gözlerini kapattı ve sonra açtı. Hayır, tamamen uyanıktı. Belki de uyuyan Vincente'ydi ve o onun rüyasındaydı? Ya da daha kötüsü: belki de onun hastalığı bulaşıcıydı? Belki de akıllarını kaybediyorlardı?

"Şimdi gidersek ailelerimizi bulabiliriz. Onlar ne yapacağını bilir."

"Ama ben bunlara bağlıyım," dedi ve makineleri ve kabloları işaret etti.

"Sorun değil, seni çıkarırım," dedi Vincente.

"Ne yapacağını biliyor musun?"

"Açık görünüyor, ama bana güvenmen gerekecek."

BÖLÜM 9

Grace seçeneklerini değerlendirdi. Vincente haklıysa ve neden yalan söylesin ki? O zaman hastanede ve çevresinde bulunan herkes ortadan kaybolmuştu. Bunu kabul etmesine rağmen, Grace hala kendi akıl sağlığından şüphe ediyordu. Önce Vincente'nin vampir olabileceğine inanmıştı. Sonra, ölmüş olmalarına rağmen kardeşi ve babasının onu ziyaret ettiğine inanmıştı. Ve şimdi de bu vardı.

"Elbette sana güveniyorum, Vincente. Ama korkuyorum. Bana ne olduğunu anlamıyorum."

"Bu sadece sana olan bir şey değil. Bana da oluyor. Sen ve ben bu durumun içindeyiz. Burada sen ve benden başka kimse yok."

"Ama rüya mı görüyorum? Bunun rüya olmadığına emin misin, Vincente? Bana bunun rüya olmadığını söyle! Aklımı kaçırıyorum galiba!"

Vincente, Grace'i kendine yaklaştırdı ve ona sarıldı. Sıcak nefesi kulağını gıdıkladı. Fısıldadı, "Aklını kaçırmıyorsun. Bu gerçek. Sen ve ben bu işte birlikteyiz... ve buradan çıkmamız gerekiyor."

"Ya pıhtı patlarsa? Ya pıhtı patlarsa?" diye başladı Grace.

"O zaman bununla ilgileniriz. Seni başka bir hastaneye götürürüm. Başka bir yere."

Vincente kalp monitörünü çıkarırken Grace başını salladı. "Korkuyorum," itiraf etti.

"Ben de burada kalırsak ne olacağından korkuyorum," dedi Vincente. Son Velcro bağlantısını çıkardı ve makine şiddetli bir şekilde düz çizgiye geçti. Vincente fişi duvardan çekene kadar makine çığlık attı ve yanıp söndü.

Sonra odada sessizlik oldu.

"Şimdi zor kısım geliyor," dedi Vincente. "Elinden iğneyi çıkarmam gerekiyor ve bu acı verecek."

"Konuş benimle. Dikkatimi dağıt."

"Tamam. Sana önemli bir maçım olduğunu söylemiş miydim? Oynamayı çok istiyordum. Son maçımdan bu yana uzun zaman geçmiş gibi geliyor." Vincente tereddüt etti. "Hepsi bitti."

"Hiç acıtmadı. Teşekkür ederim," dedi Grace, bacaklarını yataktan sarkıtarak. Şimdiye kadar battaniyenin altında saklı olan çıplak bacaklarıydı.

Vincente, Grace soğuk muşamba zemine adım attığında başka yere baktı. Soğukluk, zayıflamış vücudunu istemsiz bir titremeye kapılmaya neden oldu. Vincente onu tuttu ve destekledi. Grace banyo kapısına baktı. Ona doğru yürüdü. Vincente, Grace güvenli bir şekilde içeri girene kadar onu destekledi.

Grace idrarını yaptı. Sifonu çekti ve ellerini yıkamak için lavaboya gitti. Aynadaki yansımasına baktı ve nefesini tuttu. Saçları dağınıktı ve teni solgundu. Çok hasta görünüyordu, ki öyleydi de. Grace dişlerini fırçaladı, saçlarını taradı. Kapıyı açtı ve Vincente'nin odayı alt üst ettiğini gördü.

O bir şey söylemeye fırsat bulamadan, Vincente, "Giysilerin nerede?" diye sordu.

"Hiçbir fikrim yok. Belki annem yıkamak için eve götürmüştür?" Yatağa geri döndü. "Düşündüm de, belki de burada kalıp onların geri dönmesini beklemeliyiz? Elbette geri döneceklerdir. Ya da belki ben uyanırım, ya da sen uyanırsın ve her şey tekrar normale döner?"

"Hayır, Grace. Buradan gitmeliyiz... hemen. Sen rüya görmüyorsun ve aklını kaçırmıyorsun... tabii ben de aklımı kaçırmadıysam! Giysiler için endişelenme. Başka bir şey bulana kadar hastane önlüğün iş görür."

Grace yine titredi. Vincente omuzlarına bir battaniye sardı.

"Hadi Grace. Geçmişi konuşmayı bırakıp, şu anda burada olanları düşünelim. Buradan gitmemiz gerekiyor."

"Belki de beni bırakmalısın. Seni sadece yavaşlatırım."

"Seni bırakmayacağım Grace. Birlikte kalmalıyız. Artık bu işte birlikteyiz. Hadi."

"Ama Vincente, belki ben burada yatakta uzanıp biraz uyursam, sen tek başına yardım bulabilirsin. Kendimi çok yorgun hissediyorum." Yatağa doğru yürüdü ve üzerine tırmanmaya başladı.

Vincente uzanıp onu kendine doğru çekti. Ellerini omuzlarına koydu. "Grace, bana güvenmiyor musun?"

"Güveniyorum, ama..." Grace titreyerek orada durdu, Vincente'nin koyu renkli gözlerine bakarak. Korkuyordu. Uyanık olmaktan korkuyordu. Uykuda olmaktan korkuyordu. Dikkatini başka yere çekmek istiyordu ve onun hakkında, hayatı hakkında daha fazla şey bilmek istiyordu. Geri çekilmek, onun gerçek Vincente Marino olduğundan emin olmak istiyordu. Her şeyi sorgulamaya başlamıştı.

"Buraya taşınmadan önce nerede yaşıyordun?"

"Ailem çok sık taşınırdı," dedi Vincente. "Neredeyse beş yıldır Sydney'deyiz ve beş yıl ailem için tek bir yerde kalmak için uzun bir süre."

Grace, Vincente'nin okula ilk geldiği günü şaşırtıcı bir şekilde hatırladı. Bu bir anı armağanıydı. Anısını bilincine akıtarak o sahneyi yeniden yaşadı. Zihninde tekrar tekrar izledi.

"İyi misin, Grace?"

Anılarını hatırlamaya o kadar dalmıştı ki, gerçek Vincente'nin tam önünde durduğunu unutmuştu. Grace, rüyasını ona anlatmakta tereddüt etti. Bu rüyanın sadece kendisine ait olmasını istiyordu. Ama sonunda korkacak bir şey olmadığına karar verdi.

"Okula ilk geldiğin günü hatırlıyordum. Sanki bir ışık huzmesi kalbimi delip ruhumu delmiş gibiydi. Nefes alamıyordum."

Vincente bu itirafa ne cevap vereceğini bilemedi, bu yüzden hiçbir şey söylemedi.

Grace, okulun ilk gününde onu gördüğünü hatırlamadığından emindi. Neden hatırlasın ki?

"Seni hatırlıyorum," dedi.

"Sadece benimle gelmem için böyle söylüyorsun," dedi Grace.

"Neden yalan söyleyeyim ki? Okulun önündeki çimlerdeydin. Oturmuş, kitap okuyordun. Ağacın altında, yapayalnızdın."

"Evet. Wuthering Heights'ı okuyordum."

"Ben de yanından geçtim ve takılmış gibi yaptım. Yanına bir kalem düşürdüm."

"Onu aldım ve sana geri verdim."

"Evet, ama Grace, bana başka bir gezegenden gelen bir yaratıkmışım gibi baktın."

"Evet, kalbimin ve ruhumun uyanışı gibi bir şeydi. Dilim tutuldu."

"Ama beni tanımıyordun bile."

"Seni tanıyordum, Vincente. Seni hep tanıyordum."

"Grace, az önce bana söylediklerini bir düşün. Beyninde benimle ilgili belirli anılar var. Bence bu inanılmaz derecede olumlu bir işaret. İyileştiğinin bir işareti."

Bunu düşündü ve sonra kulaklarından kulaklarına kadar gülümsedi. "Tamam," dedi, "şimdi buradan gidelim."

"Seni bırakmayacağım, Grace. Birlikte kalmalıyız. Bu işte birlikteyiz. Hadi."

Grace'in yatağının yanındaki telefon çalmaya başladı. Grace ahizeye uzandı. Vincente, odadaki başka bir telefon da çalmaya başladığı için onu cevaplamasını engelledi. Sonra yan odadaki başka bir telefon daha çaldı. Sonra bir tane daha, sonra bir tane daha. Telefonların çınlaması koridorlarda yankılanıyordu. Ses kulakları sağır ediyordu.

"Gidelim!" Vincente, koridora çıkarken bağırdı. Çınlama yankılanarak gittikçe daha da yüksek sesle duyuluyordu.

Kulaklarını kapattılar ve asansöre vardılar. Kapılar açılıp kapandı, sonra tekrar açılıp kapandı. Asansöre binmek çok riskliydi. Merdiven boşluğuna doğru yöneldiler.

Merdivenlerden inerken çalan ses azaldı. Zemin kata vardıklarında kapıyı açtıklarında ses her zamankinden daha yüksekti.

"Hadi!" Vincente, ön kapıdan çıkarken bağırdı. Bir araba buldular. Grace'i yolcu koltuğuna oturtup kemerini bağladı.

Gaz pedalına basarak, sessiz ve karanlık gecenin içine hızla uzaklaştılar.

Vincente, bilinmeyen bir yere doğru sürüş hakkında bir şarkı söyledi. Sydney'in İç Batı bölgesinden geçtiler. Grace'in sessiz olduğunu ve uykuya daldığını fark etti. Düşünmek için zamana ihtiyacı olduğu için bunun muhtemelen iyi bir şey olduğunu düşündü. Bir plan yapmak için.

Arabalar her yerde tampon tampona dizilmiş, ana yolu tıkamıştı. Araçlar arasında zikzaklar çizerek ilerlemek zorunda kaldı. Bazen geçebilmek için kaldırıma çıkmak zorunda kaldı.

Yol boyunca birçok terk edilmiş ve çalışan araç gördü. Nakliye kamyonları, taksiler, polis arabaları ve ambulanslar da vardı. Hepsi sokakta duruyordu, hatta uçaklar ve helikopterler bile. Hava dumanla doluydu. Stephen King'in romanlarından çıkmış gibi, tam bir kıyamet gibiydi.

Vincente ilk başta yaya geçitlerinde durup çocukların, yetişkinlerin ve hatta köpeklerin geçip geçmediğine bakıyordu. Hiçbir şey görmeyince bunu bıraktı.

Görünüşe göre kimse kalmamıştı. Yine de Vincente, banliyöde bekleyen ailesini ve arkadaşını bulmayı umuyordu. Annesini cep telefonundan aramaya çalıştı, ama cevap yoktu. Mesaj bıraktı. Aynı şeyi dedesinin evinde de yaptı.

Grace uyandı ve "Neredeyiz?" diye sordu.

"Şu anda Sydney'de dolaşıyoruz. Durumu araştırıyoruz. Sen uyurken, Royal Hastanesi'ne gidip kontrol ettim."

"Beni uyandırmalıydın."

"Hayır, gerek yoktu. Orada da telefonların çaldığını duyabiliyordum. İçeri girmeden hastanenin boş olduğunu anladım." Vincente bir kavşağa girdi. Grace kolunu tuttu ve durmasını söyledi.

Frenlere bastı. Yaya geçidi olduğu için beklediler ama geçecek kimse yoktu.

Grace, rüzgarda çırpınan çamaşırlardan bahsetti, kim bilir ne zamandır dışarıda bırakılmış çamaşırlardan. Gökyüzünde hiç kuş olmadığını fark etti. Havlayan köpek yoktu. İşletmelerin hala açık olduğunu gördü, ama çalışan personel yoktu ve alışveriş yapacak müşteri de yoktu.

Yanmış araçlar da vardı.

"Şehir tamamen terk edilmiş," dedi Vincente.

"Umutsuz vaka," diye mırıldandı Grace.

"Umudunu asla kaybetme."

"Her şey yoluna girecek," dedi Vincente, uzanıp Grace'in eline dokunarak. Onun cildi kendi cildine değdiğinde Grace bir sarsıntı hissetti.

"Ne yapacağız?" diye sordu Grace.

"Plan A'ya devam edeceğiz," dedi Vincente.

"Plan A mı var?"

"Sen uyurken, Grace, Plan A'yı hazırladım. Diğer hastaneyi ve tanıdık banliyöleri kontrol etmeyi içeriyor. Eğer birinin yardımımıza ihtiyacı varsa, büyük olasılıkla onu bulabiliriz diye düşündüm."

"İyi bir plandı."

"Şu ana kadar ne ölü ne de diri bir şey görmedik."

"Kuşlar nereye gitti?" diye sordu Grace.

"Muhtemelen suya doğru gitmişlerdir. Havayı kirleten gürültülü arabalardan uzaklaşmak isterler," dedi Vincente.

Deponun neredeyse boş olduğunu fark etti. Benzin istasyonunda depoyu doldurdu. Sonra marketten birkaç şey aldı. Vincente Grace'e bir çikolata attı ve bir Mars Bar açtı. "Parayı tezgahın üzerine bıraktım."

"Para mı bıraktın?" Grace gerçekten şaşırmıştı.

"Evet. Ödemeden benzin alamam. İstediğimizi alıp götürürsek, bildiğimiz medeniyetin sonu gelir!

Ayrıca, o benzin istasyonunun sahibi, buraya taşındığımızdan beri ailemi tanıyor. Annem arabayla sorun yaşadığında ve babam şehir dışındayken birkaç kez ona yardım etti."

"Bu mantığını beğendim."

"Evet, şu anda anarşi istemiyoruz, değil mi?" diye güldü.

Grace, Vincente'ye eskisinden daha fazla hayranlık duyuyordu. Onun sorumluluk alan tavrını, dürüstlüğünü takdir ediyordu. Her ne sebeple olursa olsun, kader onları bir araya getirmişti. O ve Vincente bir maceranın içindeydiler. Bu macera heyecan verici, korkutucu ve tuhaftı.

Vincente, zencefilli kurabiye gibi bir eve hızlıca döndü. "İşte geldik," dedi.

BÖLÜM 10

"Burası dedemlerin evi. Okul tatillerinde ve annemle babam iş seyahatindeyken hep burada kalırım. Ailem sık sık taşındığı için burası benim ikinci evim oldu."

Havadaki okaliptüs kokusunu içine çekerek Grace, "Saat çok erken. Sence sorun olur mu?" dedi.

"Dün gece aradım ama kimse cevap vermedi. Mesaj bıraktım. Uyuyorlarsa, sorun olmaz. Kendi anahtarım var, içeri girebiliriz. Ayrıca, bu bir acil durum sayılır."

Vincente kapıyı açtı.

Grace hala bahçeye bakıyordu, bahçenin ortasındaki devasa ağaca odaklanmıştı. Ağaç eğilmişti ve köklerinin çoğu ortaya çıkmıştı. Titreyerek kollarını kendine doladı.

İçeri giren Vincente, "Gel içeri!" diye bağırdı.

İçeri giren Grace, kendini evindeymiş gibi hissetmeye çalıştı. Aniden, açık kapıdan bir rüzgar esintisi girdi ve hastane önlüğünün arkasını yakaladı. Kemiklerine kadar üşüdü ve tekrar titredi.

Vincente kanepenin arkasından uzanıp büyükannesinin el örgüsü, rengarenk battaniyesini aldı. Battaniyeyi Grace'in omuzlarına örttü.

Grace battaniyeye sarıldı ve hoş kokusunu içine çekti.

"Burada bekle," dedi Vincente. "Yukarı çıkıp onlara bakacağım."

"Tamam," dedi Grace ve Vincente'nin merdivenleri çıkıp koridorun sonuna doğru dönmesini izledi.

Vincente gözden kaybolduğunda, Grace pencereye gitti ve perdelerin arkasından dışarıya baktı. Ağacın kökleri hareket ediyor gibiydi. Dallar sallanmaya başladı. Grace tekrar titredi ve perdeleri kapattı.

Çok meraklı görünmeden etrafına baktı. Ev, Vincente için bir tapınak gibiydi. Her yerde onun fotoğrafları vardı. Bebeklik halindeki Vincente. Küçük bir çocuk halindeki Vincente. Spor kıyafetleri içindeki Vincente. Ailesiyle birlikte olan Vincente. Kupalarıyla birlikte olan Vincente. Fotoğraflar uzayıp gidiyordu. Diğerlerinin arasında görmediği özel bir tür fotoğraf dikkatini çekti, yani Vincente ve bir kız arkadaşı. Bu iyiye işaretti.

Vincente aşağıya geri döndü. Yüzündeki ifade ve telaşından, büyükbabasının ve büyükannesinin evde olmadığını anlayabilirdi.

"Burada değiller ve dün gece burada olduklarına dair hiçbir iz yok. Yatakta uyunmamış ve çamaşır sepetinde hiçbir şey yok. Büyükannem, yatmadan önce kirli çamaşırları sepete koymaya her zaman çok titizdi."

Oturdu, parmaklarını saçlarında gezdirdi ve sonra ellerini başının üzerine koyup parmaklarını birbirine geçirdi. Bu pozisyonda oturmak konsantre olmasına yardımcı oluyordu. Maçlarında kalabalığı engellemek gerektiğinde sık sık bunu yapardı.

Grace, fare gibi sessizce yanında duruyordu.

Vincente birden kendine geldi ve "Ah!" dedi, sonra ayağa kalkıp hızla evin içinde dolaşmaya başladı.

Grace onu koridordan mutfak ve banyoyu geçerek koridorun sonundaki küçük bir odaya kadar takip etti. Orası bir ofisti.

Bilgisayarın çalışıp çalışmadığını kontrol etti. Çalışmıyordu, fişi duvardan çekilmişti. "Büyükbabam yine elektrik tasarrufu yapıyormuş," dedi. "Yeniden başlatmak birkaç dakika sürecek, bu arada bir şeyler atıştırıp kahve içebiliriz. Hadi."

Grace ve Vincente, avokado yeşili mutfak aletlerinin bulunduğu mutfağa girdiler. Mutfak havlularında meyve ve sebze desenleri vardı. Masanın ortasında tavşan şeklindeki tuzluk ve karabiberlik onlara yaramazca gülümsüyordu.

"Büyükannem buzdolabını her zaman dolu tutar," dedi Vincente, kapıyı açarken. Grace'e bir tavuk budu attı ve kendisi de diğerini çiğnemeye başladı, bu arada su ısıtıcısını da kaynatmaya koydu. Sonra kahve, şeker, süt tozu ve iki kupa aldı. Su ısındığında, ikisine de kahve doldurdu ve sonra koridordan bilgisayar odasına doğru yola çıktılar.

İçeri girdiklerinde Vincente oturdu ve klavyeyi tıklamaya başladı. Facebook açıldığında profiline girip güncelledi ve ardından arkadaşlarından çevrimiçi olan var mı diye kontrol etti. Hiçbiri çevrimiçi değildi.

Birkaç kez tıklayıp haber akışını kontrol etti. Yirmi dört saati aşkın bir süredir hiçbir arkadaşı paylaşım ya da güncelleme yapmamıştı.

"Kimsenin buraya girmediğine inanamıyorum. ABD'de yaşayan kuzenim Liz bile, o da günde en az beş kez profilini günceller. Korkarım bu sadece Sydney'de bize olan bir şey değil. Her yerde olabilir."

Grace ağzını kapattı, nefesini tutmaya çalıştı, ama nefes kaçtı ve sessiz odayı doldurdu. "Belki de hepsi bir yerde birlikteler? Yeraltında ya da güvenli bir yerde, bilgisayarların olmadığı bir yerde, bekliyorlar."

"Bütün dünya, yeraltında ve bekliyor mu? Bu gerçekten ilginç olurdu," dedi Vincente, Facebook'tan çıkış yaparken. "E-postalarımı kontrol ediyorum," diye açıkladı.

"Yeni e-postan var!" diye selamladı tarayıcı. Büyükannesinden, kriket maçını soran kısa bir mesajdı.

"Peki, şimdi ne yapmalıyız? Başka nereleri kontrol etmeliyiz?" diye sordu Grace.

"Bilmiyorum," dedi Vincente ve yine ellerini başına koyup başını dizlerinin arasına soktu.

Grace uzanıp elini onun omzuna koydu. O da elini tutarak onun tesellisini minnetle kabul etti. "Sabahın erken saatleri olduğunu biliyorum," dedi, "ama çok yorgunum. Belki biraz uyuyup burada dinlenmeliyiz. Uyandığımızda durum değişmiş olabilir ya da ne yapacağımız konusunda harika bir fikir bulabiliriz."

"Evet, ben de çok yorgunum ve haklısın, belki bir e-posta gelmiş olabilir ya da bu arada biri Facebook'a girmiş olabilir. Kim bilir? Kaybedecek bir şeyimiz yok.

"Bir şey daha denememe izin ver," dedi Vincente ve cep telefonunu çıkardı. Adres defterindeki herkese bir grup mesajı gönderdi. "İşte," dedi. "Telefonu olan varsa cevap verecektir. Şimdi biraz dinlenebiliriz. Oturup bilgisayar ve telefonu izlersek cevap vermezler." Cep telefonunu şarj etmek için prize taktı ve merdivenlere doğru yürüdü.

" Nerede uyuyacağım?" diye sordu Grace.

"Yukarı gel, sana etrafı gezdireyim."

Vincente ve Grace merdivenleri çıkıp dört direkli yatağın bulunduğu yatak odasına girdiler. "Burası büyükannemlerin odası, burada uyuyabilirsin. Benim odam koridorun sonunda. Birkaç kapı ileride."

Dürüst olmak gerekirse, Grace biraz korkmuştu ve odada tek başına kalmak istemiyordu. Ama ne yapabilirdi ki? Vincente'den yatağın yanındaki sandalyede uyumasını mı isteseydi, yoksa aynı yatağı paylaşmasını mı? Başını salladı ve önündeki yumuşak yatağa minnettar olarak, yatağa uzandı ve hemen uykuya daldı.

Vincente, Grace'in ne kadar yorgun olduğunu fark etti, ama kendisi o kadar yorgun değildi ki hemen uykuya dalamadı. Bunu gidermek için evin içinde dolaştı, birkaç Vegemite sandviçi yedi. Durumun değişmiş olmasını umarak bilgisayara geri döndü. Değişmemişti.

Biraz dikkatini dağıtmak umuduyla televizyonu açtı. Tüm kanallar yayından kalkmıştı ve karlı beyaz parazitlerle doluydu. Radyoyu denediğinde de aynı durum vardı: sadece parazit. Dünyanın herkes için sona erdiğini düşünmeye başladı — kendisi ve Grace Greenway hariç herkes için.

Birbirlerini neredeyse hiç tanımayan iki kişi için bunun olması ne garip. Böyle tuhaf bir duruma düşmeleri. O tatlı bir kızdı ve onu seviyordu, ama onun tipi değildi. Onun kendisi hakkında ne hissettiğini bilerek, ona umut vererek daha fazla zarar verebileceğini düşündü. Grace'in bir süredir ona aşık olduğunu biliyordu. Yaşları aynı olmasına rağmen, sosyal çevreleri ve deneyimleri birbirinden çok farklıydı.

Vincente matematik derslerini düşündü. Grace, öğretmen dahil herkesten her zaman öndeydi.

Matematikçi olmaya yazgılıydı, buna hiç şüphe yoktu. O da profesyonel bir sporcu olmaya yazgılıydı, buna da hiç şüphe yoktu. Eğer gezegende sadece ikisi kalsaydı, ne yaparlardı, ne olurlardı? Gelecek onlara ne getirecekti?

Kafasını salladı ve bu kadar olumsuz düşündüğü için kendini kınadı. Merdivenleri çıkıp Grace'e baktı. Grace derin uykudaydı. Kendi odasına gitti.

Giysilerini bulmak için şifonyere gitti, ama pijamaları orada değildi. Garip. Bütün gece giysileriyle uyumuştu ve başka bir şey giymeye hazırdı. Diğer çekmeceyi kontrol etti ve bir çift siyah iç çamaşırı ve bir çift çorap buldu. İkisini de giyip yatağa uzandı. Kısa sürede derin bir uykuya daldı.

"Vincente! Vincente!" Grace seslendi ve birkaç saniye sonra Vincente yanına geri döndü.

"İyi misin?" diye sordu.

"Nerede olduğumu unuttum," dedi Grace. Yataktan uzaklaştı ve Vincente'ye sarıldı. Kısa süre sonra beklenmedik, güçlü bir kucaklaşmaya başladılar. Farkına varınca geri çekildi ve özür diledi.

"Özür dilemene gerek yok," dedi Vincente. Aşağıya baktı ve neredeyse çıplak olduğunu fark etti.

O da bunu fark etti. Yüzü kıpkırmızı oldu. "Senin için sorun yoksa, şimdi giyinmeye gidiyorum, tamam mı?"

Vincente uzaklaşmaya başladığında, üstlerindeki ışıklar titremeye başladı. Tavana sabitlenmiş aydınlatma armatürleri titremeye başladı, yanıp sönüyordu. Büyükbabasının odası, stroboskop ışıklı, köhne bir motel odasına benziyordu.

Komodinin üzerindeki eşyalar ritmik bir dans gibi titremeye ve sallanmaya başladı, sonra zemin de onlara katıldı.

"Sanırım deprem var!" diye bağırdı Vincente. "Hadi! Burası güvenli değil."

İkili merdivenlere çıktı ve merdiven birden canlanmaya başladı. Ritmik iki adımla bir yandan diğer yana sallanıyordu. Grace tırabzana tutunmaya çalıştı, ancak ilerlemekte zorlanıyordu. Vincente elini tuttu ve merdivenlerden aşağı indi.

Zemin kata iner inmez sarsıntı durdu. Merdiven artık hizasından çıkmıştı ve yıkılması an meselesiydi.

"Artçı sarsıntı olacaktır," dedi Vincente. "Her ihtimale karşı ön kapının yakınında kalalım."

İkinci bir sarsıntı oldu. Ancak bu seferki daha şiddetliydi. Merdivenler yürüyen merdivene dönüştü. Basamaklar büyük bir yığın halinde zemin kata çöktü.

Vazolar ve resimler odanın içinde uçuşmaya başladı. Sandalyeler sallanmaya başladı. Bir ayna kırıldı ve kulakları sağır eden bir çatlak sesi çıktı. Grace çığlık attı.

Ön kapıya doğru koştular.

Vincente ön kapıyı açamadan, kuvvetli bir rüzgar esintisiyle kapı kendiliğinden açıldı.

Gençler birbirlerine tutunarak verandaya çıktılar.

Tam önlerinde, Grace'in daha önce fark ettiği dev ağaç kıvrılıyor ve dönüyordu. Dalları, yaşlı, eklem iltihabı olan parmaklar gibi uzanıyordu. Her yöne uzanarak ürkütücü bir poz veriyordu. Kökleri yılanlar gibi kıvrılıyordu.

Önlerinde, daha önce uçması mümkün olmayan cansız nesneler hızla geçiyordu. Şemsiyeler, çöp kutuları, barbeküler ve çamaşır ağaçları etrafta savruluyordu. Her şeye çarpıyorlardı. Uçan bir kürek ağacın yan tarafına çarptı ve neredeyse insan gibi bir inilti havayı doldurdu.

"Sadece rüzgar," dedi Vincente, Grace'i içeri çekerek onu sakinleştirdi. "Dışarı çıkamayız, çok tehlikeli. Home Depot'taki nesnelerin dolu yağışı gibi!"

Rüzgar kapının arkasını ittiği için, kapıyı kapatmak için ikisinin toplam ağırlığı gerekti. Sırtlarını kapıya sıkıca dayadılar. Kapı kaydı ve sırtlarına bastırdı. Vincente ve Grace yerlerinden kıpırdamadılar.

"Peki, şimdi ne yapacağız?" diye sordu Grace. Titriyordu. Dizleri artık onu ayakta tutamıyordu. Yine de Vincente'nin yanında durmaya devam etti.

"Depremler hakkında okuduğum kadarıyla, genellikle durum düzelmeden önce daha da kötüleşir. Genellikle bazı uyarıcı sarsıntılar olur, sonra da büyük bir deprem gelir. Sanırım bunun büyük deprem olup olmadığına karar vermemiz gerekiyor, yoksa durum iyi giderken buradan kaçmamız mı gerekiyor?"

"Bence daha da kötüleşecek."

"O zaman içgüdülerimize güvenelim, çünkü benim içgüdülerim de aynı şeyi söylüyor. Önce telefon rehberini al da ev adresini ve telefon numaranı kontrol edelim. Bu bilgileri aldıktan sonra annene telefon edebilirsin. Tamam, şimdi buradan gidelim!" Vincente, başka bir sarsıntı olurken bağırdı.

Bu sarsıntı olağanüstü bir güçteydi. Ardından bir çarpma, bir çatlama ve bir gürültü geldi. Sonra büyük ağaç evin üzerine düştü ve çatıyı delip geçti. İkili, artık oturma odasına saplanmış olan ağaca bakarak durdu. Korudukları kapının hala sağlam olması, tavanın ise artık gökyüzü olması ironik görünüyordu.

"Hadi!" Vincente, ön kapıdan dışarı koşarken bağırdı.

Arabalarının güvenliğine doğru ilerlerken, etraflarında uçan nesneler vardı. Vincente kapıyı açmak için hareket ederken, Grace parmağındaki yüzüğün üçüncü bir göz gibi parladığını ve ışıldadığını fark etti. Sanki gökyüzünden ışık çekiyor gibiydi.

Grace'in kafasında garip düşünceler dolaşıyordu, etrafında nesneler dağılmış ve parçalanmıştı. Vincente'ye baktı ve eğer o bir vampirse, o zaman ölümsüz olduğunu düşündü. Onu da vampire dönüştürebilirdi. Eğer bu olursa, ikisi de bir daha asla yalnız kalmayacaktı. Bu düşüncenin çılgınca olduğunu biliyordu.

Sonra aklında garip ama net bir şey parladı. Uzak bir anı, vampirleri tahta kazıklarla öldürmekle ilgili. Vincente'ye baktı, bir ağaç dalı onlara doğru uçuyordu. Bir şey yapmazsa Vincente'nin sırtını delecekti.

"İçeri gir!" diye bağırdı. "Arkanı kolla!"

Vincente tam zamanında içeri atladı, tahta parçası araca çarparak gövdesinde bir çukur açtı.

"Teşekkürler! Ucuz atlattık!" diye bağırdı Vincente.

İçeri girdikten sonra, metal bir şemsiye şeklinde dönen bir derviş gözlerinin önünden uçarak geçti.

Gürültülü bir çatlak sesi. O kadar gürültülüydü ki kulaklarını kapatmak zorunda kaldılar. Bir çatlak daha geldi. Yeryüzü, kırık bir hindistan cevizi gibi önlerinde açılmaya başladı. Yeryüzündeki çatlak yol boyunca ilerliyordu ve tehlikeli bir şekilde onlara doğru geliyordu. Bütün evler, ağaçlar ve arabalar gibi şeyler içine düşüyordu.

"Git!" Grace, yıkıcı çatlak onlara yaklaşırken bağırdı.

Vincente geri geri gitti ve sonra gaza bastı. Toz bulutu içinde uzaklaşırken boyunları elastik bantlar gibi geriye doğru uçtu.

"Arkana bakma!" diye bağırdı Vincente.

Daha önce hiç sürmediği kadar hızlı sürdü. Profesyonel bir yarış pilotu gibi terk edilmiş arabaları ve enkazları atlattı. Sürmeye devam etti; onları güvende tuttu ve depremin ölümcül yıkım yolundan uzaklaştırdı.

Arkalarına bakmadan sürdüler, sürdüler ve sürdüler.

Durmaları epey zaman aldı. Nefes alıp verme düzenleri normale dönmeden önce.

"Güvenli olduğunda geri dönebiliriz," dedi Grace.

"Korkarım bunun bir anlamı yok," dedi Vincente, derin bir nefes alarak. "Ev kesinlikle çukurda. Yok oldu. Her şey yok oldu."

"Çok üzgünüm, Vincente."

"Önemli değil, o evle ilgili güzel anılarım var. Onlar burada," dedi ve kalbini işaret etti. "Ve burada," dedi ve kafasını işaret etti. "Kimse onları benden alamaz."

Grace kendi durumunu düşündü. Anılarının nasıl elinden alındığını. Yanağından tek bir gözyaşı süzüldü.

"Üzgünüm, Grace. Öyle demek istemedim..."

"İstemediğini biliyorum, ama gerçek bu. Benimkiler benden alındı."

"Ama geri alacaksın. Alacağını biliyorum."

"Bunu söylediğin için teşekkürler, ama alıp almayacağımı kimse bilmiyor, özellikle de etrafta doktorlar olmadan."

"Anıların hala bir yerlerde, içinde olduğunu biliyorum. Tamamen kaybolmadılar. Sadece onlara ulaşmanın bir yolunu bulman gerekiyor."

Grace kabul etti. Anılarına ulaşma fikri hoşuna gitmişti.

"Bu arada," dedi Vincente. "Beyaz Sayfalar'ı karıştırıp ailenin telefon numarasını ve adresini bulmaya ne dersin? Sonra anneni arayabiliriz."

Grace gülümsedi ve parmaklarıyla sayfaları karıştırmaya başladı, Greenway'i bulduğunda durdu. Vincente ona cep telefonunu verdi ve o da numarayı çevirmeye başladı. Diğer uçtan bir ses duyduğunda — annesinin sesi — gülümsedi. Konuşmaya başladı ama bip sesinden sonra mesaj bırakması söylendi.

"Sadece bir makine."

"Benim evimde de aynıydı. Sorun değil. Adresimiz var, şimdi oraya gidip bakabiliriz."

"Görünüşe göre bir C planımız var."

BÖLÜM 11

"Aman Tanrım!" diye bağırdı Grace. "Dikkat et!"

Vincente dikkatini yola verdi. Grace uzanıp direksiyonu tuttu. Araç keskin bir şekilde sağa saptı. Vincente arabayı kontrol altında tutmaya çalıştı, ancak Grace'in elleri onun ellerini sıkıca tuttuğu için bunu başaramadı.

"Dikkat et!" diye tekrar bağırdı.

Vincente, Grace ile mücadele etti. Aracın kontrolünü yeniden ele geçirdi. O anda aracı durdurmak için çok geçti, rotası belirlenmişti. Lastikler kaymaya başladı ve kısa süre sonra araç bir ağacın gövdesine çarparak tamamen durdu.

"Delirdin mi?" diye bağırdı Vincente.

"Ben..." dedi Grace.

"Ne halt ettiğini sanıyorsun sen?" Vincente, duştan yeni çıkmış gibi başını iki yana salladı. "Diğer durumdan zar zor kurtulduk ve şimdi de, lanet olsun, Grace! Ne halt..."

"Ben..." dedi Grace.

"Neden böyle bir şey yaptın?"

"Şimdi cevap vermemi ister misin?" dedi Grace, çok sakin bir şekilde.

"Tabii ki istiyorum." Vincente dedi. "Bizi neredeyse öldürüyordun. ÖLDÜRÜYORDUN! Öldürmek kelimesinin nasıl yazıldığını biliyorum, çok teşekkürler. Açıklamamı istiyor musun, istemiyor musun?"

"Evet," Vincente sinirli bir şekilde dedi. Derin nefesler alarak sakinleşmeye çalışıyordu.

"Önce," dedi, "oraya geri dönüp onu bulmaya çalışmam lazım. Sonra açıklayacağım."

"Onu mu?"

"Küçük kızı," diye açıkladı.

Ve kısa süre sonra koşmaya başladı. Hastane önlüğü rüzgarda dalgalanıyordu ama umursamadı. Tek umursadığı şey küçük kızdı.

Vincente onun peşinden koştu. Hemen arkasındaydı. Grace'in aklını kaçırdığını düşündü. Küçük bir kız mı? O kimse görmemişti. Grace onu hayal etmiş olmalıydı.

Grace durdu. Her çalıda, her saklanma yerinde küçük kızı arayarak dönüp durdu. Nefesi kesilen ve onu bulamayan Grace durdu. Hareketsizce, dikkatle dinledi.

"O bir çocuktu, kenarları dantelli beyaz bir gecelik giymişti ve yakasında kırmızı bir bağcık vardı. Omuzlarına dökülen uzun, koyu renk saçları ve kocaman zeytin yeşili, badem şeklindeki gözleri vardı."

Vincente onun yanında durmuş, tarifini dinliyordu. Ona dikkat ediyor ve anlamaya çalışıyordu ama anlayamıyordu.

"O tam buradaydı. Biz... sen... ona neredeyse çarpacaktık."

"Küçük bir kız mı?"

"Evet."

"Grace, burada küçük bir kız yoktu."

"Oradaydı! Onu gördüm! Yolun ortasında duruyordu. Çok güzeldi."

"Grace, onu görmedim. O gerçek değildi."

"O gerçekti, şu anda burada duran sen kadar gerçekti."

"Sadece sana mı göründü diyorsun?" Vincente, onu bu durumdan çıkarmak umuduyla sordu.

"Bilmiyorum. Bunu düşünmemiştim."

Vincente bunu yapmak istemiyordu, ama onları tekrar yola sokmak zorundaydı. Tereddüt etti. "Gerçek mi? Baban ve kardeşin gibi mi?"

"Bu çok alçakça bir laf ve sen de bunu biliyorsun!" dedi Grace, yolun karşısına koşarak, ağaçların arasından uzaklaşırken.

Vincente, onun aklını kaçırdığından daha da emin oldu.

Grace küçük bir kızı tehlikeden kurtarmaya çalışmıştı. Küçük kızı orada dururken apaçık görmüştü. Ne yapması gerekiyordu, onun ona vurmasına izin mi vermesi? Ona vurmak, hem de sertçe vurmak istiyordu. Bunun yerine koşmaya devam etti. Herhangi bir yere koşuyordu. Uzaklara.

Sonunda ona yetiştiğinde, Grace bir tarlada çimlerin üzerinde oturmuş, gökyüzündeki bulutları seyrediyordu.

"Sana katılabilir miyim?" diye sordu.

"Tabii."

Yumuşak çimleri hissetti ve kokusunu içine çekti. Bir an sessiz kaldılar.

"Yolda küçük kızla gördüklerini bana tekrar anlat."

O sessiz kaldı.

"Söyleyeceklerini dinleyeceğime söz veriyorum."

"Yukarıdaki bulutlara bak, sanki hiçbir şey olmamış gibi devam ediyorlar. Çok güzeller, gökyüzünde yüksekte, ağırlıksızca süzülüyorlar."

"Grace, anlat bana."

Derin bir nefes aldı, Vincente'ye baktı ve sonra tekrar gökyüzüne bakarak, "Küçük bir kız vardı. Beni gördü. Beni tanıdı. Bana böyle bir işaret yaptı." dedi. Elini kaldırdı ve işaret dilinde dur işareti yaptı.

"İşaret dilini ne zaman öğrendin?" Vincente, onun ne zaman ve neden öğrendiğini hatırlamayacağını fark ederek kaşlarını çattı. "Üzgünüm, aptalca bir soru."

Grace sessiz kaldı, bulutları izleyerek tüm dikkatini onlara verdi.

"Bir dakika, telefon numaranı hatırlamıyorsun ama işaret dilini hatırlayabiliyorsun?"

"Sanırım öyle."

"Bunun ne anlama geldiğini anlamıyor musun, Grace?"

Sessiz kaldı.

"Bu, benim haklı olduğum anlamına geliyor. İstediğin zaman anılarına erişebilir, onları kullanabilirsin," dedi Vincente heyecanla.

"Sanırım babam ve kardeşimle bunu yaptım."

"Ve şimdi de bu küçük kız. Kimdi o? Senin için ne ifade ediyordu?"

"Bilmiyorum, ama şimdi bizi nasıl böyle bir tehlikeye attığımı düşünüyorum. O ağaca çarptığımızda ölebilirdik."

"Evet."

Grace ayağa kalktı ve yeniden umutlandı. Çocuğun korkarak saklandığını merak ediyordu. "Küçük kız, neredeysen, çık ve benimle konuş. Sana zarar vermeyeceğiz. Güvende olacaksın. Sana yardım edebiliriz," diye seslendi.

Sadece yaprakların hışırtısı ve rüzgârın uğultusu havayı dolduruyordu. Grace ellerini beline koydu. Küçük kızın bir anda ortadan kaybolmuş olamayacağına emindi. Bir yerlerde olmalıydı.

Vincente hala şüpheliydi. Grace'e dokunmaya çalıştı, ama Grace onu bir böcek gibi uzaklaştırdı.

Küçük kızın çıkması için seslenmeye devam etti. Grace bu göreve tek başına odaklanmıştı, sesi kısılana kadar bağırdı.

Grace'in tüm enerjisi artık tükenmişti. Hala küçük kızdan hiçbir iz yoktu. Vazgeçme zamanı gelmişti, bu yüzden arabaya geri döndü. Vincente sessizce onun arkasından gitti. Vücut dili her şeyi anlatıyordu: artık gerçeği anlamıştı. Küçük kız bir illüzyondu. Soru şuydu: neden?

Vincente arabanın lastiğine tekme attı ve sonra Grace'e baktı. Grace yorgun ve utanmıştı. Onunla göz teması bile kuramıyordu. Yine de, buna rağmen, Vincente onu orada dururken son derece çekici buldu. Umudunu kaybetmiş ve çok yalnız görünüyordu. Kurtarılmaya ihtiyacı varmış gibi.

Vincente ona doğru yürüdü ve parmakları arasında bir tutam saçını aldı. Saçını parmaklarına doladı ve Grace'i kendine doğru çekti. Sonra onu öptü. Nazikçe, yumuşakça. Küçük bir öpücük, onun daha fazlasını istemesine yetecek kadar. Grace önce karşılık verdi, sonra adam geri çekildi. "Özür dilerim."

"Ben dilemiyorum," dedi Grace, içten ve dıştan gülümseyerek. "Ama bir dahaki sefere arabayı durdurmanı söylediğimde, dur, tamam mı?"

"Dururum, söz veriyorum."

"Kimseyi görmesen bile mi?"

"Kimseyi görmesem bile."
"Tamam."
"Tamam."
"Belki de biraz daha burada kalmalıyız, geri gelirse diye."
"Grace, geri gelmeyecek. Lütfen, arabaya bin."
Motor hemen çalıştı. Yola çıktılar. Grace geriye bakmamaya çalıştı, ama bu dürtü çok güçlüydü.

BÖLÜM 12

Araba hızla ilerlerken, Grace şimdiki ana odaklandı. Camı indirdi ve kolunu dışarı çıkardı. Esinti, kolundaki tüyleri gıdıklayarak tüylerini diken diken etti. Kendini canlı hissetti. Belki de Vincente ile artık hayal ettiği gibi bir ilişki yaşama şansları vardı. Yine de, bunu çok fazla düşünmekten, buna çok fazla odaklanmaktan korkuyordu, çünkü uğursuzluk getirmek istemiyordu.

Grace, rüzgâr parmaklarının arasından geçerken güldü. Bir an için o anı hatırladı. Öpüşme anını: ilk öpüşmelerini. Hoş, nazik, sıcak ve yapışkandı ve onun kendisine olan arzusunu hissedebiliyordu.

Hareketsiz araçların oluşturduğu dalga boyunca sürmek garipti. Korna çalan yoktu. Sirenler çalmıyordu. Kimse bağırmıyordu. O sesleri özlemiyordu. Sadece belirsiz bir anısı olan o sesler genellikle sinir bozucuydu. Ancak kuşların şarkılarını özlüyordu. Onların hareketlerini, şarkılarını, ağaçtan ağaca uçmalarını özlüyordu. Arıların vızıltılarını özlüyordu. Doğa'nın nasıl besleyeceğini, tozlaşmanın şimdi nasıl gerçekleşeceğini merak ediyordu. Doğa birçok değişikliğe uyum sağlayabilirdi. Doğa Ana hayatta kalmanın bir yolunu bulurdu.

Grace, Vincente'ye baktı. O sürüşe konsantre olmuştu.

Derin düşüncelere dalmış görünüyordu.

Vincente endişeliydi ve kendine kızgındı. Önce, ona umut vermemesi gerektiğini söyledi kendine. Onun tipi olmadığını biliyordu. Hiç de onun tipi değildi. O, Grace Greenway'di: zeki bir matematik dehası. Sayılarla düşünürdü.

Muhtemelen rüyalarında bile sayılarla görürdü.

Öpücüğü, ilk öpücüklerini düşünmemeye çalıştı. İlk öpücüklerinin son öpücükleri olduğuna karar verdi. Beklenmedik bir şekilde güzel olmasına rağmen. Tatlı. Masum. O bunu beklemiyordu ve sonra... Ugh, onu öptüğünde nasıl hissettiğini düşünmek istemiyordu. Tek bir basit öpücükle nasıl bu kadar çabuk tahrik olduğunu. Muhtemelen dünyaya açılmış, iç çamaşırlarıyla dolaştığı içindi. Ona olan arzusu muhtemelen kontrol edilemez bir dürtü, doğal bir tepkiydi. Olmasını istediği bir şey değildi.

Bir an durdu, onun gözlerini üzerinde hissetti ve direksiyonu tutuşunu düzeltti. Onu düşünmekten uzaklaşmak için başka şeyler düşünmeye çalıştı. Filmleri düşündü. Video oyunlarını. Yemeği.

Bu arada Grace, dünyayı düşündü. Dışarıdaki büyük dünyayı, sadece onların, onun ve Vincente'nin paylaşacağı dünyayı. Geçmişini düşündü, tüm anılarına sahip olmadan kendini nasıl eksik hissettiğini düşündü. Bunun olumsuz bir şey değil, iyi bir şey olduğunu da düşündü. Bu, kendini yeniden yaratabileceği bir yoldu. Aynı zamanda, kendisinin en büyük parçası geri gelmeden asla tam olamayacağını da biliyordu. Onun matematiksel doğası olan parça: Grace'in matematiksel durumu.

Pisagor hakkında bir zamanlar bildiği her şeyi hatırlamaya çalıştı. Onun hayatı ve matematiksel teorileri hakkında her şeyi bilirdi. Şimdi ise gerçekler ve sayılar zihninde bulanıklaşmıştı. Fibonacci sayılarını hatırlamaya çalıştı, ama onlar da artık zihninde net değildi. Kütüphaneye gidip bu ikisi ve Einstein ve Galileo gibi diğerleri hakkında kitaplar okumaya karar verdi. Eskiden bildiği her şeyi kendine öğretecekti ve böylece hafıza bankasını açıp ona erişmeyi umuyordu.

"Bu filmi uzun zaman önce izledim," dedi Vincente. "Dünya'ya gelen ve uzay gemileriyle saldıran uzaylılar hakkındaydı."

Grace şaşırdı. Aralarındaki rahat sessizliğe alışmıştı. Ona film hakkında daha fazla bilgi vermesini söyledi. "Kulağa ilginç geliyor."

"Öyleydi. Ama en ilginç kısmını henüz anlatmadım."

"Beni merakta bırakma."

"Filmde sadece iki kişi hayatta kalmıştı, bir erkek ve bir kadın."

"Olamaz!"

"Peki uzaylılar neden onları öldürmedi?" diye sordu Vincente. Grace omuz silkti. "Çünkü onları gözlemlemek istediler. Onları incelemek istediler." Durdu ve bekledi, Grace'i göz ucuyla izledi. "Sonra iki insanı hayvanat bahçesindeki gibi bir kafese koydular. Onların üremesini izlemek için."

"Ya üremek istemeselerdi?" dedi Grace, sesi titriyordu.

"Onları zorladılar."

"Onları nasıl zorlayabilirlerdi?"

"Ölmek istemiyorlardı ve hayatta kalmak için yiyeceğe ihtiyaçları vardı. Bu yüzden, yapmaları gerekeni yaptılar ve uzaylılar onları izleyerek, insanları harekete geçiren şeyin ne olduğunu gözlemlediler."

"İğrenç."

"Şey, düşünürsen, insanlar yüzyıllardır hayvanları kafeslere koyuyorlar. Onların üremelerini izliyorlar. Onları inceliyorlar, hatta bazen tıbbı ve diğer alanları geliştirmek için deneylerde kullanıyorlar. Öyleyse onlar gerçekten daha kötü mü olurlar?"

"Hayır, öyle düşünürsek, sanırım olmazlar. Ama sen ve ben, burada bir şeyi değiştirme fırsatımız var. Geçmişi değiştiremeyiz."

"Doğru. Eğer son iki hayatta kalan bizsek," diye tahmin etti Vincente, "o zaman istediğimiz gibi yaşayabiliriz."

"Ne oldu... Yani, filmin sonunda?"

"Sonunu hiç görmedim. Bir arkadaşımın evinde yatıya kalmıştım. Çocuktuk ve o saatte uyanık olmamalıydık. Arkadaşımın ailesi bizi fark edince, onun yatak odasına koştuk. O filmi bir daha hiç bulamadım."

"Eğer geriye sadece ikisi kalmışsa, uzaylılar diğer tüm Dünya sakinlerine ne yaptı?"

"Onu biliyorum. Onları yok ettiler! Düşününce gerçekten ironik, çünkü filmde uzaylılar hepsini lazer silahlarıyla vurdular — puf! — ve sonra ortadan kayboldular. Geride hiçbir şey kalmadı, hiçbir kalıntı. Yani kemik, ceset, küller... Sanki hiç var olmamışlar gibi."

Grace kollarını kendine doladı, bunun onu ürperttiğini çok geç fark etti. Artık bitirmiş olmasını umuyordu, böylece geleceğe, onların geleceğine dair güzel düşüncelerine geri dönebilecekti.

Vincente, sinema konuşmalarıyla onun mutluluğunu böldü. "Hatırladığım bir diğeri, dünyaya gelen uzaylıların herkesi yakıp kül ettiği bir filmdi. Geriye kalan tek şey, her insanın yerinde bir yığın tozdu. Yaşamış olanların tek kanıtı buydu. Bir zamanlar insanların var olduğunun kanıtı." Bir süre durdu. Grace yorum yapmadı. Artık bitirmiş olmasını umuyordu. "Bir diğeri de, insanların beynine çip yerleştirip onları kontrol ederek tüm zihinlerine erişenler hakkındaydı. Bu filmler gittikçe daha korkutucu hale geliyordu."

"E.T.'yi unutma," dedi Grace.

"Ne?" Vincente hayretle nefesini tuttu, Grace'in farkında olmadan bir anısına dokunduğunu fark etmesini bekledi.

"Hani, 'E.T. evini ara'?"

"Evet, biliyorum," dedi ve o kadar büyük bir gülümsemeyle gülümsedi ki, Grace bir an için onun neden gülümsediğini merak etti.

Sonra anladı. Bir anıyı açığa çıkarmıştı. Doğru, bu en ilginç bilgi değildi, ama yine de bir anıydı. Ona gülümsedi.

O kadar gurur duydu ki, uzanıp bir anlığına elini tuttu, sonra tekrar sessiz kaldılar.

Vincente bir kavşakta veya virajda dönmesi gerektiğinde, Grace'in elini bıraktı. Gözleri bir saniye için buluştu, sonra tekrar yola konsantre oldu.

Onunla gurur duyuyordu.

Grace, küçük hafıza molasından büyük gurur duyuyordu. Zihninin içini bir kütüphane olarak hayal etti. Koridorlarda bir aşağı bir yukarı yürüyerek anılarını arıyordu. Raflara uzanarak onları aldı ve tek tek inceledi. Kendisiyle ilgili bir şeyler bulmayı umarak kalın, kırmızı kapaklı bir kitap seçti, ama hiçbir şey olmadı. Bu tekniği bırakmayacaktı. Denemeye devam edecekti.

Vincente, yıllar içinde teknolojideki gelişmeleri düşünüyordu. Çok sayıda icat yapılmıştı, bazıları iyi, bazıları ise o kadar iyi değildi. Etrafına bakındı, sadece ikisi vardı, tüm bu sıkı çalışmanın gerçekten ne için olduğunu merak etti.

Uzakta bir çan sesi duyuldu. Bir binanın önüne geldiklerinde ses gittikçe yükseldi. "Tanıdın mı?" diye sordu.

Grace tabelayı okudu: "Kraliçe Victoria Lisesi, Hayallerinizi Gerçekleştirdiğiniz Okul." Hatırlamıyordu.

"Bu bizim lise," dedi.
"Öyle olabileceğini düşünmüştüm, ama emin değildim," dedi Grace. Kampüsü etrafına baktı ve sonunda arkada kriket sahasını buldu: Okuldaki son gününde yaralandığı saha. "O çan ne için çalıyordu acaba?" diye sordu Grace.

"Ben de tam bunu düşünüyordum. Muhtemelen zamanlayıcıya ayarlanmıştır. Otomatik. Ama içeride birinin mahsur kalmış ve yardıma ihtiyacı olabilir, bu yüzden gidip bakmak istiyorum. Burada kalmak ister misin?"

"Hayır, seninle gelmek istiyorum."

"Tamam, ama arkamda kal. Neyle karşılaşacağımızı bilmiyoruz. Muhtemelen bir şey yoktur, ama asla bilemezsin," dedi Vincente. İçeride mahsur kalan ve dışarı çıkmaya korkmuş birini hayal etmişti.

Grace ise filmlerdeki gibi, dünyadaki son iki insanı yakalamak ve hapsetmek için bekleyen uzaylıları hayal ediyordu. Vincente kapıları açıp uzun koridora adım attıklarında titredi. Ortam çok sessizdi; tek ses, serin muşamba zeminlerde ayaklarının çıkardığı seslerdi.

Vincente bu duvarlar içinde ne kadar eğlendiğini hatırladı. Her zaman biraz spor kahramanı gibi olduğunu hatırladı. Dolabına geldi, onu açtı ve spor çantasını çıkardı. Siyah iç çamaşırının üzerine bir çift kriket şortu giydi ve formayı üstüne attı. Şortun içinden siyah iç çamaşırı hala görünüyordu. Grace güldü.

"Onları daha önce görmemiş değilsin," dedi Vincente, ama o da güldü.

Dolap kapaklarının çoğu ardına kadar açıktı ve içleri her yere dağılmıştı. "Muhtemelen deprem yüzünden," diye tahmin etti Vincente.

Grace hala titriyordu.

"Derin bir nefes al," dedi, onu sakinleştirip güven vermek için.

Grace'in kalbi gittikçe daha hızlı atıyordu. Bu yer hakkında kötü bir hisse kapılmıştı.

Vincente yüksek sesle sordu, "Merhaba, kimse var mı?"

Sesi koridorlarda yankılandı, ama cevap gelmedi. Sonra okul zili tekrar çaldı. İçeride oldukları için ses yankılandı.

Koridorun ilerisinde Vincente kapıları itip spor salonuna girdi. Salon, basketbol maçı için hazırlanmıştı. Boş tribünler ve saha biraz hüzünlü görünüyordu.

"Sen de basketbolda iyi miydin?" diye sordu Grace.

"Çoğu sporda şaşırtıcı derecede iyiydim. Heyecanı seviyordum. Kalabalığın tezahüratlarını. Basket attığımda ya da maçı kazandığımızda hissettiğim coşkuyu. Çok heyecan vericiydi."

"Evet, anlıyorum. Güçlü bir uyuşturucu gibi geliyor."

"Bazen uyuşturucu gibi geliyordu, ama bu sadece lise, büyük maçta bir fırsat yakalamak, anlarsın ya? Profesyonel olmak... o sadece bir hayaldi."

"Profesyonel olmak mı istiyordun?"

"Evet, ama şimdi biraz saçma geliyor."

"Hayaller asla saçma değildir," dedi Grace ciddiyetle.

"Bu, annem ve babamın bana söyleyeceği türden bir şeydi."

"Keşke onlarla tanışabilseydim," dedi Grace. "Bir gün tanışacaksın."

Zil bir kez daha çaldığında ikisi de irkildi.

"Hadi buradan gidelim, burası beni ürkütüyor," dedi Grace.

"Hayır, önce koridorun sonundaki ofisleri kontrol edelim. Her şeyin yolunda olduğundan emin olalım, sonra gidebiliriz."

Grace, Vincente'nin ardından spor salonundan çıktı. Grace'in midesindeki kötü his, gurultudan kükremeye dönüştü.

Oh hayır! Oh hayır! Oh hayır! Grace'in aklından geçen kelimeler bunlardı. Vincente'nin arkasında yürümeye devam ederken bunu kontrol edemiyordu.

"Burası sekreterin ofisi. Şurada da danışmanın ofisi var." Kapı ardına kadar açık olduğu için içeriye baktı ve boş olduğunu doğruladı. "Burası müdür yardımcısının ofisi. Ve burası da müdürün ofisi." Kapıyı denedi. Kilitliydi. "Merhaba!" diye seslendi.

Bir şey duydular. Tık tık tık sesiydi. Zayıf ama sürekli. Ses, müdürün ofisinin içinden geliyordu.

Vincente kapıyı çaldı. "Orada kimse var mı?"

Cevap yoktu.

"Uzaylılar muhtemelen İngilizce konuşamıyor," dedi Grace.

Vincente omzuyla kapıya bastırdı, ama kapı kıpırdamadı.

Tıkırtı sesi kesildi. Nefeslerini tutarak beklediler. Ses tekrar başladı.

Her neyse, enerjisi tükeniyordu. Oraya girmeleri gerekiyordu. Zamanları azalıyordu.

"Düşün! Düşün!" Vincente, ileri geri yürürken kendine sesli olarak böyle söyledi. Birkaç saniye sonra, "Tamam, buldum. Beni takip et" dedi.

Grace talimatı yerine getirdi. Kısa süre sonra spor salonuna geri döndüler. Vincente, Grace'e tribünlerin arkasında durmasını söylerken, kendisi de basket potalarından birini devirdi. Potayı koridorda sürüklemeye başladılar.

Vincente, potanın tabanının kumla dolu olduğunu açıkladı. Potayı ofise geri götürdüklerinde, onu kapıyı kırmak için kullanabilirlerdi.

"Ne harika bir plan!" dedi Grace. "Bence işe yarayabilir."

"Maksimum güç kullanmalıyız. Yani, elimizden gelen her şeyi yapmalıyız."

Kadınlar tuvaletinin önünden geçerken, Grace uzun süredir tuvalete gitmesi gerektiğini fark etti ve kapıyı açmaya çalışmadan önce tereddüt etti.

"Olmaz!" diye bağırdı Vincente, "Ben kontrol etmeden oraya giremezsin."

"Sorun olmaz."

"Muhtemelen hatırlamıyorsun, ama korku filmlerindeki kötü şeylerin çoğu kızlar tuvaletinde olur.

Ben gidip kontrol edeceğim, sorun yoksa sen de arkamdan girebilirsin. Sen burada kal. Yani, bir milim bile kıpırdamayın."

"Tamam patron," dedi Grace.

Sifon sesi duyuldu ve Vincente geri dönerek Grace'e her şeyin yolunda olduğunu söyledi.

Grace içeri girdi, ama şimdi gitmesi gerektiğini bildiği halde, gidemediğini fark etti. Böbrekleri tepki verene kadar bir, iki, sonra üç musluğu açtı. İhtiyacını giderip sifonu çektikten sonra tuvaletten çıktı.

Atletik silahlarını yanlarına alarak yoluna devam ettiler. Ofisin dışına çıktıklarında, ikisi durdu ve giriş yöntemini yeniden değerlendirdi.

"Önce yerlerimizi değiştirelim," dedi Vincente. Hedefe, yani ofis kapısına, maksimum etkiyi sağlamak için silahın daha ağır olan arka kısmını kendisinin tutmasının en iyisi olacağını düşündü. Yerlerini aldıklarında, Vincente aklındaki planı açıklamaya devam etti.

"Üçe kadar saydığımda, tüm gücünüzle ileri doğru itin. Sonra durun. Ben tekrar üçe kadar sayacağım ve bir kez daha iteceğiz. Ve böylece, kapıyı kırıncaya kadar devam edeceğiz."

"Plan gibi görünüyor," dedi Grace, aparatın ön kısmını sıkıca kavrayarak.

Vincente saydı ve ilk vuruşları tam isabetliydi, ancak kapı yerinden kıpırdamadı. İkinci vuruşta, kapı çerçevesinden kaydı ve üst kısımdaki menteşelerden birinin çıktığını hissettiler. Tekrar denediler, güçlerini topladılar ve dördüncü denemede kapı içe doğru çöktü ve bir gürültüyle müdürün masasının üzerine düştü. İkili şimdi yeni bir sorunla karşı karşıyaydı: kapı yarı açık, yarı kapalıydı, dikey olarak. İçeri girmek konusunda hiç ilerleme kaydetmemişlerdi.

"İçeride kimse var mı?" diye sordu Vincente.
Tek cevap sessizlikti.

Yan yana durup, aralıktan içeriye bakarken, ikisi de kapıya tırmanıp içeri girmeye tereddüt ediyorlardı.

Koridordan, bir ağaç dalı gördüler. Dal, pencereyi kırarak müdürün masasının üzerine düşmüştü. Ayrıca, zeminde çok sayıda kırık ve parçalanmış cam parçaları olduğunu da fark ettiler.

İkisi de aynı anda aynı düşünceye kapıldılar. Pencere tamamen kırılmış olduğundan, içeride mahsur kalan biri varsa, çoktan dışarı çıkmış olmalıydı. Tabii yaralı değilse. Etrafta kan izi yoktu. Belki de masa altında baygın yatıyordu?

Vincente kapıyı bir tahta gibi kullanmaya karar verdi. Ne de olsa, diğer ucu masaya sabitlenmişti.

"Giriyorum," diye bağırdı Vincente. Kapının üzerine çıktı ve yavaşça ilerledi. "Olamaz!" diye haykırdı ve Grace'i ofise götürdü.

Siyah bir kuzgundu. Dalın ucunda bir ileri bir geri sallanırken, yüzlerine bakıyordu. Gagası masaya şiddetli bir şekilde vuruyordu.

"Ne garip," dedi Vincente. "Edgar Allan Poe'ya çok benziyor."

Tam o sırada rüzgar hızlandı. Bu, dalın sallanmasına neden oldu. Kuşun başı masaya birkaç kez çarptı ve daha da yüksek tıkırtı sesleri çıkardı.

Vincente ve Grace bu sese irkildi.

Grace, oradan uzaklaşmak istediği için ofisten çıkmaya hazırlandı. Geriye doğru hareket ederken, Vincente elini sırtına koyarak onu durdurdu.

Grace arkasını döndü.

Dal, rüzgârın yardımıyla kendini yukarı kaldırıyordu. Yukarı mı? Evet, garip bir şekilde, dal yükseliyordu, gittikçe yükseliyordu, neredeyse açık pencereyle aynı seviyeye gelmişti.

Dalın kuşu yukarı taşımasını izledi. Aniden, dal pencerenin dışına tamamen çıktı. Rüzgâr dalı gökyüzüne doğru taşımaya devam etti.

"Buraya gel, Grace, bunu görmelisin!" diye fısıldadı.

Dal, dışarı çıkarken kırık pencereye sürtündü. Kuşu gittikçe daha yükseğe ve daha yükseğe çekti.

İkisi pencereden dışarı bakarak, ağacın ölü kuzgunu nereye götürdüğünü merak ettiler.

Grace, ölü kuşun gözlerinden gözlerini ayıramıyordu. Gözleri güneş ışınlarını yakalıyor ve geri yansıtıyordu. Sanki bir maske gibiydi — ölüm maskesi.

"Buradan gitmeliyiz!" dedi Grace.

"Hayır, bekle. Ben..." Vincente söylemeye başladı, ama rüzgar dalgayı sardı.

Diğer dallar aniden canlandı. Kendi iradeleriyle yukarı doğru hareket ettiler. Ölü kuşun bağlı olduğu dalı yakından takip ettiler.

Tüm dalların birlikte hareket etmesi, rüzgarda sallanması, yukarı doğru yükselmesi, korkunç bir kakofoni yarattı. Sanki kemikler kırılıyormuş gibi ses çıkarıyordu.

Grace, açıkta kalan cildinde tüyler ürperdiğinde kollarını kendine doladı. Ses dayanılmaz hale geldiğinde kulaklarını kapattı. Yine de gözlerini kuzgunun ölü gözlerinden ayıramıyordu.

Ölmüş kuş, bir ninni gibi ileri geri sallanmaya devam etti. Tüm bunlar olurken, dalın ucunda şiş kebap gibi saplanmış halde kaldı.

Grace nefesini tuttu. Tüm varlığıyla oradan uzaklaşmak istiyordu.

Yine de kuşun gözlerinden gözlerini ayıramıyordu. Büyülenmişti. Etkilenmişti.

Vincente de öyle.

Zamanda donmuş gibi duruyorlardı.

Sonra ne olacağını görmek için bekliyorlardı.

Dallar yükselmeye devam etti. Kuş yolculuğuna devam ederken ofiste uğursuz bir sessizlik hakimdi. Hâlâ dallarla çevriliydi, dallar onu sarmış ve sanki ağırlıksızmış gibi havaya kaldırmıştı. Sonra dallar, yaşlı kadınların eklem iltihabı olan parmakları gibi, kuşu kucaklayıp ileri geri sallamaya başladı.

Görüntü o kadar korkunçtu ki Grace çığlık atmak istedi. Bunun yerine, Vincente gibi ileri geri sallanmaya başladı. Yükseliş, hareket halindeki bir güzellikti. Sallanma. Sallanma ve yükseliş.

Şimdi bunu görmek için pencereye yaklaşmaları gerekiyordu. Kırık camların arasından boyunlarını uzatıp pencereden dışarı bakarken, etraflarını kaplayan cam parçalarına basmamaya dikkat ettiler. Yüksekten yükseğe, kuş hala nazikçe sallanarak gökyüzüne doğru taşınıyordu.

Sonra her şey havada durdu.

Sessizlik ortalığı kapladı.

Ağacın gövdesi hareket etti.

İlk başta küçük bir hareketti.

Neredeyse fark edilmezdi.

Uyanmış biri gibi sallandı.

Öksürdü. Tükürdü.

Sallandı ve titredi.

Ve sonra grotesk bir yüzden esnedi. Ölü kuzgunun içine düştüğü kocaman, açık ağızlı bir yüz.

Çıtırtı sesleri duyuldu. Kemiklerin kırılması, ezilmesi gibi korkunç sesler.

Geğirdi. Ağzından birkaç siyah tüy uçtu. Biri aşağıya süzülerek, Grace ve Vincente'nin ağzı açık durduğu pencere pervazına kondu.

Sonra dallar tekrar hareket etmeye başladı. Yön değiştirdi. Aşağıya doğru uzandı.

"Koş!" diye bağırdı Vincente.

Arkalarında, ağacın hızla hareket ettiğini duyabiliyorlardı. Dallar pencereden tekrar içeri girerken, daha fazla cam parçası yere düştü.

El ele tutuşan Vincente, Grace'i koridorda sürükledi. Sanki kuzgunun ruhu bedenlerine girmiş gibi, uçarcasına koştular.

Artritli, tahta parmaklar koridorda yolunu bulmaya çalışarak, ulaşabildiği her şeyi takip etti, vurdu, yok etti ve kazıdı.

Vincente ve Grace okuldan çıktıktan sonra, Vincente cebinden anahtarları çıkardı ve Grace'e attı. Ona kapıyı açıp arabayı çalıştırmasını ve bir dakika içinde geri döneceğini söyledi. Dönmezse, arabayla uzaklaşması gerektiğini söyledi.

"Araba kullanmayı bilmiyorum."

"Çabuk öğrenirsin!"

Arabaya bindiğinde, Vincente'nin gömleğini çıkardığını izledi. Kapı kollarına formayı bağladığını izledi. Mümkün olduğunca çok kez içinden geçirip çıkardı, onlara biraz zaman kazandırmak umuduyla.

Dallar koridorun uzak ucundaki köşeyi döndüğünde, Vincente dönüp koştu. Arabaya atladı, kapıyı çarptı ve gaza bastı.

Dallar kapıları parçaladığında araba uzaklaştı.

"Vay canına! Bu biraz fazla yakındı," dedi Grace, okuldan birkaç blok uzaklaştıklarında. Hala yüksek sesle nefes alıyordu, nefes almakta zorlanıyordu.

"Şaka yapma! O şeyin her şeyi deliceydi!"

"O ne tür bir ağaçtı ki?" diye sordu Grace.

"Sanırım zeytin ağacıydı. Soru şu ki, neden kuşlarla besleniyordu? Neden neredeyse insan gibi bir ağzı vardı ve et yemeye ihtiyaç duyuyordu?"

"Ağaçlarda yuva yapan kuşlar duymuştum, ama kuşları yiyen ağaçlar duymamıştım!"

"Evet, artık tamamen farklı bir dünyadayız Grace ve bence silah bulmamız gerekiyor. Dışarıda başka neler var kim bilir? Kendimizi korumayı düşünmeliyiz. Ne kadar erken o kadar iyi."

"Silahları nereden bulacağız?"

"Şehirde silahları, bıçakları, ihtiyacımız olan her şeyi deneyebileceğimiz bir yer biliyorum. Aslında, şu an tam da doğru zaman. Silahları almak için yeterince sarsıldım."

"Yorgunum, ama yakın zamanda uykuya dalacağımı sanmıyorum," dedi Grace, kollarını göğsünde kavuşturarak.

Ağaçlıklı caddelerde ilerlerken, kalplerinde daha önce hiç olmayan bir korku vardı: ağaçlar! Et yiyen ağaçlar.

"Zeytin ağaçlarının barışın sembolü olduğunu düşünürdüm. İncil'de ve mitolojide zeytin ağaçlarıyla ilgili hikayeler hatırlıyorum," dedi Vincente.

"Avustralya'ya özgü ağaçlar mı?"

"Kesinlikle değil. Ama bunun ne önemi var ki?"

İkisi de kesin olarak bilmiyordu. Etçil ağacın neden bu kadar alışılmadık bir özellik kazandığını da bilmiyorlardı.

Sidney'in merkezindeki silah dükkânına doğru ilerlerken bu konuyu düşünmemeye çalıştılar.

BÖLÜM 13

Ön tarafta yanıp sönen bir tabela şu kelimeleri yazıyordu: "Silahlar! Silahlar! Silahlar!" Küçük harflerle yazılmış olan kısımda ise şunlar yazıyordu: NSW Eyalet Yasası uyarınca izin gereklidir.

Yepyeni bir dünyada yaşadıkları için, bu hukuk kuralları artık ülkenin yasaları değildi.

Vincente Marino ve Grace Greenway'in izni yoktu. 18 yaşında değillerdi. Kimlikleri ve paraları da yoktu. Ama bunun önemi yoktu. Buraya kendilerini korumak için gelmişlerdi. Hiçbir şey onları durduramazdı.

Vincente kapıyı itti ve içeri girdiler. Grace, Vincente'nin arkasında durdu ve tüm bu silahlar karşısında kendini ezilmiş hissetti. Etrafına bakındı, ortama ayak uydurmaya çalıştı, ama bu onun hayal gücünün ötesinde bir şeydi.

"Bu iyi bir tane," dedi Vincente. "Çok fazla mermi yükleyebilirsin, böylece sık sık yeniden doldurman gerekmez. Savaşta kullanmak için iyi olur. Herhangi bir ağacın gövdesini kolayca delebilir."

"Hmmm," dedi Grace, başka bir şey söyleyecek bir şey bulamadığı için.

Sonra Vincente başka bir silaha geçti. "Bu da iyi, çünkü küçük ve saklanması kolay. Bak, bunu pantolonumun önüne koyabilirim ve kimse taşıdığımı bile anlamaz."

"Ama bu tehlikeli değil mi? Yani senin için. Kazara ateş almaz mı?"

Vincente gülümsedi, "Emniyet kilidini açık bırakırım. Hiçbir şeyi vurmak istemem."

Grace gülümsedi ve kızardı. Vincente silahı avucunun içine koyarken, bu konuşmayı yaptıklarına inanamıyordu. "Ayrıca çantana koyabileceğin kadar küçük."

Silahı eline aldı. Hiç ağırlığı yoktu ve avucuna tam oturuyordu. Silahın kendisine yabancı gelmemesine şaşırdı, ama çok korkutucu da değildi, muhtemelen oyuncak gibi hissettirdiği içindi.

"Dolu değil," dedi Vincente. "Aslında, hiçbir silah dolu değil. Korkmadan eline alıp yakından bakabilirsin."

"Satın almadan önce denemek mi?"

"Evet, çok komik. Bakmaya devam edelim."

Grace'in zihnini açıp, yeni gerçekliklerinin silah gerektirdiğini kabul ettiğini izledi.

Grace plastik bir sepet aldı ve bıçakları incelemeye başladı. Bıçaklar çeşitli boyut ve şekillerdeydi, kılıçlar da vardı. Meraklanan Grace, metal kutulardaki birkaç bıçağı alıp sepete attı. En kötü ihtimalle, havuç ve soğan kesmek için kullanabilirdi.

"Vay canına, bu bebek," Vincente, Grace'in sepetindeki bıçaklardan birini işaret etti, "muhtemelen bir kütüğü ikiye bölebilir. Harika seçim."

Grace gülümsedi. Vincente, askeri görünümlü bir sandığa epeyce silah istiflemişti. Kollarının altında birkaç büyük taşınabilir hedef taşıyordu.

"Şehirden çıktıktan sonra sana silahları nasıl kullanacağını öğreteceğim. Benim tüm silah tecrübem bilgisayar oyunlarından geldiği için, gerçek silahlarla da bir tazeleme kursu yapmam gerekecek."

"George Caddesi'nde ateş etsek bile kimse duymaz," dedi Grace.

"Doğru, doğru, ama çok tuhaf olurdu. Medeniyetsiz, anlıyor musun?"

"Evet, anlıyorum," dedi Grace. "Sonuçta Sydney bizim evimiz. Ona hak ettiği saygıyı göstermeliyiz."

"Evet, bu bizim şehrimiz, bizim Sydney'imiz ve seninle mahsur kalmak için daha güzel bir şehir düşünemiyorum, Grace."

O ona doğru yaklaşırken kızardı. Bıçakların bulunduğu plastik kutuyu aldı ve arabaya doğru yöneldi. Onu hiç bu kadar sevmemişti. Ne kadar sorumluluk alırsa, o kadar şehvet ve testosteron yayıyordu. Keşke ona koşup açıkça öpebilseydi. Muhtemelen onun çok ileri gittiğini ve aklını kaçırdığını düşünürdü, yine.

Vincente, Grace'in avucunda silah tutarken ne kadar seksi göründüğünü düşünüyordu. Ona ateş etmeyi öğretirse daha da seksi olacağını düşündü. Kendini durdurdu. Grace onun tipi değildi. Müdürün odasında çok cesur davranmıştı. Birçok kişi tamamen kontrolünü kaybetmişken o soğukkanlılığını korumuştu. Yine de endişeliydi, çünkü onu çok fazla düşünüyordu. Neden? Zaten 24 saat birlikteydiler. Neden yalnız kalmak istemiyordu?

Missy Malone ile birkaç saat geçirdikten sonra, öpüşmedikleri sürece sıkılıyordu. Spor yapmak ya da arkadaşlarıyla takılmak istiyordu. Missy onun tipi idi: güzel ve popüler. Çok zeki değildi, ama birbirlerine uydukları sürece bu önemli değildi.

Gerçek şu ki, Missy muhtemelen diğerleri gibi artık yoktu. Onu özlüyordu ve eğer son kalanlar onlar olsaydı, işler farklı olur muydu diye merak ediyordu. Şu anda Grace ile aralarındaki durumdan farklı olur muydu? Grace ile rahat hissediyordu ve o talepkar değildi.

"Şimdi gitmeye hazır mıyız?" diye sordu Grace, onu gerçekliğe geri döndürdü.

"Evet, üzgünüm. Bir saniye dalmıştım."

"Hava kararıyor. Belki de geceyi geçirebileceğimiz bir yer bulmalıyız?"

"Evet. Tam da uygun bir yer biliyorum. Gidip Sydney Limanı'nda kalalım. Orada rahatlayıp turistmişiz gibi davranabiliriz."

"Kulağa harika geliyor."

The Quay'e doğru sürdüler ve Marriott'un hemen dışında durdular. İçeri girdiler ve boş otel mutfağında kendilerine yemek hazırladıktan sonra, üst kata çıkıp birden fazla yatak odası olan penthouse süitine geçtiler.

Ayrı odalarında uykuya daldılar ve et yiyen ağaçlar hakkında rüya gördüler.

Ve birbirlerini öpüyorlardı.

BÖLÜM 14

Ertesi sabah, Vincente balkonunda durdu. Sidney Liman Köprüsü'ne baktı, sonra ufku tarayarak Opera Binası'nı gördü. Her şey normal görünüyordu, eskisi gibi. Limandaki feribotların çoğu rıhtıma demirlemiş, dalgaların etkisiyle ileri geri sallanıyordu. Yolcuları bekliyorlardı. Yakından bakıldığında, her şey onun hatırladığı gibiydi. Sonra bakış açısını genişletti ve birkaç feribotun kıyıya çarptığını fark etti. Yarısı suda, yarısı karadaydı.

Grace ona seslendi. O da cevap verdiğinde, odasına girip balkona çıktı. İkisine birer fincan kahve yaptı. Dışarıda oturdular.

Grace duş almıştı bile. "Bence bugün kendimize yeni kıyafetler almamız gerekiyor."

"Evet, katılıyorum. Dün bunu düşünmeliydik."

"Hadi yürüyüşe çıkalım, birkaç şey alalım, sonra da günü ve güneşin tadını biraz çıkaralım."

"Sabah için iyi bir plan. Öğleden sonra seni buraya bırakırım, belki bir kitap alabilirsin ya da sana bir dizüstü bilgisayar bulabiliriz."

"Sanırım seninle kalmayı tercih ederim."

"Ah, o zaman bu sabah kendini çok daha iyi hissediyorsun," dedi Vincente.

"Evet, öyle. Kendimi... Bugün kendimi çok mutlu hissediyorum."

"Gidip kahvaltı bir şeyler alalım, sonra da biraz alışveriş yapalım."

"Hadi gidelim!"

Gençler hem şık hem de daha pratik birçok kıyafet denediler, ancak istediğiniz her şeye sahip olabileceğiniz bir durumda alışveriş yapmak eskisi gibi değildi. Bir süre sonra sıkıldılar ve sadece ihtiyaçları olanları aldılar.

Odaya geri döndüklerinde Grace, dar mavi kot pantolon, gök mavisi bir halter bluz ve bir çift Nike spor ayakkabı giydi. Ayrıca parlak kırmızı, rahat bir çift parmak arası terlik buldu.

Vincente siyah bir Levi's kot pantolon, beyaz bir tişört ve bir çift Reebok Pumps giydi.

Arabada, ağaçlıklı caddelerde ilerlerken belirgin bir şekilde sessizdiler. Yolculukları boyunca kendileriyle alay ediyor gibi görünen her türlü ölü ağacı fark ettiler. Ölen ya da ölmek üzere olan ağaçların iskeletleri, umutlarını biraz daha azalttı. Dalların uzun, kemikli parmakları uzanıp onlarla alay ediyordu.

Doğa onlara sırtını dönmüş gibiydi. Et yiyen bir ağaç. Ölü ya da ölmekte olan ağaçlar. Artık elma yok. Portakal yok. Armut yok. Limon yok. Misket limonu yok. Zeytin yok. Noel ağacı yok. Rüzgarda sallanan görkemli meşe ağaçları yok.

Yolun kenarında, şimdiye kadar gördükleri en eğri ve bükülmüş ahşap yapıyı buldular. İşkence görmüş, çürümüş dalları, sanki sonsuza kadar sahip olamayacağı bir şeye uzanıyormuş gibi gökyüzüne doğru uzanıyordu.

Grace titredi ve sonra uzakta tek bir ağaç gördü. Bu ağaç diğerlerinden farklıydı. Dalları, bir haç şeklinde gövdesini sarıyordu.

Vincente arabayı durdurdu. "Annem bir sanatçı," dedi Vincente. "Sanırım birinin, belki Delacroix'nın, benzer ağaçlar ve bir melekle savaşan Yakup'un olduğu bir tablosunu hatırlıyorum."

"Sence bu bir işaret mi?"

"Eğer bir işaretse, onu nasıl yorumlayacağımı bilmiyorum."

"Belki de sadece öyle büyümüştür."

"Belki."

Grace başka bir şey fark etti. Bir çalı kümesi vardı. Gül çalıları. Bir dalın ucunda tek bir kırmızı gül büyümüştü. Son gül. Belki de son çiçek.

Grace onun yanına eğildi, sanki ona diz çökmüş gibi. Ona dua ediyordu.

Vincente ne yapacağını veya ne söyleyeceğini bilemeden izledi.

Grace onu kucaklayarak kokulu parfümünü kokladı. Onu esintiden korudu. Grace, onun yanında uzanmak, orada kalmak, bu güzel, tek kırmızı gülü seyretmek istediğini düşündü.

"Hadi, Grace," Vincente onun düşüncelerini böldü. "Hava gittikçe kararıyor."

"Burada kalmak istiyorum."

"Burada kalamayız. Zamanı durduramayız."

"Biliyorum! Deli değilim. Sadece burada kalmak ve bu gülü tutmak istiyorum." Onu kucakladı.

"Gerçek güzelliğin bir parçası olmak istiyorum. Bir zamanlar tanıdığımız topraktan yetişen bir şeyi tutmak istiyorum. O kana susamış ağacın anısını bu gülün anısıyla değiştirmek istiyorum. Güzellik..."

"Sonsuza kadar süren bir mutluluktur," dedi Vincente. "İngilizce dersi. John Keats."

Grace hala gülün büyüsüne kapılmıştı.

Vincente endişelenmeye başlamıştı, çünkü hava çok kararmıştı ve şu anda her türlü ağaç ve çalıyla çevrili bir tarladaydılar.

Ya içlerinden biri, zeytin ağacı sandıkları o diğer ağaç gibi çıkarsa? Ya hepsi öyle çıkarsa? Oradan çıkmak, ikisini de oradan çıkarmak istiyordu. Yakın tehlikeden uzaklaşmak istiyordu.

" Grace," dedi, onun yanına eğilerek, "o çiçek hazır olduğunda düşecek. Şimdi onu koparıp yanına alabilirsin. Böylece seninle kalacak. Güzelliği birkaç gün seninle kalacak. Ya da kadere, şansa, doğaya ya da varsa Tanrı'ya bırakıp uzaklaşabilirsin."

Rüzgar güçleniyordu ve Grace titremeye başladı.

"Fırtına yaklaşıyor, Vincente. Yukarıdaki bulutlara bak. Birbirlerini gökyüzünden itmeye çalışır gibi birikiyorlar."

Yukarı baktı, ama tek görebildiği karanlıktı.

"Hissetmiyor musun?" diye sordu. Tekrar titremeye başladı ve dişleri takırdamaya başladı. Kollarını kendine doladı ve gülü bıraktı.

Birlikte tarlada durdular, ta ki gece gibi karanlık gökyüzü çalkalanmaya, dönmeye ve kıvrılmaya başlayana kadar. Sonra yağmur, mürekkep gibi siyah damlalar halinde yağmaya başladı, yüzlerini saklamalarına ve sığınacak bir yer aramalarına neden oldu.

Karanlık gökyüzünden Z şeklinde mızraklar gibi ışık huzmeleri yeryüzüne doğru fırladı ve rastgele vurduğu her yere çarptı.

Etraflarında yıldırımlar ağaçlara ve evlere çarptı, alevler yükseldi. Yağmur daha şiddetli yağmaya başladı ve yıldırım bir kez daha çaktı.

"Hayatta kalmak için kendi başına savaşmayı öğrenmesi gerekiyordu," dedi Grace. Gül'den bahsediyordu, ama onların da savaşması gerektiğini ve doğanın kendisinin de hayatı için savaşacağını biliyordu.

"Yeni kıyafetlerimiz buraya kadarmış," dedi Vincente.

Oradan kaçtılar, bu sırada yıldırımlarla dodgem oynadılar.

BÖLÜM 15

Gece gökyüzü sonunda şimşek ve yağmurdan kurtulduğunda, Grace ve Vincente yolun kenarına çekip durdular. Birlikte ufukta güneşin doğuşunu izlediler.

"Yepyeni bir gün," dedi Grace.

"Evet, ve bugün annenin evine, senin evine gitmemiz gerektiğini düşünüyorum."

"Gerçekten mi? Biraz korkutucu. Oraya geri dönüp evimi yeniden deneyimlemek için henüz çok erken olduğunu düşünmüyor musun? Ya eğer...?"

"Bugün 'ya eğer' yok. Hadi gidelim ve oraya vardığımızda ne bulursak onu bulalım, tamam mı?"

"Ne kadar uzak?"

"Daha önce bulunduğumuz yerden, okuldan çok uzak değil."

Grace bir an evini düşündü. Annesinin ön kapıyı açtığını hayal etti. Onu kucaklayarak karşıladığını. Onu gördüğüne sevindiğini. Grace yanağından bir damla gözyaşı süzüldüğünü hissetti ve Vincente'nin fark etmemiş olmasını umarak eliyle sildi.

"Anneni düşünmen normal. Hatırlamaktan korkmamalısın."

"Sadece... gerçek anılarım yerine hayal kuruyorum, uyduruyorum. Bana yalan gibi geliyor."

"Hey, kendine yalan söyleyen ilk kişi sen değilsin, son da olmayacaksın! Çocukken annem gibi sanatçı olmayı hayal ederdim, ama şimdi bak bana: ben bir sporcuyum. Eğer atletik değil de sanatsal olsaydım, sence popüler olur muydum? Kabul edilir miydim?"

"Bu senin için neden bu kadar önemli? Yani, diğer insanlar tarafından kabul edilmek, bazılarını muhtemelen tanımadığın insanlar tarafından?"

"Bunu daha önce hiç düşünmemiştim," dedi Vincente. Şimdi kendine yalan söylüyordu ve Grace'e de yalan söylüyordu. Ona, aslında kendi başına bir sanatçı olduğunu söyleyemedi, çünkü kimseye söylememiş ve kimseye çalışmalarını göstermemişti. Her zaman odasında saklı tutmuştu. Ailesi ve dedesi ve ninesi dışında kimse bilmiyordu.

Ona baktı. Grace Greenway, bir zamanlar onun matematik ödevini yapan kız. Grace Greenway, matematik denklemleri formüle etme yeteneği yaşının çok ötesinde olan kız.

Ve işte o, Vincente Marino, sportif çocuk, saygı duyulan ve sevilen çocuk, oyun oynamaya devam edebilmek için notlarını yüksek tutmak için onun yardımına güvenen çocuk. Çünkü spor yapmazsa, o hiçbir şey ve hiç kimse değildi. Ona oyun oynamaya devam etmesine izin veren Grace'di ve karşılığında teşekkür ya da minnettarlık bile istemedi. Aslında, o kalabalığa karışıp ona karşı her zaman nazik davranmasa bile, Grace onu bir kez bile reddetmemişti. Yani, diğer çocuklar onun kilosuyla ve üstün hesaplama yeteneğiyle dalga geçse bile, o onu açıkça desteklememişti.

Ancak şimdi, onun sandığından daha fazla ona değer veriyordu ve eskisi gibi aynı tuzağa düşmemeye kararlıydı. Artık Grace Greenway'i hafife alan türden bir adam olmak istemiyordu.

"İşte bu," dedi Vincente, 15 Wheat Field Lane'in garaj yoluna girerken.

"İçeri girmeden önce bir şey söylemeliyim." Grace tereddüt etti ve sonra devam etti, "Orada, bir şeyin acı çektiğini hissettin mi? O siyah yağmur damlaları, yani siyah yağmur damlaları! Hala hissedebiliyorum, ama eskisi kadar güçlü değil. Sanki yüzeyin altında bir şey kaynıyor, intikam bekliyor gibi... ama kimin intikamını, bilmiyorum. Sanki doğanın kendisi acı çekiyor ve yardım istiyor gibi.

"Grace, sanırım haklı olabilirsin ve bu, düşünmemiz gereken bir şey. Gerçekten düşünmeliyiz, hatta belki o yağmur damlaları hakkında biraz araştırma yapmalıyız. Onlar geçiciydi ve giysilerimizden hemen yıkandı. Ama şimdilik, şimdiki zamana odaklanalım. Evdesin ve dışarıda daha önce olan her neyse, şimdi sakinleşti. Yeni günün tadını çıkaralım."

"Deneyeceğim," dedi Grace, "ama dışarıda her ne varsa, bence hazırlıklı olmalıyız."

"Hazırız. Silahlarımız var. En önemlisi, birbirimiz varız. İkimiz de bu işte yalnız değiliz. Artık bir takımız."

"Bir takım," diye tekrarladı Grace, arabadan inip evine ilk kez bakarken. Elini kırmızımsı sarı tuğlaların üzerinde gezdirerek ön kapıya kadar yürüdü.

Bir an durup, kapının güzelliğine hayran hayran baktı. Böylesine önemli bir ön kapıyı hatırlamayı umuyordu, ama hiçbir anı gelmedi.

"Bu bir..." Grace, uçan bir kuş şeklini alan vitrayı hayranlıkla seyrederek dedi. Grace, onunla bir bağlantı kurmayı umarak parmaklarını dış kenarları boyunca gezdirdi.

"Anka kuşu," dedi Vincente. "Efsaneye göre, alevler içinde patlar ve sonra yeniden doğar."

"Yanıcı bir kuş. Ailem ön kapımızda yanıcı bir kuş mu tutuyor?"

"Öyle görünüyor. Bence bu çok havalı. Aynı zamanda barış ve gerçeğin sembolü. Sanırım onu seçmelerinin bir başka nedeni de bu."

"Evet, evini korumak için güzel bir kuş gibi görünüyor." Grace çimlerin üzerinde dikkatlice yürüdü ve etrafı inceledi.

"Kendini çok zorlama, Grace. Sadece zihnini anılara aç. Onları almaya hazır olduğunu onlara göster."

"Uyandığım günden beri onları almaya hazırım!" diye bağırdı Grace, ama onun ne demek istediğini tamamen anlıyordu. Şüpheleri ve gereksiz engelleri güçlendirmek istemiyordu. Bir nehir gibi olmak istiyordu, anılarının serbestçe ona geri akabileceği bir nehir.

"Duygularının seni yönlendirmesine izin ver," dedi Vincente. "Duyularının kontrolü ele almasına izin ver."

"Tamam, tamam," dedi Grace. "Sen bunu çok kolaymış gibi söylüyorsun, ama değil. Kendimi boş bir tuval gibi hissediyorum ve böyle hissetmemeliyim. Evimdeyken değil."

"Zamana bırak. Sabırlı ol. Şimdi içeri girelim. Belki içeride..." Grace onun ne düşündüğünü tam olarak biliyordu. Kapı koluna uzandı. Kapı açılmadı. Kapıyı çaldı ve zili çaldı, ama evde kimsenin olmadığı belliydi.

"Belki dışarıda bir yerde anahtar vardır," dedi Vincente. "Düşünmeye çalış, annen anahtarı nereye bırakırdı?"

"Hiçbir fikrim yok," dedi Grace. Aslında bir fikri vardı, annesinin anahtarı posta kutusuna bırakmış olabileceği yönünde bir eğilimi vardı. Bu dürtüyü takip etti, kapağı açtı, ama arama sonuçsuz kaldı.

"Harika gidiyorsun!" dedi Vincente.

Grace, Vincente'nin onu cesaretlendirmeye çalıştığını biliyordu. Kendini o kadar aciz hissediyordu ki, Vincente'nin küçük destekleyici mesajlarını, küçümseyiciymiş gibi hissetmeden takdir etmek veya kabul etmek zordu.

Grace gözlerini kapattı ve bir anahtar hayal etmeye çalıştı. Anahtarın paspasın altında olabileceğini düşündü, ama ön kapıda paspas yoktu.

"Vincente, sanırım paspasın altında."

"Annem anahtarımı hep oraya bırakır. Benim anılarımı kullanmadığından emin misin?" Vincente şaka yaptı.

İkisi de güldü.

"Belki arka tarafta?"

Bir paspas ve anahtarı buldular. Grace Greenway sonunda evine kavuşmuştu.

BÖLÜM 16

Grace, anahtarı kilide sokmadan önce tereddüt etti. Anahtarı buldukları için ne kadar minnettar olduğunu düşünüyordu. Anahtarı bulamazlarsa ne olacağını düşünmekten korkuyordu. Bir pencereyi kırmak ya da kapıyı kırmak zorunda kalacaklardı. Kendi evine bir hırsız gibi girecekti ve bu düşünce onu şimdi bile titretmişti.

"Neredeyse geldik," dedi Vincente, Grace'i kapıyı açması için teşvik etmeye çalışarak. Onun ne kadar korktuğunu çok iyi biliyordu. Evet, burası yeni bir dünyaydı. Ama yine de kendi dünyasıydı. Eğer burayla ilgili hiçbir anısı yoksa ne olacaktı? Elbette, o anılar geri gelecekti. Zamanla. Şimdilik, karşılarına çıkan her şeyle birlikte başa çıkacaklardı. "Hazır mısın?" diye sordu.

"Anahtarı bulduğumuz için ne kadar minnettar olduğumu düşünüyorum."

"Biz bulmadık, sen buldun ve bu iyi bir işaret, ama acelemiz yok. Ne zaman hazır olursan." En üst basamağa oturdu ve ona kendi zamanında kapıyı açması için alan tanıdı. Şu anda bolca sahip oldukları bir şey vardı: zaman. Daha önce, derslere gitmeleri, otobüse yetişmeleri, arkadaşlarıyla takılmaları, ödevleri, sınavları, okul sporları ve aile işleri varken durum kesinlikle böyle değildi. Günler her zaman yapılacak şeylerle doluydu.

"Tamam, başlıyoruz," dedi Grace. Anahtarı kilitte çevirdi ve kapıyı iterek açtı. Vincente'yi içeri davet etti ve zihninde yine bir anlık bir düşünce belirdi: vampirlerin herhangi bir eve girebilmek için davete ihtiyaçları olduğu.

Gülümsedi ve neden en tuhaf anlarda zihninde vampir teması dolaşıp durduğunu merak etti. Eğer o bir vampirse, nasıl beslenebilirdi ki? Dünyada geriye sadece ikisi kalmışken? Tabii, olanlar onun sistemini değiştirmiş ve artık hayatta kalmak için kana ihtiyaç duymuyorsa? Neden vampirlerle ilgili bu kadar çok şey hatırlıyordu da başka hiçbir şey hatırlamıyordu?

Grace başını salladı. Garip vampir düşüncelerini ortadan kaldırmaya çalıştı, böylece o ana geri dönebilecekti. Kendi evine yeniden girdiği ana. Ama belki de tam da bu yüzden bu konuyu düşünmekten kaçınıyordu.

Evin sonu, çok sayıda bitki ve minderle donatılmış bir avluydu. Oturup bahçeye bakarak dinlenebileceğiniz bir yer. Grace arkasını döndü ve bahçe kulübesinin arkasında saklanmış bir salıncak ve kaydırak gördü.

Bir an için küçük bir kız olarak kaydıraktan kayıp salıncakta sallandığını hayal etti. Annesi veya babasının onu salıncakta ittiğini, ya da Daryl ve kendisinin bahçede koştuğunu hatırlamaya çalıştı. Hepsini hayal edebiliyordu, ama bunlar sadece hayal gücüydü. Gerçekte olanların anıları değildi.

Vincente yanında durmuş, onu izliyordu, ama aynı zamanda izlemiyordu da. Grace'in alana ihtiyacı olduğunu düşünüyordu ve ona engel olmak ya da onu rahatsız etmek istemiyordu. Aynı zamanda, yol gösterici olmasını da istiyordu. Sonuçta, hatırlamasa bile, burası onun eviydi ve o burada bir yabancıdan başka bir şey değildi. Grace'in gözleri bahçeyi incelerken, o da düşüncelerine dalmış olan Grace'i sessizce izledi.

"Hatırlamıyorum," dedi Grace sonunda.

"Hatırlayacaksın," dedi Vincente. "İçeri girip biraz dinlenelim."

"Tamam," dedi Grace ve koridordan ilerlemeye başladı. Kapısı kapalı bir odanın önünden geçti. Merakla kapıyı açtı, ama karşısına çamaşır odası çıktı. Daha ileride mutfağa girdi. Sanki bir güneş ışığına girmiş gibi hissetti. Mutfak tamamen sarıydı. Kanarya sarısı, mutfak aletleri, perdeler, duvar kağıtları, masa örtüsü ve servis altlıkları dahil. Grace yaklaştı ve neredeyse her şeyin üzerinde küçük ayçiçeği izleri olduğunu fark etti. Annesi açıkça sarı rengin büyük bir hayranıydı ve ayçiçeklerini daha da çok seviyordu.

"Ayçiçekleri," dedi Grace, gülümseyerek. Vazodan kuru sapları çıkardı, lavaboda doldurdu ve tekrar taze suya koydu. Hemen canlandılar. Grace pencereden dışarı baktı ve evin yan tarafında bir sıra ölü ayçiçeği gördü. Az önce dokunduğu ayçiçekleri annesi tarafından koparılmıştı. Belki de kendisi koparmıştı. Mutfağa getirilmiş ve tam da bu vazoya konmuştu.

"Annen güneş ışığını içeriye nasıl getireceğini iyi biliyordu," dedi Vincente, bir kez daha düşüncelerine dalmış olan Grace'i sakinleştirmeye çalışarak. Yemek masasına oturdu, sandalyeyi geri çekerken fazla ses çıkarmamaya dikkat etti. Odaya bakındı ve buranın hoş olduğunu, ama kendi zevkine göre biraz abartılı olduğunu düşündü. Evde biraz güneş ışığı olması iyiydi, ama burası gerçekten çok parlaktı. O anda güneş gözlüklerini ciddi şekilde özledi.

Grace, yeniden bağlantı kurmaya çalışarak elini tezgahın üzerinde gezdirdi. Bazı dolapları açtı ve üzerinde adı yazılı bir kahve fincanı buldu. Birinde "1 Numaralı Baba", diğerinde "Dünyanın En İyi Annesi" yazıyordu ve bir fincanda ise tek bir kelime vardı: Daryl. Burası onun eviydi. Kanıtlar vardı. Neden hatırlayamıyordu?

Lütfen hatırlamama izin ver, diye düşündü, Bir şey, herhangi bir şey. Lütfen.

Vincente, Grace'in yeterince uzun süre düşüncelere daldığını düşündü ve dikkatini başka yöne çekmenin zamanı geldiğine karar verdi. Bu sefer sessizce değil, sürtünme sesi çıkararak sandalyeyi geri çekti ve "Üzgünüm, ama karnım çok guruldıyor, bir şeyler atıştırmam lazım" dedi.

Grace bir anlığına vampir düşüncelerine geri döndü, sonra dönüp buzdolabını açtı. Annesi çoğu zamanını hastanede geçirdiği için buzdolabında pek bir şey yoktu. Üst dolabı açtı, bir kavanoz kahve çıkardı ve ikisi için kahve yaptı. Biraz sahte krema ekledi. Birkaç dakika sessizce kahvelerini yudumladılar.

"Eğer istediğin her şeyi yiyebilseydin, ne yemek isterdin?" diye sordu Grace. Eğer bir şişe kan derse, bayılacaktı.

"Büyük, sulu bir biftek isterdim, az pişmiş, üzerine ekşi krema ve tereyağı sürülmüş, erimiş fırında patates ve tatlı olarak da Lamington."

"Bir dahaki sefere otelde kaldığımızda kendimize bir ziyafet çekelim, olur mu?" dedi Grace.

"İyi bir aşçı mısın?"

"Hiçbir fikrim yok! Ama denemeye hazırım."

"Çok fazla yemek yapmadım. Genellikle annem yemek yapar, bazen o dışarıda olduğunda mikrodalgayı kullanırım ya da dışarıdan yemek sipariş ederim."

Birkaç dakika daha sessiz kaldılar. Grace koridora bakıyordu, kendini evin geri kalanını gezmeye zorluyordu. Lavabonun üzerindeki saati kontrol etti ve saatin altıdan biraz geçtiğini gördü.

Ancak yakında yorgun düşeceklerdi ve biraz uykuya ihtiyaçları olacaktı. Yakında hava kararmaya başlayacaktı. Elbette ışıkları açabilirlerdi, ama o, hala bu güzel doğal ışık varken evi gezmeyi tercih ediyordu.

"Tamam, keşfe devam etmeye hazırım," dedi Grace. Ayağa kalktı, lavabodaki boş fincanları yıkadı. Sonra mutfaktan çıktı ve koridorda ilerlemeye devam etti.

Vincente sessizce arkasından takip etti ve ona bir kez daha özgürce keşfetmesi için zaman ve alan tanıdı. Ona zihnini tamamen açması için fırsat verdi.

Koridor uzundu ve mutfak kadar aydınlık değildi. Grace'in annesinin yan sehpaları, aynaları ve resimleri vardı, bunlar oturma odasının mutlak karanlığına doğru ilerlerken size eşlik ediyordu. Grace halı kaplı zeminde yürüdü ve perdeleri tek bir hareketle geri çekti. Neyi kaçırdığını görmek için arkasını döndü. Bu ani hareketle her şeyin aklına geleceğini umuyordu.

Vincente, bunu yaptığı belli olmadan onu izledi. Duruma daha fazla baskı eklemek istemiyordu.

Grace ellerini beline koydu ve birkaç saniye için kalbinde umut belirdi.

Nefesini tuttu.

Vincente de umut ışığını fark etti ve ona doğru bir adım attı.

Grace, avucuyla onu durdurdu. Oda içinde volta atmaya başladı.

Grace, yukarıdan yiyecek arayan bir kuş gibiydi. Oda içinde dönüp durdu.

Kısa süre sonra umut ışığı gözlerinden kayboldu ve yere yığıldı.

Ellerini yüzüne koydu ve ağladı.

BÖLÜM 17

Vincente, Grace'in önünde diz çöktü. Doğru kelimeleri aradı. Zihni karışık ve kalbi hızla atıyordu, bu yüzden doğru kelimeleri bulamadı. Nefes nefese kalmıştı, çünkü onu kollarına almak ve...

Vincente kendini kontrol etti. Onun, kendisini çeken türden bir kız olmadığını kendine söyledi. Onun duygusal çalkantıları tarafından ne kadar etkilenmiş olduğu gerçekten önemli değildi. Bazen empatik bir insandı. Sık sık değil, ama bazen. Haberlerde insanların yaralandığını, esir alındığını, savaşın yıkıma uğrattığı ülkeleri, çocukların veya hayvanların istismar edildiğini gördüğünde ağlardı.

Şimdi, önünde duran Grace'i izlemek, onun için haberleri izlemek gibi olmuştu. Ona uzanıp, bir çocuğu teselli eder gibi onu teselli etmek istedi. Öyleyse neden başka bir şey de hissediyordu? Farklı bir şey? Ve bu neydi? Bir an için duygularını inceledi ve tam olarak ne olduğunu anladı. Grace'e bakma ihtiyacı hissediyordu. Onu koruma ihtiyacı. Evet, kesinlikle buydu! Başka bir şey olamazdı. O anda kasıklarında hissettiği duygu. Şehvet olamazdı. Hayır, o değildi.

Vincente şimdiki zamana geri döndüğünde, Grace ayaktaydı. Parmaklarını şömine rafı ve çerçeveli fotoğraflar üzerinde gezdiriyordu. Grace durduğunda, Vincente yanına gitti.

Fotoğrafı gördükten sonra gülümsedi ve onu eline aldı. Birlikte daha yakından incelediler. Fotoğraftaki Grace'di. Muhtemelen dört ya da beş yaşlarındaydı ve elinde bir abaküs tutuyordu.

"Kesinlikle sensin," dedi Vincente. "Gözlerinde senin gözlerini görebiliyorum."

Grace gülümsedi ve zihnindeki sisin içinden geçmeye çalıştı.

"Onun ben olduğumu biliyorum. Onun ben olduğumu görebiliyorum. Ama onu ya da abaküsü hatırlayamıyorum."

Vincente, Grace'in kapalı ellerini ellerine aldı ve iki gülü açar gibi tek tek açtı. Onu kollarına çekti.

Grace, Vincente'nin kalbini dinleyerek, yeni bir bağ hissederek ona sarıldı. Sonra uzaklaştı.

"Buraya bak!" diye bağırdı. "Bu benim babam ve kardeşim." Fotoğrafın altında bir plaket vardı: Benjamin Greenway, Helen'in sevgili eşi, Grace ve Daryl'in sevgili babası. 55 yaşında, çok erken aramızdan ayrıldı.

Diğer fotoğrafın da bir plaketi vardı: Daryl Greenway, Helen ve Benjamin Greenway'in sevgili oğlu. 21 yaşında, babasının yanına gitti.

Grace, hastanede onları hatırlayarak derin bir nefes aldı. Kafasını salladı. Onlar onu ziyaret etmemişlerdi, düzeltti, çünkü ikisi de ölmüştü. Hayal görmüş olmalıydı.

"Çok üzücü," dedi Grace. "Benim için çok değerli olan iki insan, ama ben hiçbir şey hissetmiyorum. Onları hatırlayamadığım için kendime duyduğum üzüntü dışında. Ne kadar bencil biriyim!"

"Sen bencil değilsin! Sadece şu anda hatırlayamıyorsun, bu senin suçun değil."

"Bir şey hatırlamak istiyorum. Herhangi bir şey!"

"Hatırlayacaksın, sabırlı ol. Biraz zaman tanı."

"Bunun olacağını sanmıyorum, Vincente. Hiç hatırlayamayacağımı düşünüyorum."

Vincente ellerini beline koydu. "Seni hastanede ziyaret etmek için geri geldiler, bir nedeni vardı. Belki de sana yardım etmek için geldiler."

"Nasıl? Aklımı kaçırdığımı düşündürerek mi?"

"Hayır, diğer tarafa geçmiş olsalar da onları hala tanıdığını kanıtlamak için. Onlarla konuştun. Onlarla sohbet ettin."

"Evet, ama anlamsızdı."

"Çünkü ben araya girdim. Belki de sana söylemek istediklerini henüz söylememişlerdi."

"Bu doğru olsaydı ilginç olurdu, Vincente. Ama pek inandırıcı gelmiyor. Yine de teşekkürler," dedi Grace. Odayı geçip merdivenlerin dibinde durdu.

"Belki," dedi Vincente. Grace ona doğru döndü. "Belki sana bir mesaj veriyorlardı. Seni, ikisinin de yanında olduğu bir zamana, daha mutlu bir zamana geri götürüyorlardı. Hatırlayacak bir geçmişin, yaşayacak bir bugünün ve umutla bakacağın bir geleceğin olduğu bir zamana."

"Üçünden ikisi," dedi Grace.

Vincente güldü ve şarkı söylemeye ve dans etmeye başladı.

"Devam et," diye teşvik etti Grace.

Vincente, bir vazoyu mikrofon olarak kullanarak zeminde kaydı ve tek dizinin üzerine çökerek Grace'e serenat yaptı. Grace coşkuyla alkışladı.

Yanakları koyu kırmızıya dönmüştü. Ona doğru ilerledi ve dudaklarından sertçe öptü.

O da onu öptü. Elleri dolaştı, elleri dolaştı ve dilleri keşfe çıktı.

İkisi de aynı anda olanların farkına vardı ve aynı anda geri çekildi.

"Bana ne yapmaya çalışıyorsun?" diye sordu Grace.

"Özür dilerim, çok özür dilerim," dedi Vincente.

"İkimiz de..."

"Evet, o anın etkisiydi. İkimiz de..."

"Bunu hiç olmamış gibi unutalım," dedi Grace.

"İyi fikir," diye kabul etti Vincente. Grace'in merdivenlerden yukarı çıkmasını izledi.

Grace merdivenlerin tepesine ulaştığında, arkasını döndü ve omzunun üzerinden gülümsedi. "Görüşürüz. Odamı bulup biraz kendime çeki düzen vereceğim."

"Harika!" Vincente, parmaklarıyla saçlarını tararken haykırdı. Grace gözden kaybolduğunda, tuvalete geri döndü ve yüzüne su sıçrattı. Aynada kendine baktı ve ona bakan bu kişinin kim olduğunu merak etti. Bu kişi kimdi? Birkaç gün önce, matematik ödevinde ona yardım edip takımda kalmasını sağlayan bir kızdan başka bir anlam ifade etmeyen birine karşı gerçek duygular besleyen kişi kimdi? Şimdi, onu büyük bir oyuna sürüklemişti ve o da buna karşılık vermiş, ona açılmıştı. Grace'i, özellikle de bu kadar savunmasız olduğu bir zamanda, kendi çıkarları için kullandığı için kendinden çok utanıyordu.

Sonra onun yumuşak dudaklarını, nasıl tereddüt ettiklerini ve sonra ona açıldıklarını düşündü. O, daha önce hiçbir kızın onu öpmediği gibi onu öptü. Ona daha da derinden aşık oluyordu ve o bunu biliyordu.

Sorun şu ki, o da ona aşık oluyordu.

BÖLÜM 18

Yukarıda, Grace de yüzüne soğuk su serpti. Hem içten hem dıştan parlıyordu. Bir an için, geçmişini hatırlayıp hatırlamadığını hiç umursamadı, çünkü geleceğinin daha önemli olduğunu düşünüyordu. Vincente, şimdi onun için herhangi bir anıdan daha önemliydi.

Koridorda yürüdü, kapalı kapılı odaların önünden geçti. Aklı, öpücüğe ve vücudunu ateş gibi saran ateşe geri döndü, ta ki yatak odasını bulana kadar. Orası onun odası olmalıydı, çünkü orada bir bilgisayar çalışıyordu, Einstein ve Fibonacci'nin resimleri, ders kitapları, bir abaküs ve... Evet, orası onun odası olmalıydı.

Şifonyerin üzerinde küçük bir mücevher kutusu buldu. Kutuyu açtığında bir şarkı çalmaya başladı.

"Yardım ister misin?" diye seslendi Vincente.

Grace, elinde küçük bir yastıkla merdivenlerin başına geri döndü. Yastığı ona fırlattı. Yastık kalp şeklindeydi.

Odasına geri döndüğünde, mücevher kutusunu ters çevirdi ve şarkının ünlü bir aşk şarkısı olduğunu anladı. Kutuyu açık bırakarak, duşa giderken şarkının tekrar tekrar çalmasını dinledi.

Bir an durdu, garip bir ses duydu. Bir mırıldanma. Bir fısıltı. Dinledi. Mücevher kutusunun kapağını kapattı. Tekrar dinledi. Kafasının içinde olmalı diye düşündü. Bir adım daha attı. Tekrar duydu. Durdu. Dinledi.

Ses seviyesi artıyordu ama çok az.

"Orada her şey yolunda mı?" Vincente, Grace'in hareketsiz durup koridora boş boş baktığını görünce sordu.

Grace başını salladı. Odasına geri döndü. Vincente merdivenin başına geldiğinde, tam zamanında kıyafetlerini değiştirmişti.

"İyiyim," dedi Grace. "Sadece..." Tereddüt etti. "Uh, bir şey duydun mu?" Başını çevirdi, sesi tekrar duymayı bekledi.

"Biraz müzik duydum," dedi Vincente.

"Evet, o benim mücevher kutum, müzik çalıyor. Başka bir şey var mı?"

"Ne gibi?" Vincente, ayaklarına bakarak sordu.

Grace, onun bir şey duyduğunu düşündü, ama Grace duymamış olabilir diye ona söylemek istemedi. Yine de endişelendiğini Grace anlayabilirdi. "Fısıltı gibi," dedi Grace.

"Evet, bir şey duydum."

"Başımda duyduğumu sandım," diye itiraf etti Grace. "İlk başta. Ama şimdi..."

"Hayır, ben de duyuyorum. Sanki..." Vincente durakladı, heykel gibi durdu.

"Şşşş," dedi Grace, ses tekrar başlamıştı. Biraz daha yüksek sesle.

Neredeyse inilti gibiydi.

Sanki bir şarkının nakaratı gibi, tekrar tekrar Grace'in adını fısıldıyordu. "Belki annemdir?" diye önerdi Grace.

"Belki."

"Belki yaralanmıştır."
"Belki."
"Şşşş."
Güçlü bir rüzgar esintisi ön kapıdan içeri girip merdivenlerden yukarı, Grace ve Vincente'ye doğru ilerliyor gibiydi. Gücü o kadar büyüktü ki, onları duvara yapıştırdı. Evin içindeki eşyalar sallandı ve temeller gıcırdadı.

Başka bir deprem mi?

En üst katın en iyi yer olmadığına karar verdiler. Birbirlerinin ellerini tutup merdivenlere doğru ilerlediler.

"Buradan çıkalım!" diye bağırdı Vincente.

Grace bunun gerekli olduğunu biliyordu ve hemen harekete geçti. Ancak annesinin evde mahsur kalmış olmasından endişeliydi. Ya yaralanmışsa?

Merdivenlere ulaştıklarında, merdivenler bir yandan diğer yana sallanırken ahşap tırabzanlara tutundular. Ev sanki uçmak istermiş gibi sallanmaya ve bükülmeye başladı. Merdivenler piyanonun tuşları gibi çalmaya başladı, parçalanarak Terra Firma'ya dönme planlarını terk etmelerine neden oldu.

Bir kez daha ses, "Grace" diye seslendi.

G race koridorda sendeleyerek yürüdü, sanki sesin geldiği yeri takip ediyormuş gibi. Ses, koridorun sonundaki kapalı bir odadan geliyordu.

"Sanırım annem," dedi Grace, kapısı hafifçe aralık olan bir yatak odasının önünden geçerken.

Müzik aletleri, CD'ler, yapılmamış yatak ve boş hasır sandalyeye bakarak bunun Daryl'in odası olduğunu anladı. Sandalye pencerenin hemen altında duruyordu, sanki kardeşi dönmesini bekliyormuş gibi. Pencere ardına kadar açıktı ve yeni bir rüzgar esintisi içeri girdi. Tam zamanında yatak odasının kapısını kapatarak, rüzgarın onları parmaklığın üzerinden itmesini engellediler.

Ses, gencin adını tekrar tekrar fısıldıyordu.

Gençler titreyerek el ele tutuştular. Birlikte koridorda ilerlediler. Evin her yerinde çığlıklar ve gürültüler yükselirken, koridorun sonundaki kapalı kapıya doğru ilerlediler.

İnleme sesi gittikçe yükseliyordu.

Fısıltı artık fısıltı değildi.
Açıkça bir kadın sesiydi.
Helen Greenway'in kızını çağıran sesiydi.
"Belki de cevap vermelisin?" diye önerdi Vincente.
"Anne!"
"Grace!"
"Anne!"
"Grace, Grace!"
Kapının hemen önüne geldiler. Kapı dokunulduğunda sıcaktı ve sağlamdı. Hâlâ menteşelerinde duruyordu.
Ev sallanmayı ve gürültü yapmayı bırakmıştı.
Kapıyı iterek açtılar.
Bir şey yanlarından kayarak odaya girdi.
Soğuk bir esinti gibiydi.
Kapı arkalarından kapandığında titrediler ve kilit mekanizması kendi kendine yerine oturdu.

G özleri ışığa alıştıkça dişleri takırdadı ve etraflarına bakabildiler. Grace, yalnız olmadıklarından emindi, ama annesini göremiyordu ve ses artık onun adını çağırmıyor ya da fısıldamıyordu.

Soğuktu. Ölüm gibi soğuktu.

"Hiçbir şey görebiliyor musun, hiçbir şey?" diye sordu Vincente.

"Soğuk nefes görebiliyorum. Fibonacci kar taneleri şeklinde."

"Ne?"

"Görüyor musun? Kar taneleri."

Kar taneleri etraflarına düşüyordu. Islak eriyen kar taneleri kristal beyazından gözyaşlarına dönüşürken, daha fazla titrediler ve kollarını kendilerine doladılar.

"Bir şey hissediyorum, burada bizimle birlikte bir varlık. Belki de bu yüzden Fibonacci'yi hatırladım."

"Evet, aferin, ama bu tehlikeli mi?" Vincente sordu, "Yani, bize zarar vermeye çalışacak mı?"

"Hayır, bize zarar vermek istediğini hissetmiyorum. Ama beni tanımak istediğini hissediyorum."

"Ne?"

"Onu rahatlatmamı istiyor."

"Burada, yanımda kal. Kıpırdama," dedi Vincente.

"Zihnimde bana ulaşmaya çalışıyor. Beni, bizi buraya getirirse, bizden istediğini alabileceğini düşündü, ama şimdi buradayız ve ne yapacağını bilmiyor." Grace konuşmayı kesti, elleri acı içinde başına gitti.

"Onunla mı konuşuyorsun? Sana zarar mı veriyor?" diye sordu Vincente. Grace'in tüm vücudu titreyerek cevap verdi.

"Benimle iletişim kurmak için bir tür ESP kullanıyor. Beynimi, vücudumu tarıyor. Düşüncelerimi ve duygularımı dinliyor."

"Ondan uzak dur!" Vincente bir sandalyeyi kaldırıp duvara fırlatarak bağırdı.

Vincente havaya kaldırılıp şiddetle yatağa fırlatılırken Grace acı içinde çığlık attı.

BÖLÜM 19

Grace, Vincente'nin şeytan tarafından ele geçirilmiş gibi ileri geri sallanmasını dehşetle izlemeye devam etti. Vücudunu ara sıra saran gizemli acının arasında, bunun nedenini merak etmeden edemedi. Başka bir boyuttan gelen bir yaratık mıydı? Bir kurt adam mı? Bir vampir mi? Bir hayalet mi? Bir şeytan mı? Grace, bir silah bulmak için odayı taradı. Hiçbir şey bulamayınca, Vincente'nin vücudu sakinleşene kadar bekledi. Ayakları ve kolları görünmeyen, bilinmeyen bir varlık tarafından bağlandı.

Vincente artık hareketsizdi. Grace onun yanına koşmaya çalıştı, ama sanki ayakları aniden zemine çimentolanmış gibiydi. Üst vücudu sirk ucubesi gibi öne doğru kaydı, ama bacakları hareket etmiyordu.

"İyi misin Vincente?"

"Artık acı çekmiyorum."

"Bu iyi."

"Peki ya sen?

"Yine normal hissediyorum ama çok korkuyorum Vincente. Ayaklarımı hareket ettiremiyorum."

"Üstelik yakında burası karanlık olacak. Işığa ulaşabilir misin?"

Grace, üst vücudunu duvardaki anahtarın yönüne doğru eğmek için uğraştı. Esnedi, esnedi, sanki gerçekten lastikten yapılmış bir sirk ucubesiymiş gibi hayal etti, anahtara dokundu ve tıklama sesini duydu, ama hiçbir şey olmadı. Elektrik kesilmişti.

"Çalışmıyor, Vincente. Birazdan burası zifiri karanlık olacak!" Grace kollarını kendine doladı ve titremesini durdurmaya çalıştı.

"Hâlâ hissedebiliyor musun, etrafındaki varlığı?"

Grace, görünmeyen ve bilinmeyen bir şeyi arayan tentacles olduğunu hayal ederek, hislerini dışarı atmaya çalıştı.

"Şu anda sessiz, Vincente. Belki de bizden istediğini aldı ve şimdi başka bir yere gitti. Ya da belki de bizim, onun umduğu gibi olmadığımızı anladı."

"Evet, hayatımda ilk kez, bu şeyin hayal kırıklığına uğramasına aldırış etmem. Ama düşünmeye çalışalım. Bizden ne isteyebilir? Ne olabilir?"

"Bir kurt adam?" diye önerdi Grace.

"Dolunay değil, en azından birkaç gün daha değil. Ama hey, onların görünmez olabileceğini sanmıyorum."

"Peki ya vampir?"

"Evet, onlar sadece geceleri ortaya çıkarlar, değil mi?" Vincente, kıkırdayarak dedi. İp, uzuvlarına çok sıkı bağlanmıştı ve hareket etme ihtiyacı çok büyüktü. Sorun, hareket ettiğinde ipin daha da sıkılaşması ve derisini kesmesiydi. Ayak bileklerinden çarşafın üzerine damlayan kan damlalarını görebiliyordu.

Grace de çarşafın üzerine damlayan kanı fark etti. Beyazın üzerine yayılan kırmızı kanı izledi. Halının altından ona doğru gelen hareketler kafasını karıştırdı. Kesinlikle bir hareket vardı. Yılan gibi. Yavaş. Sürünerek. Ona doğru geliyordu.

"Vincente!" diye bağırdı, o şey ona doğru yavaşça yaklaşırken.

Üst vücudu geri çekildi. Geri, geri, gidebileceği kadar geri.

Grace için ne yazık ki, bu yeterince uzak değildi.

"Vincente!" Grace, gözleri neredeyse kafasından fırlayacakmış gibi çığlık attı.

Vincente, Grace'in çok korktuğunu görebiliyordu ama nedenini bilmiyordu. İpleri gevşetmeye çalıştı ama yapabileceği hiçbir şey yoktu. Her türlü çabası, iplerin daha da sıkılaşmasına ve vücuduna daha da derin izler bırakmasına neden oluyordu.

O şey, Grace'e doğru yolunu açmaya devam etti.

Vincente, halının altında hareket eden bir şeyin varlığını fark etti. Grace'in bacaklarının titremeye başladığını gördü, o şey aralarındaki mesafeyi kapatıyordu.

Grace, kendini kontrol etmeye çalışarak dimdik durdu. Çığlık atmak ve bağırmak istiyordu ama bunun yerine nefes almaya odaklandı. O şey gittikçe yaklaşırken, onu yoklamaya başladığını hissedebiliyordu.

Bir sakinlik hissi onu sardı, duyularını bastırdı. O şeyin ona zarar vermek istemediğini içtenlikle hissetti.

"Grace!" diye bağırdı Vincente ve ipler derisini kesti. Ortasından eğildi, artık yeni doğmuş bir buzağıya benziyordu. Sonra bir yerden bir tıkaç çıktı. Vincente'nin ağzına takıldı.

Grace, onun altında, daha önce hiç olmadığı kadar yüksek sesle çığlık attığını anlayabilirdi. Ama ondan gelen tek şey acı dolu bir sessizlikti. Sessiz çığlıklar en korkutucu çığlıklardır.

Birbirlerinin gözlerine baktılar. Elinden gelen her şeyle birbirlerine uzanarak, o şey Grace'in ayaklarına ulaştığında gözlerini birbirlerine kilitlediler.

O şey, ayak parmaklarından başlayarak yukarı doğru hareket etmeye başladı, yavaş yavaş yukarı doğru ilerledi.

O anda Grace'in sesi evi heyecan verici bir çığlıkla doldurdu.

Karşı koyma, dedi Grace kendi kendine, Vincente'nin de aynı şeyi söyleyeceğini çok iyi biliyordu, eğer yapabilseydi.

Rahatla, diye düşündü, bırak yapması gerekeni yapsın, belki sonra geçer.

Bunu engellemeye çalıştı, yatakta gözleri kocaman açılmış Vincente dışında her şeyi engellemeye çalıştı. Bulunduğu yerden, sağ ayak bileğinden akan küçük bir kan birikintisi görebiliyordu. Göğsünün inip kalkmasını izledi.

O şey onu döndürdü ve büktü, ta ki artık kendisi gibi hissetmeyecek hale gelene kadar.

Gücü giderek artıyordu. İlk başta, acı hafif bir yanma hissi gibi dayanılabilir bir şeydi. Neredeyse sıcak bir öpücük gibi. Bağımlılık yapıcıydı; bir öpücük daha, sonra bir öpücük daha, sonra bir öpücük daha istedi. Sonra bu his farklı bir şeye dönüştü. Daha belirgin bir yanma hissi. Damgalama gibi. Sıcak. Daha sıcak. Cızırdayan.

Yüzü kızarmıştı ve yumruklarını sıkıca tutuyordu. Savaşma isteği kendini öne çıkarıyordu, ama acı dayanılmazdı.

Pelvik bölgesine ulaştığında, cızırtı arttı ve sıcaklık daha da yükseldi. Sanki yanıyormuş gibi hissediyordu. Kazıkta yanıyor gibiydi. Düşünemiyordu. Sanki büyük bir sinir gibiydi, çıplak bir sinir. Acı dayanılmazdı. Artık dayanamıyordu, ama acı daha da arttı.

Grace, acı göğüslerine doğru ilerlerken bilincini kaybetmemek için çabaladı. Onlar da yanıyordu, ısı ilerledikçe acı senkronize oldu ve tüm vücudunda zonklamaya başladı.

Sonra her şey karardı.

BÖLÜM 20

Grace kendine geldiğinde, artık bedeninin içinde değildi. Yavaş yavaş ne olduğunu anladı. Acı, zihninin parçalanmasına neden olmuştu.

Olayın üstünden bir yerden, hala kendini kıvranırken, hayali bir koza gibi bir kutunun içinde dönüp dururken görebiliyordu. Acının kasırgası onu savuruyor, döndürüyor ve bedenini büküyordu, hala içinde hareket ediyordu. Onu yanan pençesinde tutsak ediyordu.

Yanmayı hisseden, kendi etinin cızırdamasını koklayan Grace, artık kendini izlemeye dayanamıyordu, bu yüzden dikkatini Vincente'ye çevirdi.

O da kıvranıyordu. Vücudu bir yandan diğer yana sallanıyordu ve sanki epileptik bir nöbet geçiriyormuş gibi titriyordu. Ona doğru süzülerek yaklaştı. Dudaklarıyla onun yanan alnına dokundu.

Gözleri, sanki onun varlığını hissetmiş gibi birden açıldı. Bariyerleri aşmaya çalışarak ona bağırdı, ama onun boğuk çığlıkları duyulmadı. Artık bir parçası olmadığı bedeninden gelen çığlıklarının şiddeti, sıcak odayı soğuttu ve Vincente'yi daha da rahatsız etti.

Grace o şeyi öldürmek istedi. Her neyse, onu yakalayıp boğazını sıkarak ruhunu kesmek istedi. Bunun sona ermesini istedi. Sonra ne yapması gerektiğini anladı. Vücuduna geri dönüp, o korkunç yaratıkla yüzleşmesi gerekiyordu. Geri dönmek zorundaydı. Gidecek başka yeri yoktu.

Evet, o şey vücuduna sahipti, ama zihnine sahip değildi ve ruhuna sahip değildi. Aynı şey Vincente için de geçerliydi. Evet, ikisi de bilinmeyen nedenlerle işkence görüyorlardı. Belki de, dünyadaki son iki insan oldukları için. Vincente'nin bahsettiği eski filmdeki gibi, uzaylılar insanları neyin harekete geçirdiğini keşfetmeye çalışıyordu. Ya da belki de onları öldürmeye çalışıyorlardı.

Sebep ne olursa olsun, Grace onların istediklerini elde etmelerine izin vermeyecekti. Savaşmadan hayatlarını almalarına izin vermeyecekti.

Bir an için pencereden uçup gitmeyi hayal etti. Kendisini ve Vincente'yi geride bırakmayı. Ama bunu yapamadı. Kusurları olsa da o bedeni seviyordu. Birçok kusuru olsa da, o beden yine de onundu ve sadece onundu. Ve bir de Vincente vardı. Onu sevdiğine şüphe yoktu. Kendine dönmesi gerekiyordu. Onu kurtarması gerekiyordu. Belki de ikisini de kurtarması gerekiyordu.

Odanın dışında, uzun ağaçlar rüzgârın manyetik gücüyle ileri geri sallanıyordu. O ve Vincente de o ağaçlar gibiydi, rüzgârla hareket eder gibi acıyla hareket ediyorlardı.

Derin bir nefes aldı ve sonra bedenine geri girdi. Acı onu bir bıçak gibi kesti. Anında kaçmak istedi, ama kısa sürede bunun onu zayıflattığını, kontrolünü ve gücünü azalttığını fark etti. Özü değişmişti. Artık parçalanarak, o şeye fiziksel benliği üzerinde ek güç verdiğini anlıyordu. Artık gücü geri almaya kararlıydı!

Vücuduna, evine girdikten sonra, tüm olumlu düşüncelerini ve enerjisini, ayrıca kalbinde bulabildiği tüm sevgiyi topladı. Bunları, ulaşamayacağı kadar uzak bir yerde saklanan hafıza bankasından çağırdı.

Tekrar ayrılma isteğini geri iterek, tüm enerjisini cızırtılı, amansız acıya değil, kendi güçlü ışık kaynağını yaratmaya yoğunlaştırdı.

Bunu hayal ettikten sonra, onu bir güneş ışığı topu gibi hareket ettirdi. Işık topu bir kalp haline gelene kadar onu avucunda tuttu: Grace ve Vincente'nin birleşik kalpleri.

Topun tüm enerjisini Vincente'ye yönlendirdi. Işık, odanın içinden geçerek cesurca parladı. Birkaç saniye boyunca, Vincente'nin vücudu artık kıvranmıyordu. Yakıcı acı bir kez daha onu ele geçirdiğinde, kalbi geri çekti ve tuttu. Bu, ona dayanması gereken şeyi dayanma gücü verdi.

Ve ruhunun derinliklerinde, tanımadığı bir şarkı çalmaya başladı. Ona tamamen yabancı bir şarkı. Şarkı çalarken ve o şarkıyı söylerken, dudakları artık yanmıyordu ve gözleri Vincente'ye uzanıyordu. Kalbi, onun kalbine şarkıya katılmasını, onunla birlikte şarkıyı söylemesini söyledi.

Birlikte zihinlerinde ve ruhlarında şarkı söylediler ve ışık topu gittikçe daha da güçlendi.

"Seni buraya ben davet etmedim, ruh ya da her neysen. Benim bedenime girmeye hakkın yok. Arkadaşımın bedenine girmeye hakkın yok. Şimdi git buradan!"

Ve öyle oldu. Gitti.

Grace yere yığıldı.

BÖLÜM 21

Birkaç saat sonra, Grace kendini rahatsız hissetti, ki bu hiç de şaşırtıcı değildi, çünkü nerede olduğunu HİÇ BİLMİYORDU.

Hareket etmeye çalıştığında, vücudunun her yeri ağrıyordu. Kolları ve bacakları, ölü ya da kopmuş ağaç dalları gibi doğal olmayan pozisyonlarda bükülmüştü. Vücudunu toparlamaya çalıştı, ama her hareketinde acı içinde kıvranıyordu.

Ayağa kalkmaya çalıştı - burada önemli olan kelime "çalıştı" - ama yine yere yığıldı. Grace halıya baktı. Düşünmeye, hatırlamaya çalıştı. O halının nesi vardı? Odaya göz gezdirdi. Yatağı buldu. Vincente'yi buldu.

Onların tüyler ürpertici çilesi ile ilgili her şey aklına geri geldi.

Vücuduna hareketleri yeniden öğretmek zorunda olduğu için, bir bebek gibi yürümeye çalışarak kendini yukarı kaldırdı. Sonunda Vincente'ye ulaştı ve hareketsiz bedenine baktı. Kan lekeleri artık kahverengiye dönmüştü. Artık yayılmıyordu.

Gözleri onun dudaklarına takıldı. Öpülesi dudaklarına. Ona doğru eğildi, ama gözleri açıldığında, sonra daha da açıldığında durdu. Onu görmekten memnun değildi. Dehşete kapılmıştı.

"Ne oldu Vincente? Her neyse, artık gitti. Güvendeyiz. İyiyiz. Her şey yoluna girecek."

Grace ona bu olumlu sözleri fısıldamaya devam etse de, Vincente'nin dehşete kapılmış ifadesi daha da şiddetlendi. Gözleri ileri geri, ileri geri hareket ediyordu. Ona bir şey söylüyordu. Onu uyarıyor muydu?

Fısıldayarak, arkasında bir şey olup olmadığını sordu. O başını salladı.

Bir an düşündü, elini uzattı ve o şeyi aradı, ama bulamadı. Kaçmak, kurtulmak istedi, ama o şeyin onu beklediğini biliyordu. Onun için geri dönmüştü.

Yoksa başka bir şey miydi? Farklı bir şey mi? Bu şeyin daha güçlü, daha kuvvetli olabileceği, onu kırabileceği, yok edebileceği düşüncesi onu dehşete düşürdü.

Vincente'nin gözleri donmuş gibi kalmış, omzunun üzerinden bakıyordu. Onun korkusu bulaşıcıydı ve Grace titredi ve sallandı. Sonra bu şeyi yenmelerinin tek yolunun birlikte hareket etmek olduğunu fark etti.

Grace eğildi ve bir eliyle onu bağlayan ipleri çözmeye başladı, diğer eliyle ise komodinde herhangi bir silah arıyordu. Kullanabileceği bir şey. Annesinin orada, bu ciddi durumda ona yardımcı olabilecek bir alet bulundurmuş olmasını umuyordu.

Vincente'nin gözleri çığlık atıyordu. Onun gözleri, Grace'in gözleri haline geldi.

Çekmecede, bir çift cımbız bulabildiği tek kullanışlı aletti ve Grace ipleri kesmeye başladı. Ancak bu hızla Vincente'yi kurtarmak çok uzun zaman alacaktı. Eğildi ve ipleri dişleriyle ısırmaya başladı, iyi bir ilerleme kaydetti, ta ki Vincente tekrar titremeye ve kıvranmaya başlayana kadar. Gözleri onun gözleriyle buluştu ve sonra gözlerini kapattı.

Grace hızla döndü ve bağırdı: "Sen nesin ve benden ne istiyorsun? Bizden ne istiyorsun? Sana zarar vermek istemiyoruz. Ne istediğini söyle, sana vereceğiz! Sana yardım etmeye çalışacağız, ama lütfen bize zarar vermeyi bırak. Vincente'ye zarar vermeyi bırak. Sana her şeyi veririm!"

Vincente kıvranmayı bıraktı.

Grace ayaklarından havaya kaldırıldığında gözleri açıldı.

Güç onu tavana çarptı. Sonra duvarlara çarptı. Çarp. Güm. Çarp.

Sonunda onu yere düşürdü ve orada bir bez bebek gibi cansız bir şekilde kaldı.

Cam kırılıyordu. Paramparça oluyordu. Her yere saçılıyordu. Cildine çarpıyordu. Cildini deliyordu.
Grace, kolları ve elleriyle kendini elinden geldiğince korudu.
Bir şey onu kaldırdı ve pencereden dışarı taşıdı. Uçan bir yaratığın sırtındaydı ve onun kokusunu alıyordu. Sıkı tutundu. Yumuşak hissediyordu. Tüylü değil, killi, kürklüydü.
Çok karanlıktı, o kadar karanlıktı ki, kendisini taşıyan şeyin şeklini ayırt edemiyordu.
Siyah, şekilsiz, gölgeli dünyevi konutlar, kuleler ve köprülerin içinden ve üzerinden süzülerek geçtiler. Yüksekliğe çıktıklarını, gittikçe daha yükseğe çıktıklarını hissetti, ta ki çarpacak hiçbir şey kalmayana kadar. Bulutların üzerindeydiler.
Belki de ölmüştü?

Grace ve kokusuz yaratık gece gökyüzünde uçuyorlardı. Yaratık aniden sağa saptığında, Grace neredeyse tutunamıyordu. Yaratık güven verici bir "Gwap-Gwap" sesi çıkardı. Onu güvenli bir yere geri attı. Grace kollarıyla ona sarıldı.

Süzülüyorlardı. Bilinci gelip giderken, Grace hala öldüğünü mü yoksa rüya mı gördüğünü bilmiyordu. Gece karanlığının derinliklerine doğru ilerlemeye devam ettiler.

Grace gözlerini açtı ve birkaç saniye boyunca metalden yapılmış bir tünelde olduklarını hayal etti.

Havayı kokladı, denizin kokusunu aldı ve sonra bilincini kaybetti.

Sanki bir ömür boyu seyahat etmişler gibi görünüyordu ve şimdi güneş doğmaya başlamıştı. Aşağı doğru süzülmeye başladıklarında, ayna gibi bir uzay gemisi gibi ışığı yansıtıyordu.

Garip bir şekilde katı bulutlardan sekerek düştüklerinde midesi düğümlendi. Sıçrayarak, düşerek. Grace o anda korku hissetmedi. Kendini güvende hissetti. Hayatta olduğu için minnettardı.

Sonra yaratık onu bıraktı.

Düşerken rüzgara karşı mücadele etti.

Güneş gökyüzünde yüksekti, bu normaldi. Grace'in bulunduğu yer ise normal değildi.

Devasa bir ağacın kollarında sallanıyordu ve aşağıya bakmak bile midesini bulandırıyordu. Bir şeye dokunabildiği için mutluydu. Kendisini bıraktıkları sağlam dalı eliyle okşadı.

Güneş ışınları omuzlarına vuruyordu. Derisinden cam parçalarını çıkardı ve aşağıya bakmaktan kaçındı.

Dikkatini dağıtan hiçbir şey olmadığı için, ağacın gövdesinin çizgisini takip etti. Çizgi uzayıp gidiyordu. Ağaç çok uzundu, en az 145 metre civarındaydı.

Grace, gözlerini daire şeklinde gezdirerek çevresini inceledi. Bir ağaçlar çemberi. Hiçbir mantıklı nedeni olmadan, içgüdüsel olarak bu ağacın Kral ağacı olduğunu biliyordu. Diğerleri Şövalyelerdi. Kraliçe ağacını aradı ama bulamadı.

Ağaçlar hakkında hatırlayabildiği her şeyi hatırlamaya çalıştı. Bilgi Ağacı. Faktör Ağaçları. İkili Ağaçlar. İyi ve Kötü Ağacı. Dilek Ağacı. Noel Ağacı. Bilgelik Ağacı.

Ağaçların kutsallığını merak etti. Bir kez daha küçük bir kız olsaydı, bu ağaca hayran kalacağını hayal etti. Muhteşemden çok daha fazlasıydı. Bu ağaç o kadar uzundu ki, sanki cennete ulaşabilecekmiş gibi görünüyordu.

Grace başını salladı. Aşağı inmenin bir yolunu bulması gerekirken, ağacın muhteşemliği dikkatini dağıttı.

Et yiyen ağaçtan bahsetmiyorum bile. Bu ne tür bir ağaçtı?

Bu düşünce sadece bir anlığına aklını meşgul etti, çünkü geriye yaslanıp bulutların geçişini izlemeye başladı. Sanki bulutların üzerinde gökyüzünde süzülüyormuş gibi, onların varlığını içinde hissetti. Kendini marshmallow gibi yastık şeklinde bir şeyin üzerine basarken hayal ederken, hatırlaması gereken diğer her şeyi unuttu.

Yine uykuya daldığında, içinde yüzen birinin içindeydi.

Güneş neredeyse batmış, ufukta alacakaranlık çökmüştü. Rahatlamış hissederek esnedi ve gerindi. Bir anlığına nerede olduğunu tamamen unuttu.

Altında, ağaçlardan oluşan bir daire — Şövalyeler — dalları yanlarında duruyordu. Hepsi ölü ağaçlardı. Ancak, içinde bulunduğu ağaçta bazı yapraklar vardı ve çok canlıydı.

Ağacının gövdesini takip ederek yere kadar indi. Ağaçların dibinde toprağın sarsıldığını fark etti. Ağaçtan uzaklaşan taze yollar vardı. Diğer ağaçlara, Şövalyelere giden yollar. Diğer ağaçların bir zamanlar canlı olduğu, ancak Kralı kurtarmak için besin ve enerji kaynaklarını başka yere yönlendirdikleri açıktı. Kral ağacı için ölmüşlerdi. En büyük fedakarlığı yapmışlardı.

Ama neden?

Grace bu soruya cevap bulamadı.

Ayın yüzüne baktı. Albert Einstein'ın yüzü ona yansıyordu. Ona gülümsedi, neredeyse ondan formülsel bilimsel ve matematiksel cevaplar bekleyecekmiş gibi.

Dallarda ve diğer tüm yaşam formlarında simetriyle çevriliydi. Simetrinin tanıdık hissi rahatlatıcıydı.

Her ne kadar cevap vermiyor olsa da, Einstein ayı da öyle.

E instein, parıldayan yıldızlarla çerçevelenmişti. Yıldızlar, onun dehasına saygı göstererek parıldıyordu. Einstein'ın onu koruduğunu düşünmek ona rahatlık veriyordu.
   Zihnini her şeye ve her şeye aynı anda açtı.
   Yorgun hissetmeden, cevapları bulmak için gökyüzünü aradı. Aşağı inmeye çalışırsa düşebilirdi. Ya da aşağıya ulaşabilirdi. Yavaşça aşağı inebilirdi.
   Atlarsa şüphesiz boynunu kırardı. Tekrar karaya ayak basmak için ölmek kadar istekli değildi.
   Yardım istemek için bağırmayı düşündü, ama kim ona yardım edebilirdi ki? Vincente mi? Hayır, bildiği kadarıyla o hala yatağa bağlıydı.
   Ya da bekleyebilirdi. Belki de onu ağaca getiren şey, onu almaya geri dönecekti? Belki de onu Vincente'ye geri uçuracaktı? Ya da belki de onu öldürecekti.
   Ağacın simetrisini inceledi; ağaç güzel bir sanat eseri gibiydi. Zaman alacaktı, ama onu merdiven gibi kullanabilirdi.
   Ağacın kokusunu içine çekti. Ölü bir kuşu yiyebilecek bir zeytin ağacı olabileceğini düşününce titredi. Dallarıyla canlı avını şişleyebilecek bir ağaç. Şişlenip

yenmektense yere düşüp ölmeyi tercih edeceğini karar verdi.

Aşağı inmeye başlamak için hava çok karanlıktı. Grace, Einstein'ın ona rehberlik etmek için orada olmasının ironisini takdir etse de, gündüz vakti daha şanslı olacağına emindi.

Dalların kollarında uzandı ve Vincente'yi düşündü. Onu özlüyordu. Geçen hafta her günün her anını birlikte geçirmişlerdi ve Vincente, hayatının önemli bir parçası haline gelmişti.

Gözlerini dinlendirdi, ellerini yastık olarak kullandı ve bir plan hayal etti: Çok büyük bir balta içeren bir plan.

BÖLÜM 22

Yeni bir gün başlarken, Grace hiç görmediği bir şey gibi güneşin doğuşunu izleyerek hareketsizce oturdu. İstem dışı bakış açısıyla büyülenmiş bir şekilde, Noel'e hiç benzeyen devasa bir ağacın tepesinde bir melek gibiydi.

Saatlerdir uyanıktı, hareketsiz oturmaktan yorulmuştu, parlak bir fikir oluşmasını ya da aklına yeni bir kaçış planı gelmesini bekliyordu. Bütün gece boyunca, dünyayı terk edip başka bir boyuta geçen her matematikçi ve bilim insanına telepatik mesajlar gönderdi. Onları, bulundukları yerden ona bir fikir göndermeleri ya da iletmeleri için teşvik etti, ama hiçbir şey gelmedi.

Moral bozukluğu içinde Grace, tamamen yalnız olduğunu fark etti. Kendisinden başka güvenebileceği kimse yoktu.

Aşağıya, aşağıya, aşağıya baktı. Tüm ağırlığını taşıyabildiğini kanıtlamış olan dalda, elinden geldiğince sallandı. Geri çekildi.

Aşağıya çok uzaktı, çok çok uzaktı. O anda hayal gücü onu terk etti. Vincente'nin onu kurtarmak için helikopterle geldiğini hayal etti. Vincente gökyüzündeki büyük bir merdivenden aşağı indi ve birlikte vızıldayan makineye bindiler. Tutkuyla öpüştüler ve sonra cennete yükseldiler, orada sonsuza kadar mutlu yaşayabileceklerdi.

Grace, bu kadar çocukça fanteziler kurduğu için kendine kızdı. Vincente onu kurtaracak durumda değildi. Artık kontrol onda değildi! O şey, her neyse, onu orada yatakta tutuyordu, sanki bir seks kölesiymiş gibi.

Giderek daha da öfkelendi ve havaya yumruklarını salladı, ne işe yararsa artık. Yumruklarını salladığını gören kimse yoktu.

Yine de, zihninin derinliklerinde bir yerlerde, bir parçası hala Vincente'nin onu kurtarabileceğine ve kurtaracağına inanıyordu. Tek yapması gereken beklemekti. Bunun aptalca olduğunu biliyordu ve yere inebilecek gücün sadece kendisinde olduğunu biliyordu, ama yine de aşağı inmeye başlayacak kadar kendini motive edemiyordu.

Bütün gün, güneşin gölgelerle oyunlar oynadığını, dalların arasında dans ettiğini izledi. Yapraklar, sanki gıdıklanıyormuş gibi gülüyordu ve o, kendine yardım etmek için hiçbir şey yapmadan bütün günü boşa harcadı.

Uykuya dalarken etrafında yıldızlar parıldıyordu. Zihninde bir şarkı çalıyordu
"Rock a bye Gracie, ağaç tepesinde
Rüzgar estiğinde beşik sallanacak
Dal kırıldığında beşik düşecek
Ve Gracie, beşik ve her şey aşağıya düşecek."

Birdenbire uyandı ve kendini, yerleştirildiği güvenli yerin en ucuna kaymış olduğunu fark etti. Tüm gücüyle gövdeye tutundu ve kendini tekrar yerine kaydırdı, etrafındaki yapraklar ise kaçırdığı tüm ağaç dedikodularını fısıldıyor gibiydi.

Hepsinin kötü bir rüya olmasını ummuştu. Vincente'nin gelip onu kurtaracağına kendini ikna etmeye çalışıyordu.

BÖLÜM 23

Zavallı Grace, ağlayacak gücü kalmayana kadar ağladı. Bir çift kanadı olsaydı nasıl olurdu diye hayal etti. Ağaçtan uçup gidebilirdi. Güvenle kaçabilirdi. Vincente'yi kurtarabilir ve birlikte kaçabilirlerdi.

Güneş bir kez daha kendini gösterdiğinde, Grace hemen tırmanmaya karar verdi. Ağaç, sırık gibi dallarıyla güneşe uzanıyor gibiydi ve Grace bir an için ağacın gerçekten de tahta parmaklarıyla ona uzandığını hayal etti.

Oturduğu yerden manzara hala nefesini kesiyordu. Göz alabildiğince uzanıyordu. Her şey hareketsizdi. Esintinin yardımı dışında hiçbir şey hareket etmiyordu.

Grace, güneşin güvenli ışık ağında dinlenirken kendini sıcak ve güvende hissetti. Sanki rahme geri dönmüş gibi hissediyordu. Dünya ile bir olduğunu, evren ile bir olduğunu hissediyordu. Yine de, hayatında hiç olmadığı kadar yalnızdı. Bu nasıl olabilirdi?

Grace, kendinden daha büyük bir güce inanma arzusuyla felç olmuş gibi hissediyordu ve bir anda bunun nedenini anladı. Fizik, bilim ve simetri ortaya çıkmadan önce, ruha ihtiyaç duyulmuş olmalıydı. Ruhun hayatta kalması için bir ihtiyaç: tek bir ruh. Bir tane.

Dizlerini göğsüne sıkıca sarıp, ruhunun tüm duyularını ele geçirmesine izin verdi. Hiç şüphe duymadan, bu ağacın dibindeki çimlere bir kez daha dokunacağını biliyordu ve tüm bunlardan uzaklaşacağını da biliyordu.

Kesin olarak bildiği bir şey daha vardı, o da Vincente'nin sadece bir çocuk olduğuydu. Ölümsüz olsaydı sahip olacağı özel güçleri veya yetenekleri yoktu. Acı hissediyordu. Yaralanabilirdi. Ve en önemlisi, Grace erkeklerin bazen yardıma ihtiyaç duyduğunu anladı. Evet, Vincente kadar atletik ve güçlü bir erkek bile bazen bir kızın yardımına ihtiyaç duyabiliyordu.

Böyle bir zamanda bir kızın yardımı.

Grace Greenway gibi bir kızın yardımı.

Aşağıya doğru yavaşça indi, bu sırada aşağıdaki dalların ağırlığını taşıyabileceğini umuyordu. Dal onun ağırlığıyla eğildi ve hatta biraz gıcırdadı, ama sağlam kaldı.

Ağaca biraz daha yavaşça indi ve ağaçtan inmenin kendisi için ne kadar yabancı bir his olduğunu fark etti. Küçük bir kızken, doğası gereği hiç ağaç tırmanışı yapmadığından emindi. Grace, kendine bir not yazdı: Eğer bir kızın olursa, küçük bir kızken ona bir ağaç ev yap, böylece doğru şekilde tırmanmayı öğrenebilir.

Grace kendini profesyonel bir ağaç tırmanıcısı olarak hayal etti. Birçok ağaca tırmanmış ve bunu kolaylıkla yapan biri. Muhtemelen profesyonel bir ağaç tırmanıcısı gibi tırmanmadığını fark etti. Hayır, diye düşündü, o kişi gövdeyi kullanırdı. Ağacın kalın kısmını, denge için.

Ve tam da bunu yaptı. Aşağıya doğru, yavaş yavaş indi. Santim santim.

Dengedeydi. Kot pantolonuna kıymıklar batmıştı ve pürüzlü kabuğa tutunmaktan elleri kanıyordu.

Aşağı inmeye devam edemeyecek kadar yorgun düştüğünde, kollarını ve bacaklarını ağaç gövdesine doladı ve dinlendi. Sonra ağrı ve zonklayan kan beyninde çınladı, ama dinleyecek kadar yorgundu ve uykuya daldı.

"Bırak gitsin," diye fısıldayan bir ses duydu, uykuyla uyanıklık arasında gidip gelirken. "Artık zamanı geldi, Grace, bırak gitsin."
Daha önce olduğundan daha da sıkı tutundu. Başını çevirip, kollarını kullanarak sesi bastırmaya çalıştı.
"Bırak, Grace," dedi ses.
Tutunmaktan giderek daha fazla yoruluyordu. Kolları ve bacakları titriyordu. Aşağıya bakmaktan kaçındı.
Kaydı. Ve düştü.
Ve büyük bir kıymık eline saplandı ve kan akmaya başladı, ağaçtan aşağıya damladı.
Akan kana baktı ve yılmadan tekrar aşağıya indi.

Tek yönlü iniş görevine devam ederek, kıyafetleriyle silinen kanı süpürdü. Nefesini toplamak için durakladı. Tekrar hareket etmeye başladı. Damlayan kırmızı inişine geri döner dönmez, yerçekiminin yardımıyla daha fazla kan akmaya başladı.

Grace'in kan damlaları güneş ışığında safir gibi parıldayıp dans ediyordu.

Artık aşağı inemiyordu. Dinlenebileceği yukarıdaki güvenli alana özlem duyuyordu. Ağacın aşağısına doğru oldukça ilerlediğini fark etti. Evet, aşağıya hala uzun bir yol vardı, ama kalbinde yeniden umut yeşermişti.

Başaracaktı.

Gönülsüzce gövdeye uzandı. Bacaklarını yakındaki dallara dolayarak dinlendi. Pretzel gibi görünüyordu, ama kendini tutuyordu ve ilerlemesinden gurur duyuyordu.

Aklı dalmaya başladı ve ne kadar susadığını ve acıktığını fark etti. Hayatını kurtarmak için direndi ve zihnini başka şeylere odaklamaya çalıştı. Vincente'yi hayal etti, ilk uyandığında nasıl göründüğünü. Her zaman parmaklarını saçlarının arasında gezdirmesini.

Gülümsediğinde yüzünün nasıl aydınlandığını. Kobalt mavisi gözlerinin ruhunun derinliklerine bakıyormuş gibi görünmesini.

"Vincente!" diye bağırdı, "Vincente!"

Deliriyordu — ya da neredeyse deliriyordu — kimseye seslenmeden, "Bu ağaçtan çıktığımda, sadece ağaç kabuğu yiyeceğim — Yum, yum!" Deli bir kadın gibi güldü.

Sürekli güneşe maruz kalmak beynini pişirmişti. Ağaç gövdesine garip bir şey olana kadar pervasızca gülmeye devam etti: ağaç nefes aldı.

Bırakmak istedi. İnce bir çizgide yürüyordu. Kesinlikle aklını kaçırıyordu. Belki de ağacın hareketlerini yanlış yorumlamıştı. Olayları yeniden değerlendirdi ve bunun daha çok bir iç çekme olduğuna karar verdi. Ağaç iç çekmişti.

Diğer ağaçlara hizmet eden ağaçlar. Et yiyen ağaçlar.

Ağaç hapşırdı.

Kısa ve hızlı bir hapşırmaydı, çok gürültülü ve uzun değildi. Grace, ağaçların hapşırırken kalplerinin durup durmadığını merak etti. Kendini dizginledi ve ağaçların kalbi olmadığını tam olarak anladı.

Hayatını kurtarmak için gövdeye sarıldı ve bayıldı.

Grace uyanmadan önce başına ne geldiğini tam olarak bilmiyordu. Ağacın zonkladığını hissedebiliyordu. Kalın odunların arasından ağacın kalbinin atıp durduğunu hissedebiliyordu. Kendisini ağacın atıştırmalığı haline gelmekten kurtarmak için ağacın ağzını bulması gerektiğini anladı.

Ölü kuşun içine atıldığı ağzı hayal etti. Bu ağacın boyutuna kıyasla, o ağacın ağzı olağanüstü büyüktü. Ağzı bir krater olmalıydı.

Sonra bir fikir geldi aklına. Sonuçlarını düşünmeden, ağaçtan büyük bir kıymık çıkardı ve onu kolunun üst kısmına sapladı. Kan akmaya başladı ve ağaç gövdesi boyunca aşağıya doğru aktı. İlk başta sadece birkaç damla akıyordu, ama kısa sürede damlalar birleşerek büyük bir pıhtı oluşturdu.

Kan ağacın gövdesinden aşağı, aşağı, aşağı akarken onu izledi ve sonra umduğu ve korktuğu şey gerçekleşti.

Kocaman, siyah, dil gibi bir şey, açık bir delikten dışarı çıkıntı yaptı ve bir engerek yılanının dilinin eloquence'ıyla. Titreyip kıvrılırken, Grace'in kanını yalayıp beslendi.

Kan kalmayınca, dil gövdede daha yükseğe ve daha yükseğe uzandı, arayış içinde. Hâlâ açtı.

Grace tüm gücüyle tutundu. Orada onu beklerken, şimdi düşmek istemiyordu.

Bir B planına ihtiyacı vardı.

BÖLÜM 24

Hayatını kurtarmak için ağaç gövdesine sıkıca tutunarak, nefesini yavaşlatarak kendini sakinleştirdi. Aşağı inmek için çaresizdi. Tehlikeden kurtulmak için. Ve kendini rahatlatmak için çaresizdi.

"Grace."

Bu sefer adının söylendiğini duyunca başını kaldırdı.

Sakın bana ağacın da konuşabildiğini ve adımı bildiğini söyleme, diye düşündü. Sakın bana bunu söyleme!

Susuz kalmıştı. Aç ve bitkindi. Biraz uyumuştu ama ihtiyacı olan türden bir uyku değildi.

"Sen hep inatçı bir çocuktun," dedi ses.

Bir erkek sesiydi. Hastanede onu ziyarete gelen adamın sesi. Yıllar önce bir araba kazasında ölen adamın sesi. Babasının sesi.

Aklını kaçırıyordu. Bu sefer hiç şüphe yoktu. Kesinlikle aklını kaçırıyordu.

"Grace," diye fısıldadı.

O, onun varlığını fark etmediğinde, adam onun adını tekrar tekrar fısıldadı. Ya da belki de rüzgârdı. Sadece rüzgâr mı onun adını çağırıyordu?

"Bırak gitsin," dedi babası. "Bu, senin ve o çocuk için doğru değil. O da sana uygun değil."

Vincente'ye yapılan atıf, onun dikkatini çekti.

Babası güldü. "Grace, beni dinle. Sen ve Vincente birbiriniz için yaratılmadınız. O başka bir yolda. Bırak gitsin. Burayı ve şimdiyi bırak gitsin."

"Vincente hakkında konuşma. Onu tanımıyorsun bile."

"Grace, bildiklerimi ve nasıl öğrendiğimi sana söyleyemem, ama bedel ödenmeli ve bu bedel senin için çok yüksek. Dahası, geçmişi düzeltmek için manipüle ediliyorsun."

"Ne?"

"Bildiğim her şeyi sana söyleyemem. Zamanı gelince öğreneceksin, ama sana şimdi vazgeçmeni tavsiye ediyorum. Şimdi özür dile. Sonra bırak gitsin. Sen sadece bir çocuksun, masumsun. Geçmişi silmek sana düşmez. Tazminatı ödemek sana düşmez."

"Anlamıyorum."

"Anlayacaksın, ama o zaman çok geç olacak. Lütfen bırak. Şimdi bırak. Kaderinden kurtulmanın tek yolu bu."

Ağaç gövdesine daha da sıkı sarıldı. Hiç mantıklı gelmiyordu.

"Bırak gitsin," diye fısıldadı adam.

Hâlâ tutunuyordu. Elinden gelen her şeyi yapıyordu. Adamın zorlayıcı, manipülatif sözlerine daha fazla dayanamıyordu.

Tüm gücünü topladı ve bir kez daha yavaşça, santim santim aşağı inmeye başladı. Hayatta kalma içgüdüsü devreye girmişti ve karşı koyuyordu.

"Grace, beni dinlemiyor musun? Sen aptal, aptal bir kızsın!"

Grace'in kafasında bir şey patladı ve zihinsel olarak ona susmasını söyledi. Bu sırada gücünü toplamaya devam etti ve ağaç gövdesinde gittikçe daha uzağa ilerledi.

Artık korkmuyordu. Zayıf değildi. Ve savaşmadan pes etmeyecekti.

İkiyüzlü babasını görmezden gelen Grace'in zihninde bir plan oluşuyordu. Bıçak gibi dallar boyunca tüm ön kollarını sürükleyerek, bir yara bir yara açtı ve kanın akmasına izin verdi.

Akan kan büyük bir pıhtı oluşturdu ve Grace bunun aç ağzı uyandıracağını biliyordu. Daha önce gördüğü yerin hemen üzerinde durdu ve seçeneklerini değerlendirdi. Riskliydi, ama aynı anda iki sorunu da çözecekti. Başka seçeneği yoktu.

Tuzlu damlalar kararmış dile yaklaştığında, dil onları açgözlülükle yaladı. Sonra daha fazlasını aramak için yukarı doğru aramaya başladı. Grace'in kanına açgözlü, çok obur bir dildi.

Yaradan yeni bir damla grubu akıtarak, dilin bir damla daha almayı beklediği mükemmel anı izleyip bekledi ve sonra üzerine bir bomba gönderecekti.

Babası hâlâ onu azarlıyordu. Grace onu görmezden gelmeye devam etti. "O senin kanını seviyor, Grace," diye fısıldadı yukarıdan bir ses.

Bu babasının sesi değildi. Küçük bir kızın sesiydi.

Grace yukarı baktı ve kızı tanıdı. O, geçen gün yolun ortasında duran kızdı. Grace onu ezmemek için arabayı yön değiştirmişti. Grace'in bu yolculuğa başladığı dal yuvasında güvenle oturuyordu ve beyaz geceliğinin üzerindeki kırmızı kurdeleyi parmaklarında döndürüp duruyordu.

Grace, küçük kızın tekrar kaybolması için gözlerini kırptı, ama bu sefer kız yerinde kaldı.

"Yardım et bana, Grace," dedi.

"Kimsin sen? Adın ne?"

Kız güldü. "Beni tanıyorsun, Grace. Hatırlamıyor musun?"

Grace başını salladı. Hafızasını zorladı.

Sonra küçük kız çok yumuşak bir sesle konuştu. "Ben akorum."

Grace birdenbire pişmanlık, üzüntü ve nedense bu çocuğa karşı sevgi duydu.

Küçük kız dalın ucunda bir kukla gibi sallanarak şarkı söyledi

"Ben kadın çizenim
Ben ağlamayım
Ben gizli sesim
Ben iç çekiyim
Ben duyulanım
Alacakaranlıkta
Kuşlar bir notayla cevap verir,
Misk kokulu çiçekler;
Ben o acılı bitkiyim,
Çağıldayan
Yalnız bir kuşun
Loş şelalelerde dolaştığı yerde;
Ben kadın çizenim,
Beni geçip gitme;
Ben gizli sesim,
Ağlamamı duy;
Ben gecenin
Yurtdışında kaybettiği güçüm;
Ben yaşamın kökü;
Ben akor." *

Grace, küçük kızın sesinin tatlılığı ve tonunun güzelliği karşısında büyülenmiş bir şekilde ona uzandı.

Küçük kız şarkıyı bitirdi. "Unutma Grace, bazıları verilir, bazıları alınır. Unutma." Küçük kız ağaç dalının ucundan atladı.

Grace'in çığlığı duyulan tek ses oldu.
Küçük kızın şekli kuzgun haline dönüşüp uçarken kanat çırpma sesi hariç.

BÖLÜM 25

Gerçek ile kurguyu ayırt edemeyen Grace, uykuda teselli buldu. Ta ki uyanana kadar, sonra her şey geri geldi.

Ağaca zar zor tutunuyordu ve zihni karışmıştı.

Sağ tarafında, küçük ve yeşil bir şey sallanıp duruyordu. Neredeyse ulaşabileceği mesafede bir zeytin vardı.

Tek yapması gereken, ağırlığını kaydırıp hafifçe yana doğru hareket etmek ve sirkteki lastik kadın gibi uzanmaktı. Karnı guruldadı. Yiyecek bir şeye ihtiyacı vardı.

Ona doğru kayarken, bir an durdu. İçinde bir şey ona şüphe duyuyordu. Aniden mi ortaya çıkmıştı, yoksa daha önce fark etmemiş miydi? Ne saçma! Bu onun için çok fazlaydı. Grace, bir kez daha aklını mı kaçırıyor diye merak etti.

Benim, diye düşündü.

Kendini ona doğru itti, güvenliğini tehlikeye atmadan giderek daha uzağa uzandı, ta ki zeytin elinin ulaşabileceği mesafeye gelene kadar.

Onu çekti.

Neredeyse kopacaktı, sonra ağaç sanki nöbet geçiriyormuş gibi sallanmaya başladı. Doğrudan altına baktı ve kendisine doğru uzanan sivri bir dal fark etti. Şimdi aşağı düşerse, o zavallı kuzgun gibi dalın üzerine saplanacaktı.

Grace tutunmak için mücadele etti. Kollarını ve bacaklarını tüm gücüyle titremeye başlayan ağaca tutundu. Artık ağacın üzerine binmişti.

Aniden, titreme başka bir şeye dönüştü. Ağaç nöbet geçiriyordu. Devasa bir öfke içindeydi. Yoksa acı mı çekiyordu? Grace acıyı bilirdi. Acının her şeyi, hatta kendi insanlığını bile kontrolünü kaybetmesine neden olduğunu hatırladı.

Ağaç bir an için sakinleşti, sonra daha şiddetli bir şekilde titremeye başladı.

Grace beş duyuyu düşündü. Bu ağacın yemek için ağzı ve tatmak için dili olduğuna göre, başka hangi insan özelliklerine sahip olduğunu merak etti. Atan bir kalbi var mıydı? Hissediyor muydu?

Başını öne eğdi ve derin bir nefes aldı, sonra nefesini ağacın gövdesine verdi. Bir an için de olsa, bu yardımcı olmuş gibiydi.

Başka bir şey denedi. En yakınındaki dalı okşadı. Zeytini taşıyan dalı. Dalı okşarken, hayatta olduğu için ne kadar minnettar olduğunu düşündü.

Ve Grace, ağacın dikkatini meyvesini, çocuğunu toplamaktan başka yöne çektiğini anladı. Bu, ağacın yaşamak için tek nedeniydi.

Sonuçta bu bir Kral ağacı değildi. Kral, bu ağacı, Kraliçe'yi kurtarmak için kalesini göndermişti. O umuttu. O gelecekti.

Ve şimdi o da ölüyordu.

Grace dikkatlice aşağı indi, artık zeytinle ilgilenmiyordu. "Çok üzgünüm," dedi Grace duyulabilir bir sesle. "Çok üzgünüm."

Gözyaşları yanaklarından, yüzünden aşağıya doğru akarken, aşağıda bekleyen dallara düştüler. Ve kısa süre sonra dal aşağıya doğru döndü, artık ona bir tehdit oluşturmuyordu. Sonra her şey sessizleşti. Her şey huzurluydu. Ve Grace, çok yakında Vincente ile tekrar birlikte olacağından emindi.

Grace ağacın gövdesine geri döndü ve dinlendi. Yorgun, rahatsız ve hiç olmadığı kadar açtı, ama pişman değildi.

Ağaç öksürmeye başladı. Sonra ağaç hırıldamaya başladı. Grace aşağıya doğru düşmeye başladı. Sanki parmakları tereyağına batırılmış gibiydi. Tutunamıyordu.

Gece yıldızlarına, Einstein'ın ay yüzüne baktı ve ne olursa olsun kabul etmeye hazırdı. Hayatta kalmak için elinden gelen her şeyi yaptığı için kabullenmişti.

Yere biraz daha yaklaştı.

Etrafındaki dalların döndüğünü fark etti. Dönen dallar. Bir zamanlar gökyüzüne bakan dallar, şimdi eğiliyor, ona doğru hareket ediyorlardı.

Ağacın da öldüğünü çok iyi bilerek daha da aşağı düştü.

Ağaç düzensiz spazmlarla kıvranırken, Grace kaydı, kaydı ve kaydı, bu sırada sonsuz gökyüzünü ve üzerinde kaygısızca hareket eden dönen bulutları izledi.

Sinirleri gergin dallar inliyor ve sonlarını bekliyorlardı.

Kısa süre sonra güneş ufukta yükselmeye başladı ve kıvrılan ağaca ışınlarını yayarak dallar ısınana ve hareketsiz kalana kadar onu narin, uyumlu bir ışıkla doldurdu.

Güneş ışığı, muhtemelen son kez ağacı öptüğünde, dallar eğildi, eğildi ve katlandı, bir merdiven oluşturdu. Grace'i yere geri götürecek bir merdiven.

Terli ellerini ağacın gövdesinden çekti ve dikkatlice ilk basamağa adım attı. Basamak, ağırlığını kolayca taşıdı. Hızla birbiri ardına ilerledi, gerektiğinde ağacın gövdesine tutunarak dengede kaldı.

Altında çimleri görebiliyordu. Neredeyse varmıştı. Güneş ışınlarıyla bir yarıştı bu: Grace, ışınlar yere değmeden oraya varabilecek miydi? Kim önce yere değecekti?

Grace aşağı indiğinde, o ve güneş ışığı aynı anda yere değdi. Çimler ayaklarını gıdıklarken güldü ve toprağın, misk kokusunu içine çekti.

Devasa ağacın altında durdu ve gökyüzünü işaret etti.

Başlangıçta o ağacın istenmeyen bir misafiri olmuştu, ama şimdi sanki uzun zamandır görmediği bir dosttan ayrılıyormuş gibiydi. Dalları bükülmüş ve kıvrılmıştı, gövdesi de çok uzun süre ayakta kalamayacağını gösteriyordu.

Yüksek bir gıcırtı duyuldu, ardından merdivenler aşağıya doğru çığ gibi yuvarlanmaya başlayınca yer sarsıcı bir çatlak sesi geldi. Yere çarptılar, trambolinde zıplayan bir çocuk gibi sıçradılar, ardından tahta parçaları şarapnel gibi her yere saçıldı.

Grace, hareket edemeyecek kadar korkmuş bir şekilde hareketsiz dururken, Kraliçe ayaklarının dibine, son dinlenme yerine düştü.

Küçük bir şey hala hareket halindeydi. Aşağı iniyordu.

Zeytini eline aldı, cebine attı ve Vincente'yi aramaya gitti.

Eve doğru ilerlerken, kafası karışık ve bitkin hissediyordu, ancak hayatta olduğu için şanslıydı. Kısa süre sonra evinden hiç de uzak olmadığını fark etti. Evini gördüğü anda gözyaşlarına boğuldu. Durduramadı kendini, ön kapıyı açıp kırık merdivenlerin kalan kısmına tırmanarak yukarı çıktı. Yukarıda, kötü koktuğunu fark etti ve burnunu çekti. Hızlıca duş aldı, kıyafetlerini değiştirdi ve yaralarını temizledi.

Sonra yatak odasının kapısını açtı (artık kilitli değildi) ve Vincente'nin hala yatağa bağlı olduğunu gördü. Tam olarak onu bıraktığı pozisyondaydı. İlk başta öldüğünü sandı.

Başını göğsüne yasladığında, ensesinde nefesini hissedebiliyordu. Kalbinin atışını duyabiliyordu.

Gözlerini, yanaklarını, alnını ve ağzını öptü. Yakışıklı prensini uyandırıyordu. Onu uyanık dünyaya geri getiriyordu. Gözyaşları yanaklarından süzüldü.

Vincente gözlerini açtı. "Rüya mı görüyorum?"

Grace cevap vermedi. Sadece tatlı dudaklarını defalarca öptü. Sonra yatağa girip kollarını boynuna doladı ve uykuya daldı.

BÖLÜM 26

Hayatını kurtarmak için hala ağacın gövdesine tutunmuş olan Grace uyandı. Dışarısı hala zifiri karanlıktı. Hareket etmekten korkan Grace, daha da sıkı tutundu. Sonra alnında sıcak bir nefes hissetti. Irkıldı. Vurdu.

Gövde hareket etti.
Kalp atışlarını duydu.
"Buna alışabilirim."
Grace çığlık attı.
"İyi misin Grace? Uyan!" dedi Vincente.

Geri çekildi ve sakallı yüzüne doğrudan baktı. Karanlık olmasına rağmen Vincente'nin yanında olduğunu görebiliyordu. Eve dönmüştü ve tekrar bir aradaydılar.

Rüyanın içinde bir rüya görmüştü, ama bu gerçekti. Ona sıkıca sarıldı.

"Oldukça kötü görünüyor olmalıyım," dedi Vincente.
"Bana çok güzel görünüyorsun."
"Ah, muhtemelen yatağa bağlı bulduğun tüm erkeklere bunu söylüyorsundur."
"Evet, onlara her zaman çok güzel olduklarını söylerim, böylece istediklerimi yapmama izin verirler." Diye güldü.

"Burada olanlar ve sen... uzaktayken olanlar hakkında konuşmamız gerekiyor."

"Şu anda bunun hakkında konuşmak istemiyorum, Vincente. Belki de hiç konuşmak istemeyeceğim."

"Sen bilirsin, Grace, ama umarım bir gün bana anlatabilirsin."

"Aynı anda hem korkunç hem de muhteşemdi."

"Beni çözersen, belki duş alıp üstümü değiştirebilirim. Sonra konuşabiliriz."

Mutfakta bir makas buldu ve Vincente'yi çözdü. İplerin bağlandığı yerlerde kurumuş kan vardı, ama kesikler iyileşiyor gibi görünüyordu.

Onu kurtardıktan sonra ayağa kalkmasına yardım etti, ama bacakları altında yayılmıştı.

"Ben hallederim," dedi Vincente, odadan yavaşça çıkarken. Grace onu takip etti, banyo kapısını açtı ve sonra tekrar zemin kata inmek için enkazın üzerinden tırmanmaya başladı.

"Annem kardeşimin tüm kıyafetlerini saklamıştı. Sana uyan bir şey bulabilir misin bak." Vincente başını salladı ve banyo kapısını arkasından kapattı. Grace duşun açıldığını duydu ve kahvaltı hazırlamaya başladı.

Mutfakta, Grace piknik hazırlamaya karar verdi. Bahçede bir yer seçti. Sonra bir demlik kahve yaptı ve birkaç fincan ile şeker aldı. Dondurucudan biraz ekmek çıkarıp tost makinesine koydu, buzdolabından marmelat, vegemite, çilek reçeli ve tereyağı aldı. Sonra birkaç yumurta pişirip her şeyi dışarı taşıdı.

Bu bir piknikti, ama eksik olan şeyler peçete ve masa örtüsüydü. Çekmeceleri karıştırdı ve ikisini de buldu. Her şeyi güzel görünecek şekilde hazırladı ve masanın ortasına bir vazo kurutulmuş çiçek bile koydu.

Mutfakta bir hareket gördüğünde Vincente'ye "Buradayım!" diye seslendi. Vincente dışarı çıktığında "Sürpriz!" diye bağırdı.

İlk başta sessizce birlikte yemek yediler.

Vincente, Grace'e baktı ve onu ilk kez tamamen farklı bir gözle gördü. Yakın zamana kadar, o hemen yanında olmasına rağmen onu uzaktan görmüştü. Muhtemelen daha önce ona karşı kördü. O zamandan beri, Grace ona daha önce hiç görmediği bir güç, cesaret ve yaşam sevgisi göstermişti. Grace, sanki kalbiyle öpüyormuş gibi derin bir öpücük verdi ve Vincente, onun kendisini sevdiğini biliyordu, her zaman biliyordu. Yine de, kendisinin de aynı şekilde hissettiğini düşünmemişti. Ta ki o ana kadar.

"Kahvenin bu kadar lezzetli olabileceğini hiç bilmiyordum," dedi Vincente, düşüncelerini değiştirmeye çalışarak. Ama derin duyguları kendini ele verdi ve battaniyenin üzerinden eğilerek Grace'in dudaklarına nazikçe öpücük kondurdu.

Grace'in vücudu ona teslim oldu ve birlikte derin ve kararlı bir şekilde öpüştüler. Vincente, Grace'in yüzündeki saçları kenara itti ve onu sıkıca kendine çekti. Kalbinin kendisininkiyle aynı ritimde attığını dinledi ve daha önce hiç hissetmediği bir tür aşk duygusuyla doldu.

Vincente, konuşurken onun gözlerine baktı. "Sen yokken..."

Grace, bir şey söylemek isteyerek onu kesmeye çalıştı. Onun, ayrı oldukları sırada olanları konuşmak istemediğini düşündüğünü biliyordu, ama onun demek istediği bu değildi.

İşaret parmağını onun dudaklarına koydu ve "Şşşş" dedi. Cesaretini kaybetmeden önce ona söylemeliydi.

"Sen yokken, birkaç şeyin farkına vardım, en önemlisi de sana aşık olduğum."

Kadın nefesini tuttu. Kontrol edemiyordu.

Adam bir kez daha ona sessiz olmasını işaret etti.

"Kısa bir süre önce, kriket topuyla kafana vurdum ve sen bayıldın. Senin için endişelendim, ama bir an için 'şimdi matematik ödevime kim yardım edecek?' diye düşündüm. Bencil davrandım, biliyorum. Tamamen."

Kadın yine onu kesmek istedi. "Sonra seni izledim, her zaman bana tuhaf bir şekilde bakan, bazen gözleriyle beni takip eden aptal küçük kızı. Bana açıkça aşık olan..."

Bu söz üzerine yüzünü buruşturdu ve utanç duydu. Neden "Sana aşığım" deyip durmadığını merak etti. Bu çok mükemmel olurdu.

Devam etti: "Matematikte bana yardım ettin. Takımda kalmam için sen kilit rol oynadın, ama sana minnettar değildim. Gerçekten değildim. Bir şekilde bana borçlu olduğunu hissediyordum. Herkesin bana borçlu olduğunu hissediyordum. O zamanlar farklıydım. Ama değiştim. Sen beni değiştirdin. Şimdi aynaya baktığımda, senin için her şeyi yapabilecek bir adam görüyorum. Seninle olmak isteyen bir adam, ve sadece bugün ya da yarın değil, her zaman ve sonsuza kadar. Belki benim tipin olmadığımı, benim için yeterince iyi olmadığımı düşünüyorsun, ama dürüst olmak gerekirse, ben senin için yeterince iyi değilim! Geçmişte, sorgulamadan benden bekleneni yaptım. Benden beklenen kızla çıktım. Stereotipik bir sporcuydum ve bunu söylemekten gurur duymuyorum. Sen, Grace, bana yarını, bizim yarını, geleceğimizi düşündürüyorsun ve her şeyi seninle paylaşmak için sabırsızlanıyorum."

Grace, gözyaşlarının yüzünden akıp gittiğini hissetti. Vincente'nin ona bu sözleri söylemesi için yıllarca beklemişti ve şimdi bunları duyduğunda, ondan şüphe etti ve "Ama Vincente, belki de sadece ikimiz kaldığımız için böyle hissediyorsun? Bilirsin, sanki ıssız bir adada mahsur kalmışız ve bir süre sonra en sıradan kız bile güzel görünmeye başlıyor."

Onun aşk ilanına verdiği yanıt, yüzüne atılmış bir tokat gibiydi. Sözlerini geri almak istedi, ama artık çok geçti. Zarar çoktan verilmişti.

"Bak Grace, korktuğunu biliyorum ve şimdi beni kendinden uzaklaştırıyorsun. Ben de korkuyorum, o yüzden 'en sıradan kız' laflarıyla beni kendinden uzaklaştırmaya çalışma. Bu, sana az önce söylediğim her şeyi tamamen değersizleştiriyor ve ne dersen de, ne yaparsan yap, seni her zaman seveceğim. Seni seviyorum, Grace."

"Ben de seni seviyorum, Vincente."

Birbirlerinin kollarına düştüler ve bu sefer öpücükler ateş gibiydi. Aylarca içki içmemiş iki alkolik gibi birbirlerini içlerine çekiyorlardı. Tutkuları havayı dolduruyordu.

Vincente ilk önce uzaklaştı. Başka seçeneği yoktu, uzaklaşmak zorundaydı, yoksa çok hızlı, çok ileri gideceklerdi.

"Böyle öpüşmeyi nerede öğrendin?" diye sordu, sırtını okşarken parmaklarında kızgın teninin yanığını hissederek.

Grace omuzlarını silkti. O sadece onun ateşine karşılık veriyordu. Yemeğe geri dönmeye çalıştılar, ama dudaklarında kalan tadı, birbirlerinin tadı, diğer her şeyi sönük kılıyordu.

Gece geldiğinde, battaniyenin üzerine uzandılar ve üstlerinde parıldayan yıldızları seyrettiler, el ele tutuştular ve öpüştüler. Mükemmel bir dünyaydı; sadece ikisi için yaratılmış bir dünya.

Grace, yanında uyuyan Vincente'ye baktı. Bacakları birbirine dolanmıştı ve onu uyandırmadan kendini kurtaramıyordu. Nefesi kötü koktuğunu biliyordu, ama bu konuda bir şey yapamıyordu, bu yüzden sadece onun uyumasını izledi. Göğsü inip kalkıyordu ve huzurlu görünüyordu. Mutlu görünüyordu.

Kendini coşkulu hissediyordu. En çılgın hayallerinde bile işlerin bu şekilde yoluna gireceğini hayal etmemişti. Vincente Marino ona aşıktı ve o da Vincente'ye aşıktı.

Vincente uyandı ve esnedi. Nefesi Grace'e değdi. Nefesi tatlıydı ve Grace de kendisininki de tatlı olmasını umdu, çünkü Vincente'nin tadını aldığını biliyordu.

"Ne zamandır uyanıksın?" diye sordu Vincente.

"Uzun zamandır değil. Çok güzel bir geceydi ve şimdi önümüzde harika bir gün var. Ne yapalım?"

"Önce, bence bizim hakkımızda konuşmalıyız," diye başladı Vincente. "Nereye gitmek istediğimizi ve ne kadar hızlı gitmek istediğimizi. Dün gece seni çok istedim, ama senin ne kadar hızlı ilerlemek istediğinden emin değildim. Sen yokken bizim hakkımızda çok düşündüm. Seni kucaklamak için can attım. Dürüst olmak gerekirse, beni ayakta tutan şey buydu. Bizim hakkımızda hayal kurmak, bağ kurmak."

"Bence yavaş gitmeliyiz."

"Hazır olduğunda bana söyleyeceğine söz verirsen, ben de buna varım."

"Hazır olduğumda, ilk bilen sen olacaksın!" Grace gülümseyerek söyledi ve birbirlerine sarılıp tatlı bir öpücük verdiler.

Piknik malzemelerini topladılar ve içeri girdiler.

"Bence bugün buradan ayrılmalıyız," dedi Vincente. "Evet, bence yeni bir başlangıç yapmalıyız. Ama nereye?"

"Özel bir yer, ve sanırım tam olarak nerede olduğunu biliyorum."

"Nerede? Söyle bana!"

"Hayır, oraya varana kadar beklemelisin. Bu arada, birkaç şeyimi toplayacağım. Tabii sen de istersen, bilirsin..." Gözleri merdivenlere kayarken gülümsedi.

Ona doğru yürüdü, ellerini omuzlarına koydu ve gözlerinin içine baktı. "Bir şeyi netleştirelim, Vincente Marino, ben hazırım, istekliyim ve yapabilirim. Ama burada ve şimdi olmasını istemiyorum. Bu yerde değil. Ama bir gün, yakında."

Onu öptü ve evin üst katına çıkmak için enkazın içinden geçmeye başladı. Ona dönüp, "Toplanırken, büyük bir balta bulabilir misin bak, belki yine çılgın ağaçlarla karşılaşırız," dedi.

"Tamam."

BÖLÜM 27

"Beni sevdiğini ne zaman fark ettin?" Vincente, Parramatta Yolu'ndan Sydney Merkez İş Bölgesi'ne doğru ilerlerken sordu.

"Seni ilk gördüğüm anda sevdim," diye itiraf etti.

"Ama o gerçek aşk değildi, değil mi? Sadece bir hayranlıktı. Bir tutku. Yani, beni bir insan olarak, gerçek bir insan olarak sevdiğini ne zaman fark ettin?"

İlk görüşte aşkın gerçek olabileceğini hayal edemiyordu. Hiç böyle bir şey hissetmemişti. Filmlerde veya tiyatro oyunlarında dışında, aşkın anlık olabileceğini ifade eden kimseyi tanımıyordu.

Kız, vites kutusunun üzerinde duran eline elini koydu.

O, kıza tuhaf bir şekilde baktı. Kız rahatsız görünüyordu, ama neredeyse fildişi renginde, çok güzel bir boynu vardı.

"Benim için başka kimse yok, Vincente. Hiç olmadı. Kalbim seninle o kadar dolu ki, içinde başka biri olamaz. Sana tapıyorum."

Arabayı durdurdu ve kadının çıplak beyaz boynuna doğru eğildi. Dişleri ona dokunduğunda soğuktu, sonra yanmaya başladı. Kalbi o kadar hızlı atıyordu ki, göğsünden fırlayacak sandı ve onu yutmak istercesine her yeri yanıyordu.

Birkaç dakika sonra, kendilerine geldiler ve yola devam ettiler. Sokaklar, bir Land Rover hariç, yanmış araçlarla doluydu. Vincente onun yanında durdu ve ikisi de yakından baktılar. Araç neredeyse yeni durumdaydı, beyaz deri koltukları vardı ve arkada silahları ve malzemeleri için bolca yer vardı.

Vincente kontak anahtarını çevirdi ve araç hemen çalıştı. "Bence bu bizim aracımızdan daha iyi, çok daha geniş ve daha güvenilir, onu almalıyız."

Grace bir aracı çalma fikrini sevmedi, ama daha büyük ve ihtiyaçlarına daha uygun bir şey edinmeleri mantıklıydı. "Acaba bu neden diğerleri gibi yanmadı?" diye sordu. Vincente omuz silkti ve ikisi diğer arabadan eşyalarını çıkarıp Land Rover'a yerleştirmeye başladılar.

Biraz benzin kalmıştı, ama çok fazla değildi. Vincente bir sonraki benzin istasyonunda durup depoyu doldurmaya karar verdi.

Grace, Vincente ile birlikte içeri girdi ve yanlarına alacakları bir kasa su ve birkaç başka şey aldılar.

"Nereye gidiyoruz?" Grace, Sydney Liman Köprüsü'nü geçerken tekrar sordu.

Vincente sırıttı. Bir şeyden çok memnundu. Grace çok meraklı ve heyecanlıydı.

Vincente konuyu değiştirdi. "Bu aracı bulduğumuz için şanslıyız. Durumu çok iyi ve gitmemiz gereken her yere bizi götürebilir."

"Senin ehliyetin olduğu için daha da şanslıyız."

"Aslında teknik olarak ehliyetim yok," dedi Vincente, Grace'e bakarak. "Ama beni kim durduracak ki?"

Grace durumlarını düşündü. Ülkenin başka bir yerinde veya dünyanın başka bir yerinde başka insanlar olmadığına inanmakta zorlanıyordu. Gerçekten dünyada kalan tek iki insan olduklarına inanamıyordu.

"Sence de başka insanlar olmalı, değil mi?" diye sordu Grace.

"Bence sadece biz varız," dedi Vincente.

"Peki ya başkaları varsa?"

"O zaman biz onları buluruz ya da onlar bizi bulur. Bu arada, bunun için endişelenmeyelim, olur mu? Neredeyse vardık," dedi köşeyi dönüp sahile paralel bir yola girerken. Manzara nefes kesiciydi. Grace arabadan inip çıplak ayaklarıyla beyaz kumların üzerinde koşmak istiyordu.

Vincente, sahil kenarındaki Manly Hotel'in hemen önünde durdu. Küçük çocuklar gibi, çift ayakkabılarını çıkarmak ve sıcak beyaz kumda koşmak için sabırsızlanıyordu. Kum ayaklarını öptü ve kahve fincanının dibindeki şeker gibi karıştı, ayakları soğuk suya değdiğinde titrediler ve güldüler.

"Sence güvenli mi?" diye sordu Grace.

"Güvenli mi? Neyden?"

"Bilirsin, köpekbalıkları ve denizanası gibi."

"Günlerdir canlı bir şey görmedik, karınca ya da örümcek yok, sivrisinek yok, tek bir kuş bile yok... Ve sen köpekbalıkları ve denizanalarından mı endişeleniyorsun?"

"Evet, ağaçlar açtı, kim bilir..."

Vincente endişelerini öperek yok etti. İkisi birlikte iki çocuk gibi suda oynadılar, birbirlerine su sıçratıp kovalandılar, ta ki yan yana kumda uykuya dalana kadar.

Sabah, Grace ve Vincente kumla kaplı ve çok ama çok aç bir şekilde uyandılar.

"Hazırım," dedi ve ona atlayarak dudaklarına şiddetle öpücük kondurdu ve onu kumda bıraktıkları izlerin içine itti.

"Bence... henüz çok erken," dedi Vincente, onu nazikçe kenara iterek ayağa kalktı ve giysilerindeki kumu silkeledi.

Grace tekrar ona atladı. "Hazır olduğumda sana söylemem gerektiğini söylemiştin. Hazırım, çok hazırım," dedi Grace, Vincente'nin gömleğinin düğmelerini ararken.

Vincente geri adım attı. Grace'e gülümsedi. Grace tekrar ona atladı. Vincente uzaklaştı.

"Sen tam bir alaycısın," diye bağırdı kız, Vincente arkasını dönüp ters yöne koşarken. "Korkak!" diye bağırdı, Vincente'nin peşinden koşarken. Nefes nefeseydi. Kalbi deli gibi atıyordu. Tek istediği Vincente'nin giysilerini yırtıp atmak, onu istediği gibi ele geçirmek, vücudunu vücuduna değdirip hissetmekti. Onunla bir olmak.

"Doğru zaman geldiğinde, ikimiz de anlayacağız," dedi Vincente, arabanın bagajını açıp su şişelerini çıkarırken. Otelin lobisine girdi ve Grace onu takip etti. Onu takip etmekten başka seçeneği yoktu, asansöre, koridora ve devasa çatı katına kadar.

İçeri girdikten sonra Vincente perdeleri tamamen açtı. Bulundukları yerden, annesi ve babasıyla Manly'yi son ziyaretinden bu yana değişen her şeyi düşünebilirdi. Çok şey değişmişti.

Eskiden, etrafta kalabalıklar vardı, gezinti yolunda yürüyen, gülen ve eğlenen insanlar. Ufukta noktalar gibi, rüzgarda yelkenleri dalgalanan tekneler vardı. Kahkahalar ve içki vardı. Çocuklar yüzüyor, oynuyor ve kumdan kaleler yapıyordu. Sörfçüler vardı, çok sayıda sörfçü büyük dalgaları yakalıyordu.

Yunuslar ve kuşlar vardı, çoğunlukla martılar etrafta uçuyor, suya dalıp çıkıyor, besleniyor ve ciyaklıyordu.

Tabii ki barbekü, kafeler ve restoranlar da vardı, insanlar yemek yiyor, içiyor, dans ediyor, konuşuyor ve romantizm yaşıyordu. O zamanlar her şey çok farklıydı, çok canlı ve çok hareketliydi. Vincente, Manly'nin en iyi restoranlarından bazılarına girmek için uzun süre beklediğini hatırladı. Şimdi ise, o ve Grace tüm mekanı kendilerine aitmiş gibi kullanıyorlardı.

Grace'e Manly'den, ailesinin sahilde bir ev kiraladığından bahsetti. Balina izlemeyi ilk elden deneyimlememişlerdi. Balinaların kuyruklarıyla nasıl sallandıklarını. Ne muhteşemlik. Ne güç.

Ayrıca, bir ev satın almadan önce bazen Oceanside Hotel'de kaldıklarını da anlattı. Küçük bir tatil gibiydi. Eşyalarını toplayıp feribota binerlerdi. Ne kadar heyecanlanırdı ve her zaman dışarıda yemek yerlerdi, çatıdaki havuzda yüzerlerdi, sonra sahile giderlerdi, balık ve patates kızartması yerlerdi, kumda otururlar ve çok konuşurlardı.

"Ailenizi gerçekten özlüyorsunuz, değil mi?" dedi Grace, elini eline alarak. Ailesi ve anıları hakkında konuştuğunda, mümkünse onu daha da çok sevdi. Anılarını ve deneyimlerini onunla paylaştığında, sanki onlar da kendisininmiş gibi hissetti.

"Şimdi," dedi, "Bu yer tamamen bize ait Grace. Burada kalabilir, burada yaşayabilir, burada ne istersek yapabiliriz."

"Evet," diye onayladı Grace, "Bunu çok isterim."

Biraz sakinleştikten sonra, sahil şeridinde yürüyüşe çıkmaya karar verdiler. Burada depremlerin yarattığı travmanın izleri yoktu. El ele tutuşarak yürüdüler, konuştular. Her an daha da yakınlaştılar.

Anılar biraz sis yaratmıştı. Birlikte kendilerini çok yalnız hissettiler.

"Hadi yüzmeye gidelim," dedi Vincente ve suya doğru koşarken, tişörtünü, şortunu, iç çamaşırını, ayakkabılarını ve çoraplarını çıkararak her yere kum saçtı.

Grace, onu çıplak poposuyla, sanki daha önce hiç plaja gitmemiş biri gibi suya koşarken gördü. O da kıyafetlerini çıkarmaya başladı ve her şeyi çıkardıktan sonra suya girmeye başladı.

Soğuk sularda beline kadar battıklarında buluştular ve el ele tutuştular. Dalgalar üzerlerine çarparak onları bir araya getirip ayırdı, bir araya getirip ayırdı. Denizdeki su sıçramaları onları resmen aşık olarak vaftiz ederken, öpüştüler ve sıkıca sarıldılar.

Eğer hala hayatta olan balıklar varsa, onların çığlıklarını duymuş olsalar bile, kendilerini belli etmek için fazla naziktiler.

BÖLÜM 28

Şimdi, sadece aşıkların bilebileceği türden bir uykuyu uyuduktan sonra, otelin çatı katında yan yana yatarken, Grace başını Vincente'nin göğsüne yaslamıştı.

O, uyurken ona bakıyordu. Dün olduğundan daha da güzel olduğunu düşünüyordu. Saçlarını yüzünden çekip kulağının arkasına koydu. Grace kıpırdadı.

"Günaydın, uykucu," dedi. Alnına bir öpücük kondurdu.

"Günaydın," diye karşılık verdi Grace, gerinip esnerken, eliyle ağzını kapatarak sabah nefesinin kötü olup olmadığını merak etti. Otele nasıl geldiklerini merak etti.

Bir an düşündü, oraya nasıl geldiklerini hatırlamaya çalıştı, ama otele girdiğini bile hatırlayamadı. Sanki bir alem yapmış ve şimdi o olayla ilgili hafızasını tamamen kaybetmiş gibiydi, geçmişte unuttuğu diğer tüm olayların yanı sıra. Vincente ile geçirdiği her anı hatırlamak istediği için sinirlenmişti.

"Buraya nasıl geldiğini merak ediyorsan," dedi Vincente. "Sahilde derin uykudaydın ve gelgit yaklaşıyordu, ben de seni kaldırıp buraya getirdim, sonra da yatırdım."

"Teşekkürler," dedi ve ona sokuldu. Sonra izin isteyip duş aldı. Banyo kapısı çalındı. Otel bornozunu giyip "Kim o?" diye sordu.

"Benim, aptal!" diye cevapladı Vincente. Grace kapıyı açtığında, Vincente şef üniforması giymiş, şapkası da dahil, ve bir servis arabasında bir ziyafet sunuyordu.

"Çok meşgulmüşsün," dedi Grace, marmelatlı tosttan bir ısırık alıp, çıtır çıtır pastırmayı yumuşak haşlanmış yumurtaya batırırken.

Doyana kadar yediler ve içtiler, sonra Vincente ayağa kalktı ve Grace'e bir kutu uzattı.

"Hediye mi? Bana mı?"

"Başka kime olabilir ki? Umarım beğenirsin," dedi Vincente ve Grace'in kurdeleyi koparıp kağıdı açarak hediyeyi ortaya çıkarmasını izledi.

Grace, hayatında gördüğü en güzel straplez yazlık elbiseyi eline aldı ve vücuduna bastırdı. İpek, yeşil ve çok seksi bir elbiseydi. Vincente'ye atladı ve onu dudaklarından öptü, sonra bornozunu çıkarıp yeni elbisesini giydi. Elbise ona mükemmel uydu.

"Teşekkür ederim," dedi.

"Şimdi, onu çıkardığında nasıl göründüğünü görelim!" Vincente, onu yatağa itmeden önce haykırdı ve bir kez daha seviştiler.

Uyandıklarında, yine biraz acıkmışlardı. Vincente, daha önce bulduğu çikolata fondü'yü hazırladı ve çözülmüş çilekleri içine batırdılar. Çilekler çok tatlıydı ve birbirlerine yedirdiler. Doyduklarında ve yeterince enerji topladıklarında, tekrar seviştiler.

O günün ilerleyen saatlerinde, dalgalar yanlarında kıyıya çarparak, el ele tutuşarak gezinti yolunda yürüdüler. Gelgit gelmişti ve gücü etraflarında dalgalanıyordu.
"Burada çok mutlu olabiliriz, biliyor musun?" dedi Vincente. "Otelde aylarca yetecek kadar yiyeceğimiz var. Diğer oteller ve restoranlarla birlikte, muhtemelen yıllarca yetecek kadar yiyeceğimiz var. Ve lüks içinde yaşayabiliriz, otelde dolaşabiliriz, hiç temizlik yapmak zorunda kalmayız! Odamız kirlendiğinde başka bir odaya geçebiliriz!"
Grace, Manly'nin sunabileceği her şeyi düşünüyordu. O da bu yerin güzel bir yuva olabileceğini düşünüyordu. Dünyada tüm zamanları vardı ve kaybedecek hiçbir şeyleri yoktu. Neden denemiyorlardı ki?
"Bence haklısın, burada kalmalı ve burayı evimiz yapmalıyız. Ne olacağını görelim. Ama..." Durdu ve gökyüzüne baktı. Sonra dönüp onun gözlerinin içine baktı. "Ya biz tek değilsek? Ya ülke çapında, dünya çapında başkaları da varsa? Başkaları yardıma ihtiyaç duyarken, sadece kendimizi düşünerek bu

kadar mutlu olabilir miyiz? Onları aramak için dışarı çıkabiliriz?"

Vincente hemen cevap vermedi. O da gökyüzüne baktı. Kookaburraların ve martıların seslerini özlemişti. Uçakların sesini ve arabaların kornalarını bile özlemişti. "Ne demek istediğini anlıyorum, bebeğim. Ama bizim sorumluluğumuz kendimize karşı. Özellikle de burada ne kadar zamanımız olduğunu bilmediğimizde."

"Sence zamanımız sınırlı mı?"

"Kim bilir? Her zaman öyle değil mi? Her anımı seninle geçirmek, seni mutlu etmek istiyorum. Seni sevmek. Seninle sevişmek şu anda benim önceliğim."

Kollarını onun beline doladı ve yürümeye devam ettiler, sonra köşeyi döndüler, köprünün altından geçtiler ve iki çocuk gibi koştular. Gizli oyun parkına vardıklarında, Grace kaydırağa tırmandı, aşağı kaydı ve sonra salıncağa atladı. Vincente onun yanındaki salıncağa oturdu ve konuşmaya devam ederken gittikçe daha yükseğe çıktılar.

"Sen de benim önceliğimsin. Seni sevmek, seninle olmak. Ama belki de başkalarını bulmaya çalışırsak daha mutlu oluruz. Yani, en azından denediğimizi bilerek," dedi Grace.

"Bana bir fikir verdin, Grace. Belki de yurtdışını, uzun mesafeli aramayı denemeliyiz. Bu şekilde bağlantı kurabilir miyiz bir bakalım. Ülke içi bir arama deneyebiliriz, sonra Yeni Zelanda'yı, belki Avrupa'yı, İngiltere'yi, sonra Kanada'yı ve ABD'yi deneyebiliriz. Burada zaman geçirebilir, günlerin tadını çıkarabilir ve önce bu şekilde arayabiliriz. Senin için uygun mu?"

"Bence bu iyi bir başlangıç. Ama şimdilik yüzmeye gidelim," dedi Grace, salıncaktan atlayıp koşmaya başladı. Vincente, onun arkasında uçarak, onun ardında bıraktığı giysi izlerini takip etti. Her şeyi topladı ve Grace'in suya girmesini izledi. Grace suya daldı, sonra daldı. Saçları sanki bir dergi fotoğraf çekimi için hazırlanıyormuş gibi sırılsıklam olarak tekrar su yüzüne çıktı.

Vincente, ona doğru yürümeye başlarken kendi giysilerini yırttı.

Dalgalar vücutlarına çarptığında birlikte suya daldılar.

"Sence bunu hiç özleyecek miyiz?" Grace, genişçe esneyip dizlerinin üzerine kollarını koyarak oturdu. Artık tamamen giyinmişti ve bir süredir yıldızları seyrederek gün batımının ardından dinleniyorlardı.

"Neyi özleyeceğiz?" Vincente, yanına oturup bacak bacak üstüne atarak sordu.

"Öğrenmeyi, sporu, okulda olmanın getirdiği her şeyi. Sence bunu özleyecek miyiz?"

"Ben, şahsen, matematikte başarısız olmayı özlemiyorum ve Koç Anderson senden yardım almamı önermeden önce tam da bunu yapıyordum. Sanırım şanslıydım, ama öğrenmeyi özlemiyorum. Oyunu özlüyorum, mükemmel bir atış yaptığımda kalabalığın tezahüratını özlüyorum."

"Profesyonel olma fırsatını mı özlüyorsun?"

"Sayılır. Üniversiteye girebilmemin tek yolu burs almaktı. Annem ve babam beni üniversiteye gönderecek paraya sahip değildi. Fakir olduğumuzdan değil, paramız vardı, ama bu bize zorluk çıkarırdı, anlarsın ya? Başarmak, kendi başıma girmek istedim."

"Evet, bunu anlıyorum, bunu hak etmek istedin. Daha önce matematikçi olacağımı söylemiştin. Belki hafızam geri geldiğinde yine öyle hissederim."

"Senin için sınır yoktu." Bir saniye durdu, 'yoktu' kelimesiyle yüzünde bir bulut belirdiğini gördü, sonra devam etti, "Hala yok!"

"Şimdi hiçbirini hatırlamıyorum. Orada, o ağaçta dururken, sık sık şöyle hissediyordum..." Tereddüt etti, itiraf etmekten korkuyordu. "Hayır, güleceksin."

"Gülersem ne olur? Söyle bana, hadi! Bana söylemelisin!" Sonra eğildi ve onu gıdıklamaya başladı. "Şimdi söyleyecek misin?" diye sordu ve ona söylemeyi kabul edene kadar onu gıdıklamaya devam etti.

"Albert Einstein," dedi, "Ay'da onun yüzünü görebildiğimi sandım."

O gülmedi. Ayın yüzüne baktı. O söylediğinde, bıyığı ve gözleri görebildi. Mark Twain'i düşündü, ya da evet, Albert Einstein da olabilirdi. "Görüyorum," diye onayladı. "Orada Albert Einstein ya da Mark Twain olabilir."

"Bıyığı görebiliyor musun?"

"Kesinlikle, ama daha önce bu kadar net bir yüz görmemiştim. Ay'daki Adam'ı duymuştum, ama neden bunu şimdi görüyorum?"

"Emin değilim," dedi Grace. Sessizce birlikte aya baktılar, ta ki Grace, "Tek bildiğim, o ağacın tepesindeyken, umuda ihtiyacım olduğunda, onu Albert Einstein'ın yüzünde bulduğum," diyene kadar. Bu beni daha güçlü yaptı. Bana umut verdi. Oradan ineceğime ve seni tekrar göreceğime dair şüphe duymadan emin olmamı sağladı. Aslında, senin iyi olduğunu ve seni kurtaracağımı biliyordum."

"Hepsi Albert Einstein ile olan bağlantın yüzünden mi? O... seninle konuştu mu? Yani, oradan yukarıdan?"

"Kelimelerle değil," dedi Grace, "ama kesinlikle bir bağlantı vardı. Sanki evrenin öbür ucundan bana uzanıyormuş gibi. Bana güç veriyordu. Şimdi kulağa saçma geliyor, biliyorum, ama o zamanlar, o ağacın tepesindeyken, Albert Einstein'ın beni koruduğu düşüncesi bana tamamen normal geliyordu."

"Peki, teşekkürler Albert Einstein!" Vincente, aya doğru bağırarak, "Kızımı güvenli bir şekilde yere ve bana geri getirdiğin için teşekkürler!" dedi.

"Evet, teşekkürler Albert Einstein!" diye ekledi Grace.

"Artık onunla ilk isimle hitap ediyorsun, değil mi?" dedi Vincente ve sonra sahilde koşmaya başladı. Grace onun peşinden koştu ve ikisi gülerek suda sıçradılar.

İkisi de Profesör Einstein'ın göz kırptığını fark etmedi.

Çift, birkaç telefon görüşmesi yapmak için otele geri döndü. "Avustralya'da cevap verecek biri varsa, bu mesaj ona ulaşacaktır" dedi Vincente.
Ofiste birlikte oturup, telefonun çalmasına izin verdiler. Kimse cevap vermedi.
"Başka bir şey deneyelim" dedi Vincente. Vincente masada bir kılavuz buldu ve onu karıştırarak Yeni Zelanda'yı aramak için gerekli kodu buldu. Aynı şey: cevap yok.
"Şimdi nereyi deneyelim?" diye sordu.
"Şunu deneyelim..." Grace, önünde bir dünya haritası ile durdu, gözlerini kapattı, Fransa'ya odaklandı ve Vincente kodu tuşladı. Telefonun çalmasına izin verdiler, ama yine cevap yoktu.
"Şimdi nereye?" diye sordu Vincente.
"Güney Amerika!" diye bağırdı Grace ve Vincente numaraları tuşladı. Bu, uzun zamandır yaşadıkları en eğlenceli şeydi ve denedikleri her ülkeyle umutları yenileniyordu: Çin, Rusya, Norveç, İrlanda ve İngiltere. Ancak Kanada ve Amerika Birleşik Devletleri'ni denedikten sonra umutları azaldı.

"Sadece biz varız," diye hemfikir oldular ve yorgun bir şekilde odalarına döndüler. İkisi de aç ya da susamış değildi.

İlk kez sevişmek istemiyorlardı ve konuşmak da istemiyorlardı. Yalnız başlarına oturup şarap içtiler. Artık bu onların dünyasıydı. Yaşın hiçbir önemi yoktu. Ne isterlerse yapabilirlerdi. Bu bir rüyanın gerçekleşmesiydi.

Vincente uyandı ve Grace'in uykusunda konuştuğunu duyunca şaşırdı:

"E, MC'nin karesine eşittir, iki çarpı iki dört eder, dört mevsim, dengeli terazi, üç çarpı iki altı eder, kadın sayısıdır, üç erkek sayısıdır, dolayısıyla altı evliliğe eşittir. Altı, on, on beş üçgen sayılardır, dört, dokuz, on altı kare sayılardır, psikojenik küp altı küp veya altı çarpı altı çarpı altı eşittir iki yüz on altıdır, Pisagor hepimizin iki yüz on altı yılda bir reenkarne olduğumuza inanıyordu, bu nedenle döngü. Geri dön."

Durdu, biraz horladı ve Vincente ona sokuldu. Onun bu yeteneğini düşündü, bu yetenek şimdi onun bilinçaltında sihrini gösteriyordu. Onun dehası, akşam düşüncelerine sızıyor, dinlenme saatlerinde ona geri dönüyordu. Böyle saçmalıklarla uyanması ilk kez oluyordu. Sanki Grace başka bir dilde konuşuyor gibiydi. Ona bundan bahsetmeli miydi acaba? Ama eğer bahsederse, kendi farkındalığı yerine telkinin gücü iyileşme sürecini geciktirir miydi?

Sabahın ilk ışıkları üzerlerine düşerken, Vincente hala uyanıktı ve etrafındaki sessizliği dinliyordu. Grace tekrar konuşmamıştı, ama birkaç kez huzursuzlandı ve Vincente ondan uzaklaşmak zorunda kaldı. Uykusunda çırpınıyordu, ama matematik hakkında konuşurken çok sakin ve odaklanmıştı. Sesi tutkuyla doluydu. Vincente onun söylediklerini hiç anlamasa da, sesi umut ve hayranlık doluydü. Grace uyandığında ne yapacağına dair bir fikir oluşturdu. Uykusunda konuştuğunu ona söylemeyecekti. En azından bugün değil. Ama bir planı vardı ve bunun ona yardımcı olacağını umuyordu. Aynı zamanda, onu nasıl şaşırtabileceğine dair bir fikri vardı. Bugün, şimdiye kadarki en güzel günleri olacağına dair iyimserdi.

BÖLÜM 29

"Grace, bugün Sidney'e gitmek iyi olur diye düşünüyordum. Halk Kütüphanesi'ni ziyaret edebiliriz. Öğrenmeyi bırakmamıza gerek yok. Bütün bir kütüphane ve binlerce kitap sadece bizim için var. Günün çoğunu orada geçirebiliriz!"

"Evet, düşünme şeklini beğendim. Harika!" Grace bir an durdu, aynada kendine baktı. "Ben de birkaç şey almak istiyorum, belki yeni kıyafetler bile. Saçımı boyatsam mı? Sarışın olsam hoş olur mu?"

"Sarışın olmana kesinlikle hayır, ama ben de yeni şeyler alabilirim. Alışverişe çıkabiliriz! Düşündüğüm bir diğer şey de, CB radyo bulabilirsek çok işimize yarayabilir. Daha ilkel bir iletişim şekli, ama..."

"Yani, hala dışarıda başkaları da olabileceğini mi düşünüyorsun?"

"Sanırım sadece ikimiz varız, bebeğim. Ama CB telsizimiz varsa ve onu aktif olarak kullanabilirsek, ve başkaları bizimle bu şekilde iletişime geçme şansı varsa, o zaman bu yol bize açık olacak. Onlara."

"Seni seviyorum Vincente," dedi ve kollarıyla ona sarıldı, onu derin bir öpücükle öptü. Sonra kapıya doğru yöneldi. "Şu an gibi bir zaman yok. Hadi dışarı çıkalım!"

"Ben de öyle düşünüyorum!" Vincente haykırdı. Kolunu onun beline doladı ve birlikte binadan çıkıp arabalarına bindiler. Otelin önüne kalıcı olarak park etmişlerdi, normalde sadece taksiler ve limuzinlerin yolcu almasına izin verilen yere. Kuralsız bir dünyada yaşamanın bazı avantajları vardı.

"Vincente," diye başladı Grace, "Düşündüm de. Otel güzel ve her şeyiyle mükemmel olsa da, benim için asla bir yuva olamaz. Ne demek istediğimi anlıyor musun?"

"Evet, ne demek istediğini anlıyorum. Yerleşmek, yuva kurmak istiyorsun. Ve otel psikolojik olarak buna uygun değil."

"Şimdilik uygun, ama bizim için büyük resimde uygun değil." Vincente arabayı durdurdu ve kapıyı açtı. Onun Salvos Store'un penceresine doğru koştuğunu izledi. Neyin dikkatini çektiğini görmek için arabadan indi ve bunun bir CB radyo olduğunu gördü!

Vincente dükkana girdi ve radyoya yakından baktı. Sonra bir priz buldu ve radyoyu prize taktı. Radyo dalgalarını taradı. Birlikte dikkatle dinlediler, ama sadece parazit ve geri besleme vardı. Vincente radyoyu aldı ve arabanın bagajına attı, sonra arabayla uzaklaştılar. Radyo uzak bir ihtimaldi, ikisi de bunu biliyordu, ama bu konuda konuşmadılar.

Manly sokaklarında arabayla ilerlediler, artık dünyalarında tek iki insan olmaya tamamen alışmışlardı. İstediği veya ihtiyaç duyduğu her şey elinin altındaydı: tüm turistik yerler, ayrıca Sidney'in doğal güzelliği ve vaatleri. Şehir onların küçük cenneti gibiydi ve Manly'nin tamamı kendilerine ait olması da bir nevi bonusdu.

Land Rover, Sydney Harbour Bridge'den geçerken, Opera Binası onların varlığını fark etmiş gibiydi ve

Grace bu fırsatı değerlendirerek önceki konuşmalarını devam ettirdi. "İstediğimiz evi seçmek çok güzel olurdu. Kendi evimizi kurmak," dedi iyimser bir şekilde.

"Kesinlikle katılıyorum, istediğimiz herhangi bir evi, herhangi bir malikaneyi seçebiliriz. Ama şimdilik, daha kişisel bir konu hakkında konuşmamız gerektiğini düşünüyorum. Daha önce hiç konuşmadığımız bir konu."

Vincente'nin ifadesi değişmişti. Grace'in daha önce hiç görmediği kadar ciddi bir hal almıştı ve Grace endişelendi. Onun düşünme sürecini kesmek istemediği için konuşmaya devam etmesini bekledi. Vincente'nin doğru kelimeleri bulmaya çalıştığını fark etti. Birkaç dakika konuşmayınca, Grace daha da endişelenmeye başladı. Vincente arabayı George Street'te durdurup Grace'in gözlerine baktığında, ama hala sessiz kaldığında, Grace gerçekten çok endişelendi.

"Söyle bana, Vincente! Beni korkutuyorsun!"

"Doğum kontrolü kullanmıyoruz ve şu anda hamile olabilirsin. Seni yeni bir anne olarak görebilirim ve ben de baba olabilirim. Ve bizim çocuğumuzun nasıl bir hayatı olacağını düşünüyordum. Evet, onu seveceğiz ve ona bakacağız, ama onun geleceği ne olacak? Onun geleceği ne olacak?"

"Tam olarak ne demek istiyorsun? Çocuğumuzu çok seveceğiz!"

"Evet, ama çocuğumuz kimi sevecek? Bizim dışımızda kimi sevecek?"

"Oh, evlenecekleri birini mi kastediyorsun? Biz öldükten sonra, geleceklerini birlikte geçirecek birini mi?" Onu sıkıca kucakladı ve sanki bir çocukmuş gibi başını okşadı. "Sevgilim, çok derin düşüncelere dalmışsın. Bunları benimle paylaşmalıydın. Bu kadar büyük bir şeyi tek başına düşünmemelisin. Karşımıza ne çıkarsa çıksın, birlikte üstesinden geleceğiz."

"Ama bizimle olmak dışında bir geleceği olmayan küçük bir insan? Bu çok acımasızca olur. Doğru olmaz!"

"O zaman sevişmeyi bırakalım mı? Evet, bekâr kalalım!" diye haykırdı, başını okşayıp küçük bir çocukmuş gibi onu öperken. "Eğer kaderimizde varsa, olur. Şu anda asla gerçekleşmeyebilecek bir şey için endişelenemeyiz. Birbirimizi seviyoruz. Senin için her şeyi veririm. Senin için hayatımı veririm Vincente ve cinsel perhiz yapamam, ayrılmadığımız sürece. Ayrılmadığımız sürece. O zaman belki."

"Bu asla olmayacak! Seni asla terk etmeyeceğim! Kasten değil," diye yemin etti Vincente.

"O zaman anlaştık. Ve eğer çocuklarımız olursa, onlar için en iyisini yapacağız. Ne yapmamız gerekiyorsa. Ama şimdilik, alışverişe gidelim, sonra da kütüphaneye gidelim. Sonra da lezzetli bir şeyler yiyelim! Aşkımızdan asla kötü bir şey çıkmaz," dedi Grace.

"Seni çok seviyorum, Grace."

El ele tutuşarak David Jones Mağazası'na girdiler ve sabahı alışveriş yaparak geçirdiler. Sonra bir İtalyan restoranında öğle yemeği yediler ve birlikte spagetti Bolognese pişirdiler.

Öğle yemeğinden sonra kütüphaneyi gezdiler ve birkaç roman aldılar. Grace matematik bölümüne yaklaşmadı ve Vincente de onu zorlamadı.

Sonra arabaya binip George Caddesi'nde sürdüler. Vincente aniden durdu, Grace'in elini tuttu ve ona göstermek istediği bir şey olduğunu söyledi. Önemli bir şey.

Grace kapının üzerindeki tabelaya baktı: "Kaliteli Antika Mücevher Alım Satım."

Meraklanan Grace, Vincente'yi takip ederek içeri girdi.

Mağazaya girdiğinde, sanki parıldayan bir avizeye girmiş gibi hissetti. Etrafındaki her şey ışıkla doluydu. Taçlardan bileziklere, saatlere ve elmas kaplı çantalara kadar akla gelebilecek her türlü mücevher mağazanın içinde sergileniyordu. O kadar etkilenmişti ki bir an için hareket edemedi. Artık para onlar için sorun değildi. Daha önce bu mücevherler onlar için çok pahalı olurdu.

"Hadi," dedi Vincente, "Eğlen, etrafa bak! Beğendiğin bir şey var mı?"

Grace ilerledi, eğildi ve kalın cam vitrinlerin içine baktı. Şu anda hiç mücevher takmıyordu. Aslında, ne tür mücevherleri sevdiğinden emin değildi.

Vitrinlerin önünden geçerek birkaç şeye odaklandı, sonra dikkati dağıldı ve yoluna devam etti. Bir kerede bakılamayacak kadar çok güzel şey vardı. Mağazanın sonuna gelip, kapıdan çıkacakmış gibi arkasını döndüğünde, Vincente onu durdurdu.

"Burada hoşuna giden bir şey mutlaka vardır!"

"Benim için biraz fazla. Mücevherler hakkında pek bilgim yok. Belki önce bana biraz anlatabilirsin. Yüzüğünüzden bahsedin. Nereden aldınız?" diye sordu Grace.

"Tamam, evet, bunaldığınızı görebiliyorum, ama neyi sevdiğinizi bilmelisiniz. O yüzden birlikte bakabiliriz. Bu arada, yüzüğüm ailemde yıllardır nesilden nesile aktarılan bir aile yadigarı. Her zaman ilk oğlun ilk oğluna verilmiştir. Onu fark ettiğinizi bile bilmiyordum."

"Tabii, güneş ışığında rengi değişiyor, tıpkı senin gözlerinin bazen yaptığı gibi. Hey, bunu beğendim. Kesinlikle muhteşem!" Grace bir yüzük aldı ve parmağına takmak için uzandığında, Vincente onu durdurmak için elini uzattı. Yüzüğü eline aldı ve sonra bir dizinin üzerine çöktü.

"Grace Greenway, seni dünyadaki her şeyden daha çok seviyorum. Benimle evlenir misin?"

Küçük bir kız gibi çığlık attı ve ona doğru koştu, onu geriye doğru yere düşürdü. Evet cevabını verdi ve Vincente yüzüğü parmağına taktı. Sanki onun için yapılmış gibi mükemmel uydu. Büyük elmas kalp şeklindeydi ve kenarlarında küçük elmaslar vardı. Işığı yakaladığında parıldıyordu.

"Artık resmiyiz!" Vincente ilan etti. "Yani, resmen nişanlıyız."

"Teşekkürler, çok beğendim!"

Kucaklaşarak odanın içinde dönüp durdular. Sonra Grace'in başı döndü, öne doğru sendeledi ve kapının solundaki cam vitrini inceledi. Küçük vitrin, açık kapı nedeniyle önceden görünmüyordu. Gözleri hemen, etrafında kalp ve küçük elmaslar bulunan altın bir yüzüğe takıldı. Küçük yıldızlar gibi yerleştirilmiş elmaslar. Muhteşem bir yüzük ve Grace bunun kendisi için olduğunu hemen anladı.

Vincente de aynı fikirdeydi ve Grace yüzüğü parmağına takamadan, onu elinden aldı ve nazikçe bir kutuya koydu. Kutuyu şortunun cebine koydu ve nazikçe okşadı. "Güvenli bir şekilde saklamak için," dedi, "bir gün evlenene kadar."

"Onu taksam olmaz mı?" diye sordu Grace, Vincente'nin cebine uzanırken, "Yani, kim bilecek ki? Zaten burada bizi evlendirecek kimse yok!"

"Mesele o değil, değil mi? Saklayalım."

"Alaycı."

"Peki ya sen?" Grace, Vincente için bir alyans ararken vitrinleri incelerken sordu. Erkekler nişan yüzüğü takar mıydı, yoksa bu sadece kadınlar için, nişanlı olduğunu gösteren bir şey miydi? "Sana bir nişan yüzüğü almak istiyorum!" Grace heyecanla söyledi, ama Vincente biraz isteksiz görünüyordu. "Tamam, o zaman en azından bir alyans," dedi. Daha iyi bakabilmek için onu uzaklaştırdı.

"Uh hum, yardımcı olabilir miyim, hanımefendi?" Vincente, kendini pompalı bir antika kuyumcu gibi göstererek sordu.

"Hayır, teşekkürler, nazik beyefendi," dedi Grace. "İstediğim yüzüğü çoktan çaldım!" Yüzüğü bir kutuya koyup cebine atmıştı.

"Bizden çaldığınız için teşekkür ederiz. Lütfen tekrar gelin," Vincente, onlar butikten çıkarken gülerek dedi.

Dışarı çıktıklarında, Vincente daha büyük adımlarla yürümeye başladı. Grace ona yetişmekte zorlanıyordu. Nefessiz kalarak onun arkasında koşuyordu.

Sonra aniden arkasını döndü ve onu kollarına aldı. Sonra onu bıraktı, nefessiz ve heyecanlıydı.

"Harika bir fikirim var," dedi.

"Paylaş!"

"Senin bir gelinlik ve diğer eşyalara ihtiyacın var, benim de öyle. Yani, benim için bir gelinlik değil, ama biliyorsun, benim de düğün kıyafeti lazım. Burada en iyi mağazalar elimizin altında, hadi ihtiyacımız olan her şeyi hemen alalım!"

"Ama mağazalar bir yere kaçmayacak, değil mi? Neden beklemeyelim?"

"Hayır, her zaman söylediğim gibi, şu an gibi bir zaman yoktur ve bence bunları bugün almalıyız," dedi Vincente.

Aslında Grace de aynı şekilde düşünüyordu, ama daha güçlü bir arzu onu ele geçirmişti. Düğün arzusunu bastıran bir arzu. Vincente'nin kıyafetlerini çıkarmak ve sonra onunla tutkuyla sevişmek istiyordu.

Onu kendine çekip sıkıca sarıldı. Onu öptü, elinden gelen her şeyi ona verdi, ama Vincente'nin zihni açıkça başka yerdeydi.

"Sen buraya bak, ben de şuraya bakacağım, bir saat sonra burada buluşuruz, tamam mı? Tam bu noktada." Durdu, ona bir öpücük gönderdi ve "İyi eğlenceler" dedi.

"Düğün kıyafetlerini birlikte alamayacağımızdan emin misin?" diye seslendi Vincente'nin arkasından.

Durdu, başını salladı ve ona doğru döndü. "Olmaz! Damadın düğünden önce gelinliği görmesi uğursuzluk getirir. Kendi başına halletmelisin, bebeğim."

"Ama yardıma ihtiyacın olacak, değil mi?" Grace, onun fikrini değiştirmesini umarak önerdi. O sadece gülümsedi, bir takım elbise mağazasına girdi ve kapıyı arkasından kapattı. Grace kendini kucakladı. Onu şimdiden özlemişti.

BÖLÜM 30

Vincente'den uzak olmak garipti. İlk başta ayrılmaktan hoşlanmamıştı. Sonra ortama alıştı ve birbiri ardına gelinlikleri denemeye başladı. Çoğu çok dantelli ve gösterişliydi. Bazıları sıfır bedenler için yapılmıştı ve onun daha büyük vücuduna yakışmıyordu. Diğerleri ise tek başına giymesi için çok karmaşıktı.

Rafta, olağanüstü uzun bir kuyruğu olan antika beyaz bir gelinlik bulduğunda, ona uyacağından, hatta ona yakışacağından emin değildi. Yüksek dantel yakalı ve ona uygun bir taç vardı. Gelinliğin düğmeleri inciden yapılmıştı ve üstlerine dantel fırfır işlenmişti. Fiyat etiketi 10.000 dolardı ve Grace, gelinliği nazikçe giyerken son derece dikkatliydi.

Nefesini tuttu ve soyunma odasından çıkıp boy aynasında kendine baktı. Gözleri yaşlarla doldu ve yanaklarından süzüldü. Bu kadar güzel olabileceğine veya görüneceğine inanamıyordu. Prensinin gelip onunla evlenmesini bekleyen bir prenses gibi görünüyordu.

Vincente'yi ve bu muhteşem elbiseyi giydiğini gördüğünde nasıl hissedeceğini düşündü. Gülümsedi. Saate baktı ve hala ayakkabı, saç tokası, biraz makyaj malzemesi ve bir çift inci küpe gibi bazı aksesuarlar bulması gerektiğini fark etti.

Görev tamamlandı! İhtiyacı olabilecek her şeyi düşünmüştü ve hala biraz zamanı vardı. Grace, buluşacakları yere geri dönmek için acele etmedi.

Vincente henüz gelmemişti. Garip bir şekilde, araçları hareket etmişti.

Kaldırıma oturdu, çantalar etrafına yayılmıştı. Sonra kalktı ve yakındaki bir marketin buzdolabından bir şişe su aldı. Sonunda oturdu, düğün günlerini hayal etti ve bekledi.

***

Gece çökmeye başladığında, Grace artık sabırla bekleyemiyordu. Yorgundu ve Vincente'yi çok özlüyordu.

Rüzgâr şiddetlenmişti ve Grace vücudunda bir ürperti hissetti.

Yakındaki bir dükkana girip siyah bir kapüşonlu sweatshirt denedi.

Fermuarını kapattı, kapüşonu başına geçirdi ve tekrar oturdu, Vincente'yi bekledi.

Ve bekledi. Ve bekledi.

Hâlâ beklerken, ona ne olduğunu merak etti.

BÖLÜM 31

Yıldızlar ortaya çıktığında hala Vincente'yi bekliyordu. Albert Einstein'ın resmi ona bakıyordu. Kütüphaneden aldığı romanlardan birini okumak için yanına alsaydı keşke, ama bu noktada okumak için ışık yeterince iyi değildi.

Sokağa baktı, çok sayıda dükkan vardı ama hiç havasında değildi. Elbette, dikkatini dağıtacak bir şeyler bulabilirdi, ama bu Vincente'nin yokluğuyla ilgili giderek artan endişesini hafifletmeyecekti.

O ağaçlardan biri onu Vincente şiş kebabı mı yapmıştı? Ve neden arabayı almıştı? Anlaşmamız, eşyalarımızı alıp bir saat sonra buluşmaktı. Ne olmuştu? Vincente Marino neredeydi?

Saatler geçti.

Grace, Vincente'nin ona olan sevgisinden şüphe etmeye başladı.

İlişkileri hakkında fikrini değiştirmiş olabileceğini düşünmeye başladı.

Bu düşünce ilk başta onu kızdırdı, ama sonra bilinçaltına gittikçe daha derinleşti.

Bir yerlerde, onun kendisini terk etmesini, fikrini değiştirmesini bekleyen bir parçası olduğunu keşfetti.

Onun kendisini incitmesini, içini parçalamasını bekleyen bir parçası.

Vincente'nin tüm bu zaman boyunca onu terk etmesinin kaçınılmaz olduğu için, buluşmayı kararlaştırdıkları yerden ayrılmaya karar verdi. Kalbi nereye gitmek isterse oraya gidecekti ve o anda kalbi Sydney Opera Binası'na gitmek istiyordu.

Bir an için çantaları yol kenarında bırakmayı düşündü. Ama dünyanın en güzel gelinliğini bulmuştu ve onu yanında götürecekti. Onu saklayacaktı.

Bir an için elbiseyi tekrar giymeyi düşündü, ama eteği onu yavaşlatacaktı.

Opera Binası'na vardığında, saflığı ve beyazlığı ay ışığının parıltısıyla onu karşıladı.

Yanında daha önce hiç fark etmediği bir merdiven keşfetti ve Sydney Opera Binası'nın tepesine oturana kadar merdiveni tırmanmaya devam etti.

Altında yumuşak bir his olmasa da, dev bir beze üzerinde oturuyormuş gibi hissetti.

***

Nişan yüzüğünü parmağında döndürerek, Grace Vincente olmadan hayatının nasıl olacağını düşündü. Grace kesinlikle onsuz yaşamak istemiyordu.

Sydney Liman Köprüsü'nün tepesinde tek bir ışık fark etti. Ona tekrar tekrar yanıp sönüyor gibiydi.

Bu onun için bir işaretti. Vincente onun için geri dönmezse, artık yaşamak istemediğini söyleyen bir işaret.

Tek hayatta kalan kişi olmak istemiyordu.

Sydney Liman Köprüsü'nün tepesine tırmanıp denize atlamayı tercih ederdi. Böyle bir şey olursa, gelinliğini tekrar giyerdi...

Sonra Vincente'yi başka bir yerde ve zamanda bulurdu.

Güneş doğarken, rüzgarda adının söylendiğini duydu, "Grace! Grace!"

***

Vincente nihayet Grace'i bulduğunda, Grace ilk başta Opera Binası'ndan inmeyi reddetti. Vincente, kendini açıklamak için çaresizce merdivene tırmandı. Grace açıklama istemiyordu.

Onu dinlemek istemiyordu. Çantalarına yardım etme teklifini reddederek aşağı indi.

Kaldırıma takılıp düştü. Ondan uzaklaştı.

O ise açıklamaya çalışıyordu. Neden bu kadar geç kaldığını anlatmaya çalışıyordu.

Arabaya bindi. Kapıyı arkasına çarptı.

O sürücü koltuğuna oturdu.

Ona eliyle konuşmasını söyledi.

Kaldırımdan uzaklaştı. Öyle kızgındı ki tükürebilirdi.

O kızgındı, mutluydu, üzgündü ve rahatlamıştı.

Oldukça karışık bir durumdaydı.

***

"Bana ne kadar süre kızgın kalacaksın?" diye sordu Vincente.

"Sana kızgın değilim!" diye bağırdı. Onu çok seviyordu, o kadar çok seviyordu ki, onun onu kollarına alıp sarılmasından başka bir şey istemiyordu. Ona ne kadar çok sevdiğini söylemesini istiyordu. Onu asla bırakmayacağını söylemesini.

Yine de bir parçası ona kızgın olmak istiyordu.

Onu incitmek. Ona bedelini ödetmek.

O anda hissettiği acı kalbini kapladı ve sessizce ağladı.

Vincente kendine lanet etti.

Tek istediği ona sürpriz yapmaktı!

BÖLÜM 32

Otele geri döndüklerinde, Vincente arabadan indi ve Grace'in yanına koştu. Grace'i arabada tutması gerekiyordu. Konuşmaları gerekiyordu.
"Beni dinleyeceksin, ve şimdi beni dinleyeceksin."
"Ben-ben..."
"Bana borçlusun. Dinleyeceksin."
Grace ona gözlerinde büyük bir güvensizlikle baktı; o kadar incinmiş ve acı çekiyordu ki, Vincente artık dayanamıyordu.
"Bak, yapabiliyorsan, bana güven. Bana güven ve hemen yukarı çık. Duş al. Sakinleş. Birkaç dakika bizi, seni ne kadar sevdiğimi düşün. Hazır olduğunda, aldığın düğün kıyafetlerini giy ve buraya geri gel; ama hemen değil. Tam olarak saat 6'da buraya geri gel."
"Yani, beni yine bütün gün yalnız bırakacaksın," dedi Grace somurtarak.
"Bence yalnız kalmak ikimiz için de iyi. Bize biraz alan tanır. Birbirimizi takdir etmek için zaman. Düşünmek için zaman. Ve tam olarak saat 6'da aşağı inip beni bul, konuşalım." Yanağına nazikçe bir öpücük kondurdu ve elini tuttu. Gözlerinin içine derinlemesine baktı ve "Bana güven" dedi.

Biraz isteksizce kabul etti ve asansöre doğru yürüdü, gelinliğini asıp diğer her şeyi yatağın üzerine serdi.

Aynada kendini inceledi. Berbat görünüyordu. Bütün gece uyanık kalmış ve Vincente için çok endişelenmişti. Karanlık düşüncelerle dolu korkunç bir geceydi. Kendinden utanıyordu ve çok yorgundu.

Yumuşak yatağa uzandı ve saate baktı. Saat daha öğlen olmuştu ve acilen uykuya ihtiyacı vardı. Alarmı 4'e kurdu ve önceki gün yaşadığı tüm acıyı ve ıstırabı ağlayarak dışa vurdu. Ağlayacak gözyaşı kalmayınca Grace uykuya daldı.

BÖLÜM 33

Alarm çaldı ve keskin sesi Grace'i korkuttu. İlk başta nerede olduğunu unutarak sıçradı. Oda içinde koşuşturdu, sanki uçmayı öğrenmeye çalışan bir kaz gibi görünüyordu.

Sakinleşip alarmı kapattığında, son 24 saatte olanlar, nasıl unutulduğu, terk edildiği anıları aklına geldi.

Hiç olmadığı kadar yalnız hissettiği ve Vincente'nin ona geri dönüp af dilediği anlar.

Vincente, Grace'in onu anlayacağından emindi. Kendinden çok emindi ve kendine çok güveniyordu.

Odanın diğer tarafına baktı ve güzel gelinliğini gördü. Kumaşını elledi ve hala göründüğü kadar güzel olduğunu hissetti.

Bir dakika sonra, duşunu aldı, kurulanıp saçlarını yukarı çekip sabitledi. Gelinliğini giymeye hazırlanıyordu. Sadece, son dokunuş olan taç takılana kadar saçlarını sabit tutacak kadar iğne olduğunu umuyordu.

Makyajını yaptıktan ve her şeyiyle gelin adayı olduğunu belli ettikten sonra, görünüşünü değerlendirdi ve kendine duymak istediği şeyi söyledi: dünyanın en güzel kadını olduğunu. Bu unvanla bir sorunu yoktu, çünkü bildiği kadarıyla dünyadaki tek kadın oydu, bu yüzden rekabet yoktu ve kendini bu şekilde düşünmek kibirli bir davranış gibi gelmiyordu. Vincente'nin onu bu şekilde görmesini düşündü ve düğünden önce damadın gelinliği görmesinin uğursuzluk getireceği konusunda söylediği şeyin doğru olup olmadığını merak etti.

Bir kez daha boy aynasında kendine baktı, eteğini öne doğru çekti ve odadan çıkıp uzun koridora doğru yürümeye başladı. Halı üzerinde sürüklediği elbisesinin çıkardığı şıngırtı sesini çok seviyordu. En yakın arkadaşlarından birinin arkasında durup elbisesini tuttuğunu hayal etti. Ama sonra düşüncelerini başka yöne çevirdi. Sonuçta bu gerçek bir düğün değildi, sadece Vincente için bir tür moda gösterisiydi.

Asansör zili çaldığında, zemin kata vardığını duyuran sesle, Grace girişten geçip boş masaları ve terk edilmiş bilgisayar terminallerini, boş restoranı ve ıssız barı geçerek ilerledi. Treni döner kapıdan içeri ve dışarı sokarken -ki bu hiç de kolay bir iş değildi- yarım daire şeklindeki taksi şeridine çıktı ve Land Rover'ın her zamanki yerinde durduğunu gördü. Etrafında Vincente'yi aradı, ama onu hiçbir yerde göremedi. Yine. Bu bir alışkanlık haline gelmeye başlamıştı.

Güneş, günün sonuna gelmiş ve ufukta batmaya başlamıştı. Gökyüzü turuncu-kırmızımsı bir renge bürünmüştü. Grace, bu rengin ertesi gün Türk lokumu gibi bir gün olacağını düşündü. Yoksa Balıkçı Lokumu mu? Aklına gelen bu ifadenin ne anlama geldiğini bilmiyordu. Yolu geçip taş duvara vardığında hâlâ Vincente'yi arıyordu.

Sonra gözleri kuma takıldı. Tek bir kurumuş kırmızı gül vardı. Onu aldı ve merdivenlere doğru ilerlerken yanında taşıdı. Sonra kurumuş gül yaprakları gördü. Bir iz bırakarak dağılmışlardı. Ona yolu gösteriyorlardı. Ayaklarının dibinde başka bir kurumuş gül vardı, bu sefer sarıydı. Onu da aldı ve merdivenlerden aşağı, kuma doğru ilerlemeye devam etti.

Yol boyunca gül ve lavanta kokulu mumlar bırakılmıştı. Kulakları uzaktan gelen yumuşak bir müzik sesi algıladı.

Kafasını çevirip sesin kaynağını aradı ve gördüğü manzara onu çok etkiledi. Orada, rüzgârın gelinlik ve trenini dalgalandırdığı yerde, hareketsizce durdu. Görüntü, akordeon gelinlik gibiydi ve Vincente'nin durduğu yerden, hiç bu kadar güzel bir manzara görmemişti.

BÖLÜM 34

Kendini toparladıktan sonra Grace ona doğru ilerledi. Önünde birkaç basamak vardı ve her birini yavaşça, antika beyaz ayakkabılarının yeni topuklarını kasıtlı olarak yere bastırarak, dikkatlice adım attı. O onu izliyordu. Orada onu bekliyordu.

O, ona doğru gülümserken, daha önce hiç hissetmediği bir şekilde kendini güzel hissetti. Yüzü, "Görün!" diyordu. Güneş tamamen batarken, ayda sadece bir adam kalmıştı — Albert Einstein gibi görünüyordu — ve o, gerçekleşmek üzere olan olaya tanık oluyordu.

En alt basamağa ulaştığında ve etrafını saran kumu gördüğünde, yüksek topuklu ayakkabılarla kumda yürümek ne kadar zor olurdu diye düşündü, ama o anı bozmak istemedi, bu yüzden biraz tereddüt ettikten sonra kumun üzerine adım attı.

Bir an durup, uzaktan bakıldığında tacını düzeltiyor gibi göründü, ama ikisi de onun her şeyi içselleştirip anın tadını çıkardığını biliyordu. Kalbi o kadar doluydu ki, etrafındaki tüm sevgi ve güzellikle dolup taşacağını düşündü.

Onun bu kadar geç kalmasına şaşmamalı, diye düşündü.

Vincente'nin bir an hareket ettiğini gördü. Müziğin sesini yükseltti. Ona bir gülümseme daha gönderdi. Kumlara adım attı ve damadıyla buluştu.

BÖLÜM 35

Vincente, kurutulmuş gül çalılarının etrafına sarılmış peri ışıkları ve mumları birbirine bağlayarak onun yürümesi için bir koridor oluşturmuştu. Nefes kesici bir güzellikteydi. O, tüm bunları içselleştirerek ona doğru yürüdü ve aradaki mesafeyi kapattı.

Vincente, altında gömlek olmayan beyaz bir smokin ceketi ve bir çift Levi's siyah kot pantolon giymişti. Sinirli bir şekilde ellerini ovuşturdu ve parmaklarını saçlarının arasından geçirdi, bu sırada ona doğru gülümsüyordu.

O kadar yakışıklıydı ki, onu yiyip bitirmek istedi.

Ama o anın büyüsüne kapılmıştı, peri ışıkları, mumlar ve yukarıdaki yıldızların senkronize bir şekilde parıldadığı bu görüntünün tadını çıkarmak ve keyfini sürmek istiyordu: doğa da onların aşkının kutlamasına katılıyordu.

Grace, özel gününde bir gelinden beklenen güzelliği, zarafeti ve asilliği korumaya çalışarak dikkatli adımlarla yürüdü. Ama sonunda Vincente'ye ulaşmak için daha fazla bekleyemedi ve ayakkabılarını çıkardı, eteğinin ucunu tuttu ve ona doğru koştu. Uzaktan sanki uçuyormuş gibi görünüyordu, ama aslında yerden hiç kalkmamıştı.

Aralarındaki mesafe gittikçe azalırken gözleri birbirine kilitlendi ve kısa süre sonra yan yana durarak el ele tutuşup birbirlerine kaptırdılar. O ana kaptırdılar. Aşklarına kaptırdılar.

Vincente ilk konuştu: "Dünyanın en güzel kadınıyla evlenme vaktim geldi."

"Teşekkür ederim," dedi Grace, "Hayal edebileceğimden çok daha fazlası! Mükemmel!"

"Oh, ama başlamadan önce bir şey daha var. Lütfen elbiseni yukarı çek," dedi Vincente utangaç bir şekilde.

"Anlamadım?"

"Yani, sana bir şeyim var," diye açıkladı Vincente. Grace elbisesini kaldırırken, Vincente "Daha yukarı, daha yukarı," dedi, ta ki uylukları tamamen görünene kadar, ve muhtemelen Albert Einstein bile kızarırdı.

Sonra Vincente kot pantolonunun cebinden mavi bir jartiyer çıkardı ve Grace'in bacağını uyluk kısmına kadar okşadı. Dokunuşu bacağında titremeye neden oldu ve sonra iç uyluk kısmını öptüğünde, tüm vücudunda titremeye neden oldu.

Geri çekildi ve bir şarkı çalmaya başladı. Grace'in çok iyi bildiği bir şarkı.

O aşk şarkısıydı ve mücevher kutusundan çalınıyordu.

Onu almak için eve dönmüştü. Bu yüzden...

Gelin ve damat birbirlerine dalmışlardı.

El ele tutuştular.

BÖLÜM 36

"Hatırladın!" diye haykırdı Grace.

"Tabii ki hatırladım."

Şarkı, aşkın sonsuza dek süreceği hakkındaki nakarat sözlerini tekrarlıyordu.

Her şey sessizleştiğinde, ya da sadece dalgaların kıyıya vurduğu doğal sesler duyulduğunda, Vincente Grace'in gözlerinin içine derinlemesine baktı.

"Grace, sen tanıdığım en güzel kadınsın. Hem içten hem dıştan güzelsin, ama bugün benim için her zamankinden daha güzelsin. Seni her geçen gün daha çok seviyorum ve hayatımızın geri kalanını birlikte geçirmek istiyorum. Seni mutlu etmek istiyorum. Aşkımızın sonsuza kadar sürmesini istiyorum."

Grace'in yanaklarından gözyaşları akarken, "Vincente, seni ilk gördüğüm andan itibaren sevdim, ama o zamanlar sadece uzaktan. Konuşacak kadar yakındın, ama ulaşamayacak kadar uzaktın. Aramızdaki mesafe çok büyüktü. Ama bir şey seni bana getirdi, hayal edebileceğimden çok daha fazlası, ve bunun için sonsuza kadar minnettarım. Son nefesimi verene kadar seni seveceğime yemin ederim, ve o zaman bile, hatıralarım seni daha da çok sevecek."

Vincente yaklaşıp yüzüğü Grace'in parmağına taktı. Yüzüğü parmağına geçirirken parmağını nazikçe öptü, bu da Grace'i tekrar titretmesine neden oldu, ama gözleri birbirinden hiç ayrılmadı.

Grace diğer yüzüğü Vincente'nin parmağına taktı ve onun izinden giderek parmağını nazikçe öptü. Vincente diğer parmaklarını da ona uzattı ve Grace, Vincente'nin ellerindeki ve kollarındaki tüylerin diken diken olduğunu izlerken, onları da nazikçe öptü.

O anın büyüsüne kapılan ikili, birbirlerine olabildiğince yaklaştılar ve en derin ve tutkulu öpücüğü paylaştılar: evliliklerini resmileştiren bir öpücük.

"Gülümseyin!" dedi Vincente. Kamerayı tripoda yerleştirmişti ve o ve Grace gülümsediler. Kamerayı hareket ettirerek, arkalarında plajın göründüğü bir fotoğraf çekti. Sonra Grace'in tek başına, güllerini tutarken bir fotoğrafını çekti ve Grace de Vincente'nin bir fotoğrafını çekti.

Ardından Vincente müzik setine gitti ve yeni bir şarkı çalmaya başladı. Çok romantik bir şarkıydı. Birlikte dans etmeye başladılar. Bu, evli bir çift olarak ilk danslarıydı. Birlikte ilk dansları ve Grace'in hayatındaki ilk dansıydı. Birbirlerine sarılarak, iki insanın birbirine en yakın olabileceği şekilde birbirlerini tutarak, tek vücut gibi hareket ettiler.

Vincente uzanıp Grace'in tacını çıkardı ve birbirlerinin kıyafetlerini parça parça çıkarmaya başladılar. İkisinin de üzerinde hiçbir şey kalmadığında ve tek giydikleri şey yeni evlilik yüzükleri olduğunda, kumların üzerine düşene kadar öpüştüler ve kumlara evliliklerinin izini bıraktılar.

Dalgalar kıyıya vurmaya devam ederken, evli bir çift olarak ilk kez seviştiler ve sonra yorgunluktan derin bir uykuya daldılar.

Grace, gökyüzünden düşüyor olduğunu hayal etti, ama düşmüyordu. Kollarını genişçe açmış, havada asılı kalmıştı.

BÖLÜM 37

"G race! GRACE! GRACE!" Vincente bağırdı.

Uyandığında, vücudunun yarısı suya batmıştı. Düğünlerinden kalan her şey gitmişti.

"GRACE!" Vincente bir kez daha bağırdı, dalgalar onu bir şamandıra kadar hafifmiş gibi itip kakıyordu.

Grace, Vincente'nin eşyalarını kurtarmaya çalıştığını fark edince o da suya girmeye başladı. Vincente'nin suya battığını görünce onun adını haykırdı ve su yüzüne çıkmasını bekledi.

"Eşyaları boş ver!" diye bağırdı Grace. "Sadece geri dön, her şeyin yenisi alınır!"

Vincente onu duymadı ya da dinlemedi, bu yüzden Grace ona doğru yüzmeye başladı. Dalgalarla mücadele ederken, akıntının dalgalı gücü onu suya çekti ve kısa süre sonra tuzlu suyun yakıcı hissi ciğerlerine doldu.

Grace'in zihni, hayatının en güzel günü olan düğün gününe geri döndü. Hayatta kalmak için tüm gücüyle mücadele ederken, Vincente ile birbirlerine ettikleri yeminlere geri döndü.

"Grace, sen tanıdığım en güzel kadınsın. Hem içten hem dıştan güzelsin, ama bugün benim için her zamankinden daha güzelsin. Seni her geçen gün daha çok seviyorum ve hayatımızın geri kalanını birlikte geçirmek istiyorum. Seni mutlu etmek istiyorum. Aşkımızın sonsuza kadar sürmesini istiyorum," dedi.

Grace'in yanaklarından gözyaşları akarken, "Vincente, seni ilk gördüğüm andan itibaren sevdim, ama o zamanlar sadece uzaktan. Konuşacak kadar yakındın, ama ulaşamayacak kadar uzaktın. Aramızdaki mesafe çok büyüktü. Ama bir şey seni bana getirdi, hayal edebileceğimden çok daha fazlası, ve bunun için sonsuza kadar minnettarım. Son nefesimi verene kadar seni seveceğime yemin ederim, ve o zaman bile, hatıralarım seni daha da çok evecek."

Vincente yaklaşıp yüzüğü Grace'in parmağına taktı. Yüzüğü parmağına geçirirken parmağını nazikçe öptü, bu da Grace'i tekrar titretmesine neden oldu, ama gözleri birbirinden hiç ayrılmadı.

BÖLÜM 38

Grace suya doğru yürüdü. Arkasına bakmadı. Suyun kenarına geldiğinde, evlilik ve nişan yüzüklerini çıkardı ve suya girdi. Su beline kadar geldiğinde, yüzüklere veda öpücüğü verdi ve onları unutulmaya atmaya hazırlandı.

Vincente arkasında belirsiz bir şekilde izliyor ve bekliyordu. Ne yapmaya niyetlendiğini anladığında, bir roket gibi fırladı ve "Grace, hayır!" diye bağırdı.

Grace donakaldı, yüzükleri hala sıkıca yumruğunda tutarken tereddüt ettiği için kendine lanet etti.

"Geri gel," dedi Vincente. "Yapma!"

Grace, Vincente gibi her şeyden arınmak, her şeyden kurtulmak istiyordu. Vincente'nin yüzüğü yoksa, onun da yüzüğe ihtiyacı yoktu.

"Antika dükkânına geri döneceğiz, sana başka bir yüzük alacağım!" diye bağırdı Vincente. "Lütfen, geri gel!"

Hâlâ yüzüklerden ayrılmayı düşünüyordu, ama sonra parlak güneş ışınları onlara ulaştı. Bu, Doğa Ana'nın bir işareti gibiydi ve o, yüzükleri korumak için elini kapattı.

Grace sudan çıktı, Vincente'nin yüzüklerini çıkardığı için ona biraz kızgındı. Onun aile yadigârını çıkardığını daha önce hiç görmemişti, neden şimdi çıkarmıştı?

Vincente'ye ulaştığında, yüzükleri parmağına geri taktı ve sonra onu öptü. "Bu, balayımızın eşsiz bir başlangıcı oldu!"

"Evet, unutulmaz bir anı... Yani çocuklarımız ve torunlarımıza anlatabileceğimiz bir anı!"

Birbirlerine gülümsediler, kollarını birbirlerinin beline doladılar ve otele geri döndüler.

Yolda, artık ilerleme zamanının geldiğine karar verdiler.

BÖLÜM 39

"Önce şehirde durup sana yeni bir yüzük alalım. Sonra da..."

"Biliyorsun canım, senin için de uygunsa, biraz daha bekleyip etrafa bakmak istiyorum. İkinci yüzüğümü aynı dükkandan almak istemiyorum, bu bana garip ve hatta uğursuz gelir. Tamamen farklı bir şey arayalım. Aile yüzüğüm ise, o zaten halloldu."

Birlikte, otel odasındaki az sayıdaki eşyalarını topladılar.

"Hadi Bayan Marino," dedi Vincente, Grace'e gülümseyerek, "Balayımızı başlatma zamanı geldi!"

"Bir daha söyle," dedi.

"Bayan Marino, Bayan Vincente Marino, Bay ve Bayan Vincente Marino, Grace ve Vincente Marino," diye tekrarladı. Sanki bu unvanlar müzik gibi kulağına hoş gelmiş gibi bayıldı ve çantalarını toplayıp odadan çıktılar. Kapıyı sıkıca kapattılar ve asansörle lobide indiler, sonra döner kapıdan çıkıp bekleyen arabalarına bindiler.

Grace aniden, "Ailenizin soyadının anlamı nedir?" diye sordu.

"Eğer beğenmediyseniz, Greenway'i geri isteyecek misiniz?" diye sordu, yüzünde alaycı bir gülümsemeyle.

"Hayatta olmaz! Greenway sıkıcı. Anlamı 'yeşil yol' — büyük sürpriz. Ama Marino, yabancı, egzotik geliyor — ilginç."

"Teşekkür ederim Bayan Marino," dedi Vincente. "Anlamı 'deniz kenarı'. Sanırım bu yüzden buraya gelmeyi hep sevmişimdir. Okyanus bana müzik gibi geliyor. Kanımda var."

"Az önce olanlardan sonra, bir süre sudan uzak kalmak benim için sorun değil," itiraf etti Grace.

"Şaka mı yapıyorsun!" dedi Vincente, "Ama geri döneceğiz."

BÖLÜM 40

Kıyı şeridinde ilerlerken, yeni ve ikinci el araç satışı yapılan yerlerin önünden geçerken Vincente, "Biliyor musun, hep iki koltuklu, elma kırmızısı bir Ferrari sahibi olmayı hayal etmişimdir" diye düşündü.

Vincente'nin tarif ettiği arabanın aynısını bir galeride görünce, "Düğün hediyesi mi? Bence harika olur, ama bu arabada silah, bıçak ve benzeri şeyler için daha fazla saklama alanı var." dedi.

"Evet, haklısın," dedi Vincente; ancak bu fırsatı tamamen kaçıramazdı ve Ferrari galerisine girdi. "Sanki öldüm ve Ferrari Cenneti'ne geldim!"

"Sakin olun Bay Marino," diye uyardı Grace, onu tutuyormuş gibi yaparak.

"Bu," dedi, arabayı okşayarak, "bu benim istediğim bebek!"

Grace, parmaklarını kıvrımlı tamponlar boyunca gezdirmesini, yumuşak beyaz deri iç döşemeyi sevgiyle dokunup bakmasını, direksiyonu şefkatle okşamasını, sonra kaputu açıp neredeyse içine girip onunla sevişmesini izledi.

"Kıskanmalı mıyım?" diye sırıttı.

O güldü ama farları okşamaya devam etti.

"Cidden," dedi Grace, "Gidip uygun bir araç aramamız daha iyi olmaz mı, yani dünyevi eşyalarımızı taşıyacak kadar geniş bir araç?"

"Hayır," diye alay etti. "Hayat çok kısa. Hadi, atla!"

Princess Highway'de birkaç kez hızla gidip geldikten sonra, Grace Land Rover'a geri döndü. Vincente'nin kırmızı Ferrari'ye veda etmesini izlerken gülümsedi.

Birkaç dakika sonra Vincente Grace'in yanına döndü ve "Pencereyi aç" dedi.

"Neden?" diye sordu.

"Sadece aç!"

"Hayır, sen bin."

"Aç Grace."

"Nedenini söyle!"

"Hadi!"

Grace pencereyi indirdi ve Vincente başını açık alana soktu, iki eliyle Grace'in yüzünü kavradı ve onu sertçe öptü, dilini dudaklarında gezdirip ağzında dolaştırdı, Grace nefes almayı tamamen unuttu.

"Ferrari'yi öpeceğimi düşündüğün için başına gelen bu!" dedi Vincente, Land Rover'a atlayıp lastikleri gıcırdatarak.

Grace sessizce oturdu, yan aynasında kırmızı Ferrari gittikçe küçülürken hala nefesini toparlamaya çalışıyordu ve Vincente'nin dudaklarını hatırlıyordu.

"Annemin sanatçı olduğunu söylediğimi hatırlıyor musun?" Grace başını salladı ve Vincente devam etti. "Annem ressamdı ve oldukça da iyiydi. Babam bir iletişim şirketinde çalışıyordu ve onu iş için ülkenin dört bir yanına gönderiyorlardı. Bu yüzden çocukken çok sık taşınırdık. Annem taşınmayı severdi, çünkü bu onun için iyi bir şeydi, yani sanatsal açıdan. Her zaman yeni manzaralar, taze sahneler, yeni ağaçlar görürdü..."

Ani bir frenle arabayı durdurdu. Sonra geniş bir U dönüşü yaptı.

"Ne oldu? Ailen hakkında konuşmanı dinlemeyi seviyorum. Biraz daha anlat."

"Sadece anlatmayacağım," dedi Vincente biraz nefes nefese. "Sana göstereceğim! Yani, şimdiye kadar tamamen unutmuştum. Sanırım hatta zihnimden silmiştim."

"Anlat bana," diye araya girdi Grace, ama Vincente konuşmaya devam etti.

"Büyükannemlerin evinde ve sonra da senin ailenin evinde olanlardan sonra, bu çok fazla tesadüf."

"Ne? Ne tesadüf?"

"Bunu açıklamak benim için çok garip, ama sana göstereceğim, hem de çok yakında," dedi Vincente titreyerek ve direksiyonu daha sıkı kavradı. "Sıkı tutun, tamam mı? Gördüğünde nedenini anlayacaksın."

"Tamam," dedi Grace, koltuğa yaslanarak. Daha fazla soru sormak istiyordu, ama Vincente'nin şu anda cevap vermeyeceğini biliyordu. Konuyu değiştirdi. "Çocukken bu kadar çok taşınmak sana sorun yaratmadı mı?"

"Hiç sorun yaşamadım," dedi Vincente, "Muhtemelen sporda oldukça iyi olduğum içindi. Denemeler yaptım, bir takıma girdim ve 'voila' — anında arkadaşlar edindim."

"Eminim kızlar sana hep aşık olmuştur!"

"Ooh, bakın kim biraz kıskançlık yapıyor? Kıskanıyor musunuz Bayan Marino?"

Grace'in tek cevabı sessiz bir sırıtıştı.

BÖLÜM 41

Saatler gibi gelen uzun dakikalar boyunca düştükten sonra, bekleyen bir canavarın sırtına indiler.

Bu canavar, bir süre önce Grace'i taşıyıp onu bir ağacın tepesine bırakan canavarla aynı değildi.

Bu canavar tüylü ya da tüylü değildi. Bunun yerine, metalden yapılmış kanatları vardı ve karanlık gökyüzünde süzülürken ay ışığını ve yıldızların ışığını yansıtıyordu.

Grace'in soracak çok sorusu vardı, ama rüzgar uluyordu ve canavar ara sıra gürültülü bir kükreme çıkarıyordu. Grace battaniyeye sıkıca sarıldı; o sırada Vincente'ye sarıldığını diledi.

Küçük kız koyu saçlarını geriye attı ve yüzünü aya doğru kaldırdı. Gözlerini kapattı ve yatıştırıcı bir ninni mırıldanmaya başladı. Grace melodiyi tanıdı; bu onların şarkısıydı, onun ve Vincente'nin. Grace gözlerini kapattı ve derin bir rüyaya daldı.

"İnanamıyorum! Kaybolmuş!" Vincente, onun varlığını fark etmeyen Grace'e yaklaşırken haykırdı. Aslında, Grace hiç kıpırdamadı – sanki onu duymamış gibiydi.

Grace onun varlığını fark etmedi ve hareket etmedi. Sanki orada değilmiş gibi. Karısına baktı, orada durmuş, titrek elinde annesinin eldivenlerini tutuyordu ve sonra onun bakışlarını takip etti.

Neye baktığını anladığında, elini ağzına götürdü. Şöminenin üzerinde, aradığı tablo vardı. Grace'i eve görmeye getirdiği tam da o tablo.

"İşte bu!" diye bağırdı ve karısının koluna dokundu.

Grace ani dokunuşla irkildi, ama gözlerini tablodan ayıramıyordu. Sanki tablonun büyüsüne kapılmış gibiydi.

Grace, kafasında tablonun gerçekçiliğini hayranlıkla izliyordu. Çimlerin kokusunu alabiliyor, ineklerin mööleme sesini duyabiliyordu. Kendini tablonun bir parçası gibi hissediyordu. Nedense.

Vincente, Grace'i kendisine doğru çevirmeye çalıştı, ama o direndi. O, onun önünde durdu, ama Grace onu itti.

"Bana bak!" diye bağırdı.

"Yapamıyorum. Çok güzel! Sanki oradaymışım gibi hissediyorum."

"Bana bak!" diye emretti.

Grace, yanında duran, ellerini ovuşturan, yüzünden ter damlayan kocasına baktı.

"Ne oldu Vincente?" diye sordu Grace, resme bakmamaya çalışarak.

"O resim," dedi Vincente, onu döndürerek resmin görünmesini engelleyerek, "o resim. Seni buraya görmeye getirdiğim resim."

"Tamam," dedi Grace, "ve nedenini tamamen anlıyorum. Bu, şimdiye kadar gördüğüm en muhteşem resim."

"Hayır Grace," dedi Vincente, "Ağaca bak. Ağaca bak, Grace!" Sonra titreyerek ellerini ceplerine soktu ve tekrar çıkardı. Parmaklarını saçlarının arasında gezdirdi ve yerinde duramıyordu.

Grace resme bir kez daha baktı ve açıklanamayan bir iç huzurla doldu. Gülümsedi.

"Görmüyor musun, Grace? Görmüyor musun?"

"Tabii ki görüyorum. Güzellik, huzur ve sükunet var. Bu resimde annenin kalbini görüyorum. Sanki... onu daha önce tanışmışım gibi. Sanki onu tanıyormuşum gibi."

"Tamam, belki sen göremiyorsun. Belki ben göstermeliyim. Şuraya bak," dedi ve resme doğru gitti, Grace de ona yaklaştı. "Şuraya bak, ağacın üzerinde. Tam orada."

"Ne gördüğünü söyle Vincente," dedi Grace.

"Bir yüz."

Yaklaştı ama onun gördüğünü göremedi.

"Ben sadece ayçiçekleriyle dolu bir tarlayı ve altında otlayan bir ineğin bulunduğu normal bir ağaç görüyorum," dedi Grace.

"Hayır!" diye bağırdı Vincente, sinirlenerek. "Daha yakından bak. Ağaca bak!" Ona döndü, gözleriyle onun da gördüğünü görmesi için yalvarırcasına baktı, ama Grace göremedi.

Ona döndü. "Orada yüz yok, Vincente. Sevgilim, orada olmayan bir şey görüyorsun."

Vincente sinirlenerek ellerini havaya kaldırdı, arkasını dönüp koştu.

Grace ilk başta onu takip etmek istedi, ama yine resme çekildi. Yaklaştı, gülümsedi; kendini resmin içinde kaybetti.

Bir dakika, diye düşündü Grace, Vincente dehşete kapılmıştı ve o kolay kolay korkmazdı.

Gözlerini kapattı ve tekrar açtı. Hâlâ bir yüz göremiyordu. Aslında, bu sefer güneş ışınları ona uzanıyor gibiydi. Onu içine çekiyordu. Gözlerini ayırması neredeyse imkânsız hale geliyordu.

Resme baktığında oda bir şekilde ısınmıştı. Sanatçı güneşin bir parçasını yakalamış ve şimdi onu kendisine sunuyormuş gibi hissetti. Resmin içine girip onun bir parçası olmak, ışığı kucaklamak istedi. Ve ileri doğru yürüdüğünde, tarlalardaki taze samanı soluyabiliyor ve ineklerin mööleme seslerini duyabiliyor gibiydi. Kalp atışları hızlandı, nefes alışı ığlaştı.

Bir an için kendini bu duyguya kaptırdı, nefes almayı unuttu. Kısa süre sonra nefes nefese kaldı ve biraz korkmaya başladı.

Grace hızlıca bir adım geri attı. Vincente'nin adını haykırarak koştu.

BÖLÜM 42

Grace, Vincente'yi odasında yatağında buldu. Birkaç dakika geçmesine rağmen, hala yüzünü kollarıyla kapamış titriyordu. Küçük bir çocukken nasıl göründüğünü hayal etti.

"Anlat bana. Resim hakkında," diye sordu, bir o yana bir bu yana yürüyerek, geçici olarak onu ele geçirmiş olan duyguları ve enerjiyi uzaklaştırmaya çalışıyordu. Ne hissettiğini söylemek istemiyordu, en azından Vincente onu neyin korkuttuğunu anlatana kadar.

"Sonunda gördün mü? Yani, yüzü?" diye sordu ve o anda, beklentileri yüksek olduğu için titremesi durdu.

Grace hayır anlamında başını sallarken yalan söylemeye çalışmıyordu. Sadece durumu değerlendirmek istiyordu.

Vincente'nin vücudu hemen titredi.

"Anlat bana Vincente. Benim ne gördüğüm önemli değil, ama senin korktuğunu görebiliyorum canım. Lütfen bana her şeyi anlat. Bana her şeyi anlatabileceğini biliyorsun, değil mi?"

Bir saniye tereddüt etti, dişleri takırdadı, sonra derin bir nefes aldı ve hikayeyi anlatmaya başladı.

"Ben çocukken, annem o manzarayı resmetti ve bana gururla gösterdi. Perdeyi çekip benim de beğeneceğimi umuyordu, ama ben çok korkmuştum ve çocuk olduğum için bunu ifade edecek kelimelerim yoktu. Annem anlamadı, babam da anlamadı. Tekrar denedik, ama benim için her zaman aynıydı. Resme bir bakış attığımda, geceleri çığlıklarla uyanırdım. Kabuslar benim adıma konuşuyordu. Bu yüzden ailem resmi kaldırdı ve bir daha hiç görmedim. Aslında, bu sabaha kadar tamamen unutmuştum. Dediğim gibi, sanırım onu zihnimden silmiştim."

"O zaman neden beni, bizi buraya geri getirdin? Bana mı, yoksa kendine mi bir şey kanıtlamak istediniz? Korkularınızla yüzleşmek mi istediniz?" diye sordu Grace.

"Belki benim için, bizim için bir ipucu içerir diye düşündüm. Ama sen de onu göremediğinde nasıl değiştiğimi gördün. Yine çocuk gibiydim ve odadan kaçmak zorunda kaldım! Şimdi güçlü kocan hakkında ne düşünüyorsun?" Erkekçe olmayan bir korkaklık gösterisi olarak gördüğü bu davranışından utanç d uydu.

"Onu eskisi kadar seviyorum, hayır, daha da fazla!" Grace ona sokulurken dedi.

Birkaç saniye konuşmadan sonra Grace, "Yüzü görmedim ama resimde bir şey hissettim, Vincente. Başka bir dünyaya ait, açıklanamayan bir şey."

Vincente doğruldu, yüzünden ellerini çekti ve şöyle dedi: "Çocukken, resme derinlemesine baktığımda, resmin içine girmek istediğimi hissediyordum. Sanki bu hayattan kaçmak istiyormuşum gibi. Samanın kokusunu alabiliyor, ineğin sesini duyabiliyordum. Sanki bir ışık beni içine çekiyor, uyutuyordu. Eğer kendimi buna kaptırırsam, resmin içine girersem, o zaman ağaçtaki yüzün bana zarar vereceğini biliyordum. Oradan uzaklaşmalıydım, kaçmalıydım!"

"Ben de beni içine çeken garip bir şey hissettim Vincente, ama yüzü göremedim. Gördüğümüz yüz gibi değildi. Kuzgunu yiyen yüz gibi değildi."

Yatakta birbirlerine sarılarak birbirlerini teselli ettiler ve resmi düşündüler, ama aynı zamanda umutsuzca onu düşünmemeye çalıştılar.

Bir süre sonra seviştiler.

Grace daha sonra uyandığında, resim hakkında ne hissettiğini düşündü. Muhteşem bir manzaraydı, buna şüphe yoktu. Ancak ışık ve çekiciliği benzersizdi ve belki de, cesaret edip söylemek gerekirse, şeytaniydi. Evet, öyleydi. Sakin ve huzurlu olanla, karanlık, bilinmeyen, hatta belki de tehlikeli olanın kontrastıydı.

Hâlâ huzur içinde uyuyan Vincente'ye baktı. Arada sırada kıpırdanıyor ve mırıldanıyordu. Aynısı manzarada yer aldığını hayal ettiği, yüzü olan ağacı rüyasında görüyor mu acaba diye merak etti. Grace sessizce yataktan kalktı ve Vincente, hâlâ sıcak olan boşluğu doldurmak için yanına geçti.

Hâlâ derin uykudaydı ve huzur içindeydi.

Odasını dolaşarak, onun kazandığı ödülleri sergileyen muhteşem başarılarını hayranlıkla izledi: En İyi Sporcu, En İyi Vurucu ve Yılın Oyuncusu — bu kategoride birkaç yıl üst üste kazanmıştı.

Sonra gözü, ahşap oymalarla dolu birkaç rafa takıldı. Merakla, karmaşık detaylara hayranlıkla onlara doğru ilerledi. Her birinin kendine özgü bir kişiliği vardı. Zarafet ve teknikle pirouette yapan bir balerin, sopayla vuruş yapan bir kriket oyuncusu, beline silah kemeri takmış ve silahını çekmeye hazırlanan bir kovboy, ifadesinden son hedefine ulaşmış olduğu anlaşılan bir dağcı ve daha pek çok figür vardı.

Grace tüm koleksiyonu gözden geçirdi ve bir Aborjin adamın oyma figüründe durdu. Adam kaybolmuş gözlerle ileriye bakıyordu. Onu eline aldı ve tuttu. Cildi tahta figürle temas ettiğinde, figür çok hafifçe titredi. Yoksa hayal mi etmişti?

Geri adım attı ve gözlerini soluna çevirdi. Ahşap çerçeveli bir aynanın karşısına geldi ve yansıması onu o kadar şaşırttı ki, elindeki tahta figür yere düştü ve halının üzerinde zıpladı. Eğilip onu aldı ve daha yakından inceledi, tam da tahta figürün gözlerinden bir damla yaş düştüğünü görecek kadar zamanında. Parmak ucuyla gözyaşını sildi ve tadına baktı. Tıpkı insan gözyaşı gibi tuzluydu. Orada durup gözlerine baktı. Korkmuş ve biraz da meraklı hissetti. Bu resim hakkındaki konuşmaların onu aşırı etkilemiş olabileceğini düşündü.

"Onlar hakkında ne düşünüyorsun?" Vincente esneyip gerindikten sonra odayı geçip ona katılırken sordu.

Grace ilk başta irkildi ve biraz sıçradı. Aborjin adamı göğsüne sıkıca sarıldı. "Yüz ifadelerinin çok gerçekçi olması nedeniyle daha yakından bakmak istedim! Bunları nereden buldun?"

"Ben yaptım," diye utangaç bir şekilde itiraf etti. "Her biri, baştan ayağa bu iki elimle oyuldu."

"Sen gerçek bir sanatçısın Vincente! Neden bana söylemedin?"

"Annem, babam ve dedemlerim dışında kimseye bahsetmedim. Gerçekten beğendin mi?"

"Bence inanılmazlar!"

"Senin bir heykelini de yapmak isterim, Grace."

"Bu harika olur Vincente," dedi ve balerin gibi dönerek. "Her birinin farklı olduğunu fark ettim, sadece karakterler değil, kullanılan ahşap türleri de. Nasıl seçiyorsun?"

"Her oyma, her şeyin bir araya gelmesi için belirli bir ahşap türü gerektirir. Ağaçların arasında dolaşır, ne yapacağıma karar verir ve ruhen bana hitap eden ağaç türünü beklerim. Sonra, mümkün olduğunca gerçekçi ve en önemlisi, doğru olması amacıyla oymayı yaparım."

"Her biri ne kadar sürer?"

"En uzun süren iş olan ahşabı bulduktan sonra, iki veya üç günde oymayı tamamlayabiliyorum. Yüz her zaman en uzun süren kısımdır ve onu en son yaparım. Yüz doğru olmazsa, hepsini atıp yeniden başlarım. Bazen ahşap doğru gelmez, o zaman ağaçların arasına geri döner ve doğru ağacı bulmak için her yeri yeniden ararım. Çoğu zaman ağaç uygundur; sadece konunun özünü henüz yakalayamamışımdır."

"Bunu yapmak için özel bir alet setin var mı? Eğer varsa, onları da yanımızda getirmelisin. Ve bence annenin resmini de yanımızda getirmelisin. Üstünü örtmek zorunda kalsak bile."

"Ah, yine resim. Aşağı inip bir kez daha bakmak istiyorum. Korkularımla yüzleşmek istiyorum. Benimle gelir misin?"

"Elbette, Vincente." Onun arkasından gitti, Aborjin adamı rafa geri koymak için uzandı, ama resim yine titredi. Onu cebine koydu ve sonra, "Ama sana hatırlatmalıyım ki, resmin beni içine çektiğini hissettim ve bu çekim olağanüstü güçlüydü. Ürkütücü d erecede."

"El ele tutuşup birlikte yüzleşeceğiz."

"Tamam, gidelim."

"Önce bir fincan kahve içebilir miyiz Vincente?"

"Anlaştık."

BÖLÜM 43

Çaylarını bitirip oturma odasına geri dönen Grace ve Vincente el ele tutuşarak resmin önüne doğru yürüdüler.

Vincente, ağacın gövdesinde bir yüz göremediğine kendini ikna etmeye çalışırken, Grace ise resmin kendisini kendine doğru çektiğini hissetmediğine kendini ikna etmeye çalışıyordu.

Ayakları aynı yerde sabit dururken, birbirlerinin ellerini daha sıkı tuttular.

Grace diğer elini cebine soktu ve Vincente'nin yaptığı Aborjin adam heykelini çıkardı. Heykel tekrar titremeye başlayınca, onu cebinden çıkardı ve gözleri de tabloya bakacak şekilde havaya kaldırdı.

Aborjin adam, Grace'in avucunda titremeye başladı. Sonra bir yandan diğer yana yuvarlandı. Grace aşağıya baktığında, adamın ağzı bir çığlık şeklinde bükülmüştü ve elinden kalkarak tablonun içine girmişti.

Aynı yerde hareketsiz duran ve hala el ele tutuşan Grace, artık Aborjin adamın oyma heykelinin ağaçta oturduğunu görebiliyordu. Onun üzerinde bir kuzgun dalda oturuyordu.

Vincente resme bakmaya devam etti, ama eskisi gibi titriyor değildi. Grace'in elini güven vermek için sıktı.

"Farklı bir şey fark ettin mi?" diye sordu Grace.
"Farklı mı? Nasıl?"
"Yeni veya yerinde olmayan bir şey?"
"Hayır, her şey aynı görünüyor, ama bugün ağız beni o kadar korkutmuyor. Belki de el ele tutuştuğumuz içindir."

Birlikte tablodan uzaklaştılar ve arkalarındaki kapıyı kapattılar.

Anında, Aborjin adam titredi. Grace'in cebine geri dönmüştü. Vincente'ye olanları anlatmak için ağzını açtı, ama o artık eskisi kadar korkmuş görünmüyordu ve Grace bunu açıklayacak kelimeleri bulamadı.

" "Birkaç şey toplayacağım," dedi Vincente.

"Senin için sorun olmazsa, ben burada kalacağım," dedi Grace. Vincente köşeyi dönüp kaybolana kadar onu izledi, sonra uzanıp duvardan tabloyu indirdi. Tabloyu bir battaniyeye sardı ve arabanın bagajına koydu. Sonra eve geri dönüp birkaç battaniye ve yastık aldı ve bunları tablonun üzerine güvenli bir şekilde yerleştirdi. O eşyaları yüklerken, oyma sürekli cebinde titreyerek varlığını hissettirmeye devam etti. Şimdi Vincente'nin odasına doğru yöneldi. Aborjin adam hareketsiz kaldı.

Vincente oymalarını büyük bir çantaya koydu. Aletlerini de çantaya koydu. Eşyaları yükledikten sonra birlikte aşağı indiler. Vincente annesinin şövale ve tuval dahil sanat malzemelerini de paketledi ve arabaya yüklediler.

"Tamam, gidelim," dedi.

"Her şeyi aldığından emin misin?" diye sordu Grace.

"Ben, o şeyi yanımızda götürmek istemiyorum. Artık onunla barıştım ve tek istediğim buradan gitmek. Şu anda, buraya bir daha dönmek isteyeceğimi sanmıyorum."

Giriş kapısına geldiler, Vincente ön kapıyı açtı ve Grace'e önce çıkması için işaret etti. Sonra kapıyı sıkıca kapattı ve kilitledi.

Land Rover'a binip yola çıktıklarında, Grace sessizliği bozdu. "Bunu gerçekten konuşmalıyız."

"Dedim ki," diye bağırdı ve sonra sesini alçaltarak, "Bunun hakkında konuşmak istemediğimi söyledim. Ne şimdi, ne de başka bir zaman. Eğer bunun hakkında konuşursam, annemin, benim kendi annemin, böyle bir resim yapabileceğini düşünmek zorunda kalacağım. Annem bu dünyaya gelmiş en tatlı, en nazik kadındı ve asla böyle korkunç bir şey yapmazdı."

Grace sessizce dünyanın önünden geçip gitmesini izledi. Bir fırtına yaklaşıyordu. Bunu hissedebiliyordu. Etrafındaki her şey titriyor, nabız gibi atıyor ve zonkluyordu, cebindeki Aborjin adam da dahil. Kollarını kendine doladı ve Vincente ile bu konuyu şu anda daha fazla tartışmamaya karar verdi. Hazır olduğunda onunla konuşacaktı. Bu arada, tablo güvendeydi ve onlara zarar veremezdi.

Sessizce yoluna devam ettiler.

BÖLÜM 44

Vincente önüne bakarak enerjisini yola odakladı. Resmi ve annesini unutmaya çalıştı, ama ne yaparsa yapsın, ikisini zihninde birbirinden ayıramıyordu.

Arabanın diğer tarafında oturan sevgili karısına baktı. Karısı sessizce oturmuş, kollarını kendine sararak düşüncelere dalmıştı. Vincente'nin ona baktığının farkında değildi. Vincente dikkatini tekrar yola verdi.

Grace de diğer Bayan Marino ve tabloyu düşünüyordu. Vincente'nin annesinin yarattığı bir şeyden bu kadar yıkılmış olması ona garip geliyordu. Aklına bir fikir geldi; tabloyu yakabilirlerdi. Onu iyileştirici bir ritüel haline getirebilirlerdi.

Kendi zihninde orijinal bir anının izini ararken düşüncelerini serbest bıraktı, ama hiçbir şey ortaya çıkmadı. Vincente gibi, her şeyin hala beyninin bir yerinde saklı olduğuna ve bir gün hepsinin yüzeye çıkacağına ve bu boşluk zamanı hakkında güleceğine inanıyordu. O resmi yakmak, Vincente'nin anılarında bir boşluk yaratacaktı. Kötü anılar olmaktansa hiç anı olmaması daha mı iyiydi?

Bu arada Vincente, geçmişten kaçıp sadece şimdiki zamanda yaşayabildikleri için kendisinin ve Grace'in ne kadar şanslı olduklarını düşünüyordu. Her şeyi geride bırakıp yeniden başlamak. Birlikte yeni anılar yaratmak. Gördükleri her şeyden yeni izler yaratmak. Ziyaret ettikleri her yeni yer, onların bir parçası olacaktı. Hayat her zaman bu tür yeniliklerle dolu olacaktı.

Resmi yakmayı bir süre düşündükten sonra, Grace Vincente'nin anılarını yok etmenin ona yapabileceği en kötü şey olduğuna karar verdi. Artık sahip olmadığı şeyi onun sahip olmasını istiyordu.

Bu düşünceler ve anılar kaybetmek için çok değerliydi - Vincente korktuğu nesneyi yok ederek onları kaybetmeyecekti, ama zamanla unutacaktı. Onun geçmişini sonsuza kadar yanında tutması için en iyi şansa sahip olmasını istiyordu. İyi, kötü ve çirkin olan her şeyi.

Grace sonunda sessizliği bozdu ve "Bence Manly'ye geri dönmeliyiz" dedi. Vincente'nin orada eski ve yeni birçok anısı olduğunu biliyordu. Manly'de, geçmişle bağlarını koparmadan yeni bir başlangıç yapabilirlerdi.

"Öyle olsun" dedi Vincente ve arabayı döndürdü. "İstediğimiz herhangi bir evi seçebiliriz ve onu kendimize ait hale getirebiliriz."

"Biz ev istemiyoruz," dedi Grace, "Biz yuva istiyoruz."

Yeni evliler, kararlarından ve birlikte geçirecekleri gelecekten mutlu olarak gülümsediler.

İKİNCİ KİTAP:
FİNAL FÜZYONU

ÖNSÖZ

Grace'in zihninde bulmaca eksik kalmıştı. Sanki büyük bir rüzgar onu silip süpürmüş, her şeyi altüst etmiş ve içini dışına çıkarmış gibiydi.

Hiçbir şeye odaklanamıyordu: odaklanabileceği hiçbir şey yoktu.

Renkler dönüyordu: kırmızılar, siyahlar ve maviler birbirine karışıyor, dönüyor, savruluyor, ayçiçeği sarısı ile saldırıya uğruyor, dönüyor, koyu çim yeşili içine kusuyordu.

Sonra tüm renkler midesini havaya fırlattı ve onu olduğu yere geri döndürdü, o ise hareket edemeyecek hale getiren korkuya doğru kendini kusmaya çalıştı. Her şey kafasında oluyordu ama bazen vücudu bu akışın içinde sarsılıyordu.

Merkezine tutunarak kendini toparlamaya, dönmeyi ve kıvrılmayı durdurmaya çalıştı. Ama şimşek çakmaları kafasının içinde atıyor, onu leylak, menekşe ve çan çiçeklerine parçalıyordu.

Turuncu, zihninin tuvaline sıçradı.

Grace her şeyi kaybetti.

"Onu hemen ameliyata almalıyız!" diye bağırdı beyaz önlüklü uzun boylu bir adam. Hastane koridoruna dağılmış diğer beyaz önlüklü kişilerin arasında duruyordu.

Herkes sanki yangın çıkmış gibi koşuyordu. Bazıları yolu açıyordu. Bazıları itiyordu. Bazıları serumun tutucusunu tutuyordu. Bazıları diğer makineleri tutuyordu. Bazıları ağzı açık, elleri boş ve yumrukları sıkılmış halde duruyordu. Diğerleri ise Grace Greenway sedyeyle hızla geçerken dua ediyordu.

O baygındı.
Dünyadan kopmuştu.
Ama tamamen ölmemişti.
En azından henüz.

Grace'in hastane odasında, bir kadın ağlayarak ellerini ovuşturuyordu. Bu, Grace'in annesi Helen Greenway'di. Olanlara inanamıyordu.

Kızı çok iyi gidiyordu. Birkaç haftadır iyileşiyordu. Sonra Grace titremeye, sallanmaya ve kasılmaya başladı, ta ki bilincini kaybedene kadar.

Tıbbi ekip onu ölümün eşiğinden geri getirdi. Geri döndüğünde, artık Grace Greenway değildi. Bunun yerine, salya akıtıyor ve anlamsız sözler söylüyordu. Kendini dıştan içe doğru parçalıyordu.

Kimse ne yapacağını, bunu nasıl durduracağını bilmiyor gibiydi. Kolundaki iğneler bile onu sakinleştiremiyordu. Hiçbir şey işe yaramıyordu. Onu bağladılar.

Helen her şeyi hatırlayınca hıçkırarak ağlamaya başladı. Özellikle o zaman ne kadar çaresiz hissettiğini ve şimdi daha da fazla hissettiğini. Kendini kızının boş yatağına attı.

Helen'ın acı dolu hıçkırıkları koridorlarda yankılanıyordu.

***

Hemşire Burns, Grace'in odasına geri döndüğünde, Helen'ı yatakta cenin pozisyonunda kıvrılmış halde buldu.

Orada uyurken huzurlu görünüyordu. Hemşire onu rahatsız etmemenin en iyisi olduğunu düşündü. Ayrıca paylaşacak bir haber yoktu ve dinlenmeye ihtiyacı olan biri varsa, o da Grace Greenway'in annesiydi.

Hemşire Burns, Grace'in komodini topladı ve ders kitaplarını yeniden dizdi. Kitaplara bakarken, inanılmaz bir üzüntü duydu. Grace Greenway henüz yolunu bulamamıştı. Henüz on altı yaşındaydı.

Hemşire Burns, uyuyan Grace'in annesine baktı.

Helen'ın üzerine bir battaniye örttü ve ışığı kapattı.

***

Birkaç saat sonra, Hemşire Burns günün vardiyasını bitirmeye hazırlanıyordu. Kapının yuvarlak penceresinden baktı ve Helen'in artık yatakta olmadığını fark etti. Kapıyı itti, ama hiçbir şey olmadı. Daha kuvvetli bir şekilde tekrar itti ve Helen Greenway öne doğru düştü.

Helen sendeledi ve ellerini ovuşturmaya başladı. Kendi kendine sessizce ağladı.

Hemşire Burns ona yaklaştı ve inanılmaz derecede yumuşak ve nazik bir sesle, bir fincan çay ister mi diye so rdu.

"Kızım!" diye haykırdı Helen. "Herhangi bir haber var mı? Onun nasıl olduğunu bilmem gerek! Kimse bana bir şey söylemedi!"

"Uyuyordunuz," dedi Hemşire Burns, Helen'ın elini okşayarak. "Oturursanız, gidip sizin için ne öğrenebileceğime bakacağım."

Helen oturdu ve haberleri bekledi.

BÖLÜM 1

Koridorun sonunda, Hemşire Burns, ameliyat maskesini çıkararak ameliyat odasının kapısından koşarak çıkan Doktor Christiansson'a rastladı.

"Biraz temiz hava almam lazım," dedi. Koridorun sonuna kadar yürüdü ve çatıya çıkan kapıyı ardına kadar açtı.

Hemşire Burns onu takip etti.

Bir sigara yaktı. Ona da ister mi diye sordu. O reddetti.

Bir nefes çektikten sonra, "Grace, Greenway'in kızı, çok iyi gidiyordu. Ama şimdi pıhtılar patladı, durumu çok kritik" dedi.

"En iyi bakımı gördüğünden eminim."

"Şu anda öyle!" dedi Christiansson. "Uzman ekip geldi ve durumu kontrol altına aldı! Olaydan beri oradayım. Zorlu bir akşam oldu. Yani, onu neredeyse kaybediyorduk."

Hemşire Burns nefesini tuttu. "Ben de bir tane alayım," dedi. Sonunda sigarayı kabul etmeye karar verdi. Sigara yakıp uzun bir nefes aldı ve öksürdü.

"Ama henüz pes etmedik. Yine bilincini kaybetti. Muhtemelen bu iyi bir şey. Kanamayı durdurmamız gerekiyor. Zihnini sağlam tutmayı umuyoruz."

Hemşire Burns ve Doktor Christiansson çatıda uzun uzun yürümeye başladılar. Altlarında sirenler çalıyor, ışıklar yanıp sönüyordu.

"Annesi Helen, durumu pek iyi idare edemiyor."

"Sana tek söyleyebileceğim," dedi, sigara izmaritini ezip kapıyı açtı. "Kızı en iyi ellerde."

"Başka bir şey yok mu?"

"Şu anda yok, Hemşire Burns. Fazla abartmanızı istemem."

"Ona söyleyecek pek bir şey yok. Ona söyleyecek pek bir şey yok."

"Eğer böyle bir inanç sistemine bağlıysa, inandığı kişiye dua etmesini söyleyin. Eğer değilse, kalbindeki tüm pozitif enerjiyi evrene göndermesini söyleyin. Bunu evrene göndermesini. Şüphe duymadan olumlu düşünmesini. Kızının bunu atlatacağına inanmasını," dedi Christiansson.

Merdivenlerden aşağı indiler.

"Teşekkürler, doktor."

"Şimdi oraya geri dönmem gerekiyor." Ameliyat odasının kapısı arkasından kapandı.

BÖLÜM 2

Hemşire Burns, Grace'in odasına geri döndüğünde Helen'ı tam bıraktığı yerde otururken buldu. Su bardağını yeniden doldurdu ve Helen'ın yanına diz çöktü.

"Az önce Doktor Christiansson'la görüştüm ve Grace'in durumunun iyi olduğunu söyledi. Orada kendini iyi tutuyor."

"Kızım, kendini tutuyor mu?"

"Evet."

"Ne olduğunu söyledi mi?"

"Evet, tahmin ettikleri gibi. Pıhtılar patlamış."

Helen elini ağzına götürdü. Hıçkırarak ağladı.

"Doktor Christiansson, kızınız için yapabileceğiniz en iyi şeyin, eğer inanıyorsanız dua etmek olduğunu söyledi. Ayrıca kendinize de dikkat etmelisiniz. Biraz dinlenin. Çok uzun bir gece oldu. Şimdi, neden Grace'in yatağına geri dönüp biraz kestirmiyorsunuz? Bir değişiklik olursa sizi uyandırırım, söz veriyorum."

"Yorgunum," diye itiraf etti Helen.

Helen kızının yatağına kıvrıldı. Kızının az önce bıraktığı sıcak izi hâlâ hissedebildiğini hayal etti. Kollarını kendine doladı ve hıçkırarak ağladı. İlk başta gözyaşları yavaşça akmaya başladı, ama sonra çoğaldı.

Hıçkırıklar ve gözyaşları, gittikçe hızlanarak, neredeyse kasılmalar gibi.

Sadece on altı yıl önce, Helen'in kızı tam da bu hastanede doğmuştu. Grace, onun ikinci çocuğu, tek kızıydı. Grace, onun gururu ve neşesiydi.

İlk çocuğu Daryl, onu kırk altı saat boyunca doğumda tutmuştu. Bazen, onun asla doğmayacağını düşünmüştü. Grace öyle değildi. O, sanki bir anını bile kaçırmak istemiyormuş gibi, bir anda ortaya çıkıp dünyaya gelmişti.

Helen, Grace'in küçük bir çocukken bile çok fazla uyumadığını hatırladı. Kızı, hayatı kaçırmaktan korkuyordu. İlk andan itibaren her şeye, ışığa ve renklere hayran kalmıştı. Ancak Grace, sayıları öğrenmeye başlayana kadar gerçek kaderini bulamamıştı. Etrafındaki doğal dünyada simetriyi keşfettiğinde, Grace'in tutkusu gerçekten kanatlanmıştı.

Helen, bir zamanlar sahip olduğu aileyi düşündü. Sevgi dolu kocası Benjamin. Cesur ve yürekli oğlu Daryl. Çok değerli kızı Grace. Taronga Hayvanat Bahçesi'ni ziyaret ettikleri güzel günleri hatırladı. Powerhouse Müzesi'ne gittikleri günleri. Popcorn yiyerek film izledikleri günleri. Akşam yemeklerini birlikte yedikleri günleri. Basit ama mutlu günleri. Helen onları ne kadar özlemişti.

Kendi kendine mırıldandı ve tekrar uykuya dalmaya çalıştı, ama anılar çok taze, çok canlı ve çok acılıydı.

Oturdu ve o günün erken saatlerinde kızıyla gülüp sohbet ettiklerini hatırladı.

Sanki Grace'in zihninde bir şey kapanmıştı. Sanki bir sigorta atmıştı. Bir an önce neşeli, hayat doluydu, sonra katatonik hale geldi ve sanki artık Grace değildi. Her şey çok hızlı olmuştu.

Hayat böyleydi, bir an önce bir ailen vardı. Sonra mavi üniformalı iki adam geldi. Sarhoş bir sürücünün kocamı ve oğlumu öldürdüğünü söylediler.

O korkunç gecede, Helen iki adama esprinin ne olduğunu sorduğunu hatırladı. Bir espri olması gerektiğine emindi. Bir şaka olmalıydı. Şaka değildi. Bu, iki tabut kilisenin koridorunda taşındığında doğrulandı. Sonra toprağın altına gömüldüler. Gerçekten şaka değildi.

O zaman öyleydi, şimdi ise durum farklı. Şimdi, kızı aşağıda hayat mücadelesi veriyordu ve o neredeydi? Yatakta uyumaya çalışıyordu!

Helen yorganı geri attı ve odada bir aşağı bir yukarı yürümeye başladı. Kimin suçlu olduğunu düşündü: Vincente Marino.

Helen onun bencilliğini, kibirini düşündü. Bu onun suçu ve sadece onun suçu idi ve eğer kızı bu yüzden ölürse, bir gün ona bunu ödeyecekti.

Sabah geldi ve Hemşire Burns yine görev başındaydı. Önce acil yardıma ihtiyaç duyan hastalara baktı. Sonra Grace Greenway'in odasına gidip Grace'in annesi Helen'i kontrol etti.

Panjurlar açılmış olmasına rağmen oda çok sessizdi. İçeriye sessizce girdi ve Helen'in bir sandalyenin üzerinde diz çökmüş, pencereden dışarıya bakarken olduğunu fark etti.

Hemşireye döndüğünde, siyah maskarası yüzünden aşağıya doğru akıyordu. Marilyn Manson'a benziyordu.

Helen hemen dikkatini pencerenin dışındaki olaylara geri çevirdi. Uzakta bir ağaca bakıyordu. Özellikle de dalda oturan ve hayali bir arkadaşıyla konuşuyormuş gibi gagasını açıp kapatan siyah bir kargaya.

Helen kuşu kıskandı. Uçup gidebilen bir kuş. İstediği zaman havalanabilen, ama kendi isteğiyle kalmayı seçen bir kuş. Ayrıca onun duygusal bağlanmamasını da kıskandı. Bağlanmak, sonuçta acı demekti. En çok sevdiğin kişileri her zaman kaybedersin.

Yine Hemşire Burns'e döndü. Yumuşak, uzak bir sesle sordu: "Haber var mı?"

"Doktor Ackerman bu sabah sizi görmeye gelmedi mi?" Hemşire Burns sordu. Grace'in vakasına yeni atanan uzman doktor Ackerman, Helen Greenway'i ilk iş olarak ziyaret edip ona son gelişmeleri aktaracağına söz vermişti.

Helen'ın boş bakışları her şeyi anlatıyordu.

"Uzman doktor Ackerman'ın yakında sizi ziyaret edeceğinden eminim. Gidip ona bir bakayım mı?"

"Çok naziksiniz," dedi Helen, kollarını kendine dolayarak. Dikkatini tekrar kargaya çevirdi. Karga, ağacın birkaç dal yukarısına atladı.

Hemşire Burns dönüp uzaklaşmaya başladı. Durdu ve Helen'e, onunla oturup ona eşlik edecek birini aramasını isteyip istemediğini sordu. Belki bir arkadaş, bir papaz veya bir rahip. Helen başını salladı ve pencereden dışarıya, karganın hareketlerini izlemeye devam etti.

Kapı arkasından kapandığında, Hemşire Burns Helen Greenway'in hafifçe ağladığını duyabiliyordu.

Helen kaybettiği kocasını ve oğlunu düşünüyordu. Ayrıca, kaybetmekten korktuğu kızını da. Ağlayarak, bir çocuk gibi ellerini yüzüne kapatıp "şimdi gör, şimdi görme" oyunu oynuyordu.

Sadece kuzgun onun oynadığını fark etti.

Hemşire Burns ameliyathane kapısına vardığında ve içeri girmeye çalıştığında, yolu kesildi. Baş cerrahlar Dr. Ash ve Dr. Ackerman'ın özel talimatları, Grace'in durumunun kötüye gidebileceğini gösteriyordu.

Hemşire Burns, Helen Greenway'e herhangi bir özel mesaj vermeden geri döndü. Her şeyin yoluna gireceğini söyleyerek onu sakinleştirmeye çalıştı. Sonra konuyu değiştirdi.

"Bir şey yemek ister misiniz?" diye sordu Hemşire Burns, Helen'a yeni gelen tepsiden bir fincan sıcak çay doldururken. Çay, Grace'in kahvaltısı için gönderilmişti. Doktorlar açıkça hala onun dosyasını güncellememişlerdi. Hemşire Burns, bütçe amaçları için bu hatayı kimin yaptığını kontrol etmek zorunda kalacaktı, ama şimdilik bu, Helen Greenway'e biraz besin alması için küçük bir teşvik görevi görüyordu.

"Aç değilim, susamadım," diye ısrar etti. "Kızımı görmek istiyorum. Grace'i görmek istiyorum." Çığlık atarak ağlamaya başladı.

Hemşire Burns odayı toplarken, hastanenin en yeni cerrahı Doktor Smith, yüzünde şaşkın bir ifadeyle odaya girdi. Uzun boylu, esmer ve yakışıklıydı, o kadar ki, şaşkın bakışları bile onu çoğu kadın için daha çekici gösteriyordu; ancak Helen Greenway bunu fark etmedi.

Helen, Grace'i hatırlıyordu. Bir zamanlar büyük bir şemsiye ağacının altında oturup Einstein'ın İzafiyet Teorisi veya Fibonacci'nin Liber Abaci kitabını okuduğunu hatırlıyordu. Kızını, gölgeli ve bir ağacın kollarında korunan yumuşak bir çim yatağında hayal ediyordu.

Doktor Smith, önce hemşire Burns'e, sonra Helen Greenway'e bakarak dikkatlice ona yaklaştı. Helen kıpırdamadı, hatta onun varlığını fark etmedi bile.

"Dışarıda bir dakika konuşabilir miyiz?" diye sordu Doktor Smith.

"Evet Doktor," diye cevapladı Helen.

Odanın dışına çıktılar. Helen Greenway bunu fark etmedi bile.

"Onun nesi var?" diye sordu Doktor Smith. Hemşire Burns durumu ona anlattı.

"Sakinleşmesi gerekiyor," dedi, "çünkü diğer hastaları rahatsız ediyor. Ben göreve yeni başladım ve birkaç şikayet geldi. Bu durumun sona ermesi gerekiyor. Ya doktorlardan birinin sakinleştirici ilaç vermesini onaylatırız ya da onu bir süreliğine koğuştan uzaklaştırırız."

"Elimden geleni yapıyorum," dedi Hemşire Burns biraz fazla savunmacı bir tavırla.

Doktor Smith elini tuttu ve gözlerine baktı. Bu hareketi, tekrar yayınlanan E.R. dizisini izleyerek öğrenmişti. Dizide hem personel hem de hastaların kalpleri her zaman eriyordu, bu da George Clooney'nin popülaritesini garanti ediyordu.

"Biliyorum," diye azarladı, "ve yaptığınız her şey için minnettarım. Hem bana hem de koğuştaki diğer hastalara yardım etmek için yapacağınız her şey için."

Ona gülümsedi, ama içinden onun iki dolarlık banknot kadar sahte olduğunu düşündü.

Döndü ve Helen Greenway'in odasına geri döndü.

Ne yazık ki, Helen artık odada değildi.

BÖLÜM 3

"Bu odadan çıkıp temiz havaya çıkmam lazım," diye fısıldadı Helen, doktorların ve hemşirelerin yanından gizlice geçerken. Asansöre doğru ilerledi; kimsenin onu özlemeyeceğinden emindi.

Kapılar kapanırken, Helen sedyelerin koridorlarda itilip çekildiğini veya eşlik edildiğini izledi. Squeaky veya kazınan tekerleklerin çekiş gücünü artırdığını duyunca kulaklarını kapattı. Bir tanesi yanlış yönlendirilip duvara sürtünce irkildi. Hastane personeli bu gürültüyü fark etmemiş gibiydi.

Kapılar arkasından sıkıca kapandığında rahatladı. Dikkatini dağıtan tek şey asansör müziğiydi. Bir müzikalden tanıdık bir melodi, ona ve Grace'e anne ve kız olarak bağlandıkları anıları geri getirdi. Matematiksel uçurum ve ergenlik yılları onları ayırmadan önceki ilk günleri.

Zemin kata vardığında, Helen kararlı ve kaderine inanmış bir şekilde dışarı çıktı. Yüzünde esintiyi hissetmek istiyordu. Sakin, taze okaliptüs kokulu havada dışarıda olmak istiyordu.

Kimse onu durdurmadı, sorguladı ya da fark etti bile. Döner kapılardan içeri girdi ve dışarıdaki akıntıya kapıldı.

Aynı anda, sirenleri çalarak ve ışıkları yanıp sönen bir ambulans, onun yanında durdu.

Gürültü kulakları sağır ediyordu, Helen'in hayal ettiği huzur ve yalnızlık hiç de böyle değildi. Oradan uzaklaşmak, kaçmak istedi. Ama ses onu sanki parçalıyor, enerjisini alıyor gibiydi. Ayakları betona yapışmış gibi duruyordu.

Hareket edemeyen ve koşamayan Helen, kendini duvara yasladı ve kulaklarını kapattı. Etrafında kaos vardı, itişip kakışmalar ve sürtüşmeler vardı, onun o kadar çok arzuladığı huzur ve sükunet yoktu.

Bunalmış Helen bayıldı ve yere düştü.

BÖLÜM 4

"Vincente?" Grace hıçkırarak ağladı. "Vincente, orada mısın?"

Grace'in gözleri fal taşı gibi açılmıştı ve soğuk metalik odada onu aradı, ama hiçbir yerde yoktu.

Maskeli adamlar ve kadınlar ona sinsi sinsi bakıyorlardı.

Üstündeki parlak ışık ısı ve enerjiyle titriyordu, gözlerini tekrar kapatmasına neden oluyordu.

"Vincente?" diye tekrar tekrar fısıldadı.

Yalnız bir yıldız parlak bir şekilde yanıyordu. Gözlerinin önünde dans ediyordu. Başlangıçta yumuşak ve hafifçe ılık olan yıldız, kısa sürede cildini yakmaya başladı.

Sonra her şey tekrar karardı.

BÖLÜM 5

"**B**ir hastayla hastaneye vardık ve kaldırımda bir tane daha bulduk!" Ambulans şoförü, ekip durumu değerlendirirken bağırdı.

"Bir acil durum için iki kişi," dedi iş arkadaşı sırıtarak.

"İlk hak ambulanstaki adamımıza ait," dedi ilk adam. O ve iş arkadaşı sedyeyi kaldırımda sürüklediler. "Geliyor," dediler ve kapıdan içeri girdiler.

"Dışarıda bir tane daha var," dedi ikinci adam resepsiyoniste.

Bu sırada Helen kendine gelmişti ve ayağa kalkmaya çalışıyordu. Kafasının içinde küçük beyaz yıldızlar parıldayıp yanıp sönüyordu. Sanki Wile E. Coyote çizgi filmlerinden birindeymiş gibi. Roadrunner, tüylü canavarın kafasına balyozla vurmuştu. Dengede kalmaya çalıştı, ama bacakları güçsüzleşti ve bir kez daha yere düştü.

"Kim olduğunu bilen var mı?" diye sordu bir kadın. Ziyaretçiler ve yeni göreve başlayan hastane personeli Helen'in etrafında toplanmıştı. Bir personel telsizle konuşarak sedye ve travma cerrahının acil servise hemen gelmesini istedi.

Helen gözlerini açtı ve yukarı baktı. Bir grup yabancı ona bakıyordu. Tekrar ayağa kalkmaya çalıştı, ama yabancılar ona yerde kalmasını söylediler.

"Bize kim olduğunuzu söyleyebilir misiniz? Adınızı hatırlıyor musunuz?" telsize konuşan kadın sordu.

"Evet, benim adım Helen, Helen Greenway."

Kadın tekrar telsize konuştu. "Giriş holünde yerde beyaz bir kadın var. Yaklaşık altmış yaşında, adı: Helen, Helen Greenway. Onu tanıyan var mı? Hasta mı? Psikiyatri koğuşundan kaçmış mı? Sivil giysiler giyiyor, tekrar ediyorum, sivil giysiler giyiyor."

Genç bir doktor, çantasını da yanına alarak geldi. Helen'in yanına diz çöktü ve yaralı olup olmadığını sordu. Helen başını sallayınca, doktor onun hayati belirtilerini kontrol etmeye başladı.

"Ben iyiyim," dedi Helen. "Hasta olan benim kızım!" Bir kez daha ayağa kalkmaya çalıştı.

"Helen," dedi doktor, "hayati belirtilerinizin normal olduğundan emin olana kadar yerde kalmanız gerekiyor."

Helen, azarlanmış bir çocuk gibi uysalca başını salladı.

Helen'in hayati belirtileri kabul edilebilir bulunca, ayağa kalkması için teşvik edildi. Bir tekerlekli sandalye getirildi.

Doktor, "Şimdi," dedi, "otur ve gidip kızını bulalım."

"Yürüyebilirim," diye itiraz etti.

"Ben iterim," diye ısrar etti doktor.

Grace'in katına vardıklarında, Hemşire Burns onlara doğru koştu. "Tanrıya şükür, iyisin Helen!"

"Onu tanıyor musun?" diye sordu doktor.

"Evet, eski arkadaşız," dedi Hemşire Burns gülümseyerek.

"Binanın dışında bayıldı, bu yüzden tekerlekli sandalyede. Hayati fonksiyonlarını kontrol ettim. Biraz uykusuz olsa da, durumu iyi görünüyor. Ayrıca aç ve susuz."

"Evet, kızının sağlığına o kadar odaklanmış ki, ona bir şey yedirmek çok zor oluyor."

"O zaman doktoruyla konuşun. Gerekirse ona serum takın, ama bu halde ortalıkta dolaşmasına izin veremeyiz. Hemen yiyecek ve suya ihtiyacı var. Kızının doktoru kim?"

"Kızının bir doktor ekibi var: Christiansson, Ash ve Ackerman."

Doktor tereddüt etti. Ameliyatın devam ettiğini, cerrahların acil olarak çağrıldığını duymuştu. Biri gece boyunca uçakla getirilmişti. Durum gerçekten vahimdi. Artık tekerlekli sandalyedeki kadına daha da empati duyuyordu.

"Öyleyse, ne yapabileceğine bir bak," dedi Hemşire Burns'e. Sonra Helen'e, "Yemek yemen, içmen ve dinlenmen gerekiyor, çünkü kızın uyanacak. Onun için olağanüstü güçlü olman gerekiyor."

Sözleri Helen'e ulaşmadı, çünkü o tekerlekli sandalyede çoktan uykuya dalmıştı.

BÖLÜM 6

Helen on beş dakika sonra Grace'in yatağında uyandı. Oraya nasıl geldiğini hatırlamıyordu. Yatağın üzerindeki düğmeye bastı. Birkaç dakika sonra Hemşire Burns, sıcak yemek ve taze kahveyle dolu bir tepsi ile geldi.

"Korkarım hiçbir şey yiyemem," dedi Helen.

"Ya böyle ya da damardan. Karar senin Helen. Birazdan mesaim bitecek ve travma doktoruna, gece mesaisinden ayrılmadan önce senin yemek yediğinden emin olacağıma söz verdim. Eğer uymazsan, o zaman doktorunla görüşüp sana damardan beslenme ve su verilmesi için gerekli düzenlemeleri yapacak."

"İkisini de reddediyorum. Aslında, hastane yemeklerinden fobim var. Buradan çıkıp başka bir şey yemek istiyorum. Buradan uzaklaşmak istiyorum."

"Evet, anlaşılabilir. Sanırım bunu yapabiliriz," dedi Hemşire Burns ve dönüp odadan çıktı.

Bir dakika sonra, paltosunu giyip geri döndü ve Helen ile birlikte hastaneden çıktılar. Sokağın aşağısındaki küçük bir kafeye gidiyorlardı.

Bu, ikisi için de hoş bir mola olacaktı.

BÖLÜM 7

"Kan basıncı düşüyor. Normalin çok altında! Hemen bir şey yapmazsak, kanamayı durduramazsak, onu kaybedeceğiz," dedi Doktor Ash.

Ameliyathanede bulunan herkes telaşla yaklaşarak etrafına toplandı.

"Durdurun kanamayı, lanet olsun!" diye emretti Doktor Ackerman.

Çok fazla kan akıyordu. Herkes elinden geleni yapsa da, yeterince hızlı hareket edemiyorlardı. Kalp makinesi düz çizgi gösterdi.

Çığlık attı.

"Onu geri getirmeliyiz! Bunu yapmalıyız!" Doktor Christiansson haykırdı.

BÖLÜM 8

Kafede Helen Greenway, patates püresini çatalla karıştırıyordu. Bir parça biftek kesti ve dişlerinin arasına itti. Çiğnedi, çiğnedi ve yutmaya çalıştı ama yutamadı.

"Doğru," dedi Hemşire Burns, "kısa sürede kendini daha iyi hissedeceksin."

Helen, sanki soğuk bir kış gününde biri kapıyı açmış gibi vücudunda bir ürperti hissetti. Kapı kapalı kalmıştı, ama kollarına tüyler diken diken olmuştu. Isınmak için kendini katladı. Bilinmeyen bir yerden Grace'in adını seslendiğini duydu. Birkaç saniye sonra hemşirenin telefonu çaldı.

"Ben Doktor Christiansson. Grace Greenway'in annesi Helen'in yanında olduğunuzu duydum. Doğru mu?"

Hemşire Burns başını salladı ama poker suratını koruyarak hiçbir şey söylemedi.

"Grace'in kalbi yine durdu. Emin değilim..." Sesi kesildi ve korkunç cümleyi yarım bıraktı. Yorgun düşmüştü.

"Anlıyorum," dedi. "Hemen geliyoruz."

Helen Greenway çatalını düşürdü ve gözlerinden yaşlar akmaya başladı. Helen, kızının sesi kulaklarında çınlayarak hastaneye doğru koştu.

BÖLÜM 9

"Grace, dayanmalısın!" dedi bir ses.

Grace bu sesin Vincente'ye ait olduğunu tanıdı. O gitmişti. Onun yanından ayrılmıştı ve şimdi geri dönmüştü. Geri gelmişti.

"Neredeydin?" diye sordu Grace, odada onu ararken. Kobalt mavisi gözlerini ararken.

"Buradayım," dedi Vincente, elini tutarken. "Hep buradaydım."

"Ama neden seni göremiyorum? Çok korktum." Durdu, Vincente'nin elinin kendi elini sımsıkı tuttuğunu hissetti. "Sonra ışıklar söndü." Durdu. "Dayanabileceğimi sanmıyorum Vincente. Başaramayacağım galiba."

"Evet, başaracaksın," dedi, gözyaşları yanaklarından akarak birbirine dolanmış ellerine düştü. "Seni daha yeni buldum! Biz yeni evliyiz ve sen beni sonsuza kadar seveceğine söz verdin."

"Seni her zaman seveceğim Vincente. Sonsuza kadar."

" O zaman kalmanın bir yolunu bulmalısın," dedi. "Sen olmadan ben bir hiçim, bir hiç!" Sanki kalbine yıldırım çarpmış gibi dizlerinin üzerine çöktü.

"Deniyorum, aşkım," dedi kadın. "Ama burası çok karanlık, çok karanlık. Seni görmem lazım!"

"Ben buradayım," dedi Vincente ve kadının elini sıkıca sıktı.

"Sesini duyabiliyorum. Seni hissedebiliyorum. Ama neredesin?"

Işığa doğru adım attı.

"Seni göremiyorum! Neden seni göremiyorum?"

"Gece vakti, aşkım," dedi. "Işıklar gözlerini rahatsız edebilir. Ama bana güven, ben buradayım. Hep buradaydım. Seni asla terk etmeyeceğime söz verdim ve ben sözlerimi daima tutarım."

"Bana bir şarkı söyle."

O, mücevher kutusundaki şarkıyı söyledi, onların şarkısı haline gelen şarkıyı.

Ameliyathane, her türlü tıbbi ekipman ve birbirlerine çarparak koşturan tıbbi personel ile hareketliydi. Düz çizgi sesi sona erdiğinde ve normal kalp atışı sesi geri geldiğinde, ameliyathanede küçük bir sevinç çığlığı yükseldi.

"Başardık!" Doktor Ash haykırdı.

"Hala yapmamız gereken çok iş var," diye hatırlattı Doktor Ackerman. "Grace çok kan kaybetti. Birkaç kez kan nakli gerekebilir ve pıhtılaşma konusunda hala zamanla yarışıyoruz."

"Annesiyle konuşacağım," dedi Doktor Christiansson. "Belki biraz daha kan bağışlayabilir. Aile üyelerinden kan bağışlanması her zaman daha iyidir."

Baş cerrahların ikisinin de sırtına hafifçe vurdu ve Grace'e baktı. Birkaç saniye kalp monitörünü izleyerek durumu değerlendirdi. Her şey normal görünüyordu, ya da 24 saat içinde iki kez kalbi duran genç bir kız için olabildiğince normaldi.

"Harika gidiyorsun," dedi Vincente, alnını okşayarak.

"Kalmak istiyorum, ama çok yorgunum."

"Düğün günümüzü hatırlıyor musun? Manly'deki evimizi hatırlıyor musun? Birlikte nasıl dekore ettiğimizi? Bana sonsuza kadar söz verdiğini hatırlıyor musun, Bayan Marino?"

"Hatırlıyorum," dedi. Sonra başını kaldırdı ve bir zamanlar çok uzakta olan ışık, şimdi ona daha yakınmış gibi görünüyordu. Sanki bir yıldız onu kendine çekiyor, aynı zamanda kendi hayatı için savaşıyordu. Grace çok yorgundu ve dinlenmek, huzur bulmak istiyordu. Yıldızın ışığına girmek istiyordu.

O, bir yıldız ışığı topuydu. Dönüyor ve kıvrılıyor, içe ve dışa doğru itiyor, Grace'i gelip ona katılmaya çağırıyordu. O, bir Fibonacci yıldızıydı; Samanyolu'nun bir parçası ve onu, kendi Altın Oranı Vincente'ye katılmaktan alıkoyan tek şeydi.

"Grace," dedi Vincente.

Sesi çok uzaklardan geliyor gibiydi ve Grace çok üşüyor ve çok yalnız hissediyordu. Yıldızın merkezindeki yakıcı sıcaklık ona nefesini üfledi ve uzaktan onu ısıttı. Ona katılmak sadece bir nefes uzaklıktaydı. Çok kolay olacaktı.

"Oh hayır!" Doktor Ash bağırdı. "Yine mi! Bu kadar erken olmaz! Onu kaybediyoruz!"

"Çok fazla kan kaybetti!" Doktor Ackerman haykırdı. "Kan nakliyle ilgili haberleri veren Doktor Christiansson nerede? Ona hemen daha fazla kan vermemiz gerekiyor! Annesini bekleyemeyiz. Hemen kan nakline başlayın."

Saniyeler sonra, yabancı kan Grace'in cansız vücuduna pompalanmaya başladı.

İlk başta, vücudu bunu kabul etmiş gibi görünüyordu. Açgözlülükle içiyordu. Ancak, çok geçmeden yeni kan eski kanı reddetti.

Sonra savaş gerçekten başladı.

"Vincente?"

"Evet, aşkım."

"Ölmekten korkuyorum."

"Senin vaktin gelmedi," dedi. "Senin vaktin gelmiş olamaz."

"Nereden biliyorsun?" diye sordu, vücudunda ateş yükselirken. Bir an yanıyor, bir an buz gibi soğuktu. Bu sırada yıldız ışığı onu çağırıyordu.

"Çünkü ben sadece senin için yaşıyorum."

"Ama bu çok kötü, çok kötü hissettiriyor Vincente."

"Nasıl hissediyorsun aşkım? Söyle bana."

"Sanki yerin üstünde durmuş, ameliyathanede sedyede yatan kendime bakıyormuşum gibi hissediyorum. Onların beni dürttüklerini, dürttüklerini ve etrafımda koşturduklarını görebiliyorum."

"Sana yardım ediyorlar, aşkım."

"Evet, ama çok acıtıyor."

"Kalabilir misin? Kalmalısın. Lütfen. Benim için yap. Kocan için."

"Acıya dayanamıyorum. İstiyorum... İstiyorum..."
"Ne istediğini biliyorum Grace," dedi. "Eminim anneni görmek istersin."
"Ama Vincente, annem öldü."
"Hayır, o hayatta ve şu anda buraya geliyor. Dayan."
"Nasıl olabilir ki? Bir an önce Manly'deydik ve dünyada kimse yoktu, sen ve ben dışında kimse yoktu... ve şimdi... bu. Her yerde bir sürü insan var. Ve aşırı acı, dayanılmaz acı."
"Pıhtıları hatırlıyor musun Grace?"
"Pıhtıları, evet."
"Birden fazla vardı. Patladılar. Hepimiz senin için savaşıyoruz. Pes etme Grace. Sen de savaşmalısın. Seni seviyorum. Seni bırakamam. Lütfen pes etme!"
"Vincente, çok yorgunum! Belki de artık... beni bırakmanın zamanı gelmiştir."
"Asla!" diye bağırdı. Göz kapaklarının titreyip kapanmasını izledi. Sonunda kulağına fısıldadı, "Dinlen o zaman, aşkım. Evet, gözlerini kapat ve dinlen. Sana ninni söyleyeceğim, ama lütfen beni terk etme."
Nefes almaya devam etti. Vincente, yanaklarından gözyaşları akarken, özel şarkılarını daha fazla söyledi.

BÖLÜM 10

Helen ve Hemşire Burns, Doktor Christiansson'un beklediği hastaneye geri döndüler. "Nasıl hissediyorsun, Helen?" diye sordu doktor, onu ameliyathaneye doğru yönlendirirken.

"Ben iyiyim, endişelendiğim şey kızım!"

"Daha önce kendinizi iyi hissetmediğinizi ve bayıldığınızı duydum. Doğru mu?" Burns hemşireye baktı ve hemşire başını salladı.

"Bayıldım, ama bunun ne alakası var? Kızıma ne oldu?"

"Kan nakli için sizden kan almamız gerekebilir. Hastayla doğrudan ilişkisi olan birinden alınan kan her zaman en iyisidir."

Helen başını salladı, sonra ellerini yüzüne koydu. İnanılmaz derecede yorgun hissediyordu, ama yardım etmek istiyordu. Yardım edebilmek zorundaydı.

"Sizi gözlem için üst kattaki kan odasına götürelim." Sonra Hemşire Burns'e, "Helen son zamanlarda bir şey yedi mi?" diye sordu.

Hemşire Burns başını salladı ve ne kadar yediğini gösterdi. Bir kuşu hayatta tutmaya bile yetmeyecek kadar azdı.

"Sakin olun," dedi Hemşire Burns, Helen'e koridorda yürürken.

Doktor Christiansson'un çağrı cihazı çaldı. "Bir dakika lütfen," dedi. Onlardan uzaklaştı. "Planlarda değişiklik var. Sizi kızınızı görmeye götürmem gerekiyor, hemen. Gelin, elinizi yıkayın."

Hemşire Burns görev yerine dönmek için harekete geçti, ama Doktor Christiansson ona kalmasını söyledi.

"İçeri girmeden önce," diye uyardı, "size şunu söylemeliyim Bayan Greenway, Helen, kızınızı orada birkaç kez kaybettik."

"Kaybettiniz mi?"

"Evet. Yani kalbi durdu. Kalbi durdu, ama sadece birkaç saniye."

Helen hıçkırıklarını bastırdı.

Ameliyathaneye girdiler.

Grace ameliyat masasında baygındı.

"Anne!" diye bağırdı Grace.

Helen yanına gitti ve elini tuttu. Kızının gözlerine baktı.

"Bu Grace'in annesi Helen," diye açıkladı Doktor Ackerman tıbbi ekibin diğer üyelerine.

"Geldiğiniz ve bu kadar çabuk geldiğiniz için teşekkür ederiz," dedi Doktor Ash. "Sizinle tanıştığıma memnun oldum. Grace gerçekten çok cesur bir kız."

"Durumu nasıl, yani gerçekten?" diye sordu Helen.

"Durumu kritikti, ama hayati fonksiyonları stabilize oldu. Onu gözlem altında tutuyoruz ve durumu stabil."

"Teşekkürler," dedi Helen. "Hepinize teşekkürler!" Boğazında büyük bir yumru hissetti.

"Affedersiniz Doktor Ash," Grace'in hayati fonksiyonlarını izleyen hemşirelerden biri konuştu. "Bir dakika buraya gelebilir misiniz lütfen?"

Ona doğru gitti ve gözleri hemen ekrana odaklandı.

"Anne! Benim, Grace, anne!"

"Seni duyamıyor," dedi Vincente.

"Ne? Beni duyamıyor da ne demek? Orada duruyor! Tabii ki beni duyabilir! Anne, benim, Grace... Vincente ve ben. Artık evliyiz ve birbirimizi seviyoruz, anne. Anne!"

"Canım, seni duyamıyor," Vincente, elini okşayarak tekrarladı. Uzanıp alnına bir öpücük kondurdu.

"Beni duyamıyor, ama beni görebiliyor. Bak, elimi tutuyor. Bir dakika, seni göremiyor, değil mi? Neden seni göremiyor ve duyamıyor, Vincente?"

"Bilmiyorum."

"Vincente, sen öldün mü?"

Vincente güldü, parmaklarını saçlarının arasından geçirdi, "Tabii ki ölmedim. Hemen yanında, elini tutuyorum."

"Ama diğerleri seni göremiyor, ne doktorlar ne de annem. Senin etrafında dolaşıyorlar, içinden geçiyorlar. Neden seni göremiyorlar ya da duyamıyorlar? Neden burada olduğunu bilen tek kişi benim? Ben öldüm mü? İkimiz de öldük mü?"

"Birbirimizi sevdiğimiz için her zaman birlikteyiz. Sevgimiz herkesten ve her şeyden daha güçlü."

Grace'in ruhu daha önce odanın içinde dolaşıyordu, ama şimdi bedenine geri girdi.

İçeri girdikten sonra, önce acıyla savaşmaya çalıştı. Sonra acıyı yaşamaya, ona uyum sağlamaya çalıştı, ama bu onun için çok zordu. Dayanamadı. Parçalandı.

"Hayati belirtileri düşüyor! Onu tekrar kaybediyoruz!" Doktor Ash bağırdı. Herkes Grace'in yanına yaklaştı ve Helen'ı kenara itti.

"Kanama tamamen durmuştu," diye doğruladı Doktor Ackerman. "Çok iyi gidiyordu. Bu ani nüksetmenin sebebi olarak başka bir şey bulamıyorum..." Tereddüt etti ve masadan uzakta duran, Lady Macbeth gibi ellerini ovuşturan Helen Greenway'e baktı.

"Onu buradan çıkarın!" diye bağırdı Doktor Ash.

"Şimdi ne diyorlar, Vincente?" diye sordu Grace.

"Nüksetmen için anneni suçluyorlar. Vücuduna geri döndüğünde ve tekrar çıktığında bir şey oldu. Senin öldüğünü düşünüyorlar."

"Ama ben ölmüyorum! Yaşamak istiyorum!"

"Onu kaybediyoruz!" diye bağırdı Doktor Ackerman. "Yolu açın!" diye haykırarak içeri girip kalp masajı yapmaya başladı.

"Hayır, onu bırakmayacağım!" Helen, sallanan kapılardan koridora itilirken bağırdı.

"Anne!" Grace bağırdı, "Anne!"

"Yine kanıyor," Doktor Ash doğruladı. "Burada daha fazla pıhtı var. Kaç tane olduğunu sayamıyorum. Ne kadar dayanabileceğini bilmiyorum!"

"Onun için elimizden gelen her şeyi yapıyoruz."

Grace'in ruhu bedenine geri döndü. Ayağa kalkmaya çalıştı. Kafasında bir renkler kaleydoskopu dönmeye ve dönmeye başladı, ta ki Vincente'yi artık göremez ve duyamaz hale gelene kadar.

"Vincente, beni bırakma!" diye bağırdı.

"Vincente mi?" Doktor Ash sordu. "Vincente kim?"

"Onu hastaneye yatıran çocuk," diye cevapladı Doktor Christiansson.

"Belki de onunla iletişime geçip hastaneye gelmesini istemeliyiz?"

"Gecenin bir yarısı? Onu buraya getirmek mümkün olmayabilir."

"Yapın gitsin!" Doktor Ash bağırdı. "Alabileceğimiz tüm yardıma ihtiyacımız var!"

"Grace, beni dinle," dedi Doktor Ash, ona yaklaşarak. "Senin için elimizden gelen her şeyi yapıyoruz. Umarım beni duyabiliyorsundur. Seni duyduk. Vincente'yi arıyoruz. Yakında burada, senin yanında olacak. Lütfen dayan. Güçlü ol."

Grace onu duyamıyordu. Karanlıkta, tek başına bir yerdeydi.

BÖLÜM 11

Lobide, Helen Greenway telefona fısıldayarak, "Merhaba, Vincente, bu saatte rahatsız ettiğim için özür dilerim." dedi.

"Kimsiniz?"

"Özür dilerim," diye tereddüt etti ve kimliğini açıkladıktan sonra devam etti. "Ben Grace. Grace bu saatte sizi aramamın sebebidir. Ben onun annesi Helen Greenway."

"O iyi mi? O...?" Kendini durdurdu ve sesi kesildi. Sonrasını duymaktan korkuyordu. Onu öldürmüş müydü? Öyle olsaydı, bunun onun suçu olmadığını biliyor olsa da, buna dayanamazdı. Bilemezdi ki. Aklı tekrar şimdiki zamana döndü. Helen Greenway'in çoktan cevap verdiğinden oldukça emindi. Telefonun diğer ucunda tam bir sessizlik v ardı.

"Orada mısın, Vincente?" diye sordu, onun cevabını beklerken. Her şeyi açıklamış, durumunu anlatmıştı. O sessizdi. Hastaneye gelmek istemiyor muydu? Elbette hayır. Hayır, muhtemelen henüz tam olarak uyanmamıştı. Hâlâ cevap gelmeyince, "Grace, benim Grace'im, sana ihtiyacı var, Vincente" d iye ısrar etti.

Kızın hala hayatta olduğunu ve nefes aldığını öğrenince rahatlamış bir şekilde başını geriye attı.

"Sabah ilk iş olarak oraya geleceğim."

"Hayır, lütfen hemen gel. Grace'in sana ihtiyacı var. Seni çağırıyor. Doktorlar, çok geç olmadan hemen hastaneye gelmen gerektiğini söylüyor."

Vincente, gece yarısı uyanmış olmanın ve hastaneye nasıl gideceğini düşünmenin etkisiyle başı dönüyordu. Annesini uyandırıp onu hastaneye götürmesini istemek zorunda kalacaktı ve annesi ona bir sürü soru soracaktı. Tabii eve nasıl döneceği de ayrı bir sorundu.

"Lütfen evet de, sana taksi göndereyim. Bir dakika," Helen elini telefonun üzerine koydu. Bir hemşire, Vincente'nin evine onu almaya ve eve geri götürmeye bir araba gönderileceğini doğruladı. "Seni almaya bir araba gönderilecek Vincente. Lütfen kızımı görmek için hastaneye geleceğini onayla. Seni istiyor. Lütfen."

"Tamam, ama giyinmem ve anneme not bırakmam için bana birkaç dakika ver."

"Adresinizi teyit etmem gerekiyor," Helen'in telefonun diğer ucundaki resepsiyonist, hastanenin kayıtlarını kontrol ettikten sonra sordu.

"Evet, doğru," dedi Vincente.

"Araba yolda, lütfen bekleyin."

"Bekleyeceğim," dedi Vincente, telefonu kapatıp siyah kot pantolonunu ve beyaz tişörtünü giymeye başladı. Saçını taradı ve sonra kırmızı bir kapüşonlu sweatshirt giydi, bu da saçını tekrar dağıttı.

Sonra merdivenlerden iki basamak birden atlayarak indi. Annesi için kısa bir not yazdı ve buzdolabına yapıştırdı. Birkaç saniye sonra araç geldi.

Arabaya bindi, kemerini bağladı ve hastaneye doğru yola çıktı. Başını koluna dayadı ve karanlığın hızla geçip gitmesini izledi.

Arada sırada ayın yüzü ona el sallıyor gibiydi. Ayın yüzü tuhaf bir şekilde tanıdık geliyordu, Mark Twain ile Albert Einstein'ın bir karışımı gibiydi.

Uyumamaya çalışarak zihnini ay ve yıldızlara odakladı.

Uyanık kalmak istiyordu. İstiyordu...

Helen, Vincente'yi hastaneye gelmeye ikna ettiği için kendisiyle gurur duyuyordu.

Ancak Helen, kızının neden onun adını haykırdığını anlamakta zorlanıyordu. Onun kalbinde ne tür bir etkisi vardı ki, kızı ona böyle sesleniyordu? Belki de onu hafife almıştı. Ya da belki de o, Helen'in fark ettiğinden daha fazla anlam ifade ediyordu kızı için? O sadece bir lise öğrencisi, bir sınıf arkadaşı, bir aşk idi. Ama yine de, kendisi de lisedeki sevgilisiyle evlenmemiş miydi?

Helen koridorda bir aşağı bir yukarı yürüyordu. Hemşire Burns dışarı çıktığında, "Dayanamıyorum! Kızımın orada ne olduğunu bilememek! Bu çok fazla!" dedi.

Hemşire Burns, Helen Greenway'in içinde bulunduğu gerginliği anlıyordu, ancak onun aşırı tepkisi ve genel panik eğilimi, diğer hastalara ve sevdiklerinin haberini bekleyen aile üyelerine de yansıyordu.

Hemşire Burns, Helen'ı sırtından sıkıca tutup sessiz bir köşeye götürdü ve ona fısıldayarak, "Kızınız en iyi ellerde. Zor olduğunu biliyorum, ama sakin olmaya çalışmalısınız" dedi.

"Keşke onun yanında kalıp ona destek olabilseydim" dedi Helen.

"Grace orada dayanıyor ve doktorlar sadece onu düşünüyorlar, onun ne istediğini ve neye ihtiyacı olduğunu. Kızınızın hayatta kalması hastanenin bir numaralı önceliği."

"Evet, ama ben onun annesiyim! Bana bir açıklama yapılmalı değil mi? Burada hiçbir hakkım yok mu?"

"Elbette haklarınız var, ama size Vincente'yi buraya getirmek gibi önemli bir görev verildi. Anladığım kadarıyla yolda, değil mi?"

"Evet, öyle. Ama beni odadan dışarı itmemiş olsaydınız, kızıma yardım edebilirdim."

"Helen," dedi Hemşire Burns biraz sinirli bir şekilde, "kızınızın durumu siz yanındayken değişti. O anlarda ona sadece sıkıntı veriyordunuz." Tereddüt etti. "Doktorlar kızınızın durumundaki bu değişikliği fark ettiler. Bu yüzden seni ameliyathaneden çıkardılar. Grace'in iyiliği için yaptılar."

"Ama Grace'in benim yüzümden kötüleşmesi için hiçbir neden yok. Onu seviyorum. O benim hayatım."

"Kanıtlar ortada."

"Burada bana ihtiyaç yoksa," dedi somurtarak. "Aşağı inip Marino'nun oğlunu beklesem iyi olur. Bir şeyler yapmam lazım."

"Bu çok iyi bir fikir gibi görünüyor," dedi Hemşire Burns. Helen'in elinin sırtını okşadı, ama bu sefer Helen elini çekti. İki elini de ceplerine soktu ve koridorda yavaşça uzaklaştı. Giderken botlarının topukları yankılandı.

"Lütfen resepsiyondan, o geldiğinde bizi buraya çağırmalarını iste," diye bağırdı Hemşire Burns, asansör kapıları kapanırken.

"Tamam," diye cevapladı Helen.

Asansör kapıları zemin katta açıldığında, Helen resepsiyon alanına çıktı. Hemen Vincente'yi gördü. Döner kapıların içinde hareket ediyordu; elleri kot pantolonunun ceplerine sıkışmış ve omuzları kamburlaşmıştı.

Helen bir an durup, kızını hastaneye yatıran çocuğu inceledi. Dağınık ve rahat hissetmediği belliydi. Yine de kırmızı kapüşonlu sweatshirt'üyle çok yakışıklıydı, mavi gözleri daha da mavi görünüyordu. James Dean ve Robert Redford'un karışımı gibi görünüyordu.

Ona doğru yürüdü. O henüz onu fark etmemişti.

Gözleri Helen'e doğru çevrildiğinde, Helen hazırlıksız yakalandı. Bir an nefes alamadı. O sıradan bir çocuk değildi. Onda farklı bir şey vardı.

"Merhaba Vincente," dedi Helen, elini uzatarak onun elini sıktı. Biraz şaşkındı, bu yüzden sanki daha önce tanışmamışlar gibi kendini tanıttı.

Vincente, çok kısa bir süre önce tanıştıkları için bu tanıtımın biraz garip olduğunu düşündü. Gözlerinin altında büyük torbalar vardı ve giysileriyle uyumuş gibi göründüğü için ona bir şans verdi.

Elini uzattı ve sıkıca sıktı. Kolunu koluna takmasına ve onu resepsiyona götürmesine izin verdi. Helen, resepsiyon görevlisinden onun geldiğini teyit etmesini ve sekizinci kata haber vermesini istedi.

Helen onu asansöre doğru yönlendirdi. Kapının önünde yan yana durdular, kol kola girmişlerdi ama yine de birbirlerini tanımayan yabancılar gibiydiler.

Birkaç kat çıktıktan sonra Vincente, Grace'in nasıl olduğunu sormak istedi ve sordu. Helen, kızının durumuyla ilgili bilgilendirilmediğini açıkladı. Ancak Grace'in Vincente'yi sorduğunu doğrulayabildi.

"Elimden gelen her şekilde ona yardım etmekten mutluluk duyarım," dedi Vincente. Bu doğruydu —ona yardım etmekten mutluluk duyuyordu— ama yine de neden onu gece yarısı hastaneye geri çağırdığını anlayamıyordu. Eğer yardım isteyebileceği başka kimsesi olmayan, bu kadar üzücü ve yalnız bir hayatı varsa, onun için biraz üzülüyordu.

Vincente asansör kapılarındaki yansımasına doğru baktı. Dağınık saçlarını düzeltmek için parmaklarını saçlarına geçirdi, ama çabası başarısız oldu.

"Vincente, kızımın neden seni bu şekilde aradığını biliyor musun?"

"Dürüst olmak gerekirse, benim için de bir muamma. Belki de, o bir yanılgıya kapılmış..."

"Neye kapılmış?"

"Bilmiyorum. Birbirimizi pek tanımıyoruz. Ayrıca, o benim tipim değil."

"Yani kızım senin için yeterince popüler ya da yeterince güzel değil mi?" Helen, Vincente'nin fark etmediği, sesinde kötü bir tonla sordu.

Asansörde, kolunu onun koluna dolamış bir kadınla mahsur kalmıştı. Tırnakları artık pençeler gibi onun kollarını kavrıyordu.

"Ah. Hayır, öyle demek istemedim," dedi Vincente, sekizinci kata vardıklarını belirten zil çaldığında.

Kapılar açıldı. Vincente, Helen'den uzaklaşıp dışarı çıktı ve resepsiyon alanına doğru ilerledi. Orada başka insanlar da vardı ve en önemlisi, Helen Greenway'in tamamen çıldırması durumunda tanıklar da vardı.

Helen asansörün dışında donakalmıştı, ama hala Vincente'yi bakışlarıyla o noktada tutuyordu.

Vincente Helen'e baktı ve iyi bir izlenim bırakmadığını fark etti. Ama yine de, gece yarısıydı, o hala yarı uykulu durumdaydı ve neden burada olduğunu bilmiyordu. Elbette, Grace Greenway'in ona aşık olduğunu biliyordu, ama okuldaki kızların yarısı da öyle. Her alanda başarılı bir spor yıldızı olduğunda, bu gayet normal bir durumdu.

Birkaç dakika sonra, Vincente doktorlardan biri tarafından koridorda yürütüldü. Helen, gözlerini Vincente'nin ensesine dikmiş olarak arkadan onu takip etti.

Ackerman kendini tanıttı. Vincente'ye ayrıntıları anlattı, sonra ellerini yıkadılar ve gerekli tıbbi giysileri giydiler.

"Anladığım kadarıyla Grace'in çok iyi bir arkadaşısınız?"

"Uh, sayılır, bir nevi."

Doktor Ackerman, bu belirsiz cevabı görmezden geldi. "Grace bir süredir sizi soruyordu. Burada olduğunu öğrenince çok mutlu olacak."

"Uh, yardımcı olabildiğime sevindim."

"Evlat," Doktor Ackerman devam etti, "Grace'in durumu şu anda stabil. Zor bir dönem geçirdi, çok zor bir dönem. Ve, şey..."

" Ne kadar zordu?"

"Bu, şey, gizli bilgi, ama şöyle diyelim, durumu çok kritikti."

"Yani neredeyse ölecekti mi demek istiyorsunuz?"

"Yani durum iyi değildi. Lütfen onu üzecek veya sıkıştıracak hiçbir şey söylemeyin veya yapmayın. Bugün sadece mutlu düşünceler, tamam mı?"

"Mutlu düşünceler mi?"

"Evet," dedi Doktor Ackerman. "Şimdi beni takip edin."

Salıncak kapılardan yan yana ameliyathaneye girdiler. Tıbbi ekip, Vincente'ye bir rock yıldızıymış gibi yol açtı.

Hemen Grace'e odaklandı. Grace, birkaç makinenin tentacles gibi ona bağlı olduğu bir masanın ortasındaydı.

Derin bir nefes aldı ve masaya yaklaştı. Nedenini tam olarak bilmiyordu ama korkuyordu. Belki de onu izleyen keskin bakışlar yüzündendi. Ondan ne yapmasını bekliyorlardı ki, bir mucize mi?

Grace'in hareketsiz bedenine baktı. Göğsünün yukarı aşağı hareket ettiğini gördü.

Grace nefes alıyordu. Hayattaydı. Omuzlarına dökülen kestane rengi saçlarını gördü. Göz kapaklarının gergin bir tik gibi titrediğini gördü. Göz kapaklarının ardında, bir yerlerde hayattaydı.

Yaklaştı ve vücudu onun eline çarptı. El, yan tarafındaydı ve açıktı.

Vincente, Grace'in elini kendi eline aldı.

Onun adını söyledi.

Eli soğuktu ve dokunuşuna tepki vermedi. Elini onun elinin etrafına kapattı ve "Grace" dedi. Bekledi, ama hiçbir şey olmadı. Bilinci kapalıydı. Onu hissedemiyordu, duyamıyordu, öyleyse burada ne yapıyordu? Şimdi ne yapması gerekiyordu? Odaya, boş bakışlara baktı. Hiçbir yardımı dokunmuyorlardı. Hiçbir yardımı dokunmuyorlardı.

Yine de, tüm gözler hala onun üzerindeydi. Ne demeliydi? Ne yapmalıydı? Odadan kaçmak istiyordu.

Vincente, kendi yatağının sıcaklığına dönmekten başka bir şey istemiyordu.

BÖLÜM 12

Grace bedenine geri dönmüştü, ama duyuları bastırılmıştı. Vincente'nin elini tuttuğunu görebiliyordu, ama hissedemiyordu.

"Grace, benim, Vincente," dedi Vincente, Grace'in bir şekilde onun varlığını fark etmesini umarak.

Grace onu duydu, ama sesi farklı geliyordu. Uzak.

"Onunla konuşun," dedi Doktor Ash. "Onunla herhangi bir şey hakkında konuşun!"

Tıbbi ekip yaklaştı. Duyulan tek ses makinelerin sesiydi.

Vincente'nin alnında ter damlacıkları oluşmaya başladı. "Seni özledik Grace. Okulda seni özledik. Çok uzun süredir yoktun," dedi. Vincente bu diyalogun yetersiz olduğunu fark etti, ama akışına bırakmıştı. Normal bir konuşma kurmaya çalışıyordu; ne yazık ki, bu tek taraflı bir konuşmaydı.

Grace onun kimliğini sorguladı. Kısa sarı saçlı, koyu renk gözlü ve kırmızı sweatshirt giyen bu garip çocuk kimdi? Eğer o, onun Vincente'si olsaydı, onunla okul hakkında konuşmazdı. Okul mu? Orada kuzgun yiyen ağaçla karşılaştıkları yerdi!

"Geçen gün kriket maçını kazandık!" dedi Vincente, aşırı heyecanlı bir şekilde. Yine parmaklarını saçlarının arasından geçirdi. Yumruklarını ceplerine sokmaya çalıştı, ama cerrahi malzemeler yüzünden bu mümkün değildi. Ancak, normal başa çıkma mekanizmasını denemek bile onu daha rahat hissettirdi.

Grace, birinin ona şaka yapıp yapmadığını merak etti. Tanımadığı yüzlere, ona bakan gözlere baktı. Çoğunu tanımıyordu, ama onlar bu Vincente'yi görebiliyorlardı. Onu izliyorlardı.

Grace bedeninden ayrıldı ve odanın içinde süzülmeye başladı.

Yukarıdan Vincente'yi izledi. Hiç kendinde gibi görünmüyordu. Soğuktu. Onun dokunuşunu hissedemiyordu, ama çok istiyordu. Vincente'nin elini tuttuğunu fark ettiğinde, kalbi hızla çarpmaya başladı. Hemen bedenine geri döndü.

Kalp makinesi yine düz bir çizgiyle yanıt verdi.

**

Grace, gözyaşları yüzünden akarken ışığa doğru baktı. Altında, hastane görevlileri sanki dünyanın sonu gelmiş gibi ameliyathanede koşturuyorlardı. Sonu gelen tek şeyin kendi hayatı olduğunu biliyordu.

Onu çağıran yıldız ışığıyla savaşıyordu. Onu çağırıyordu.

Şimdi yanıp sönüyor ve başını sallıyordu ve Grace, gitme vaktinin geldiğini anladı. Ona doğru ilerleme zamanı. Sonunda Fibonacci yıldızı ile birlikte yanma zamanı gelmişti.

"Ona onu sevdiğini söyle!" diye bağırdı biri.

"Ama sevmiyorum!" Vincente uysalca cevap verdi.

Kısa süre sonra yıldız ışığı gittikçe daha da ısındı. Artık onun gelmesini beklemiyordu. Onun için geliyordu.

"Seni seviyorum, Grace!" diye bağırdı.

Çok geç.

***

Vincente'yi odadan çıkarırken, o hala aynı sözleri haykırıyordu. Doğru, onun için bunlar anlamsız, gerçek olmayan duygulardı. Sadece nazik olmak, onu uçurumun kenarından kurtarmak için söylediği sözlerdi.

Yine haykırdı. Bu sefer sesi koridorlarda yankılandı ve evrene yayıldı, "Seni seviyorum, Grace Greenway!"

"Ben de seni seviyorum, Vincente!" diye bağırdı ona. Onun hayatını kurtarmaya çalışırken ortaya çıkan kargaşa ve gürültü nedeniyle, Vincente onu duymadı.

Aniden sıcak yıldız dönmeye ve dönmeye başladı. Kısa süre sonra artık ona doğru gelmiyordu ve onu ısısıyla yakmıyordu. Bunun yerine, titreşimli dalgalar yayarak bir nötron yıldızı haline geldi.

Onu tutan şey ortadan kalkınca, Grace Greenway kendi kendine "Yaşamak istiyorum" dedi. "Yaşamak istiyorum."

BÖLÜM 13

İki gün sonra, Grace Greenway pıhtılaşmadan uyandı ve artık tehlikede değildi. Bir süre daha yakından izlenmesi gerekecekti, ancak yakında eve gidebilecekti.

"Vincente; Anne," dedi sersemlemiş bir şekilde, gözyaşları yanaklarından akarken. Hayatta olduğu için saf mutluluk gözyaşlarıydı. Dünyada en çok sevdiği iki insanla bu anı paylaşabildiği için minnettarlık gözyaşlarıydı.

Kollarını uzatarak ikisini birden kucakladı. Onlar da ona sarıldılar. Vücutlarının sıcaklığını ve gücünü hissetti, sanki onların enerjileriyle güç kazanıyormuş gibi.

Vincente ve Helen birbirlerine bakarak Grace'in onları bırakmasını bekliyorlardı.

"Herhangi bir ağrın var mı?" diye sordu Helen.

"Sadece yorgun hissediyorum anne."

"Daha iyi hissettiğine sevindim," dedi Vincente. "Gidip doktorları çağırayım, uyandığını haber vereyim."

Dönüp odadan çıktı. Bir an orada durdu, kızının tamamen iyileştiği için minnettar hissederek. Artık görevini yerine getirdiğini ve eve gidebileceğini düşündü. Ameliyat odasında ona söylemek zorunda kaldığı şeyleri unutmuş ya da duymamış olmasını umuyordu. Helen Greenway'in orada olup, onun zorla yaptığı sahte açıklamayı duymamış olmasına sevindi.

Ona yardım etmek için doğru şeyi yaptığını kabul etti. Artık tek umudu, bu olayın burada bitmesiydi. Eski hayatına geri dönmek istiyordu. Ve o hayatta Grace Greenway yoktu.

***

"Ee anne, onu sevdin mi?" diye sordu Grace.

"İyi bir çocuk," dedi Helen. "Ondan neden hoşlandığını anlayabiliyorum."

"Hoşlanmak mı?" diye haykırdı Grace. "Ondan hoşlanmaktan daha fazlası var anne. Biz evliyiz! Bak!" diyerek yüzük parmağını annesine doğru uzattı. Yüzük yoktu.

"Sorun yok Grace," dedi Helen, kızının üzüntüsünü fark ederek. "Biraz kafan karışık olsa da sorun yok. Son birkaç gün içinde çok şey yaşadın."

"Anne, bu doğru! Bana inanmıyorsun, değil mi?"

"Uh, şimdi kendini üzme canım," dedi Helen, kızının elini okşayarak.

"Biz evlendik anne. Evlendik!" Grace tekrar söyledi. Kapılar açıldı ve Helen, kızını üzgün ve yalnız bir halde bırakarak koridora kaçtı.

Garip, diye düşündü Grace. Çok garip. Yüzüklerim nerede?

***

Koridorda Helen Greenway, Doktor Ackerman'a çarptı. Vincente'den, Helen'ın uyanık ve aklı başında olduğu müjdesini aldıktan sonra oraya gidiyordu.

"Oh. Doktor Ackerman!" diye haykırdı Helen.

"Aman Tanrım, ne oldu? Hemen içeri girebilir miyim? Tekrar kötüleşti mi? Vincente iyi olduğunu söylemişti. Uyanık ve konuşuyor. Tamamen uyanık."

"Öyle, Doktor Ackerman. Uyanık ve konuşuyor ama Vincente Marino ile evli olduğu yanılgısına kapılmış görünüyor!"

"Aman Tanrım, bu nasıl olabilir?"

"Bana evli olduklarını söyledi. O ve Vincente. Ayrıca, bana yüzüklerini göstermeye çalıştı. Yüzüklerinin kaybolduğunu görünce çok üzüldü."

Vincente, bir tepsi kapuçino ile açık asansörden çıktı. Onlara doğru ilerledi.

Doktor Ackerman, Vincente'ye baktı ve eliyle onu durdurdu. Sonra Vincente'yi oturma alanına götürdü ve orada kalmasını istedi. Ackerman Helen'in yanına geri döndü.

Vincente oturdu ve fincanlardan birinden yudumlamaya başladı.

"Grace ile birkaç dakika yalnız konuşmak istiyorum," dedi Doktor Ackerman. "Lütfen Vincente ile burada bekleyin Helen, sonra ikinizle de konuşacağım."

Helen Vincente'nin yanına oturdu. Vincente ona bir fincan kahve ikram etti. Helen kibarca reddetti ve kollarını kendine doladı.

Vincente bir şeylerin ters gittiğini biliyordu, ama ne olduğunu bilmiyordu. Bir yudum daha kahve içti ve yakında eve gitmesine izin vereceklerini umdu. Yorgundu ve Helen'in kızını tek başına görmek istediğinden emindi.

Sonuçta, ona göre bu bir aile meselesiydi.

***

Doktor Ackerman Grace'in odasından çıktığında, yüzündeki endişeli ifade her şeyi anlatıyordu.

Helen hemen ayağa kalktı ve yanına gitti.

Vincente de doktorun kasvetli ifadesini hemen fark etti. Grace'in odasında ne oluyorsa, kesinlikle iyi bir haber değildi. Eve geri dönebilecek miydi acaba?

"Helen," dedi Doktor Ackerman, "konuşmamız gerek, baş başa. Lütfen ofisime gelin."

"Ne hakkında?" Helen, Vincente'nin oturduğu yerden gözlerini kaçırdı.

"Biz dönene kadar olduğu yerde kalabilir," dedi Doktor Ackerman. Sonra Vincente'ye, "Lütfen bekleyin, size de kısa süre içinde bilgi vereceğiz."

Vincente başını salladı ve Helen'in içeceği olan ikinci cappuccino'yu yudumlamaya başladı. Sonuçta Helen istememişti ve o da parasını ödemişti. Neden soğumasını beklesin ki? Ayrıca uyanık kalmak için kafeine ihtiyacı vardı. Telefonunu çıkardı, Bejeweled Blitz oynadı ve sonra Facebook'a göz attı. Missy Malone'dan bir mesaj vardı. Daha sonra buluşmak istiyordu. Grace Greenway meselesinden dolayı çok yorgun olmayacağını umuyordu.

Merakla Grace'in kapısına gitti ve camdan içeri baktı. Grace derin uykudaydı. Garip, diye düşündü, çünkü daha yeni uyanmıştı. Vincente yerine geri döndü. Grace'i düşünürken, Helen'in kahvesinden bir yudum daha aldı. Onlar onu almaya gelmeden önce Grace'in kahvesini de içti.

BÖLÜM 14

"Helen, Grace'in hafıza kaybının düzelmesini umuyorduk. Ancak, şimdi başka endişelerimiz de var gibi görünüyor."

"Yani, sana da söyledi mi? Vincente ile evli olduğunu?"

"Evet, sadece evli olduklarını söylemekle kalmadı, her şeyi ayrıntılı olarak anlattı. Sanki o anları yeniden yaşıyormuş gibiydi. O kadar gerçekçiydi ki, tam bir tablo gibiydi. Neredeyse arka planda çalan romantik şarkıyı duyabiliyordum."

"Ne romantik şarkısı?" diye sordu Helen.

"Eski bir mücevher kutusundan çıkan bir şarkı olduğunu söyledi."

"Evet, onu hatırlıyorum. Grace'in babası ve ben, o küçük bir kızken ona Noel hediyesi olarak vermiştik."

"Ah, çocukluk hediyesi, şimdi de onu düğün şarkısı olarak hayal etmiş. Kızınızın kesinlikle çok canlı bir hayal gücü var," dedi Doktor Ackerman.

"Peki, ne yapacağız Doktor? Ona gerçeği söyleyecek miyiz? Ona gerçeği söylemeliyiz."

"Zihin çok kırılgan bir şeydir. Belki de Grace hayat mücadelesi verirken, hayatta kalmak için bu durumu yaratmıştır. Kendisine yaşamak ve mücadele etmek için bir neden vermek için. Bu ilkel bir tekniktir. Ölümün eşiğindeyken, bazen alternatif bir gerçeklik yaratır veya uydururuz."

"Ama kızımın yaşamak için zaten çok fazla nedeni vardı!" dedi Helen.

"Evet, siz öyle düşünüyorsunuz ve ben de öyle düşünüyorum, ama Grace de aynı fikirde miydi?"

"Peki, ne demek istiyorsunuz doktor? Ne yapacağız?"

Kapı çalındı. Doktor Christiansson başını içeri soktu.

"Böldüğüm için özür dilerim. Doktor Ackerman, benimle konuşmak mı istemiştiniz?"

"Evet, bize bir dakika izin verir misiniz lütfen Helen," dedi Ackerman. Ona oturması için işaret etti ve sonra Doktor Christiansson ile birlikte odadan çıktı.

Helen, düşüncesizce bir iki dergiyi karıştırdı. Doktorlar, Grace'in tehlikeli durumunu özel olarak tartıştılar.

"Korkarım bu konuda başka seçeneğimiz yok," dedi Doktor Christiansson. "Grace'in fantezisine uymak zorundayız. Şu anda gerçekle yüzleşecek kadar güçlü değil. Çok zorlarsak, sonuçları oldukça zararlı olabilir."

"Katılıyorum," dedi Doktor Ackerman. "Grace gerçeği duymaya hazır olana kadar onun için yapabileceğimiz en iyi şey, kendi hayallerini desteklemektir. Mesele şu ki, Vincente'nin de buna katılmasını sağlamalıyız. Grace'in bize anlattığı her şeyi ona anlatmalıyız. Grace hazır olana kadar, yani hem zihinsel hem de fiziksel olarak gerçeği kaldırabilecek kadar güçlü olana kadar, bu oyuna uymayı kabul etmesini sağlamalıyız."

"Evet, Marino daha önce Grace'e yardım etmişti, umarım yine yardım edebilir," dedi Christiansson.

"Ve yeterince iyileştiğinde, yeterince güçlendiğinde, ona gerçeği söyleyeceğiz," diye onayladı Doktor Ackerman.

Doktorlar planlarını ona anlattıktan sonra Helen, "Bu hoşuma gitmedi," dedi. "Onun hayal gücünü besleyeceğiz ve yalanları daha da besleyeceğiz."

"Ama bunlar Grace için yalan değil. O her kelimesine inanıyor ve burada önceliğimiz o olmalı," dedi Doktor Ackerman.

"Peki ya çocuk buna razı olmazsa?" diye sordu Helen.

"Rıza göstermesi gerekiyor," dedi Ackerman. "Başka seçenek yok. Grace bu noktaya kadar geldi ve fiziksel olarak sağlığına kavuşmak üzere. Vücudu bir kez daha nüksetmeye dayanamayabilir. Grace'in zihinsel dengesi şu anda çok önemli."

"Grace bu rüyayı yarattı ve Vincente bunun büyük bir parçası. Ona yardım etmeyi kabul etmeli. Onun Grace için ne kadar önemli olduğunu ona ikna etmeliyiz," dedi Doktor Christiansson.

"Bu oyunu ne kadar süre oynamak zorunda kalacağız?" diye sordu Helen.

"O hazır olana kadar oynayacağız," dedi Dr. Christiansson, "bir dakika bile fazla değil."

"O zaman çocuğa ne söyleyeceğim?" diye sordu Helen. "Ben bile bunu tam olarak anlayamıyorken, ona nasıl anlatabilirim? Kendi kızımı aldatma fikri hoşuma gitmiyor."

"Bize güvenmek zorunda kalacak, Grace'e güvenmek zorunda kalacak. O gerçeklerle yüzleşmeye hazır olduğunda, gerçeği duymaya hazır olduğunda, ancak o zaman her şey eskisi gibi olacak," dedi Ackerman.

"Onu ikna etmek için elimden geleni yapacağım."

"İyi şanslar," dedi Doktor Ackerman.

"Yardımcı olmam gerekirse..." diye araya girdi Dr. Christiansson, "...onunla konuşmamı, herhangi bir şeyi açıklığa kavuşturmamı isterseniz, çocuğu bana gönderin."

"Teşekkür ederim," dedi Helen.

BÖLÜM 15

Helen kadınlar tuvaletine girip ellerini yıkadı. 24 saat hastanede olmak, mikroplara karşı paranoyak olmayı gerektiriyor gibiydi.

Sağ elini uzattı ve titrediğini fark etti. Bu kadar tuhaf yalanlarla çocuğu nasıl ikna edeceğini hiç bilmiyordu. Hayat tecrübesi olan herkes, gerçeğin her zaman en iyisi olduğunu bilir. Yine de burada, Vincente'yi Grace'in hayallerine ortak olması için ikna etmek zorunda kalmıştı.

Çantasına uzandı ve iki ruj buldu. Birini sürdü ve bu onu biraz daha iyi hissettirdi. Çantasına tekrar uzandı, parfümünü çıkardı ve kulaklarının arkasına biraz sıktı. Artık Vincente ile konuşmaya hazırdı.

Helen kapıyı arkasından kapattı ve kalabalık koridora çıktı. Hastane personeli sedyeyi iterek geçerken birkaç saniye boyunca duvara sıkıştı. Derin bir nefes aldı, kendini topladı ve bekleme odasına doğru yürümeye başladı.

Vincente'yi gördü ve Vincente de onu gördü. El salladı ve sonra biraz fazla samimi davranıp davranmadığını merak etti. Elini çantasının deri sapına koyarak kendini kontrol etti. Şimdi soyulmaktan korkan biri gibi görünüyordu.

Vincente, Helen Greenway'in kendisine doğru hızlıca geldiğini gördü. Bir saniye ona baktı ve sonra ayaklarına baktı. Helen'in kendini süslediğini hemen fark etti ve nedenini merak etti. Belki de doktorlardan birine göz koymuştu? Kocasının ölümünden sonra bunun için biraz erken değil miydi? Emin değildi, ama insanların söylediklerini ya da yaptıklarını yargılayacak b iri değildi.

Helen, Vincente'nin karşısına oturdu ve onun adını söyledi. Vincente başını kaldırdı ve Helen'in başka bir şey söylemesini bekledi, ama Helen başka bir şey söylemedi. Vincente tekrar ayaklarına baktı. Çok yorgundu, bitkin düşmüştü, ama içtiği üç büyük kahve zihnini uyandırmıştı.

Kadın tekrar adını söyledi ve dirseklerini dizlerine dayayarak öne eğildi.

Vincente sandalyesine yaslandı ve esnemek ve gerinmek için uzanıyormuş gibi yaptı. Sessizlik giderek daha rahatsız edici hale geliyordu.

Helen, Vincente'nin hareket etmesini bitirmesini bekledi ve sonra doğrudan konuya girdi. "Vincente, bir konuda yardımına ihtiyacım var, oldukça kişisel bir k onu."

Tereddüt etti ve merakla öne eğildi.

"Seninle açıkça ve özgürce konuşabilir miyim?" diye fısıldadı.

Vincente artık gerçekten meraklanmıştı. Daha önce de yaşlı kadınlar tarafından tavlanmıştı, ama genellikle bu kadar yaşlı kadınlar tarafından değil, okul arkadaşlarının anneleri tarafından.

Aniden rahatsız hissetti. İlk tepkisi, onu orada kesip tamamen açık sözlü davranmaktı. Ama yine de, en ufak bir ilgisi olmasa da, Helen'in ne söyleyeceğini merak ediyordu. Nasıl söyleyeceğini merak ediyordu.

Ve Grace'in yaşadıklarının şokunun ona da zarar verip vermediğini merak etti. Bu yüzden bir şey söylemek yerine, hareketsizce oturdu ve bekledi.

Helen ona daha yakın eğildi, "Sana sormam gereken şey oldukça utanç verici," diye tereddüt etti ve gergin bir şekilde kıkırdadı. "Yani, bu çok saçma! Ama yine de umarım evet dersin ve bana yardım etmeyi kabul edersin."

Helen kirpiklerini kırpıştırdı ve tereddüt etti. Dikleşti ve sonra tekrar geriye eğildi. Bu sefer Vincente'ye daha da yaklaştı, o kadar ki dizleri neredeyse birbirine değiyordu. Sonra elini sallayarak aralarında bir boşluk yarattı ve elini Vincente'nin dizine çok hafifçe dokundurdu.

O kadar yakındı ki, Vincente onun nefesini yüzünde hissedebiliyordu.

Vincente sandalyesinde garip bir şekilde geriye kaydı. Ayaklarını koltuğun altına çekti. Kollarını göğsünde kavuşturdu. Dikkatini yere verdi. Bu çılgın durumdan dikkatini başka yöne çekmek için telefonunu çıkarma dürtüsüyle mücadele etti.

"Grace, Vincente. Öyle görünüyor. Bunu söylemek benim için zor. Özellikle de senin gibi genç, muhtemelen bir kız arkadaşı olan birine. Ya da belki birden fazla kız arkadaşı olan birine?" Helen, bombayı patlatmadan önce tereddüt etti ve Vincente'nin gözlerinin içine baktı. Onunla ilişki kurmaya, onun şartlarına göre bağlantı kurmaya çalışıyordu. Aralarındaki yaş farkını kapatabilirse, belki Vincente onu anlayabilirdi. Belki de kabul ederdi.

Vincente bunun utanç verici olduğunu düşündü. Onu bu durumdan kurtarmak istedi, "Bir kız arkadaşım var, Bayan Greenway. Özel bir ilişkimiz yok, ama birbirimizi anlıyoruz, anlarsınız ya?"

Az önce göz kırptı mı? Helen onun göz kırptığını gördüğünden emindi! Ve bundan hiç hoşlanmamıştı.

Vincente onun gitmesini diledi. Çok yorgundu ve tek istediği eve gitmekti. Sabırsız ve tiksinmiş bir şekilde ayağa kalktı.

"Evet, ne demek istediğini anlıyorum Vincente," dedi Helen garip bir şekilde, "Lütfen otur."

Vincente oturdu. Kollarını tekrar kavuşturarak aralarında fiziksel bir bariyer oluşturdu.

"Vincente, kızım sana aşık. Bunu biliyorsun, değil mi?"

"Evet, benden hoşlandığını biliyorum. Grace harika bir kız! Matematikte bana yardım ederek hayatımı kurtardı. O olmasaydı, şimdiye kadar takımdan atılmış olurdum."

"Öyle mi? Bunu bilmiyordum. Yani, onu bire bir tanıyordun, öyle mi?"

"Erkek arkadaş ve kız arkadaş gibi bire bir değil, hayır. Ama biz arkadaştık. Dosttuk."

"Ama sen yıldız bir kriket oyuncususun ve yakışıklısın. Neden sana aşık olduğunu anlayabiliyorum. Ama sana sormam gereken şey," diye durdu ve konuya girmekte zorlanarak kekeledi.

"Üzgünüm Bayan Greenway, ama sadede gelmeliyim. Çok uzun bir gece oldu ve yorgunum. Bana gösterdiğiniz ilgiden gurur duyduğumu söylemeliyim, ama daha önce de söylediğim gibi, kız arkadaşım Missy ve benim aramızda bir tür anlaşma var."

"Bu şartlar altında, birine yardım edeceğiniz için onun için sorun olmayacağına eminim. Sonuçta, bu bir ölüm kalım meselesi," dedi Helen.

"Şu anda biraz melodramatik davranmıyorsunuz, değil mi Bayan Greenway?" Vincente kollarını açtı ve ona yaklaştı. "Gururum okşandı ve her şey, ama, yani, daha yaşınıza yakın birini bulamaz mısınız? Mesela doktorlardan biri gibi?"

"Ne!" diye bağırdı Helen, Vincente Marino'dan olabildiğince uzaklaşarak, yine de onun karşısında oturmaya devam etti. Sonra ayağa kalktı ve sırtını ona dönerek daha da uzaklaştı. Derin bir nefes aldı, Vincente nazikçe poposuna hafifçe vurduğunda sakinliğini yeniden kazandı. Zıpladı ve ona tokat atma isteğiyle mücadele etti.

"Bilgin olsun," diye düzeltti, artık öfkeyle, "Seni hiç çekici bulmuyorum, seni aptal, aptal çocuk!"

"Tabii, tabii, seni reddediyorum, sonra sen de kötü davranıyorsun... Şimdi ne oyun oynadığını anladım. Ama beni fazla oyuna getirme, hoşuma gidebilir," diye ona daha da yaklaştı.

"Şimdi kes şunu!" Helen, Vincente Marino ona gittikçe yaklaşırken titrek bir sesle söyledi. Artık sandalyenin önüne sıkıca yaslanmıştı ve oturmak zorunda kalmıştı. Yüzü kızarmış, tüm vücudu titriyordu.

"Bu saçmalıklardan bıktım," dedi Vincente. "Gecenin bir yarısı kızına yardım etmek için buraya geldim... peki. Ama o şimdi koğuşta ve ben ne için burada bekliyorum? Bilmiyorum. Onun annesinin bana asılması için değil!"

Helen'in yüzü pancar rengini almıştı. "Vincente, senden bir iyilik istiyorum, bu yüzden bu yanlış anlaşılmayı görmezden gelip doğrudan konuya gireceğim. Lafı dolandırmak akıllıca bir fikir değildi!"

Vincente sabırsızca başını salladı ama dinlemeye devam etti.

"Grace, seninle evli olduğunuzu sanıyor."

"Ne?"

"Doğru. Uyandığında bu fikre takılmış. Zihninde bir fantezi yaratmış."

"Evli mi? Grace Greenway ve ben, evli mi?"

"Evet, o öyle inanıyor."

"O zaman ona gerçeği söyle. Bunu bana neden söylüyorsun?"

"Çünkü doktorlar şimdilik buna uymamız gerektiğini düşünüyorlar."

"Sen 'biz' derken beni kastediyorsun, değil mi? Grace ile karı koca rolünü oynamamı mı bekliyorsun?"

"Senden çok şey istediğimi biliyorum Vincente. Ama kalbinde bir yerlerde ona yardım etmek için bir yol bulabilirsen, bu onun için bir ölüm kalım meselesi olabilir."

"Bu çok fazla bir şey," dedi Vincente, ayağa kalkıp bekleme odasından çıkmaya başladı, "çok fazla."

Helen onu yakaladı, kolunu tuttu.

"En azından bunu yapabilirsin! Onu buraya sen getirdin, kafasına vurduğun için. Bunu sen yaptın! İçinde bir yerlerde ahlaki bir pusula, bir vicdan olmalı. Sen olmasaydın Grace burada olmazdı! Ve senin de söylediğin gibi, Grace kriket takımındaki yerini garantilemene yardım etti."

Vincente, vuruşun bir kaza olmasına rağmen, bunların hepsinin doğru olduğunu biliyordu. "Tam olarak ne yapmamı istiyorsun?"

"Bir koca gibi davran. Onun yanında ol. Onunla konuş. Elini tut. Kızım zeki bir kız, sana neye ihtiyacı olduğunu söyleyecektir."

"Peki ya evli çiftlerin yaptığı şeyleri yapmamızı isterse?" Alaycı bir gülümsemeyle, "O zaman ne olacak?" diye sordu.

"O noktaya gelmeden önce, ya gerçeği hatırlamaya başlayacak ya da ben ona söyleyeceğim."

"Neden bu dramayı bir kenara bırakıp ona şimdi gerçeği söylemiyorsun?"

"Elbette ben de bunu yapmak istiyorum, ama doktorlar bunu tavsiye etmiyor," dedi Helen. "Grace'in şu anda bu kadar gerçeklerle şok edilecek kadar hassas bir durumda olduğunu düşünüyorlar."

Vincente bu konuda başka seçeneği olmadığını hissetti, buna uymak zorundaydı. Doktorlarla tamamen aynı fikirde olmasa da, onlara uyacaktı. "Okul ne olacak?" diye sordu. "Yarın, yani bugün maçım var."

"Grace senin okulda olduğunu hatırlayacaktır. Bu arada, belki okuldan diğer öğrencileri onu ziyarete davet edebilirsin. Tanıdık yüzler hafızasını canlandırabilir."

"Şu anda onun arkadaşı olduğunu düşündüğüm kimse aklıma gelmiyor, ama deneyeceğim. Şimdi eve gidebilir miyim?"

"Onunla konuşana kadar hayır. Unutma, bana haberi yeni verdi — ikiniz yakın zamanda evlenmişsiniz — ve ben ona inanmadım. Odadan çıkıp doktorunu buldum. Bu yüzden, kızımın seni gördüğüne çok sevineceğini ve beni gördüğüne çok kızacağını düşünüyorum. Seni bana kocası olarak tanıtmak isteyebilir."

"Elimden geleni yapacağım, ama çok iyi bir oyuncu değilim ve hiç iyi bir yalancı olmadım."

"Öyleyse, bunu ödüllü bir performans haline getirelim!" Helen, Grace'in odasına doğru yürürken ona koçluk yaptı.

"İşte başlıyoruz!" Vincente, kapıyı iterek açtı ve yeni hayali kayınvalidesine kapıyı tuttu.

BÖLÜM 16

Grace başını kaldırdı ve annesinin odasına girdiğini gördü, ardından da Vincente! Oturarak, kulaklarından kulaklarına kadar gülümsedi ve kollarını ona açtı. Vincente ona o kadar yavaş yaklaştı ki, Grace içgüdüsel olarak bir şeylerin ters gittiğini anladı.

"Hayatım," dedi Helen neşeli bir ses tonuyla, bu da Vincente'yi şaşırttı. "Vincente ile konuştum ve bana her şeyi anlattı. Düğününüzle ilgili her şeyi. Değil mi, Vincente?"

Vincente önce Grace'e, sonra Helen'e baktı. Helen onu kurtların önüne atıyor, yalan söylemesini istiyordu. Başka seçeneği yoktu. "Evet, annene her şeyi anlattım," dedi. Grace'e biraz daha yaklaştı ve Grace onu içten bir kucaklamayla sardı.

Grace onu kucaklarken, daha önce hiç hissetmediği bir mesafe hissetti. Sanki tahta bir kalas tutuyormuş gibi hissetti.

Ayrıldılar ve Grace, Vincente'nin gözlerinin içine derinlemesine baktı. Vincente bir şey saklıyordu. Ya da sadece utanıyor muydu? Belki de sadece, başka birinin önünde aşırı sevgi gösterisinde bulunmasıydı. Daha önce yalnızdılar, bu yüzden başkalarının onların aşkına tanık olmasına alışmaları gerekecekti.

Grace elini uzattı, Vincente'nin elini tuttu ve "Bu durumlarda nasıl hissettiğini çok iyi anlıyorum. Başkalarının önünde bu kadar sevgi göstermeye alışkın değiliz."

Vincente kendini berbat hissediyordu. Buna zorlanıyordu ve sadece rol yaptığını bilmeyen Grace'e üzülüyordu. Ama duyduklarına bakılırsa, performansı pek de iyi değildi. "Evet, aynen öyle," dedi Vincente. "Sen her zaman benim, şey, duygularımı çok iyi anlardın."

Grace onun rahatsızlığını gözlemlemeye devam etti. Vincente, onun kendisini çok yakından izlediğini hissederek ve onun üzülmesinden endişelenerek, elini dudaklarına götürdü ve öptü. Başını kaldırdığında, sözde karısının gözlerinin derinliklerine bakıyordu. Onun için sözde karısıydı, ama Vincente için, gördüğü tek şey Grace Greenway'di — sıradan bir kadın, ortalamanın üzerinde, neredeyse dahi düzeyinde matematik yeteneği olan bir kadın. Tamamen zıt karakterlerdi. O, onunla asla evlenmezdi, gezegende geriye sadece ikisi kalsalar bile.

Grace, arka planda durup ikisini izleyen annesine dikkatini yöneltti. Evet, öyleydi. Annesi artık her şeyi doğrulamıştı, ama onların seçimine katılmıyordu. Sonuçta, ikisi de sadece on altı yaşındaydı ve ebeveynlerinin izni olmadan, belki de annesinin gözünde evlilikleri meşru değildi. Tabii ki, ne bir papaz, ne bir rahip, ne de bir sulh hakimi bunu resmi hale getirmişti. Yeminlerini ve yüzüklerini takmışlardı. Bu gerçek bir düğün değildi ve annesinin tek yapması gereken bunu iptal etmekti. Belki de Vincente bu yüzden bu kadar korkmuştu?

Grace, gözlerinde yaşlarla orada duran Helen'e baktı.

"Bizim için mutlu değil misin anne?" diye sordu Grace.

"Tabii ki, ikiniz için de çok mutluyum, canım," dedi Helen ve ikisini de kucaklayarak sarılmaya başladı.

Artık çok yakındılar, Grace Vincente'nin gözlerine baktı, o ise başka yere baktı. "Muhtemelen çok çirkin görünüyorum," dedi, yanağından bir damla gözyaşı süzülürken. "Ameliyat ve diğer her şey ile çok uzun bir süreçti." Derin bir nefes aldı ve kendini topladı. Vincente gülümsemeyle onu cesaretlendirmeye çalıştı ve Grace devam etti: "Normale dönebilmemiz için sabırsızlanıyorum. Evimize geri dönüp eskisi gibi sahilde yüzebilmemiz için."

Vincente yine başka yere baktı. Kafese kapatılmış bir fare gibi, gözleri sinirli bir şekilde sağa sola bakınıyordu.

"Eminim Vincente o anı sabırsızlıkla bekliyordur, hayatım," dedi Helen.

Vincente, sadece kendi kafasının içinde yankılanmasını istediği bir "Humph" sesi çıkardı. Ne yazık ki, bu ses orada bulunan herkes tarafından duyuldu ve fark edildi. Helen, Vincente'ye sanki cinayet işlemiş gibi sert bir bakış attı. Grace o kadar incinmiş görünüyordu ki, gözlerinden daha fazla yaşlar döküldü.

"Oraya geri dönmek istemiyor musun? Manly'ye? Tekrar mutlu olmak için?" Grace, Vincente'nin değiştiğinden emindi. Onun içindeki bir şey, ona olan sevgisini değiştirmişti ve bu farkındalık, kalbini ikiye bölüyordu.

Helen, dirseğini Vincente'nin yanına sapladı. Vincente kahkaha attı ve biraz nefes aldıktan sonra, "Sen tekrar iyileşene kadar olmaz Gracie," dedi.

"Bundan ne kadar nefret ettiğimi biliyorsun!"

"Ne? Neyi nefret ediyorsun?" diye sordu Vincente. Tamamen kafası karışmıştı ve bu rolünü kesinlikle iyi oynamıyordu. Helen'e iyi bir yalancı olmadığını söylemişti ve şimdi bu işi berbat ediyordu. Grace'i berbat ediyordu. Zavallı kız.

"Ne demek istediğimi biliyorsun!" diye bağırdı Grace. "Neye nefret ettiğimi biliyorsun. Tüylerimi diken diken ettiğini biliyorsun."

"Oh," dedi Vincente, sonunda hatırlayarak. Evet, ona bir kez 'Gracie' demişti ve o da ona çok kızmıştı. Şimdi tekrarlamıştı. Ne kadar aptaldı! "Çok üzgünüm Grace, tamamen aklımdan çıkmış. Çok yorgunum, hiç uyumadım. Benim hatam, sadece bir beyin gazıydı."

Üçlü güldü ve Grace, "Yorgunsan sevgilim, eve git. Yarın görüşürüz," diyerek gülmeyi kesene kadar gülmeye devam ettiler.

Vincente bunu düşündü. Kaçışı o kadar yakındı ki, tadını alabiliyordu. Oradan çıkmak, bu acınası maskaralığı bitirmek için can atıyordu. "Öğleden sonra maçım var, bu yüzden akşama kadar ziyarete gelemeyeceğim."

"Sorun değil. Büyük maç için dinlenmen lazım," dedi Grace.

"Vincente," dedi Helen, "Grace ve ben, yardım etmek için yaptığın her şeye minnettarız. Şimdi eve gitmen gerekiyorsa anlarız. Sana taksi çağırırım."

"Gerek yok," dedi Vincente, "Annem az önce aradı ve dışarıda beni bekleyeceğini söyledi. Bıraktığım notu görmüş ve endişelenmiş."

"Bir gün onunla tanışmak isterim," dedi Helen.

"Evet, ben de!" Grace de aynı fikirdeydi. "Bana resimlerini gösterdiğinden beri onu tanıyormuşum gibi hissediyorum. Özellikle ağaç ve ineklerin olduğu manzara resmi ikimiz için de sohbet konusu oldu."

"Şeyin olduğu resim mi?" Vincente kekeledi. Grace'in az önce söylediği şeyden tamamen kafası karışmıştı. O resmi Grace'e ya da anne babası ve dedesi dışında kimseye göstermedi. Aslında, o resim çocukluğundan beri depoda duruyordu. "Sana annenin resmini ne zaman gösterdim?" diye sordu.

"Anne babanın evinde, şöminenin üzerindeydi."

Vincente geriye doğru sendeledi. Helen onu tuttu. Bu konuşmanın ne hakkında olduğunu hiç bilmiyordu, ama Vincente, Grace'den daha fazla rahatsız olmuş gibiydi.

"İyi misin?" diye sordu Helen, gerçekten endişelenerek.

"İyiyim," dedi, ama kesinlikle iyi değildi. Kaçmak istiyordu, ama aynı zamanda, aynı resimden bahsettiklerinden emin olması gerekiyordu. Belki Grace sadece kafası karışmıştı. "Peki, tablonun özel bir yanı var mıydı? Sana bu konuda özel bir şey söylemiş miydim?"

"Evet," dedi Grace, sanki bu çok doğal bir şeymiş gibi. "Çocukken tablodan korktuğunu söylemiştin, çünkü ağacın bir yüzü olduğunu düşünüyordun. Bu yüzden ailen tabloyu depoya kaldırmış. Ama anne babanızın evini ziyaret ettiğimizde, resim şöminenin üzerinde asılıydı."

Vincente hayretler içinde kalmıştı. Resim hakkındaki kısmı doğruydu, ama şöminenin üzerinde asılı olduğu kısmı değildi. Böyle bir şey asla olmazdı. O resmin varlığını nasıl bilebildiğini merak etti.

Grace devam etti: "Ama şimdi resim bizim evimizde, Manly'deki evimizde. Hala depoda. İkimiz de onu kaldırmanın en iyisi olacağını düşündük. Annenize geri almak isteyip istemediğini sormanız gerekir."

Vincente odanın diğer ucuna, Grace'in yanına doğru sendeledi ve evet, bunu yapacağını mırıldandı. Dikkati dağılmış bir şekilde kendi kendine bir şeyler fısıldadı, sonra da Helen'e. Grace'in bildiği gibi görünen şeyleri nasıl bildiğini hiç anlamıyordu.

"Anne," dedi Grace, "Bence Vincente'nin annesiyle çok iyi anlaşırsın, çünkü ikiniz de aynı şeyleri seviyorsunuz, örneğin ayçiçeklerini. Vincente'nin annesinin resimlerinin çoğunda ayçiçekleri var, senin evinde de her yerde ayçiçekleri var."

"Bu çok güzel canım," dedi Helen.

"Vincente'nin oyduğu muhteşem figürleri görmelisin!"

Vincente sandalyeye sertçe oturdu. Yüzü artık hayalet gibi bembeyazdı.

Grace devam etti, "Spor dışında başka konularda da gösterdiği yetenekten çok daha yetenekli. Kendisi de harika bir sanatçı. Bu yetenek kanında olmalı."

"Bunları nereden biliyorsun?" diye sordu Vincente, "Onlar benim yatak odamda."

"Yatak odanda mı!" diye bağırdı Helen.

"Ve kimse görmedi, kimse, annem, babam ve dedemler hariç."

"Bana gösterdin, aptal, ve onları Manly'deki evimize getirdik. Vay canına! Bu kadar çok şeyi unutmuş olman için gerçekten çok yorgun olmalısın. Gerçekten eve gidip biraz uyumalısın, Vincente."

Vincente, kanı vücudundan çekilmiş gibi hissediyordu ve öyle de görünüyordu.

"Seni annenin arabasına kadar geçirmemi ister misin?" diye sordu Helen. Vincente bayılacak gibi göründüğü için gerçekten endişelenmişti. "Doktora görünmen gerekiyor mu?"

Vincente dönüp kaçma isteği duydu, ama bir yandan da Grace Greenway'e uzanıp onu öpmek istiyordu.

Grace Greenway'i öpmek mi?

Bu, son birkaç dakikadır mücadele ettiği bir ihtiyaç, bir arzuydu. Duygusal olarak kendini tutuyordu. Belki de ondan bir çekim, bir ihtiyaç hissediyordu. Belki de onu öpmek istediği içindi?

Vincente ayağa kalktı ve yatağa doğru yürüdü. Grace ona bakıyordu, ama gözleri sakindi, sevgi doluydu. Ona olan sevgisi.

Eğildi ve sakin bir şekilde alnını öptü.

Ama Grace'in başka planları vardı.

Annesinin önünde utandığını hissederek başını çevirdi, böylece onu dudaklarından öptü. Sonra onu kendine çekti, ona sarıldı ve o da kucaklamasına kendini bıraktı. Onu o kadar sıkı tutuyordu ki, bırakamadı ve çok geçmeden bırakmak da istemedi.

Bir şekilde, onun içini derinden etkilemişti. Kendini kaybetmişti, ona kaptırmıştı. Nefesini toplayıp geri çekildiğinde, sanki kalbinde bir pencere açılmış gibi, öylece durup bakakaldı.

Onun bildiklerini nasıl bildiğini bilmiyordu. Ona hiçbir şey anlatmamıştı, ama yine de bir şekilde biliyordu. Hem tahrik olmuş hem de ürkmüştü. Oradan çıkmak istiyordu ve çıkması gerekiyordu.

Yine de bir parçası onu tekrar tekrar öpmek istiyordu. Bir başka parçası ise kaçmak, koşmak, koşmak ve koşmak istiyordu.

"Hayatım," dedi Helen, "Bence Vincente artık gitmeli." Onun robot gibi davranışını fark etmişti. Sanki büyülenmiş gibiydi.

"İyi geceler Bay Marino," dedi Grace.

"Uh, iyi geceler Bayan Marino," dedi Vincente içinden gelen bir dürtüyle. Helen, sanki gökyüzü açılmış ve üzerine altın rengi güneş ışığı dökülüyormuş gibi, en geniş gülümsemesini gösterdi. Vincente parmaklarını saçlarının arasından geçirdi ve oradan geri çekildi.

Kapıdan çıkar çıkmaz koşmaya başladı.

Sekiz kat merdiveni koştu.

Ve sokağa çıktı.

Annesi onu durdurmasaydı, eve kadar koşmaya devam edecekti.

BÖLÜM 17

"Her şey yolunda mı Vincente?" Ellen Marino oğluna sordu. Vincente'nin yanakları kızarmıştı ve annesi ona doğru yaklaşırken fısıldayarak mırıldanıyordu. Annesi kollarını ona açtı ve Vincente duyulabilir bir iç çekişle annesinin kollarına atladı. Annesi, Vincente küçük bir çocukken yaptığı gibi başını okşadı. Bu duygusal bağ, Vincente'nin kontrolsüz bir şekilde ağlamasına neden oldu.

"Sakin ol," dedi annesi.

Vincente sıcak ve güvende hissetmesine rağmen, Grace'i düşünmekten kendini alamıyordu. O anı yaşamaya çalıştı, ama annesinin yatıştırıcı sözleri bile zihnini rahatlatamadı.

Annesinin kucağına sokulurken, beyninde bir çocuk şarkısı tekrar tekrar çalıyordu: "Vincente ve Gracie, bir ağaçta oturmuş öpüşüyorlar."

Annesi'ne nasıl hissettiğini açıklayamıyordu. Kendisi bile anlayamıyordu.

Yine de, o öpücüğü aklından çıkaramıyordu. Ve o öpücük çok güzeldi. Şimdiye kadar yaşadığı hiçbir öpücükten daha derin, daha unutulmaz bir öpücüktü, ama yine de neden bir bebek gibi ağlıyordu?

Vincente annesinden uzaklaştı. Kendini toparlamaya çalıştı.

Ellen oğlunun gözlerine baktı ve parmaklarıyla çenesini okşadı. Alnına bir öpücük kondurdu. Oğul kontrolünü kaybetti ve yeniden hıçkırarak ağlamaya başladı!

"Söylesene Vincente, ne oldu? Kız, arkadaşın... O öldü mü?"

Vincente, beklediğinden daha yüksek sesle "Hayır!" diye bağırdı. Geri çekildi ve sırtını duvara dayadı. Yumruklarını sıktı ve öfkeli, üzgün ve mutlu hissetti, sanki tüm duygular bir tsunami gibi üzerine çökmüş gibiydi.

"Konuş benimle!" diye ikna etti Ellen.

"Eve gitmek istiyorum anne. Sadece eve gitmek istiyorum." Vincente gözyaşlarını tutmaya çalışarak söyledi. Kendini aptal gibi hissediyordu.

Ellen, oğlunun elini kendi elinin içine aldı, tıpkı o küçük bir çocukken her zaman yaptığı gibi. Ta ki o gün, dokuz yaşındayken, artık elini tutmasına izin vermeyene kadar. Ama bu gece, parmakları onun parmaklarını kavradığında ve sıkıca tuttuğunda, tartışmadı. Oğlunu üzen her neyse, kötüydü. O kadar kötüydü ki, duygularını kontrol edemiyordu.

Vincente Marino, küçük bir çocukken yaralandığında bile ağlayan türden bir çocuk değildi. Her zaman cesur görünmeye çalışırdı. Özellikle de başkaları izlerken. Genellikle baş başa kaldıklarında durum farklıydı. Ya da bugüne kadar öyleydi.

Emniyet kemerlerini bağladıklarında, Vincente zihnini tekrar Grace'e yöneltti. Bu sefer öpücüğe değil. Bunun yerine, onun bildiklerini nasıl bildiğini düşünüyordu. Resim gibi... O resim hakkında nasıl bilgi sahibi olabilirdi? Bildiği gibi görünen şeyleri uydurması veya tahmin etmesi imkansızdı.

"Dün ne oldu tahmin et?" diye sordu Ellen.

"Bilmiyorum anne."

"Başka bir tablo sattım!"

"Harika haber anne! Bu seferki hangisiydi?"

"Hatırlayacağından bile emin değilim. Onu çok uzun zaman önce çizdim."

"Eminim hatırlarım anne. Hangisi olduğunu tahmin edebilirim. Eminim o, yabani çiçeklerle dolu, o kadar gerçekçi ki, neredeyse kokusunu alabileceğin tablo!"

" Oh, sen çok tatlı bir oğulsun, teşekkür ederim. Ama hayır, o resim birkaç yıl önce, sen daha küçükken çizdiğim bir resim. Seni korkuttuğu için depoya kaldırmıştım."

Vincente dik oturdu. Artık dikkatle dinliyordu. Bu olamazdı.

Vincente'nin artan gerginliğinden habersiz, annesi devam etti: "Bir tarlada, büyük bir ağaç ve bir inek var."

Aynı tablo. Daha önce Grace Greenway ile konuştuğu tablonun aynısı. Belki de satış duyurulmuştu? Bu, Grace'in bunu bilmesini açıklardı. Alnına vurdu. Evet, bu her şeyi açıklardı!

"Daha dün akşam oldu. Özel bir satıcı bunu duydu ve görmeye geldi, sonra müşterisi için hemen satın aldı. Şu anda Avrupa'ya gitti, döndüğünde tablonu alacak."

"Yani satış hiçbir şekilde duyurulmadı mı?"

"Hayır, henüz babanıza bile söylemedim!"

Grace, o adamı tanımıyorsa bunu duymuş olamazdı. Hayır, onun durumu ve her şey göz önüne alındığında, bu mümkün olamazdı.

Şehrin sokaklarında arabayla ilerlerken, Vincente hiçbir şey düşünmemeye kararlıydı. Ne tabloyu, ne Grace'i, ne de öpücüğü. Özellikle öpücüğü.

BÖLÜM 18

Eve döndüklerinde Ellen, Vincente'ye kendini daha iyi hissedip hissetmediğini sordu. Vincente, eski haline döndüğünü ima eden belirsiz bir homurtuyla cevap verdi. Ellen ona yemek teklif etti, ama Vincente aç olmadığını söyledi.

"Çok yorgunum anne," diye itiraf etti. "Biraz uyumak istiyorum."

"Gitmeden önce sana bir şey sormam gerek. Gittiğin kız..."

"Grace mi?"

"Evet, Grace, durumu düzeliyor mu?"

"Evet, durumu... iyileşiyor," dedi Vincente, köşeyi dönüp basamağa ayağını koyarken. Arkasını dönüp Ellen'a baktı. "Ama senden bir ricam var."

"Grace'i görmeye gitsem mi?"

"Hayır, ama teşekkürler. Aslında senden istediğim, koçu araman. Ona kendimi iyi hissetmediğimi söyle, böylece maçtan önce birkaç saat daha dinlenebilirim."

"Vincente, baban ve benim spor hakkında ne düşündüğümüzü biliyorsun. Okula gitmelisin, normal bir okul günü geçirmelisin, yoksa oynayamazsın."

"Ama bugün normal bir gün değildi anne!" diye itiraz etti, "Bütün gece hastanedeydim ve çok yorgunum."

"Tamam canım," dedi, "Bu seferlik affedeceğim. Şimdi yatmaya git!"

Yukarıdaki odasında Vincente pijamalarını aradı ama bulamadı. Çok yorgun olduğu için sadece siyah iç çamaşırlarıyla yatağa girdi.

Vincente bir o yana bir bu yana dönüp durdu ve çok yorgun olduğu için uyuyamayacağını çabucak fark etti. Ayrıca kahveden ve daha önce Akademi Ödülü kazanamayan performansından dolayı oldukça gergindi.

Sorun şu ki, Grace rol yapmıyordu. Söylediği her kelimeye inanıyordu ve Vincente bunu onun öpücüğünde hissetti. Grace ona tüm kalbini ve ruhunu veriyordu.

Perdeleri geri çekip penceresinin dışındaki ağacın rüzgârın kaprisine göre ileri geri sallanışını izledi. Damlalar pencereye çarparak camda inci gözyaşları gibi aşağı doğru akıyordu.

Damlalar tek tek düşerken, ağaç sallanıyor, sesler ve hareketler Vincente'ye ninni gibi geliyordu. Birkaç dakika sonra derin bir uykuya daldı.

BÖLÜM 19

"Grace? Grace, neredesin?" Vincente, Sidney Opera Binası'na çıkan merdivenleri koşarak çıkarken bağırdı. Neredeyse varmıştı, sanki onu devasa beyaz mereng benzeri yelkenlerin üzerinde otururken bulacağını umarak ona seslenmeye devam etti.

Rocks bölgesini aradıktan sonra, George Street'ten Parramatta Road'a doğru koşmaya başladı. Grace'in adını defalarca seslendi, ta ki Sidney'in sıcak güneşi onu o kadar yorana kadar ki, martılar, kakadular ve kuzgunlar da çığlık atıyor gibi görünüyordu.

Grace'i bulmak zorundaydı. Bulmak zorundaydı.

Parramatta Road'da, yeni bir araba galerisinde kırmızı bir Ferrari gözüne çarptı. Üstü açık bir cabrio idi ve içine bindi. Park yerinden çıkarken lastikler gıcırdadı. Grace neredeydi? Kornaya bastı. Neredesin, Grace?

Vincente müzik setini açtı ve tanımadığı, duygusal bir aşk şarkısı çalmaya başladı. İlk başta şarkıyı değiştirmek istedi, ama şarkıda bir şey onu olduğu gibi bırakmaya itti.

Şarkı bittiğinde, müzik setinin ekranında iki pop şarkıcısının düeti olduğu yazıyordu. Şarkı tekrar çalmaya başladı. Vincente hemen parçayı değiştirdi, ama aynı şarkı yine çalmaya başladı, bu sefer iki ritim ve blues şarkıcısı tarafından söyleniyordu. Tekrar düğmeye bastı, ama yine aynı şarkı çalmaya başladı, bu sefer iki country şarkıcısı tarafından söyleniyordu. Bu ne tür bir CD'ydi? Her parça aynı şarkıyı çalıyordu! Diski çıkarmaya çalıştı, ama simge yuvanın boş olduğunu gösteriyordu. Ne oluyor...?

Vincente frene bastı, bu da aracın 180 derece dönmesine ve ardından tamamen durmasına neden oldu. "Grace," diye bağırdı, "Grace Marino, neredesin?" İki pop şarkıcısının sesleri gece havasını tekrar doldururken, o sinirlenerek başını direksiyona yasladı. Grace hala ortalarda yoktu.

Vincente, hayallerinin arabası olan spor arabada tek başınaydı, ama Grace yanında olmadan bu araba onun için hiçbir anlam ifade etmiyordu. "O benim tipim bile değil!" diye bağırdı ve arabayı hızla sürmeye başladı. Bu sefer müzik setini kapattı, ama o lanet şarkı hala kafasında tekrar tekrar çalıyordu.

Tekerlekler döner kavşağa girerken Vincente arabanın kontrolünü kaybetti ve güm — bir ağaca çarptı. Arabanın kaputu içe doğru ezilmişti, ama o hayattaydı. Ağır ağır nefes alıyordu. Kaputun altından dumanlar yükselirken, havaya fısıldadı, "Grace."

Fısıltısına cevap geldi: "Vincente?"

"Grace!" diye tekrarladı. Vincente oturdu, artık uyanık ve havaya doğru, "Grace, neredesin sen?" diye bağırdı.

Elinde bir şey tutuyordu. Gömleğinin bir parçasıydı. Artık kırmızıydı, kalın, sıcak kanıyla kırmızıya boyanmıştı. Elini açtığında, bir şekil aldı: bir kalp şekli.

Yumruğunu kapattığında ve o romantik şarkının nakaratını yüksek sesle söylediğinde, yumruğunu tekrar açtığında, yine bir kalp şekli ortaya çıktı.

Sonra acı onu sarmaya başladı ve lekeleri fark etti. Büyük kan damlaları yere damlıyordu ve yavaşça koltuğu ve zemini kaplıyordu. Damlalar dikiz aynasına ve ön camın iç kısmına yapışmıştı.

Kan her yerdeydi, yerde, duvarlarda, tavanda. "Grace!" diye son bir kez bağırdı, sonra gözlerini kapattı ve karanlıkta kayboldu.

BÖLÜM 20

Vincente uyandığında, güneş perdelerin aralığından odasına giriyordu. İlk başta nerede olduğunu hatırlamadı. Doğru, kendi yatağındaydı ama yorganın dışındaydı. Güvendeydi. Her şey çılgın bir rüyaydı! Başka bir şey olabileceği düşüncesine güldü.

Bir anlığına spor ödüllerine baktı, sonra oyulmuş figürlere göz attı. Birinin eksik olduğunu fark etti. İlk yarattığı figür: Aborjin. Her yerde aradı ama bulamadı.

Vincente kayıp figürü düşünürken, bir kookaburra ötmeye başladı ve kahkahası havayı doldurdu. Etrafında bir sinek vızıldıyordu, Vincente onu eliyle uzaklaştırdı.

Vincente saate baktı ve geç kaldığını fark etti. Okul gününü uyuyarak geçirmişti ve şimdi de acele etmezse maça geç kalacaktı. Takımı hayal kırıklığına uğratamazdı.

Vincente banyoya koştu, yüzüne su sıçrattı, dişlerini fırçaladı ve dilini çıkardı. Haftalardır uyumamış gibi görünüyordu.

Çenesindeki sakalları hissetti ve saatine tekrar baktı. Tıraş olacak kadar zamanı yoktu, bu yüzden tıraş losyonu sürdü ve deodorant sıktı. Sonra siyah bir kot pantolon ve tişört giydi ve merdivenlerin çoğunu tek seferde atlayarak indi.

Takımın ona ne kadar ihtiyacı olduğunu bilmek Vincente'yi daha iyi hissettirmiyordu. Bunun mutlak gerçek olması onu gururlandırmıyordu. Ama diğer oyuncular, yani takım arkadaşları, bunu ona karşı kullanmıyor gibi görünüyordu. Onun yetenekli olduğunu biliyorlardı, ama bazen bu baskının sadece onun omuzlarında değil, başkalarının omuzlarında da olmasını diledi.

Aşağı indiğinde, buzdolabından bir şişe su aldı ve annesine seslendi. Cevap vermediğinde endişelenmedi. Onu en çok nerede bulabileceğini biliyordu: dışarıda, verandada resim yaparken.

Tabii ki oradaydı, yaratıcılık dünyasında kaybolmuş, çalışıyordu. Orada durup bir süre onu izledi, yaratıcı ruhunu içselleştirdi, sonra annesi onun orada olduğunu fark etti. Fark ettiğinde, sanki yaratıcı düşünce zinciri kopmuş gibiydi, ama onu gördüğüne inanılmaz derecede mutlu oldu.

"Ah, uyanmışsın, nasılsın canım?" diye sordu, Vincente eğilip alnına bir öpücük kondurdu. Sonra Vincente parmaklıktan atladı ve bir kedi gibi bahçeye indi. "Çiçeklere dikkat et!" diye bağırdı. Sonra kasvetli gökyüzüne bakarak, "Bekle, sana bir şemsiye getireyim" dedi.

"Gerek yok," diye cevapladı Vincente. "Koşacağım ve yağmur damlaları bana yetişemeyecek!" Vincente hızlıca koşmaya başladı, sadece birkaç saniye için geri dönüp el sallayarak veda etti.

BÖLÜM 21

Hastanede Grace, Vincente'yi özlüyordu. Yalnız kalmak istiyordu, kocasıyla birlikte. Her şeyin eskisi gibi olmasını, ikisinin dünyada tek başlarına olmasını istiyordu.

Gözlerini kapattı ve en çok paylaştıkları öpücüğü hatırladı. O çekinmişti, hayır, tereddüt etmişti.

Helen uykusunda inledi, sonra kıpırdadı ve belirgin bir şekilde esnedi. Gerindi ve dik oturdu, odanın karşısına baktı ve kızının onu izlediğini fark etti. "Uyuyakaldığım için özür dilerim," dedi. "Bugün nasılsın?"

"İyiyim. Saatlerdir uyanığım. Düşünüyorum."

"Ne düşünüyorsun? Vincente'yi, herhalde," dedi Helen.

"Evet, uyandığımdan beri aklımdan çıkmıyor."

Helen tekrar gerindi, esnedi.

"Horluyordun anne."

"Horlamıyorum!" dedi.

"Kesinlikle horluyorsun ve bir dahaki sefere bunu kaydetmem gerekecek, böylece ne kadar gürültülü olduğunu anlayabilirsin!"

"Babanı rüyamda gördüm; onu özlüyorum."

"Ben de onu özlüyorum anne," dedi Grace, bunun yardımını istemek için mükemmel bir zaman olduğunu fark ederek.

Grace derin bir nefes aldı ve parmaklarını çaprazladı.

BÖLÜM 22

"Anne, kocamla vakit geçirmeyi özlüyorum."

"Biliyorum canım, ama Vincente'nin hala ailesine karşı sorumlulukları var, ayrıca okul ödevleri ve spor aktiviteleri de var. İkiniz de gençsiniz. Önünüzde çok zaman var."

"Ama biz yeni evliyiz ve daha fazla vakit geçirmemiz gerekiyor."

"Önce iyileşmen gerekiyor," Helen ayağa kalkıp kızının yatağına giderek ellerini tuttu. "İyileşmeye odaklanmalısın, böylece eve gidebiliriz."

"Eve gitmek istiyorum anne, ama bizim evimize gitmek istiyorum."

"Evet, ben de onu kastettim canım."

"Hayır, senin evine değil, bizim evimize, yani benim ve Vincente'nin evine."

Helen derin bir nefes aldı. Grace'in hayal kurduğunu biliyordu ve ona uymak zorundaydı, ama bu yalan giderek zorlaşıyordu. Helen, "Ameliyatın üzerinden yetmiş iki saat bile geçmedi. Felakete ne kadar yaklaştığını fark etmemiş olabilirsin, ama ben ne kadar yakın olduğunu biliyorum ve seninle ilgili herhangi bir riski göze almak istemiyorum. Hala burada sıkı gözetim altındasın. Doktorun emri."

"O zaman beni eve gönderecekler mi?" diye sordu Grace.

"Evet, tamamen iyileştiğinde."

"Ama ne kadar sürecek? Ne kadar zaman alacak?"

"Doktor Ackerman bugün yeni kan örnekleri almaları gerektiğini söyledi. İlaçlarını değiştirmeleri gerekebilir. Burada en iyi bakımı alıyorsun."

"Biliyorum, ama kocamın yanında olmak istiyorum."

Helen konuyu değiştirmeye çalıştı. "Bana evinizden biraz bahsedin. Neredeydi?"

"Evimiz Manly'de, sahilde."

"Sahilde mi dediniz?" Helen, o bölgedeki emlakların milyonlarca dolar değerinde olduğunu biliyordu. Onlara piyango mu kazandıklarını sordu.

"Tabii ki hayır anne. Para sorun değildi. O eve taşınmadan önce, sürekli yer değiştirip otellerde kalıyorduk."

"Peki geçiminizi nasıl sağladınız? Çalıştınız mı? Nasıl geçindiniz? Yemek ve giyeceklerinizi nasıl aldınız?"

"Para bizim için bir anlam ifade etmediğinden, dünyaya açıldık ve ihtiyacımız olan her şeyi aldık. O zamanlar sadece ikimiz vardık, paraya ihtiyacımız yoktu. Birbirimize olan sevgimiz de dahil olmak üzere her şeyin bolluğu içinde hayatta kaldık."

Bu konuşma hiçbir yere varmıyordu. Helen, "Eve gidip üstümü değiştireceğim, sana başka bir şey getirmemi ister misin? Dizüstü bilgisayarını falan? Ya da başka kitapları?" dedi.

"Ben iyiyim anne. Kocamdan başka bir şey istemiyorum. Ayrıca, burada okuduğum bir yığın kitap var. Hala uzun süre konsantre olmakta sorun yaşıyorum. Odaklanamıyorum. Aslında ihtiyacım olan şey, Vincente'nin geceyi benimle burada geçirmesine izin vermesi için doktorları ikna etmende yardımın anne. En çok ihtiyacım olan şey bu."

"Dürüst olmak gerekirse Grace, Vincente Marino'dan önceki hayatın hiç var olmamış gibi davranıyorsun!"

"Sanki bir ömür boyu birlikteymişiz gibi hissediyorum ve şimdi kendi hatamız olmadan ayrıyız," dedi Grace. "Onu çok özlüyorum. Sen buradayken ya da doktorlar etrafta olduğunda durum farklı. O kendinde değil. Yalnız kalmamız lazım, normal yeni evliler gibi."

"Grace, maç bittikten sonra yakında buraya gelecek. Ama bu kadar üzülmen ve sinirlenmen senin için iyi değil. İyileşmeye odaklanmaya çalış. Bana bırak, senin için ne yapabileceğime bakayım, şimdi uslu bir kız ol ve gözlerini kapat."

Grace yastığa yaslandı ve Helen, Grace küçük bir kızken yaptığı gibi, her iki gözünü de öptü. Göz kapakları, onun dokunuşuyla iki kelebek gibi titredi. "Vincente, sen farkına bile varmadan buraya dönecek," dedi.

"Lütfen doktorlara, bu gece benimle bu odada kalıp kalamayacağını sor, anne. Lütfen! Bir gece. Tek istediğim bir gece."

"Soracağım," dedi Helen, odadan çıkarken. Kalbinin derinliklerinde, bunun asla olmayacağını biliyordu.

Vincente Marino'nun bütün geceyi kızıyla aynı odada tek başına geçirmesi imkansızdı. Özellikle de Grace onların karı koca olduğuna inanırken.

"Cesedimi çiğnemeden olmaz!" dedi Helen, Grace'in odasının kapısını kapatırken.

BÖLÜM 23

İki sevgili, birbirlerine tamamen dalmış bir şekilde, el ele tutuşarak sahil boyunca yürüyüş yaptılar. Arada sırada durup öpüşüyorlardı. Sonra biraz daha yürümeye devam ediyorlar, dalgaların kıyıya vurduğu sesi dinlemek için duruyorlardı.

"Yüzüklerimi kaybettim!" diye bağırdı Grace.

Vincente ona endişelenmemesini söyledi. Onları bulacaklarını, bulamazlarsa ona yeni yüzükler alacağını söyledi. Yüzüklerin manevi değeri olsa da, yenileriyle değiştirilebileceğini söyledi. Yüzükler boş halkalardı, ama onların aşkı dolu, yuvarlak ve kalplerinin derinliklerinde yer alıyordu.

"Daha önce vardı, ama şimdi yoklar! Belki hemşirelerden biri çalmıştır? Belki ameliyata girdiğimde çıkarmışlardır."

"Grace, neden bu kadar endişeleniyorsun? Merak etme. Onları bulacağız," diye Vincente onu sakinleştirdi.

"Yüzükler kayboldu ve ben bu hastanede tutsak gibi tutuluyorum. Sanki sonsuza kadar burada kalacakmışım gibi hissediyorum."

" İstediğin zaman gelip gidebilirsin aşkım," dedi Vincente.

Sırtını ona dönerek, Grace'e yüzünü dönerek onun önünde yürüdü. Açık avuçlarını ona uzattı ve o da onun ellerini kendi ellerine aldı. Bir kez daha birbirlerine bağlandılar ve sahil boyunca yürümeye devam ettiler. Bu şekilde göz teması kurarak, sözsüz düşüncelerini paylaştılar.

"Bana gidebileceğimi söylesen bile, gidemem. Beni bırakmayacaklar."

"Kötü bir rüya mı görüyorsun aşkım?" diye sordu Vincente. "Uyan şimdi, her şey yoluna girecek. Söz veriyorum."

"Hayır," dedi Grace. "Tam tersi. Her şey tersine dönüyor. Uyandığımda sen farklı oluyorsun. Biz aynı değiliz."

"O zaman biz neyiz aşkım?" diye sordu Vincente.

Ama cevap gelmedi.

BÖLÜM 24

Helen, Doktor Ackerman'ı bulmayı başardı - ya da onu köşeye sıkıştırdı - hikayeyi anlatan kişiye göre. Grace'in, sözde kocasıyla birlikte odasında yalnız başına geceyi geçirmek istediğini anlattı.

Doktor Ackerman, bu öneriye şaşırmış gibi tepki vermedi. Aslında, böyle bir isteği önceden tahmin etmişti.

"O zaman neden beni uyarmadınız?" diye sordu Helen.

"Bu hiç olmayabilirdi," diye açıkladı Doktor Ackerman. "Ve sen endişelenirdin ve Grace'e verdiğin tepki doğal görünmeyebilirdi."

"Peki, ne yapacağız? Onu bütün gece o odada o çocukla yalnız bırakamayız! O çocuk çok kendini beğenmiş, ondan ve durumdan yararlanabilir."

"Helen, kızın hala iyileşme sürecinin başındadır. Bu yanılgıyı sürdürmenin en iyisi olduğunu söylemeliyim. Hatta bunu sınırına kadar zorlamalıyız, çünkü Grace'in fanteziden kurtulup gerçekliği seçmesinin tek yolu bu olabilir."

"Yani, o çocuk onunla birlikte orada kalacak ve Grace onun sandığı kişi olmadığını fark edecek mi?"

"Evet, doğru anladın. Eğer o, kızın sandığı kişi değilse, eğer kızın zihnindeki imajı çatlarsa, ancak o zaman gerçekliği kabul edebilir, hayali olanı reddedebilir ve tekrar Grace olmaya dönebilir.

"Peki ya çocuk? Onu kim ikna edecek? Özellikle de o, Grace'i onun gördüğü gibi görmüyor. Onun kaybedecek hiçbir şeyi yok ve gerçek bir evli çift gibi evcilik oynamak, ondan çok fazla şey istemek olabilir."

"Vincente'nin kaybedecek hiçbir şeyi yok, ama kazanacak çok şeyi var. Bu olay bittiğinde eski hayatına dönebilir. Artık rol yapmasına, hastaneye gelmesine, olmadığı bir şey gibi davranmasına gerek kalmayacak. Bu, bize yardım etmesi için yeterli bir teşvik olmaz mı?" Ackerman önerdi.

"Doğru, bu şekilde düşünmemiştim," dedi Helen. "Aslında, şimdi böyle söylediğinizde, bunu gerçekleştirmek için sabırsızlanıyorum ve ne kadar erken olursa o kadar iyi. Tek bir sorun var. Ya Grace Vincente'ye aşık olursa ve onunla evlilik yatağını paylaşmak isterse?"

"Evet, bu bir sorun olabilir," diye onayladı Doktor Ackerman.

"Oğlana, Grace'in şu anki zihinsel durumunda, o akşam için belirli beklentileri olabileceği ve onun hiçbir koşulda bu beklentilere karşılık vermemesi gerektiği konusunda uyarıda bulunulması gerekiyor," dedi Helen.

"Onu, çok ileri gitmeden 'oyunu oynamaya' ikna edebileceğimizden eminim."

"Ama o bir erkek," dedi Helen. "Alınma. Kızların ona aşık olmasına, istediği her şeyi ona vermesine alışkın."

"Onunla konuştuktan sonra çocuğu bana gönderin, konuşmak için. Ona erkek erkeğe her şeyi açıklayacağım."

"Ona ne sebep söylemeliyim?" diye sordu Helen.

"Onunla konuşmanız için ne sebep?"

"Konuşmanızdan sonra onu bana gönderin, Helen. Gerisini ben hallederim."

Helen saatine baktı. "Vincente her an Grace'i ziyarete gelebilir. Konuyu onunla konuşup, sonra seni görmesi için göndereceğim."

"Peki, kızına bu özel görüşmeyi nasıl açıklayacaksın, onun ani ortadan kayboluşunu saymıyorum bile?"

"Grace'i oyalayacağım. Ona kalacak bir yer ayarlamamı istedi, ben de ona bunun üzerinde çalıştığımı söyleyeceğim."

"İyi bir plan gibi görünüyor," dedi Doktor Ackerman.

"O zaman Vincente'yi bu gece evine göndereceğiz, kıyafetlerini falan alması için, ve büyük gece yarın gece olacak."

"Evet."

"Kızımı korumak için sana güveniyorum."

"Merak etme, ben hallederim," dedi Doktor Ackerman.

Helen, düşüncelerini toparlamak için bir süre kızının odasının dışında bekledi. Sonunda hazır olduğunda, derin bir nefes aldı ve kapıyı açmadan önce pencereden içeriye baktı.

BÖLÜM 25

Grace çekmeceleri açıp tekrar kapatıyordu. Helen odaya girdiğinde Grace, "Tanrıya şükür buradasın anne! Tanrıya şükür!" dedi.

"Ben asla uzağa gitmem," dedi Helen, kolunu kızının beline dolayarak onu yatağa doğru yönlendirdi. Helen kızının yüzüne baktı. Bir şey onun dikkatini çekti, daha önce fark etmediği bir şey: Grace artık küçük bir kız değildi.

"Anne, evlilik yüzüklerimi bulamıyorum!"

"Canım, bunu daha önce de söylemiştin, hatırladın mı?" Helen aynı şeyi tekrarladı. "Çok uzağa gitmiş olamazlar, değil mi?" O anda inanılmaz bir üzüntü duydu. Kızı hala var olmayan şeyleri arıyordu. Biraz hıçkırdı ama Grace ruh halindeki değişikliği fark etmeden önce kendini topladı.

"Onları asla çıkarmayacağıma yemin etmiştim, ama şimdi yoklar!" diye haykırdı Grace.

Helen bir an için kızını sarsarak, onu kendinden gelip gerçekle yüzleşmeye zorlamayı hayal etti. Ama bu, Helen'in tek başına savaşamayacağı bir savaştı. Kızının hayallerini ortaya çıkarmak için önce sağlık personelinin desteğine ihtiyacı vardı.

Odanın diğer tarafında Grace, "Anlamıyor musun, bana yardım etmelisin anne! Belki buraya düşmüşlerdir?" diye bağırıyordu. Yere eğilip her köşeyi ve her boşluğu aradı.

Yalnız kaldığında Grace, Vincente'nin ona karşı tutumunun değişmesinin tüm nedenlerini gözden geçirmişti. Bunun nedeninin yüzükleri kaybetmiş olması olduğuna karar verdi. Yenilgiye uğramış bir şekilde yere oturdu ve ağlamaya başladı.

Helen onun yanına diz çöktü ve ellerini kendi ellerine aldı. Konuşmak üzereydi, ama Grace önce ağzını açtı ve "Vincente dönmeden önce onları mutlaka bulmalıyım. Onları bulduğumda, o eskisi gibi olacak. O zaman yine benim Vincente'im olacak." diye ağladı.

"Canım," dedi Helen, kızının çenesini kaldırarak gözleri aynı hizaya gelmesini sağladı. "Yüzüklerin çok uzakta olamaz. Belki ameliyata girdiğinde alınmışlardır? Evet, bu her şeyi açıklıyor," dedi Helen, kızını kaldırırken. Gözlerinde bir umut ışığı gördüğünde, devam etti. "Evet, eminim senin taburcu olmanı bekliyorlardır."

"Ama şimdi bana geri verilemezler mi?" diye sordu Grace. "Hapishanede değilim ki!"

"Doğru, hapishanede değilsin, ama bazen hastaneler hastalarının eşyalarını güvende tutmak için kurallar koyarlar," dedi Helen. "Onlara sorayım mı? Senin için kurala istisna yapabilirler mi diye sorayım mı?"

"Evet anne! Evet, lütfen!"

Helen, var olmayan yüzükleri nasıl soracağını düşündü. Kızının yüzükleri unutmayacağı belliydi. Ya bir cevapla ya da yüzüklerle geri dönmek zorundaydı.

"Grace, düşünüyordum da. Hastaneye ilk geldiğin zamanı hatırlıyor musun? O zaman yüzükler parmağında mıydı?"

"Tabii ki hayır!" diye bağırdı Grace. "O zaman evli değildik."

"Yani, Vincente seni hastaneye daha sonra, evlendikten sonra mı getirdi?"

"Evet," dedi Grace.

"Belki de onları tanımlamam gerekirse diye bana tarif edebilirsin."

"Evet, akıllıca bir fikir. Ya da belki de onları yanlış hasta adına kasaya koymuşlardır ve başka biri benim yüzüklerimi almıştır! Umarım öyle değildir!"

"Şimdi bunun için endişelenme, bana nasıl göründüklerini anlat. Eminim çok güzeldirler!" Helen onu sakinleştirdi.

"Evet, Vincente'nin zevki harika. Nişan yüzüğüm kalp şeklinde ve dış kısmı elmaslarla çevrili. Alyansımın etrafında altın yıldızlar var ve her yıldızın içinde bir elmas var. Onları bulmam lazım anne."

Helen geri adım attı. Bir süre durakladıktan sonra sordu: "Bu yüzükleri nereden aldın? Pahalı görünüyorlar. Muhtemelen sigortalatmalıyız."

"George Caddesi'ndeki küçük bir kuyumcudan, benzersiz, eşsiz parçalar konusunda uzmanlaşmış bir yerden."

"George Caddesi'nin hangi ucunda? Çok uzun bir cadde," diye sordu Helen.

"Circular Quay ucuna yakın, The Rocks yakınlarında."

"Tamam Grace," dedi Helen. "Yüzüklerinle ilgileneceğim. Umarım çok yakında parmaklarına geri takabilirsin."

Helen'ın başka seçeneği yoktu, o kuyumcuya gitmeli ve yüzükleri kuyumcuya tarif etmeliydi. Böyle yüzükler olup olmadığını veya dükkanda benzer bir şey olup olmadığını öğrenmeliydi.

Helen kapıyı arkasından kapattı. Duvara sırtını dayayarak hareketsizce durdu ve düşündü. Helen Greenway için artık birkaç şey netleşmişti. Birincisi, kızının onun hastanede oldukça uzun bir süre kaldığına, gerçekte kaldığı süreden çok daha uzun bir süre kaldığına inandığıydı.

İkincisi, Grace'in Vincente ile aşık olduklarına ve hastaneden birlikte çıktıklarına inandığıydı. Evlenmişler ve bir süre sonra geri dönmüşlerdi. Bir süre birlikte yaşadıktan ve bir yuva kurmak için yeterli zaman geçirdikten sonra.

Ve son olarak, söz konusu yüzüklerin yerel bir dükkandan satın alındığını keşfetti. Helen'in tanıdığı bir kuyumcudan. Tek bir ürün için binlerce dolar ödemenin mütevazı sayıldığı bir kuyumcudan. Eğer gerçekten aynı kuyumcuysa, Grace ve Vincente bu kadar pahalı yüzükleri nasıl ödemişlerdi?

Helen derin bir nefes aldı, sinir krizi geçirmemek için kendini zor tuttu. Kaçmak istedi. Kaçmak istediği için suçluluk duyuyordu ve ne yapacağını bilmediği için de suçluluk duyuyordu. Kaçmasına izin verdi.

"Taksi!" Helen dışarıda işaret verdi ve bir taksi kaldırıma yanaştı. "Beni The Rocks'a götür ve George Street yakınlarında bir yerde indir," dedi Helen. "Bir kuyumcu arıyorum, çok özel ve pahalı bir kuyumcu. Adresini bilmiyorum ama George Street'te."

"Evet, biliyorum," dedi şoför ve arabayı hareket ettirdi.

Helen arka koltukta oturmuş, neden kendini doğru olmadığını bildiği bir şeye bu kadar kaptırdığını merak ediyordu.

Trafikte sıkışıp kalmış, kornaların ve sirenlerin sesini dinlerken, kendi sorusuna cevap bulamıyordu.

BÖLÜM 26

Vincente Marino takım arkadaşlarının omuzlarında sahadan taşınırken bir tezahürat yükseldi. Vincente bir kez daha takımını zafere taşımıştı. Takım arkadaşları ona minnettarlıklarını göstermek için adını tekrar tekrar haykırıyorlardı.

Vincente çok sevinçliydi. Performansı kendi beklentilerini bile aşmıştı.

Havaya atılırken bir anlığına başını çevirdi ve Missy Malone'un gözlerine baktı. Missy zıplıyordu. Her şeyin senkronize bir şekilde zıplarken ne kadar sevimli göründüğüne hayran kaldı. Ona bir öpücük gönderdi ve o da başını sallayarak karşılık verdi.

Sahaya ilk geldiğinde, Missy yanına koştu. Dudaklarını büzerek ona doğru geldiğini görmüştü. Onun kendisini tutmasına izin verdi. Onun tüm gücüyle kendisini öpmesine izin verdi, ama ona karşı hiçbir şey hissetmiyordu.

Grace Greenway'in öpücüğü, Missy Malone'un tüm öpücüklerini bir araya getirseniz bile geçiyordu. O, bu gerçeği milyon yıl geçse de asla inanmazdı. Kendisi bile buna inanamıyordu.

Yine de, ona karşı ne hissederse hissetsin, Vincente, Missy'nin, o karşılık vermese bile, ona bağlı kalacağını biliyordu. Neden? Çünkü Missy Malone kendini Vincente'nin aksesuarı olarak görüyordu. Onların Lamington ve hindistancevizi, Vegemite ve tost, turta ve patates kızartması gibi birbirlerine yakıştıklarını düşünüyordu.

Onu bırakmak isterse, acımasız olmak zorunda kalacaktı. Artık onu istemediğini doğrudan söylemek zorunda kalacaktı. Ona gitmesini söylemek zorunda kalacaktı.

Vincente şimdi ona baktı, ne kadar güzel olduğunu gördü. Ne kadar tatlı ve umut dolu olduğunu. Sonra takım arkadaşlarına baktı, hala onun adını haykırıyor ve onu havaya atıyorlardı ve Missy ile ilgili tüm düşünceler aklından uçup gitti. O, onun için hiçbir şey ifade etmiyordu.

Bir an için Vincente'nin zihni hastaneye geri döndü ve saatine baktı. Ziyaret saati bitmek üzereydi. Grace'i görmesi gerekiyordu. Onu ziyaret edeceğine söz vermişti.

En kötüsü, şimdi onu rüyalarında bile görüyordu! Sözünü bozması gerekip gerekmediğini merak etti. Onu yüzüstü bırakmalı mıydı? O zaman belki onu unutmaya çalışabilirdi. Belki o zaman o da onu unutmaya çalışırdı.

Ancak bu hiçbir şeyi çözmezdi, çünkü Grace Greenway romantik bir fantezinin içinde sıkışıp kalmıştı. Bir rüyanın içinde sıkışmıştı ve o anda bunun gerçek olduğuna inanıyordu. O öpücükle rüyasının gücü Vincente'nin içinde kabarmıştı. Bir an için, bunun gerçek olduğuna bile inandı. Onu sevdiğine ve onun da onu sevdiğine. Gerçek gibi geliyordu. Sadece bir an için.

Vincente titredi, neredeyse arkadaşları onu asfaltın üzerine düşürecekti. Onu daha yükseğe kaldırdılar ve okumalarına devam ettiler.

Bütün bunlardan sıkılan Vincente, Grace'i düşünmeye geri döndü, bu düşünce tarzının hiçbir sonuca varamayacağını çok iyi biliyordu. Aralarında ne olursa olsun, Grace Greenway ona uygun değildi. O, onun tipi değildi.

Kalabalık da sloganlara katıldı ve ileriye doğru akın etti. Vincente kendini ayırdı ve indirilmesini istedi. Arkadaşlarına, bir arkadaşına verdiği sözü tutmak için birkaç saatliğine ayrılması gerektiğini söyledi.

Bu haberi duyunca hayal kırıklığına uğrayan arkadaşları, onun adını daha da yüksek sesle slogan attılar. Vincente el salladı ve daha sonra geri döneceğine söz verdi.

Arkadaşları kalmasını istediler. Etrafını sardılar. Onu kapattılar. Tuzağa düşürdüler.

Missy Malone da yaklaştı. O ve diğerleri yolunu kapattılar.

Vincente, Missy'ye bir açıklama borçlu olduğunu hissetti, ama şu anda kendine bile bir açıklama yapamıyordu. Missy'nin Grace'i öğrenmesi halinde sorunlar çıkacağını biliyordu. Tam olarak kıskançlık duyacağı için değil. Grace'i ona tercih edeceğine asla inanmazdı. Arkadaşlarından bahsetmeye gerek bile yoktu, onun aklını tamamen kaçırdığını düşünürlerdi!

Vincente, Grace ile paylaştıkları öpücüğü bir kez daha hatırladı.

Titredi. "Hepsi bir fantezi. Ve ben bile bu fanteziye kapılıyorum."

Grace Greenway'in kendisinin onunla evli olduğuna inandığını çeteye söylerse ne olacağını hayal etti.

Grace alay konusu olurdu ve o da onunla birlikte. Grace'in bu matematiksel durumunu asla unutmasına izin vermezlerdi.

"Görüşürüz!" diye bağırdı Vincente, isteksiz kalabalığı iterek okul bahçesinden çıktı.

Kapıdan geçer geçmez, hızını kesmeden koşmaya başladı.

Missy onun gidişini izledi. Kollarını kavuşturdu, Vincente Marino'nun geri döneceğinden emindi. Ona geri dönecekti, çünkü Vincente Marino'nun ondan asla doyamayacağını biliyordu.

BÖLÜM 27

Helen yüzüksüz olarak hastaneye geri döndü.

Grace yatakta oturmuş, ellerini birleştirmiş, gözleri kapıya odaklanmış, Helen'in dönüşünü bekliyordu.

Helen, kızını pencereden gördüğünde, nefesini tutmuş gibi görünüyordu. Ancak cildi mavi olmadığına göre nefes alıyor olmalıydı. Sadece çok sığ nefesler alıyordu.

Helen, Grace'e söylemek istediği şeyi gözden geçirdi, ki bu hiçbir şeydi. Kızının dikkatini başka şeylere yöneltmek niyetindeydi.

Kuyumcu son derece yardımcı olmuştu. Helen yüzükleri tarif ettiğinde, tam olarak hangilerini kastettiğini anladı. Yüzüklerin birkaç hafta önce kaybolduğunu söyledi. O ve dükkan sahibi güvenlik kamerası kayıtlarını defalarca izlemişlerdi. Yüzükler bir an önce oradaydı, bir an sonra yok olmuştu. POOF. Hiçbir açıklama yoktu. Çok garipti.

"Saçına bak, Grace!" diye bağırdı Helen. "Vincente yakında ziyarete gelecek ve kocan için güzel görünmen gerekiyor."

Grace aynada kendini inceledi. Annesinin haklı olduğuna karar verip oturdu ve Helen, daha önce birçok kez yaptığı gibi kızının saçını taramaya ve şekillendirmeye başladı.

Grace rahatladı. Helen makyaj çantasını aldı ve hafif bir pudra fondöten sürdü, ardından biraz allık uyguladı. Grace, anne ve kızının bu anlarını paylaşmaktan mutlu olarak gülümsedi.

Kısa süre sonra Vincente, ayakkabılarının sürtünme sesiyle varlığını belli etti.

Helen'in saçını düzelttiği Grace'i gördü ve karşısındaki manzara onu gülümsetti. Bu anı ahşaba oyacağına karar verdi. Grace'e doğru gülümsedi.

Grace sıçrayarak ayağa kalktı ve hemen ellerini sakladı. Onun kendisine dokunmasını istemiyordu. Kayıp yüzükleri fark etmesini istemiyordu.

Gülümsemesiyle onu yakaladı ve bir mıknatıs gibi kendisine doğru çekti. Direnmek boşunaydı.

Dudakları selam öpücüğü için birleştiğinde, her iki tarafta da kıvılcımlar çaktı. Grace, öpücüğü başka bir düzeye taşımak için yaklaştı, ama Vincente, Helen Greenway'in varlığından şüphelenerek geri çekildi.

Vincente, Helen'in varlığını da kabul ederek, yanağına küçük bir öpücük kondurdu. Daha önce Helen'i selamlamak için yanağına öpmemişti. Ne yaptığını bilmiyordu. Sanki büyülenmiş gibiydi.

Grace'den aldığı şoku hala hatırlayan Vincente, arka plana çekildi ve iki elini de kot pantolonunun ceplerine soktu. Sırtını duvara dayadı, sol ayağını yere koydu ve sağ ayağını duvara dayadı, sanki GQ dergisi için poz veriyormuş gibi.

"Anne, Vincente ve beni bir dakika yalnız bırakır mısın?"

"Beni kovuyor musun?" Helen, içten içe gerçekten kırılmış olsa da, dıştan kırılmış gibi davranarak sordu. Aslında, çok kırılmıştı, ama aynı zamanda Doktor Ackerman ile konuşmak istiyordu ve bu, onu bulmak için mükemmel bir fırsattı.

Öpüşme şekilleri, aralarında kıvılcımlar uçuşuyor gibi görünmesi onu endişelendiriyordu. Helen bile mecazi olarak onlardan kaçınıyor ve odadaki sıcaklığın yükseldiğini hissediyordu. Yoksa sadece hayal mi ediyordu?

Hayır, gerçek gibi görünüyordu. Bu, ikisinin gece boyunca odada birlikte kalmasına izin verme kararını veriyordu. Nedense, bu fantezi tek taraflı gibi gelmiyordu.

Ancak Vincente, kızının onun tipi olmadığını defalarca söylemişti.

Helen, bu bağı hayal etmiş olabileceğine karar verdi — hayal gücünün, kızınınkiyle birlikte uçup gitmesine izin vermişti. Belki de bu durum bulaşıcıydı.

"Ben biraz yürüyüşe çıkacağım," dedi Helen ve sonra dönüp sadece Vincente'nin duyabileceği şekilde fısıldadı, "Sana güvenebilir miyim?" Vincente başını salladı ve yüzünde samimiyet vardı. Helen ona hiç güvenmiyordu. "Hemen döneceğim," dedi.

Odayı terk ettikten sonra Helen kapının dışında durdu. Vincente, Helen'in yuvarlak pencereden içeriye bakarak onları gözetlediğini görebiliyordu. Soğukkanlı davranmaya, doğal davranmaya çalıştı.

Grace, annesinin onları dinlediğini fark etmemişti. Hiçbir şeyden habersiz Vincente'ye yaklaştı ve dudaklarına ateşli bir öpücük kondurdu.

Vincente'nin son gördüğü şey, Helen'in yüzünün daha önce hiç görmediği bir kırmızıya dönüşmesiydi.

Sonra bir anlığına öpücüğün içinde kendini kaybetti, kendini bıraktı.

Grace öpücüğü aniden bitirdi, geri adım attı ve "Artık beni sevmiyorsun. Değil mi Vincente?" dedi.

Vincente'nin kafasında kendi sesinin yankılanıp durduğunu duyabiliyordu: WOW-WOW-WOW-WOW-WOW-WOW-WOW.

Elleri hala kot pantolonunun ceplerinde sıkışmış durumdaydı ve şimdi yumruk haline gelmişti. Onun ne dediğini, ne sorduğunu duyamıyordu. Tek odaklanabildiği şey, o öpücüğün WOW faktörüydü.

"Ne? Ne dedin?" diye sordu, duyuları yavaş yavaş geri geliyordu.

"Tekrar etmemi ister misin?" diye sordu, yanağından bir gözyaşı süzülürken.

Vincente'nin kafasındaki VAY! VAY! VAY! sesleri zihninin en uzak köşesine çarparak parçalandı, sonra da kızın söylediği sözlere dönüştü. Onları duymuştu, ama mesaj henüz beynine ulaşmamıştı. Şimdi kızın sözleri yankılanıyordu: "Artık beni sevmiyorsun." Midesi bulandı.

Vincente, kadının ela gözlerine baktı ve gözlerinin derinliklerine daldı. Sanki bir yüzme havuzuna atlıyordu, çok çekici, çok canlıydı.

Yine de, kadın bir şekilde kaybolmuş görünüyordu ve en kötüsü, onu bu şekilde hissettiren, istemeden de olsa, kendisiydi.

Onu bu şekilde görmek, Vincente'nin onu teselli etmek, ona geri dönmesini sağlamak için can atmasına neden oldu. Bunu başarmak için, Vincente kadına yaklaştı, vücutları birbirine değdi ve Vincente o nu öptü.

Bu seferki daha da güçlüydü. Öyle ki, zamanın durmasını istedi. Her şeyin durmasını istedi, ama yine de devam etmesini istedi. Bu kızla her şeyi yapmak, her şeyi onunla paylaşmak istedi, ama o onun tipi bile değildi. Ona dünyayı vermek ve onu mutlu etmek istedi. Kendini onunla paylaşmak istedi. Onun dünyası olmak istedi.

Ve hepsini şimdi istiyordu.

Vincente sessiz kaldı. Konuşmaktan korkuyordu. Hissettiklerinden korkuyordu. Söyleyip yapabileceklerinden korkuyordu. Bunun yerine, Grace'in gözlerinin havuzunda yüzmeye devam etti, onun derinliklerinde kendini kaybetti.

Sessizliği ve kafa karışıklığı Grace'in kalbini kırıyordu. Parçalanıyor, parçalara ayrılıyor ve o ela gözlerinden gözyaşları sel gibi akıyordu. Büyük, kalın, tuzlu gözyaşları akıyor, düşüyordu.

Elini uzattı ve parmağının ucuyla bir damla yakaladı. Nazikçe ağzına götürdü, dilinin ucuna koydu ve tuzlu tadı patladı. Bir damla daha, bir damla daha yakaladı, her biri dilinde patladı. Bu sırada Grace, Vincente'nin garip davranışlarına ve sessizliğine inanamadan ağlamaya devam etti.

Onu seviyordu, ama onu sevemeyeceğini biliyordu. O, onu gerçekten sevmiyordu bile. Onu sadece hayalinde seviyordu. Ama o, onu burada ve şimdi seviyordu. Onun sevgisi gerçekti.

Döndü ve koştu.

BÖLÜM 28

Koridorda, Grace'in kapısına sırtını dönmüş olan Vincente, onu çaresiz bir durumda bıraktığını anladı. Odayı araştırıp onun nasıl olduğunu kontrol etmesi gerektiğini biliyordu. Barbar gibi davrandığını fark etti. Kendinden utanıyordu.

"Ah, tam da aradığım kişi," dedi Doktor Ackerman, Vincente'nin nefes nefese, neredeyse hırıldadığını fark ederek. Babacan bir tavırla sırtına bir şaplak attı ve "Her şey yolunda mı?" diye sordu.

"Ben, bilmiyorum. Artık hiçbir şey bilmiyorum!" Vincente titrek bir sesle haykırdı.

"Benimle gel genç adam," dedi Doktor Ackerman. "Ofisimde özel olarak konuşabiliriz, sen de nefesini toplayabilirsin."

"Evet," dedi Vincente. "Ama bunun hakkında konuşmak istemiyorum."

"Peki, ben de seninle Grace hakkında konuşmak istiyorum."

"Grace mi?" dedi Vincente ve titremeye başladı.

"Evet, gel benimle. Ofisim köşeyi dönünce."

Birkaç dakika sonra vardılar. Doktor Ackerman, Vincente'yi oturmaya davet etti ve ardından bir bardak buzlu su doldurdu. Vincente, bardağı dudaklarına götürdüğünde elleri titriyordu.

Vincente, tuzlu gözyaşlarını hatırlıyordu. Patlayan tuzlu gözyaşlarını.

"Sakinleştin mi?" diye sordu Ackerman.

Vincente başını salladı.

"Tamam o zaman, Grace hakkında konuşalım. Mevcut durumu anlıyorsunuz, değil mi? Grace Greenway'in, ikinizin bir ilişki içinde, hatta evli bir çift, yeni evli bir çift olduğunuzu düşünerek kendini kandırdığını anlıyorsunuz, değil mi?"

"Evet, onun böyle hissettiğini anlıyorum, ama anlamadığım şey neden olduğu. Neden ben?"

"Bu soruyu sadece o cevaplayabilir, Vincente. Belki de bunu asla bilemeyeceğiz. O da asla bilemeyecek. Ancak, bunun gibi belgelenmiş vakalarda, bir fantezi yaratmanın nedeni, bazı gerçeklerin inkar edilmesine dayanır. Muhtemelen seninle hiç ilgisi olmayan bir şey. Sebep ne olursa olsun, o, senin ve onun birbiriniz için her şey olduğunuz bir dünya yaratmış. Sanki sen ve o bir romanın ana karakterleriymişsiniz ve birlikte dünyayla savaşıyormuşsunuz gibi."

"Bir romanın karakterleri mi? Oh, hiç bu şekilde düşünmemiştim," diye düşündü Vincente. "Yine de, bazen o bu fanteziyi örerken, beni de fantezisine dahil ettiğinde, bazen... bana gerçek gibi geliyor. Bana." Vincente yere baktı. Doktor Ackerman'ın gözlerine bakmaya dayanamıyordu. Ağın içine çekildiğini itiraf ettiği için.

Ackerman, odanın karşısında oturan çocuğa baktı. Birdenbire, bu çocuğun ilk tanıştığı çocuktan tamamen farklı bir çocuk olduğunu fark etti. "Onu seviyor musun?" diye sordu.

"Sanmıyorum. Bilmiyorum. O benim tipim değil. Onu tanımıyorum bile, gerçekten, ama o benim hakkımda bir şeyler biliyor. Ben söylemedikçe kimsenin bilemeyeceği şeyler biliyor, ama ben söylemedim." Vincente ellerini başının etrafına doladı. Bu konuyu konuşmak onu fiziksel olarak hasta hissettiriyordu. Oda dönüyordu.

"Başını dizlerinin arasına koy evlat," dedi Ackerman. "Daha önce benim bile görmediğim yeni yeşil tonlara bürünüyorsun."

Vincente, sorgulamadan hemen talimatları yerine getirdi. Oda kısa sürede dönmeyi bıraktı, ama şimdi tavanda parıldayan yıldızlar vardı. Sadece Vincente'nin görebildiği yıldızlar.

Ackerman devam etti, "Senin hakkında bu kadar kişisel şeyleri nasıl bildiğini bilmiyorum. Belki de o, dünya ile ruhların dünyalar arasında seyahat ettikleri yer arasında iken, belki de ruhu bir şekilde senin ruhunla bağlantı kurdu. Biliyorum, imkansız gibi geliyor. Ama ölümcül deneyimler hakkında, bilim adamı olan benim bile reddedemediğim hikayeler d uydum."

"Az önce bana onu sevip sevmediğimi sordu ve ben cevap veremedim. Beni sevdiğini düşünüyor, ama sevmiyor. Gerçekte sevmiyor. Evet demek istedim, içimdeki çılgın bir parça evet demek istedi, ama nasıl söyleyebilirdim? Onu anlamıyorum. Artık hiçbir şeyi anlamıyorum! Bazen, bildiklerini bildiği için onun bir cadı olduğunu düşünüyorum."

"Cadılara inanıyor musun?"

"Aslında hayır."

"Bence çok fazla televizyon izliyorsun. Grace Greenway bir cadı değil. O, etkilenmeye açık, genç bir kız. On altı yaşında ve kısa süre önce trajik bir kazada hem babasını hem de kardeşini kaybetmiş bir kız. Her ne sebeple olursa olsun, seni fantezisinin bir parçası olarak seçmiş bir kız. Seni kocası olarak seçmiş. Şu anda kocası rolünde sana ihtiyacı var, çünkü hala gerçekle yüzleşmeye hazır değil."

"Yani, onun akıl sağlığının yerinde olmadığını ve benim de bununla, bu saçmalıkla, bana neye mal olursa olsun, uyum sağlamam gerektiğini mi söylüyorsun?"

"Grace henüz tehlikeyi atlatmış değil. Hayati fonksiyonlarını izliyoruz. Onu gözetim altında tutuyoruz. Bu yüzden henüz taburcu edilmedi. Bizim bakımımız altında. Vincente, bu durumun merkezinde sen varsın. Sen katalizörsün. Eğer onu şimdi terk edersen..."

"Eğer çekip gidersem, bundan sonra olacaklardan ben sorumlu olurum. Bana söylediğin bu mu?"

"O şu anda çok savunmasız. Senden bir şeye ihtiyacı var ve belki de ona bunu verirsen, onun isteğini yerine getirirsen, o zaman gerçekle yüzleşebilir ve seni bırakabilir. İnanacağı birine, umut edeceği bir şeye ihtiyacı var ve o da seni seçti. Bütün yollar sana çıkıyor. Nedenini bilmiyorum, belki de onu buraya, hastaneye sen getirdiğin içindir."

"Onu incittim, ama bu bir kazaydı, Doktor, yemin ederim."

"Evet, onu bir şekilde incittin, ama aynı zamanda hayatını da kurtardın, çünkü buraya getirildi ve pıhtılar sonunda patladığında etrafında en iyi bakım vardı. Bu olay evde veya okulda olsaydı, hayatta kalamayabilirdi."

Vincente bir an sessizce oturdu ve Grace'in hayatında ne kadar büyük bir etki yarattığını fark etti. Ona geri dönüp her şeyi yeniden yoluna koymak istiyordu. Ayağa kalktı, "Ona geri dönmeliyim. Beni sevip sevmediğimi sordu, ben de korkak gibi arkanı dönüp kaçtım."

"Evet, şimdi ona geri dön ve gerçekten içinden gelmedikçe onu sevdiğini söyleme. Ona kalbini vermeye ve o senin hakkındaki gerçeği öğrendiğinde ve büyü bozulduğunda onun yanında olmaya hazır değilsen."

"Baskı yapma!" Vincente alaycı bir şekilde dedi ve kapıya doğru yöneldi.

"İstediğin zaman gelip benimle konuşabilirsin Vincente," dedi Ackerman. "Ve onun için ne kadar önemli olduğunu unutma. Onun için ne ifade ettiğini unutma."

Vincente başını salladı, sonra dönüp Grace'in odasına doğru koştu.

Grace odasında derin uykudaydı. Yatağa eğildi ve alnına bir öpücük kondurdu. Yanaklarında hala gözyaşları vardı ve o da nazikçe silerek temizledi.

Yatağın kenarına oturdu, ama Grace kıpırdamadı. Onun uykusunu izledi. Her nefes alışında göğsünün inip kalkışını izledi. Uykusunda inlediğinde, ellerini tuttu ve her şeyin yoluna gireceğini söyleyerek onu sakinleştirdi. Karanlıkta, onunla baş başa, onu sevdiğini söyledi. Sonra tekrar alnına öptü.

Grace uykusunda kısa bir süre kıpırdadı, sanki onun sözleri rüyasına bir şekilde dokunmuş gibi, sonra tekrar derin bir uykuya daldı.

Vincente, güvenli ve derin uykuda olan Grace'i orada bıraktı. Akşam eve dönmeden önce, Doktor Ackerman'a tüm yardımı ve tavsiyeleri için teşekkür etmek için geri döndü. Yorgundu... çok yorgundu, ama aynı zamanda daha önce hiç hissetmediği bir şekilde canlanmıştı.

Vincente Marino daha önce hiç bu kadar canlı hissetmemişti.

***

Doktor Ackerman'ın ofisinin dışında duran Vincente, yüksek sesli konuşmalar duydu. Kapıyı çalmak için tereddüt etti. Sesler biraz sustuğunda kapıyı çaldı ve içeri girmeye davet edildi.

"Kendinden utanmalısın!" diye bağırdı Helen, üzerine atlayarak yumruklarını göğsüne vurmaya başladı.

"Sakin ol," diye emretti Doktor Ackerman.

Helen Vincente'nin göğsüne vurmaya devam etti.

Vincente derin bir nefes aldı, onu rahatsız eden her neyse onu yumruklayarak dışarı atmasını umuyordu. Bu ona zarar vermiyordu. Helen'in öfkesi dinmeyecek olduğunu anladığında, iki bileğini tuttu ve sakinleşene kadar sıkıca tuttu. Helen yüzüne tıslayarak devam etti.

Vincente daha da sıkı tuttu ve "Ne oluyor?" diye sordu, öfkesini kaybetmemeye çalışan Doktor Ackerman'a bakarak.

"Vincente, sen buraya geldiğinde, Grace'i bıraktıktan sonra, Helen onu oldukça kötü bir durumda buldu. Grace perişan ve yıkılmıştı. İletişim kuramıyordu. Tek yapabildiği ağlamak ve sızlanmaktı."

"Bunu kimden aldığını anlayabiliyorum!" dedi Vincente, Helen'in gözlerine bakarak.

Helen ona hırladı.

"Durumu daha da kötüleştirme evlat," diye yalvardı Doktor Ackerman. "Grace'i sakinleştirmek için ona sakinleştirici vermek zorunda kaldılar."

"Az önce oradaydım ve Grace uyuyordu. Bana çok huzurlu göründü."

"Onu bu hale getirmek için ona ne söyledin?" diye sordu Helen.

"Bir hata yaptım. Kaçtım, ama geri döndüm. Geri döndüm."

"Çok az, çok geç!" diye bağırdı Helen.

"Bakın, ben bunların hiçbirini istemedim!" diye işaret etti Vincente; ellerini teslim olarak kaldırdı.

"Şimdi ikiniz de oturun ve sakinleşin," diye yönlendirdi Doktor Ackerman, "ve bu dramayı bitirelim. Grace'e odaklanmamız gerekiyor. Grace'e ve sadece Grace'e."

"Kabul," dedi Vincente.

"Kabul," diye homurdandı Helen.

BÖLÜM 29

Vincente'yi odadan çıkarırken, o hala sözlerini haykırıyordu. Doğru, ona göre bunlar anlamsız, gerçek olmayan duygulardı. Onu uçurumun kenarından kurtarmak için, sadece nazik olmak için söylediği sözlerdi.
Yine haykırdı. Bu sefer sesi koridorlarda yankılandı ve evrene yayıldı, "Seni seviyorum, Grace Greenway!"
"Ben de seni seviyorum, Vincente!" diye bağırdı ona. Onun hayatını kurtarmaya çalışırken ortaya çıkan kargaşa ve gürültü nedeniyle Vincente onu duymadı.
Aniden sıcak yıldız dönmeye ve dönmeye başladı. Kısa süre sonra artık ona doğru gelmiyordu ve onu ısısıyla yakmıyordu. Bunun yerine, titreşimli dalgalar yayarak bir nötron yıldızı haline geldi.
Onu tutan şey ortadan kalkınca, Grace Greenway kendine "Yaşamak istiyorum" dedi. "Yaşamak istiyorum."

BÖLÜM 30

Doktor Ackerman sordu: "Grace'i görmeye geri döndüğünde, yani onu tekrar gördüğünde nasıl hissettin?"

"Ona bakma, onu sevme, onu koruma, onu kendime ait kılma konusunda güçlü bir ihtiyaç hissettim. Tanrım, çok kafam karışık. Neden böyle hissediyorum?"

"Evet, bunu inceleyelim Vincente," dedi Doktor Ackerman. "Grace sana farklı, yeni bir şey hissettiriyor. Doğru mu? Hayatındaki diğer kızların sana hissettirdiklerinden farklı mı?"

"Evet, o benim kız arkadaşım değil. Okulda bir kız arkadaşım var, benim için her şeyi yapar," dedi Vincente.

"Peki sen onun için her şeyi yapar mısın?"

"O, bakım gerektirmeyen bir kız, ne demek istediğimi anlıyorsunuz."

"Tamam, o zaman başka bir şekilde ifade edeyim," dedi Doktor Ackerman. "Kız arkadaşın sana ihtiyaç duyuyor mu?"

"O popüler, ben de popülerim. Birlikte olmamız gerekiyor. Kader. Herkes öyle diyor. Herkes bunu bekliyor."

"Beklentiler mi? Başkalarının beklentilerinin gerçek aşk ile ne ilgisi var? Aşk, gerçek aşk, iki kişi arasındadır. Sadece iki kişi. Şimdi bir düşün Vincente, cevap vermeden önce bir düşün. Grace Greenway hakkında gerçekten ne hissediyorsun?"

Vincente ayaklarını sürüdü, kıpır kıpır oldu. "Yeter artık — bu psikanaliz saçmalığı. Bu benimle ilgili değil. Grace'in iyileşmesi ile ilgili. Şimdi ne yapmamı istiyorsun? Onunla evlenmemi mi?"

"Hayır, seni rahatsız edecek hiçbir şey yapmanı istemiyorum. Ancak Grace senin orada olmanı istedi. Bizden sana, geceyi onun odasında onunla geçirip geçirmeyeceğini sormamızı istedi."

"Ne? Ciddi misin?"

"O ciddi, bu yüzden onun isteğini çok ciddiye almalıyız."

"Ve onun annesi, o ejderha kadın, buna razı mı?"

"Muhtemelen tahmin ettiğin gibi, isteksizce. Seninle konuşacağımı söylediğimi duydun. Grace'in incitilmeyeceğini, onunla oynanmayacağını ve ondan yararlanılmayacağını sana anlatacağımı öyledim."

"Onunla yatacağımı mı düşünüyorsun? Daha çok o benimle yatacak gibi görünüyor!"

"Onu önemsiyorsan, gerçekten önemsiyorsan ve dediğin gibi 'senin üstüne atlarsa', onu reddetmeden nazikçe reddetmenin bir yolunu bulman gerekecek."

"Onunla aynı odada geceyi geçirmenin nasıl yardımcı olacağını hala anlamıyorum."

"Bu onun isteği, Vincente."

"Ama garanti yok, değil mi?"

"Garanti yok, Vincente, ama Grace iyileşecek. Bu bizim nihai hedefimiz."

"Ben de buna varım," dedi Vincente.

"Helen, Grace'e eve gidip bazı eşyalarını alman gerektiğini söyleyecek. Yarın akşam, onun odasında geceyi geçirmek niyetiyle geri döneceksin. Bildiğin gibi, odada iki yatak var. Yataklar hiçbir şekilde birbirine yaklaştırılmayacak, anladın mı?"

"Evet Doktor," dedi Vincente. "Şimdi çıkıp biraz uyuyacağım, çünkü yarın gece pek uyuyamayacağım!"

"Umarım bunu ciddi olarak söylememişsindir!" Ackerman haykırdı.

"Demek istediğim... oh, ne demek istediğimi biliyorsun."

"Öyleyse iyi, yarın veya konuşmak istediğin zaman beni görmeye gel. Akşam boyunca görevde olacağım, emrindeyim diyebiliriz."

"Teşekkürler Doktor Ackerman."

"İyi geceler Vincente."

"İyi geceler Doktor."

BÖLÜM 31

Sabahın erken saatlerinde Grace uyandı ve bir an için nerede olduğunu unuttu. Vincente'nin odasında olduğunu belirsiz bir şekilde hatırladı. Bir dakika önce oradaydı, bir dakika sonra ise gitmişti. Neden bu kadar ani bir şekilde ayrılmıştı? Onu üzecek bir şey mi yapmıştı? Bir şey mi söylemişti?

Onu odada bir yerde, uyanmasını beklerken bulmayı umuyordu. Ancak orada sadece Helen vardı ve o da uyuyordu.

Grace yataktan indi ve tuvalete gitti. Hastane önlüğünü çıkardı ve duşa girdi. Su neredeyse kaynama noktasına geldiğinde gözlerini kapattı. Vincente'nin dokunuşunu özlüyordu.

Suyu kapattı ve raftan yeni bir önlük aldı. Kimsenin böyle bir önlükle çekici görünemeyeceğine karar vererek önlüğü giydi.

Yatağına döndüğünde, Helen odada telaşla dolaşıyordu.

"Sana iyi haberlerim var!"

"Gerçekten mi? Hala rüya görmüyorum, değil mi anne?"

"Evet, Vincente bu gece seninle kalacak."

"Bu gece mi? Bu gece mi?"

"Evet."

"Eşyalarıma ihtiyacım var, güzel geceliğime ve parfümüme."

"İhtiyacın olan her şeyi banyo dolabındaki çantada bulabilirsin."

"Sabırsızlanıyorum!"

"Vincente tabii ki o yatakta uyuyacak."

Grace, iki yatağı birleştirip tek bir yatak haline getirmeyi hayal etmeye başlamıştı bile. Kocasıyla aynı yatağı paylaşmak. İki yatak gösteriş içindi, evet, ama onlara sadece bir tane lazımdı. Grace, kollarında tüyler diken diken olurken kendini kucakladı.

"Çay saatinde ayrılacağım, ama yardıma ihtiyacınız olursa Doktor Ackerman emrinizde olacaktır."

"Biz evlendik anne!" diye bağırdı Grace.

Grace annesine doğru koştu ve kollarıyla ona sarıldı. Helen kızının mutlu olduğunu görmekten memnun oldu, her anne öyle olurdu, ama onu rahatsız eden yalanlardı. Yalanlar ve bu maskaralık onu mutlu etmiyordu. Kendini sahtekar gibi hissediyordu. İkiyüzlü.

Grace banyodaki dolaba gitti ve gece çantasını çıkardı. İçinde, önü kırmızı bir bağcıklı, şimdiye kadar gördüğü en güzel, en saf beyaz keten gecelik v ardı.

"Anne, çok güzel," diye haykırdı.

Hemşire Burns geldi ve Grace'in biraz kızardığını fark etti.

"İyi misin, Grace?"

Grace, Vincente ile geçireceği geceyi düşünerek heyecandan patlamak üzereydi. Zamanın çabuk geçmesini istiyordu, böylece Vincente hemen yanında olabilirdi.

"Bir şeyler yemeye çalış," dedi Hemşire Burns. "Anladığım kadarıyla gece bir ziyaretçin olacak, bu yüzden tüm gücüne ihtiyacın var."

"Evet, bir şeyler yemelisin canım," diye onayladı Helen.

Grace bir parça tost yedi ve bir yudum kahve içti, sonra midesi bulandı. "Belki sonra," dedi. Kahvenin kokusu onu hasta ediyordu. "Hayır, götürün," dedi Grace.

"Vincente kalabileceğini söylediğinde mutlu oldu mu, Grace?" diye sordu Hemşire Burns.

"Ona söylemedim, ama eminim mutlu olmuştur," dedi Grace. Sonra geceliğini giyip Vincente'nin gelişine hazırlandı.

BÖLÜM 32

Saat 18:15'te Vincente Marino, bir düzine uzun saplı kırmızı gülün bulunduğu bir kutuyu elinde tutarak hastaneye geldi. Güller, kırmızı bir kurdele ile bağlanmıştı.

Grace'in odasına girdiğinde, Helen biraz isteksizce odadan çıktı.

Vincente hemen Grace'in yanına gitti ve her iki yanağından öptü. Ona kutuyu uzattı, sonra kan kırmızısı kurdeleyi çözdüğünde gözlerinin giderek büyüdüğünü izledi.

Gergin hissediyordu, ama Grace de öyle. Havada güçlü bir amaç duygusu vardı.

Grace, Vincente'ye güzel güller için yanağından bir öpücükle teşekkür ettikten sonra, görevli hemşireden bir vazo istedi. Hemşire bir vazo ile geri döndü ve Vincente çiçekleri vazoya yerleştirmeye başladı. Annesi yüzlerce kez çiçeklerle dolu vazoları düzenlerken onu izlemişti.

Kutudan bir gül çıkarmakla başladı ve onu suya koymadan önce kayıtsızca okşadı. Grace onu dikkatle izledi ve onun güçlü, atletik parmakları ile güllerin ince, dikenli sapları arasındaki kontrastı fark etti. Vincente gülü okşadığında, bu hareket Grace'i titretti.

Vincente'nin bir gül, iki gül, üç gül almasını izledi. Farkında bile olmadan, sapı hafifçe okşadı, parmağında bir saniye dikenlerin acısını hissetti ve sonra çiçeği nazikçe vazoya koydu.

Her hareket Grace'in nefesini kesiyordu. Kalbi boğazına kadar çıkıyordu. Sanki parmak uçlarında onun kalbini tutuyormuş gibiydi.

Vincente, yarı saydam cam vazoya birbiri ardına gülleri yerleştirirken su sıçratmamak için çok uğraşıyordu.

Arada sırada Grace'e bakıyordu. Onun bakışları ona sabitlenmişti. Gülleri seçtiği için memnundu, Grace'in gülleri çok sevdiği belliydi.

Aniden oldukça utangaç hissetmeye başladı. Kutudan tekrar uzanıp bir sonraki gülü çıkardı ve Grace'in nefes nefese kalışını izledi. Gülü suya koydu ve kutudan bir tane daha çıkardı. Grace yine nefes nefese kalmış gibiydi, ama bu sefer bayılacak gibi de görünüyordu.

"İyi misin?" diye sordu Vincente.

Grace'in yanakları kıpkırmızıydı ve nefes almakta giderek daha fazla zorlanıyor gibiydi. Yardım çağırması gerekip gerekmediğini düşündü. Özellikle işler kritik bir noktaya gelmişken, Grace'in tekrar kötüleşmesini istemiyordu.

"Ben... ben iyiyim," dedi Grace, geceliğinin üzerindeki kırmızı kravatla oynarken. "Sen çiçekleri bitirirken biz de bir şeyler konuşalım."

"Aklında ne var?" diye sordu, başka bir gülün sapını okşarken.

"Oh," dedi Grace, sapı suya koymasını izlerken, sonra konuşabildi. "Birbirimize, diğerinin bilmediği bir şey anlatsak nasıl olur? Belki benim hakkımda sahip olduğun bir yanılgı, ben de sana senin hakkımda sahip olduğum bir yanılgıyı anlatırım."

"Tamam," Vincente, başka bir gülü suya koyarken kabul etti. "Sen başla," dedi, su damlacıkları vazodan sıçrayarak elinin arkasına düşerken.

Grace, o kutudan başka bir gül almak için eğilirken damlacıkları izledi. Çiçeği yukarı kaldırdı ve su ön kolundan aşağı aktı.

Bir sonraki gülü aldı ve ona baktı. Nefesi boğazında düğümlendi. Zaman durmuş gibiydi.

BÖLÜM 33

"Seni gerçekten tanımadan önce, sana özel bir isim takmıştım," diye açıkladı Grace.
Vincente parmakları arasında elindeki gülü çevirdi. Onu suya koydu. Grace'in artık daha normal nefes aldığını ve yanaklarının eskisi kadar kızarmadığını fark etti. Başını sallayarak, devam etmesini teşvik etti.
"Sana Altın Orantı derdim."
"Neden?" diye sordu Vincente.
"Matematik dersinde Fibonacci'nin Altın Oranını öğrendiğimizi hatırlıyor musun? Sen benim Altın Oranımdın."
"Yani, o zamanlar benim için böyle mi hissediyordun?" Şimdi gerçekten kafası karışmıştı. O, tüm bunlar yaşanmadan önce onu sevdiğini söylüyordu. Grace'in ona aşık olduğunu biliyordu, ama bu aşk değil, geçici bir hayranlıktı. Birçok kız ona hayrandı. "Fibonacci'yi hatırlat bana," dedi.
"Bu, birinci ve ikinci sayının toplamı üçüncü sayının toplamını veren bir kavramdır, örneğin bir, iki, üç, beş, sekiz, on üç vb."
"Ah, evet, bununla ilgili bir şey hatırlıyorum, doğayla ilgili bir şey, dalgalar ve çiçekler gibi?"

"Doğru! Gördün mü, hatırlıyorsun!" Grace, suya bir gül daha atarken dedi. "Doğada simetri vardır, dalgalar, kar taneleri ve çiçekler, hepsi Fibonacci'nin Altın Oran teorisini destekler. Yani, sen benim Altın Oranımdın."

"Teşekkür ederim," dedi Vincente, başka ne söyleyeceğini bilemeden. "Yaşadıklarına rağmen, bana taktığın ismi hala hatırlaman inanılmaz. Hafızanı nasıl kaybettiğini. "

"Son zamanlarda geri geldi. Unutmuştum, ama seni, bizi rüyamda gördüğümde, hepsi geri geldi."

Vincente gülleri yerleştirmeye devam etti ve Grace konuşmaya devam etti. "Artık beni sevmediğini düşündüğümde, seni rüyamda gördüm ve rüyamda beni asla terk etmeyeceğine söz verdin."

"Üzgünüm Grace, beni affet," dedi Vincente, son gülü vazoya koyarken.

"Bu sefer sana inanıyorum."

Vincente vazoyu kaldırdı, Grace'in yatağının yanındaki komodinin üzerine koydu ve "Geri döndüm, biliyorsun," dedi.

"Ne zaman?"

"Dün gece."

"Olmaz. Bilirdim."

"Ben geldiğimde sen derin uykudaydın. Alnını böyle öptüm," diye eğildi.

"Yapma," dedi Grace. "Yapma... gerçekten ciddi değilsen."

Derin bir nefes aldı ve geri çekildi. Yatağına doğru yürüdü, ayakkabılarını çıkardı ve bacaklarını yatağın kenarına sarkıttı. Küçük bir çocuk gibi bacaklarını ileri geri salladı.

"Şimdi sıra sende," dedi Grace.

"Hmm, bir bakalım," Vincente bir an düşündü. "Şey, senin utangaç olduğunu sanıyordum, özellikle erkeklerin yanında, ama benim yanımda pek utangaç görünmüyorsun."

"Bu mu? Elinden gelenin en iyisi bu mu?"

"Hey, ben bu işte yeniyim, unutma, bu senin fikrindi. Eminim bana başka bir tane daha söyleyemezsin?"

"Söyleyebilirim!" dedi. "Bu seni güldürecek, ama uzun zaman önce, bir keresinde senin vampir olduğunu düşünmüştüm."

"Ben mi? Vampir mi?"

"Evet, çılgınca olduğunu biliyorum, ama sana doğru eğilip boynumu sana açtım, beni ısırıp ısırmayacağını görmek için. Bu, ilk öpüştüğümüz zamandı, hatırladın mı? Böyle eğildim ve dişlerini batırmanı bekledim."

"Bu çok tuhaf!" dedi, beyaz, açıkta kalan boynuna bakarken onu öpmek için güçlü bir istek duyarak.

Grace titredi ve sadece bunu düşünmek bile meme uçlarını karıncalandırdı.

"Yani, sıradan bir ölümlüyle evlendiğini fark ettiğinde benim için büyük bir hayal kırıklığı olmuş olmalıyım?"

"Bu çok komik. Sen beni asla hayal kırıklığına uğratamazsın," diye gülümsedi. "Şimdi sıra sende."

"Eskiden senin zayıf, güçsüz bir insan olduğunu düşünürdüm. Ama şimdi..."

Grace sözünü keserek, "Ne açıdan zayıf?" diye sordu.

"Zayıf, yani yetersiz," dedi, yanlış bir şey söylediği için yüzünde bir tepki arayarak, ama o bununla bir sorunu yokmuş gibi görünüyordu. "Muhtemelen beni gördüğünde ya da ben seni gördüğümde, bana hep tuhaf bir şekilde bakıyordun. Şimdi düşününce, benim vampir olduğumu düşünüyorsan, belki de bu yüzden bana öyle bakıyordun. Her neyse, sen zayıf ya da sakat değilsin, sen güçlü bir kadınsın. Ve gittikçe daha da güçleniyorsun."

"Eh, bu ilkinden daha iyi," dedi Grace, yastığına yaslanıp gözlerini kapatırken.

İkisi de bir süre konuşmadı, her ikisi de kendi düşüncelerine dalmıştı.

"Bunun hakkında konuşabilir miyiz?" diye sordu Grace. "Benim hakkımda senin için değişen şeyleri konuşabilir miyiz?"

"Grace, hiçbir şey değişmedi, sadece..."

"Kendini kapana kısılmış hissediyorsun?"

"Sayılır. Belki, ama bu senin suçun değil. Kesinlikle senin suçun değil." Derin bir nefes aldı ve devam etti, "Sana bir şey sorabilir miyim, beni rahatsız eden bir ş ey?"

"Tabii Vincente. Bana her şeyi sorabilirsin, her şeyi."

"Annemin resmini sana kim söyledi?"

"Sen söyledin."

"Gerçekten Grace, bana gerçeği söyleyebilirsin. Kim söyledi? İnternette mi okudun?"

"Ben yalan söylemem Vincente. Daha önce de söylediğim gibi, sen bana anlattın ve anne babanın evine gittiğimizde bana gerçek tabloyu gösterdin."

"Ama neden sana o tabloyu göstermek isteyeyim ki?"

"Ağaçlar yüzünden!"

"Ağaçlar mı?"

"Dürüst ol, buradaki hafıza kaybını hangimiz yaşadık?" Grace gözlerini devirdi. "Ağaçlar... o kuzgunu şişleyip yiyen ağaçlar, benim esir tutulduğum ağaçlar mı?" Grace, Vincente'nin bir işaret vermesini bekledi, ama hiçbir şey olmadı. Ona sabırsızlığını gösterdi.

Vincente, Grace'in delirdiğinden oldukça emindi. Ona katılıp katılmayacağını bilemediği için sessiz kaldı.

Birkaç dakika geçti. Grace, pes etmeyi reddederek kollarını kavuşturup açtı. "Ve o ağaçlar yüzünden, annesinin resmini görmemi istedin."

"Ama hala anlamıyorum, neden sana annemin resmini göstermek isteyeyim ki?"

"Çünkü o tablodan hep korkuyordun. Çocukken ağacın gövdesinde bir yüz gördüğünü ve bunun seni çok korkuttuğunu söylemiştin."

"Annem o tabloyu geçen gün sattı. Yıllardır tavan arasında saklanıyordu. Doğru, o tablo beni korkutuyordu, ama bunu kimseye söylemedim."

"Bana söyledin ve bana gösterdin."

Vincente odanın diğer tarafına geçti. Grace'in yanına oturdu. "Sana başka ne anlattım?"

"Bir sürü şey! Yani, her günümüzü birlikte geçirdik, 24 saat, 7 gün."

"Anlat bana," dedi.

"Gerçekten istemiyor musun?"

"Evet."

"Bir bakalım. Her zaman bir Ferrari, kırmızı bir Ferrari sahibi olmayı hayal ederdin ve Princess Highway'de bir tane sürdük. O arabayı sürerken cennetteydin ve ben biraz kıskançtım."

Vincente, Grace'i aramak için kırmızı bir Ferrari sürdüğü rüyayı hatırladı. Garip. Konuyu değiştirmeye karar verdi. "Sana annem hakkında başka bir şey anlattım mı?"

"Bana onun stüdyosunu gösterdin ve o yeni bir resim yapıyordu. Bahçesinin resmiydi ama bitmemişti."

Vincente derin bir nefes aldı. Bu, annesinin bu sabah üzerinde çalıştığı resimle aynıydı. Grace'in bir cadı olduğu fikrine geri döndü. Bewitched dizisindeki

Samantha Stevens gibi burnunu kıpırdatmasını bekledi ama hiçbir şey olmadı.

Grace onu kendine çekti ve dudaklarından tutkuyla öptü.

Vincente şimdi onun üstündeydi ve onu öpüyordu. Uzaklaşmaya çalışıyordu ama bir yandan da yaklaşmak istiyordu, çünkü birikmiş tüm duygular kafasının içinde patlıyordu. Grace, Vincente nefesini toplayana kadar onu öpmeye devam etti.

"Pratik yapmamışsın, değil mi?" diye sordu Grace, Vincente'ye nefes alması için zaman tanıyarak.

Vincente yatağın kenarından tökezleyerek indi.

"Sonunda başardım!" diye haykırdı Grace. "Sonunda sana spagetti bacakları yaptım! Zamanı da gelmişti, sen hep bana yapıyordun!"

"Öpüşmeyi nereden öğrendin?"

"Çok komik Vincente, bildiğim her şeyi sen öğrettin bana."

"Bana, öptüğün tek erkek benim miyim diyorsun?"

"Evet, sen benim tekimsin. Benim tek ve biricikimsin."

Konuyu yine değiştirdi. "Evimde başka ne gördün?"

"Bana güzel ahşap oymalarını gösterdin ve bu hala bende." Grace çekmeceye uzandı ve Aborjin adamı çıkardı.

Vincente'nin zihni saniyede bir mil hızla çalışıyordu. Kaçması gerekiyordu. O odadan çıkması gerekiyordu, hemen.

"Onu nereden aldın?" diye sordu.

"Senin odandan aldım."

"Aldın, ama ne zaman?"

"Senin evine gittiğimizde. Cebimdeydi ve bir an orada, bir an sonra annenin tablosunun içindeydi."

"Resmin içinde mi? Cebinde mi?" diye haykırdı.

"Evet, burada olduğunu sana söylemediğim için üzgünüm. Ben de biraz şok oldum – bir an resimde, bir an sonra yine cebimdeydi."

"Uh, biraz susadım, bir meşrubat alacağım. Sana da bir şey getireyim mi?" diye sordu Vincente. Titriyordu. Bütün vücudu titriyordu. Oradan hemen çıkması gerekiyordu. Gitmesi. Kaçması.

"İçecek mi alacaksın? Şimdi mi?"

"Evet, içecek bir şeye ihtiyacım var."

"Tamam, ama çabuk dön," dedi Grace. Ona bir öpücük gönderdi ve sonra Aborjin adamı çekmeceye geri koydu.

Dışarıda Vincente kaçmak istedi. Bunun yerine, Doktor Ackerman ile konuşmak için koridordan ilerledi.

BÖLÜM 34

"Doktor!" Vincente, Ackerman'ın kapısını defalarca vurarak bağırdı. "Doktor, sizinle konuşmam lazım!"

Vincente ofisine girerken Doktor Ackerman telefon ahizesini bıraktı.

"Doktor, beni bu durumdan kurtarmalısınız! Burada kalamam. Orada boğuluyorum ve o kadar deli ki, artık bana mantıklı gelmeye başladı!"

"Ne demek istiyorsun? Derin bir nefes al, Vincente. Sakin ol!"

"Bana bir konuşmadan bahsetti. Aslında tam olarak bir konuşma değil, ama dün olan bir şeyden bahsetti. Kimsenin bilemeyeceği şeyleri biliyor ve sonra..."

"Sonra ne? İkinizin... ? ... ?

"Hayır Doktor, ama o çok hevesli ve... beni etkiliyor."

"Ona aşık olduğunu mu söylüyorsun? Gerçekten mi?"

"Daha önce hiç aşık olmadım, ama birkaç kızla öpüştüm. Hiçbir kız beni onun öptüğü gibi öpmedi, ama o bana öptüğü tek erkeğin ben olduğumu söylüyor!"

"Yani, duygusal olarak aşırı yükleniyorsun ve eve gitmek istiyorsun? Kaçmak istiyorsun. Kontrolünü kaybetmekten mi korkuyorsun?"

"Bana büyü yaptığını söylüyorum. O benim tipim bile değil! Bu bir büyü olmalı!"

"Evet, bunu daha önce de söylemiştin dostum ve o zaman da şimdi olduğu kadar mantıklı gelmemişti. Peki, ne yapmamı istiyorsun, ona eve gittiğini mi söyleyeyim? Acil bir durum olduğu için kalamayacağını mı?"

"Belki sen içeri girip ona uyku hapı verebilirsin, sonra ben de içeri girip uyuyabilirim. Farkına varmadan sabah olur."

"Senin isteğin üzerine ona uyku hapı veremem."

"Ama Doktor, bana bizim hakkımızda hikayeler anlatıyor. Birlikte gördüğümüz ve yaptığımız şeyler hakkında. Asla olmamış şeyler. Sanki biz tek bir kişiymişiz gibi, içtenlikle bizim hakkımızda konuşuyor ve ikna edici. Sanki onun neden bahsettiğini biliyormuşum gibi."

"Şimdi," dedi Ackerman, "bu ciddi bir durum. Bana, şüphesiz bu fanteziye kapıldığınızı mı söylüyorsunuz? Onun anlatımları bazen size gerçek gibi mi geliyor?"

"Tanrı yardımcım olsun, evet."

"Tamam Vincente, sizi anlıyorum. Siz benim hastam değilsiniz, ama benim hastam olan Grace'e yardım ediyorsunuz. Bu durumda, eve gitmen gerekiyor. Sana bir reçete yazacağım, böylece uyuyabilirsin ve belki de gelecekte uzak durman en iyisi olacaktır."

"Ama yapamam!"

"Yapmalısın, Vincente. Bu haldeyken kimseye faydan dokunmaz."

"Ona kendim söylemeden, ona iyi geceler demeden gidemem. Ona bir daha asla yalnız bırakmayacağıma söz verdim."

"Onu gerçekten seviyorsun, Vincente."

Vincente başını salladı ve kapıyı arkasından kapattı.

Koridorda yavaşça yürüdü, Grace'in odasının önünden geçip asansöre bindi. Zemin kata indiğinde hastaneden çıkıp karanlık geceye adım attı. Asfaltta yürüdü ve tek başına duran bir ağaç buldu. Sırtını ağaca dayadı ve ağladı.

BÖLÜM 35

Grace endişeyle kocasının dönüşünü bekliyordu. Kapı açıldığında, Doktor Ackerman içeri girdi.
"Vincente nerede?"
"Nasılsın, Grace?"
"Vincente nerede? Ona ne yaptınız?"
Doktor gülümsedi. "Onunla bu ekstra zamanı geçirebildiğine sevindim, ama bazı test sonuçların geldi ve sonuçlar şüpheli. Her şeyin yolunda olduğundan emin olmak için başka bir kan örneği almam gerekiyor. Bu testler tamamlanana kadar Vincente'den bir gecelik konaklamasını ertelemesini i stedim."
Grace en üzgün yüzünü takındı ve damar bulması için kolunu uzattı. Doktor iğneyi hiç zorlanmadan batırdı. Grace hiç irkilmedi ve acı hissetmedi, çünkü kalbindeki acı zaten dayanılmazdı.
Doktor Ackerman kan tahlillerini kaldırmayı bitirdi. "Vincente de senin gibi hayal kırıklığına uğradı, ama başka bir gece için ayarlayacağız. Elimizden bir şey gelmez Grace. Sağlığın en önemli ş ey."
"Vincente'yi istiyorum!" diye bağırdı Grace ve yatakta çırpınmaya, kıvrılmaya ve dönmeye başladı. Örtüleri

attı ve doktorun koluna yapıştırdığı bandajı çıkardı. Damar yeniden açıldı ve kan fışkırdı.

Doktor Ackerman onu tuttu. Hemşirenin yardımı için acil durum düğmesine bastı. "Üzgünüm," dedi ve ona sakinleştirici verdi.

BÖLÜM 36

Doktor Ackerman temiz hava almak için pistin karşısına geçti. Orada Vincente'yi bir ağaca yaslanmış olarak gördü.

"Onu gördün mü?" diye sordu.

"Evet, gördüm ve her şeyi anlattım."

"Peki o nasıl karşıladı?"

"İyi karşılamadı. Onu sakinleştirmek zorunda kaldım."

Vincente yumruklarını sıktı ve ayağa kalktı. Yüzü Ackerman'ın yüzünden sadece birkaç santim uzaktaydı. "Geri geleceğimi söylemiştim. Bunu yapmana gerek yoktu. Zamana ihtiyacım vardı. Tek ihtiyacım olan zamandı."

"Zamandan daha fazlasına ihtiyacın var, Vincente. Mesafeye ihtiyacın var. Eğer ona aşık olursan ve onun yarattığı fantezi gerçekle çarpışırsa, o kıza ne olacağına emin değilim. O zaman ne olacağına emin d eğilim."

"Eğer hayal ettiyse ve sonra gerçek olursa, hemen iyileşir, değil mi?"

"Vincente, bu olabilir, ama yine de işler tersine de gidebilir."

"Ne demek istiyorsun?"

"Grace bir uçurumun kenarında duruyor. Gerçek onu aşağı itebilir. Etrafındaki her şeyin yalan olduğunu fark edebilir. Hepimizin onun hayallerine uyduğunu ve sonra, o ne olacak?"

"Yani onu şu anda sevmeme rağmen, geri çekilmeli, onu yalnız bırakmalı, okula dönmeli, herkesin benimle birlikte olmamı beklediği kıza dönmeli ve Grace Greenway'in sonunda beni unutmasını ummalı mıyım? Onun beni unutmasını istemiyorum! Ve o, benim onu tekrar terk ettiğimi, sözümü tutmadığımı düşünecek - yine."

"Bu konuda, bu, her neyse, nasıl ilerleyeceğimizi belirlerken senin duygularını da dikkate almamız gerekiyor. Yeniden düşünmemiz, yeniden toplanmamız gerekiyor. Şimdi eve git. Sabah geri gel. Grace en az sekiz saat uyuyacak. Döndüğünde beni gör, sana son gelişmeleri anlatırım. Doğrudan Grace'i ziyarete gitme. Önce bana gel."

"Anlaştık."

Vincente ve Doktor Ackerman, yolcuları bekleyen taksilerin sıralandığı otoparkı geçtiler. Vincente bir taksinin arka koltuğuna bindi ve kısa süre sonra eve doğru yola çıktı.

Eve—uykusunda rüya görmeden uyuyabileceğini umduğu yere.

BÖLÜM 37

Sabah, Grace boş bir odada uyandı.

Kendini yalnız ve ihanete uğramış hissetti, hemşirelerden biri yastığını kabartıp önüne kahvaltı tepsisini koyarken.

Tepsiyi itti. Sadece kokusu bile midesini bulandırıyordu.

"Aç değilim," dedi Grace.

Odasında kimse kalmayınca, Grace yastığına yaslandı ve gözlerini kapattı.

Yeniden uykuya dalana kadar, zihninde düğün gününü defalarca tekrar etti.

BÖLÜM 38

Ertesi gün, Doktor Ackerman Helen'ı ofisine çağırdı. Yüzünde çok şaşkın bir ifadeyle ona oturmasını söyledi.

Helen, kötü bir haber vereceğini biliyordu. Ayrıca kızını o çocukla yalnız bırakmaması gerektiğini de biliyordu.

Doktor Ackerman, dizleri neredeyse birbirine değecek şekilde Helen'ın karşısına oturdu.

Onun gözlerinin içine bakarak, "Grace hamile" dedi.

Helen güldü.

"Grace hamile," diye tekrarladı doktor.

"Ne?"

"Geçen gün kan tahlili yaptık ve sonuç pozitif çıktı. Dün gece biraz daha kan aldım ve sonuç kesinleşti: kızınız hamile."

"Olamaz! O küçük piçi öldüreceğim!"

"Bu neye yarar?" diye sordu doktor. "Sakinleşip beni dinlemelisiniz. Beni dikkatlice dinle."

Derin bir nefes aldı. Yumruklarını açtı.

"Henüz erken ve aşırı tepki vermen ne sana ne de Grace'e yardımcı olmaz."

"O biliyor mu?"

"Hayır, ilk olarak sana söylüyorum. Bunun uygun olduğunu düşündüm. Nasıl devam edeceğimizi konuşmamız gerekiyor."

"Nasıl devam edeceğiz? Bunu konuşmanın bir anlamı yok. Ondan kurtulmamız gerekiyor."

"Grace on altı yaşında, hakları var."

"Marino'nun olmalı!"

"İlle de öyle olmak zorunda değil. O her gün burada, etrafında personel ve ziyaretçilerle birlikteydi. Dün geceye kadar onunla yalnız kalmamıştı ve bu arada, onu eve göndermeden önce sadece birkaç saat kaldı."

"Kızım okula gidip eve geliyor. Akşamları matematik çalışıyor ve deneyler yapıyor. Başka erkekleri tanımıyor. Marino olmalı!"

"Ama birini suçlamadan önce emin olmalıyız. Ve en önemlisi, Grace'e söylemeliyiz."

"Önce onun baba olduğunu doğrulamalıyız, sonra ona söyleyebiliriz," dedi Helen.

"Vincente kızınıza çok değer veriyor. Kafası karışık ve bana ikisinin öpüşmekten başka bir şey yapmadıklarını söyledi. Ancak Grace, ikisinin evli bir çift olduğuna inanıyor. Bu nedenle, ona söylersek, Vincente'nin çocuğunu taşıdığından %100 emin olacak."

"Eğer onun çocuğu değilse, ne olacak? Meryem'in gebe kalması gibi mi?"

"Tek bildiğim, Grace'e söylememiz gerektiği. Ne yapacağına karar vermek için senin yardımına ihtiyacı olacak," dedi Ackerman.

"Eğer onun çocuğu değilse, o zaman kanıt apaçık ortada olacak, onun hayallerine uyarak onunla acımasızca oynadığımız ortaya çıkacak," dedi Helen. "Bu onun için çok ağır olabilir."

"Mümkün olduğunca çabuk bir doğrulama almamız gerekiyor. Vincente bugün beni ziyarete geldiğinde bazı testlere razı olup olmadığını soracağım."

"Ve eğer onun değilse, o zaman büyük olasılıkla bunu ortadan kaldırmayı kabul edecektir."

"Ona şimdi hamile olduğunu söylemek ister misin? Vincente'nin test sonuçları geldiğinde, onun babası olmadığını varsayarak, babasının kim olabileceği konusunu onunla konuşabiliriz," dedi Ackerman.

"Evet, ona söylemeliyiz. Ne kadar erken o kadar iyi."

" Şimdi odasına gidip nasıl olduğunu görelim. Durumu değerlendirip ne yapacağımıza karar verebiliriz."

"Bunu bilmesi gerekiyor. Kızımın bilmesi gerekiyor."

***

Vincente, Helen ve Doktor Ackerman'ın ofisinden çıktıkları anda Grace'in bulunduğu kata geldi.

"Doktor Ackerman, sizinle konuşmak istiyordum," dedi Vincente. Sonra, "Merhaba Helen."

Helen ona bıçak gibi bakıyordu.

"Grace ile konuşmamız gerekiyor, ama lütfen beni ofisimde bekleyin. Kısa süre sonra döneceğim ve o zaman konuşabiliriz."

Vincente parmaklarını saçlarında gezdirdi. Helen ve Doktor Ackerman'ın uzaklaşmasını izledi. Grace'in odasının kapısına vardıklarında, kısa bir süre tereddüt ettiler ve sonra içeri girdiler. Tereddütlerinin nedenini merak etti.

Grace'i yalnız bıraktığı için suçluluk duyuyordu. Onu görmek istiyordu, aralarındaki sorunları çözmek istiyordu.

Doktor Ackerman'ın ofisine girince kapıyı kapattı ve kendine bir bardak su doldurdu. Vincente oturdu ve bir spor dergisi aldı. Beklerken dergiyi karıştırdı, ama zihni çok dağınıktı. Oturup duramadı, tekrar ayağa kalktı ve odada dolaşmaya başladı. Yumruklarını ceplerine soktu. Ve bekledi.

***

"Çok mutluyum!" diye bağırdı Grace. "Bu, Vincente ve benim için olabilecek en iyi haber. Bir bebeğimiz olacak!"

Helen, heyecandan titreyerek duran kızını kucakladı.

"Grace, gücünü korumalısın ve yemek yemelisin. Kahvaltıyı atladığını duydum, bu ne demek oluyor?" dedi Dr. Ackerman.

"O zaman canım istememişti, ama şimdi bir şeyler yiyeceğim. Getirin! Çok heyecanlıyım!" diye bağırdı Grace.

Birkaç derin nefes aldıktan sonra Grace, "Lütfen Vincente'yi çağırın. Ona bu haberi vermek için sabırsızlanıyorum!" dedi.

BÖLÜM 39

"Beklediğiniz için teşekkürler, Vincente," dedi Doktor Ackerman.
"Grace bu sabah nasıl?"
"Çok parlak görünüyor! Uyku ona çok iyi geldi, siz de dinlenmiş görünüyorsunuz. İyi uyudunuz mu?"
"Evet, deliksiz uyudum."
"Sizin düzenli hastalarımdan biri olmadığınızın farkındayım, ama kan testi yapmam için izin isteyebilir miyim?"
"Kan testi. Neden?"
"Dün gece çok yorgun görünüyordunuz ve sağlığınızın iyi olduğundan emin olmak için sizi muayene etmenin iyi olacağını düşündüm."
"Gerçekten çok yorgun hissediyorum."
"Öyleyse sizi muayene edelim," dedi Ackerman. "Lütfen kolunuzu sıvayın, hemen kan örneğini alacağım."
Örnek alındıktan ve şişe saklandıktan sonra, Doktor Ackerman Vincente'ye imzalaması için bir izin formu uzattı. Bu form, gerekli tüm testleri yapmak için kan örneklerini kullanma yetkisi veriyordu.
"Onu görebilir miyim?" diye sordu Vincente.

"Bugün değil, yarın gelin. Belki o zaman görebilirsiniz."

"Ama onun ışıl ışıl ve dinlenmiş olduğunu söylediniz."

"Evet, ve onun öyle kalmasını istiyoruz! Eve gidin, yarın tekrar gelin. Ona biraz alan ve zaman tanıyın. Şu anda annesinin yanında."

"Tamam doktor. Yarın görüşürüz o zaman."

"Teşekkürler Vincente," dedi Doktor Ackerman, kan örneklerini alıp aceleyle dışarı çıkarken. Onları laboratuvara götürmek için sabırsızlanıyordu.

***

Yirmi dört saat sonra, hepsi Grace'in odasında toplanmışlardı.

Doktor Ackerman nihayet geldiğinde gülümsemedi. Konuşmadı ve orada bulunan üç kişiyle de göz teması kurmadı. Sonuçları bir klips tahtasına tutturmuş, göğsüne yakın tutuyordu.

Grace heyecandan titriyordu.

Helen yumruklarını sıkmış ve çenesini kenetlemişti. Tuvalete gitmesi gereken biri gibi görünüyordu.

Vincente ise ne olup bittiğini anlamamıştı.

"Herkese günaydın," diye başladı Doktor Ackerman. "Kan testlerine göre, Grace ve Vincente bir bebek bekliyorlar."

Grace sevinçle bağırdı ve kollarını Vincente'ye açtı.

Vincente, Grace'e bakarak ayakta duruyordu. Yatağın çarşaflarından daha beyazdı. "Bu nasıl olabilir?" diye sordu kendine ve sonra yüksek sesle, "Sadece öpüştük, bu nasıl olabilir?" dedi.

Helen bayıldı ve yere düştü.

BÖLÜM 40

"Grace? Uyan Grace. Gitme vaktimiz geldi," diye bir çocuk sesi fısıldadı.

Grace titredi. Oda çok soğuk ve karanlıktı. Odanın diğer tarafında, panjurların esintiyle ileri geri sallandığını izledi. Pencere tamamen açık gibi görünüyordu.

Hastane pencereleri açılmaz, diye düşündü.

Küçük bir el Grace'in elini tuttu ve onu yataktan çekti.

Grace, hala yarı uykulu yarı uyanık halde çocuğun yanında yürüdü. Birlikte, sanki trans halindeymişçesine açık pencereye doğru yürüdüler.

Küçük kız da kırmızı bağcıklı beyaz keten gecelik giymişti. "Sıkı tutun," dedi ve yumuşak bir battaniyeyi Grace'in kollarına koydu.

Grace içgüdüsel olarak battaniyeyi kucakladı ve kollarını onun etrafına doladı.

Pijamaları rüzgarda dalgalanıp fısıldarken pencereye doğru ilerlediler.

Ay ışığında Grace, daha önce iki kez karşısına çıkan küçük kızı tanıdı. Birincisi yolun ortasında, ikincisi ise Grace dev bir ağacın tepesinde mahsur kaldığında.

Küçük kızın pijaması ay ışığında parıldarken Grace t itredi.

Küçük kız, Grace'in elini tutmaya devam ederken pencere pervazına tırmandı. Çekti, ama Grace'in ayakları hareket etmedi.

"Nereye gidiyoruz?" diye sordu Grace.

"Dünyanın kalbine," diye açıkladı küçük kız.

Grace battaniyeyi göğsüne sıkıca bastırdı ve ayaklarına baktı. Geçen sefer pencereden dışarı çekilip geceye atıldığında olanları zihninden silmeye çalıştı.

Küçük kız sabırsızlıkla Grace'i izlemeye devam etti. "Ben akorum," dedi. "Şimdi benimle gelmelisin. Bekliyorlar."

"Kim, kim bekliyor?" diye sordu Grace.

"Göreceksin," dedi küçük kız. "Gel."

Grace bir eliyle battaniyeyi tutarken, diğer eliyle kırmızı bağı defalarca döndürdü. Zaman kazanmaya çalışıyordu, pencere pervazına oturmak istemiyordu. Gecenin karanlığına çıkmak istemiyordu. Bu sefer gitmek zorunda değildi. Gitmek istemiyordu.

"Acele et Grace. Seni çok uzun zamandır bekliyorlar," diye açıkladı küçük kız.

Grace geri çekildi.

Grace ona katılmayınca, küçük kız pencere pervazından aşağı indi. Grace'in elini bir kez daha eline aldı. Elini sıkıca tuttu ve onu pencereye götürdü. Birkaç saniye boyunca ayakları yerden kalktı ve kısa süre sonra pencere pervazında yan yana oturdular.

Birlikte oturup ayın yüzüne baktılar.

"Derin bir nefes al," dedi küçük kız ve sonra yumuşak bir sesle geri saymaya başladı, "5, 4, 3, 2, 1!"

Ve birlikte Cimmerian gecesine doğru öne doğru düştüler.

BÖLÜM 41

Saatler gibi gelen dakikalarca düştükten sonra, bekleyen bir canavarın sırtına indiler.

Bu canavar, bir süre önce Grace'i taşıyıp bir ağacın tepesine bırakan canavarın aynısı değildi.

Bu canavar tüylü ya da kürklü değildi. Bunun yerine, kararmış gökyüzünde süzülürken ay ışığını ve yıldızların ışığını yansıtan metalden yapılmış kanatları vardı.

Grace'in soracak çok sorusu vardı ama rüzgâr uğulduyor ve canavar arada bir gök gürültüsünü andıran bir kükreme çıkarıyordu. Grace battaniyeye sarıldı; bir yandan da tutunduğu kişinin Vincente olmasını diliyordu.

Küçük kız siyah saçlarını geriye attı ve yüzünü aya doğru kaldırdı. Gözlerini kapadı ve rahatlatıcı bir ninni mırıldanmaya başladı. Grace melodiyi tanıdı; bu onların şarkısıydı, onun ve Vincente'nin. Grace gözlerini kapadı ve derin bir rüyaya daldı.

BÖLÜM 42

Güneş Ana yeni bir gün doğurmaya başlayana kadar, olağanüstü uzun bir süre uçtular.

Bu, inişe geçmeleri için bir işaretti. Grace ve küçük kız, güneş ışığı metal canavarın vücudundan yansıyarak her yöne şimşekler çakarken, ona sıkıca tutundular. Bulutların arasından düşerken, gökyüzü gündüz havai fişekleriyle aydınlandı.

Sonra, Dünya'nın merkezine doğru alçaldıkça bulutlar dağılmaya başladı.

Uzakta, Grace güneş ışığında parlayan devasa bir kırmızı taş görebiliyordu. Taş, kumla çevriliydi.

Ancak, gözlerini birkaç kez kırpıp kapattığında, okyanus kayanın kenarlarında başlıyor ve bitiyordu. Dalgalar çarpıyor ve yuvarlanıyordu, ancak monolitin kenarını asla aşamıyordu. Sanki okyanus burada, kayanın başında başlıyor ve burada bitiyordu.

Şimdi yaklaşan Grace, eşmerkezli dairelerden oluşan bir desen ayırt edebiliyordu. Havadan, aşağıda gördüğü şey dev bir dart tahtası gibi görünüyordu.

Şimdi, deseni fark eden Grace, birbirini izleyen halkalar arasındaki mesafeyi bölerek bir bölgeyi diğerinden ayırt edebiliyordu.

Dış tarafta, kırmızı kum, toprak gibi düzensiz bir şekilde yükselip alçalıyordu. Daha önce açıkladığımız gibi, bir sonraki daire okyanusdu ve dalgalar kırmızı kayaya çarparak taşmadan başlıyor ve bitiyordu. Kırmızı kaya bir halka oluşturuyordu ve ondan bir ağaç çemberi büyüyordu.

Ağaçlar dallarını birbirlerine doğru uzattılar, ancak bir ağaç diğerlerinin üzerinde yükseliyordu: bir zeytin ağacı. Grace'in bindiği metal kuşun çok üzerinde, bulutlara kadar uzanıyordu. Zeytin ağacının yanında, normal büyüklükte akçaağaçlar, palmiye ağaçları ve okaliptüs ağaçları vardı — bunlardan sadece birkaçını saymak gerekirse. Bu bölüm ağaçlarla başlıyor ve bitiyordu, ardından yine kırmızı kumdan oluşan bir ayırıcı daire görünüyordu.

Ağaçların içinde, başka bir çiçek bölümü vardı. Bu bölüm ayçiçekleri, altın akasya çiçekleri, laleler, güller ve daha pek çok çiçekten oluşuyordu.

Sonra yine kırmızı kumlar ve ardından dinozorlar, zürafalar, filler ve ayılar gibi çok uzun hayvanlar geliyordu.

Bu bölümün bittiği yerde, başka bir bölüm başlıyordu. Kırmızı kumlar, ardından balinalar, köpekbalıkları ve denizanası gibi su canlılarının oluşturduğu başka daireler. Su, diğer bölümleri korumalı ve sınırlı olduğu için onlara dokunmadan üzerlerinden ve etraflarından akıyordu.

Bir daire içinde, uçan ve süzülen tüm hayvanlar vardı. Kuzgunlar, tilkiler, kelebekler ve kakadular vardı. Sanki hayali bir kuklacı onları tutuyormuş gibi yükselip alçalıyordular. Grace ve küçük kızın sırtında yolculuk yaptıkları canavar, bu dairenin içinde yerini alacaktı.

Bir başka kum çemberinden sonra sürüngenler, keseli hayvanlar ve çok sayıda başka hayvan bölümü geliyordu, böylece her tür ve tür türü kendi türünde temsil ediliyordu.

Grace'in sayamayacağı kadar çok bölüm vardı. Onlardan gelen sesler, sanki tek bir sesle konuşuyormuş gibi, yeryüzünden yükseliyordu.

Şimdi, gittikçe yaklaşırken, Grace insan çemberlerini de görebiliyordu.

Genç ve yaşlı erkekler ve kadınlar bölümlere ayrılmıştı. Dünyanın her yerinden gelmişlerdi ve tüm Aborjin ve Yerli kültürlerini temsil ediyorlardı. Bazıları geleneksel kıyafetler giymişti. Bazıları mızrak taşıyordu. Bazıları bumerang taşıyordu. Diğerleri kürk ve tüylerle süslenmişti ve birkaçı yüzlerini boyamıştı. Diğerleri ise yağmur çubukları ve davullarla müzik yapıyordu.

Yaklaştıkça, tüm daire sakinleri içgüdüsel olarak Grace'in varlığını hissettiler. Eşzamanlı olarak, her bölüm sallanmaya başladı. Kırmızı kum, çember sınırları içinde yükselip alçaldı.

Şimdi gittikçe yaklaşıyorlardı ve bir an için Vincente'yi gördüğünü sandı. Doğruydu. O, kendisiyle aynı yaştaki diğer çocuklarla birlikte bir çemberin içinde duruyordu. Her çocuk sarışındı ve bir keşişin giyebileceği gibi yere kadar uzanan uzun bir cüppe giyiyordu.

Vincente'nin gözleri Grace'in gözleriyle buluştu. Onun varlığını kabul etmek için havada Aborjin oyması adamını salladı.

Güneş ışığında, Grace onun parmağında aile yadigarı yüzüğün geri olduğunu fark etti. Çocuklar hep birlikte kollarını ona doğru kaldırdılar. Güneş ışığı hepsinin yüzüklerine aynı anda çarptığında Grace bir anlığına kör oldu. Hepsi Vincente ile aynı yüzüğü takıyorlardı.

Gözlerini kırpıp gerçeğe döndüğünde, Grace her bir çocuğun yüzüğünü çıkarıp önündeki küçük bir kumaş parçasına koyduğunu gördü.

Çocukların bulunduğu bölümün içinde bir kızlar çemberi vardı. Yine binlerce kız vardı, her çocuk için bir kız. Kızların hepsi beyaz keten gecelikler giymişti ve yakalarında kırmızı bağcıklar vardı. Her kız kollarında bir battaniye tutuyordu.

Neredeyse yere inecekleri sırada, Grace kırmızı bağların rüzgarda yukarı aşağı sallandığını, sonra durduğunu ve sonra tekrar yükselip alçaldığını izledi.

Vincente'nin gözleri Grace'in gözlerine kilitlendi. Neredeyse canavarın sırtından atlayacaktı, ama Vincente sanki onun için ölmüş gibi başka yere baktı. Ayakları kuma değdi. Küçük kız elini tutarak onu engellemeseydi, ona koşacaktı.

Grace, kızların sessizce beklediği çembere katıldı. Grace'in sormak istediği, cevaplarını öğrenmesi gereken pek çok soru vardı. Küçük kız parmağını dudaklarına koydu ve "Şşşş" dedi.

Grace'in kırmızı kravatı, sıcak esinti onları okşarken diğer kızlarla aynı ritimde inip kalkıyordu. Sıcak olmasına rağmen Grace titriyordu.

"Battaniyeyi önünüze yere serin," dedi küçük kız.

Çemberdeki diğer kızlar Grace'in örneğini takip ettiler.

Grace yine bir soru sormaya çalıştı ama küçük kız yine sadece "Şşş" dedi.

BÖLÜM 43

Şimdi dört yeni bölüm eklenmişti. Kırmızı kumdan bir daire, ardından erkeklerin önünde üzerinde bir halka bulunan kumaştan bir daire. Bunu, kızların önünde başka bir kum daire ve battaniyelerden oluşan bir daire izledi.

O anda ilahiler başladı. Dışarıdan başlayıp bölümden bölüme ilerledi. Her bölümün çıkardığı sesler bir araya gelerek bir şarkı oluşturdu. Güneş yeni doğan günün içinde gittikçe yükselirken, hep birlikte melodinin kanatlarında süzüldüler.

İlahiler başladığı kadar çabuk sona erdi.

Bir an için mutlak bir sessizlik oldu. Sonra hep birlikte tek bir sesle, tek bir şarkıyla haykırdılar.

Bu, sakinleştirici ve yatıştırıcı, hiç de hayal edilebileceği gibi olmayan güzel bir sesdi, ama o kadar yüksekti ki Grace kulaklarını kapattı.

Küçük kız Grace'in korkusunu gördü ve kulağına fısıldadı: "Acı, çok uzun zamandır Dünya tarafından taşınıyordu. Dünya şimdi bu acıyı serbest bırakıyor. Hayatta kalması buna bağlı. Korkma. Sen şifaya tanık oluyorsun."

Grace ellerini indirdi ve gözlerini kapattı. Artık korkmadığı zaman, her şeyi hissedebiliyor ve takdir edebiliyordu.

Güneş Ana, orada bulunan herkesin kalbine ışınlarını döküyordu. Kalp atışlarını çekiyor, onları senkronize ediyor gibiydi. Onları evrenin tek bir kalp atışında yankılanıyor hale getiriyordu.

"Şimdi söyle," dedi küçük kız. "Grace, sözleri söyle."

Grace kafası karışmış bir şekilde omuzlarını silkti. Küçük kızın ondan ne istediğini hiç bilmiyordu.

"Şimdi söyle. Sözleri söyle, sözleri. Sana öğretilen sözleri. Sen sonuncusun. Şimdi söylemelisin. Hepimiz bekliyoruz."

Grace'in zihni, küçük kızın bir süre önce ona söylediği şarkıya geri döndü. Sözleri hatırlayabileceğinden emin değildi. Yine de, içgüdüsel olarak hatırladığını biliyordu.

Herkes sessizdi. Herkes bekliyordu.

Grace derin bir nefes aldı, ama tek bir ses bile çıkaramadı.

"Kalbinden konuş," dedi küçük kız. "O zaman sözler akacaktır."

Grace nefesini sakinleştirdi ve gözlerini kapattı. Sözler, bir armağan gibi ağzından açık havaya döküldü:

"Ben kadın çizenim,
Ben ağlamayım;
Ben gizli sesim,
Ben iç çekişim;
Ben duyulanım
Alacakaranlıkta;
Kuşlar bir notayla cevap verir,
Çiçekler misk kokusuyla;
Ben o acılı bitkiyim,

Çağrıldığında sesini duyuran
Yalnız bir kuş, dolaşan
Loş şelalelerde;
Ben kadın çiziciyim,
Beni geçip gitme;
Ben gizli sesim,
Ağlamamı duy;
Ben gecenin
Yurtdışında kaybettiği güçüm;
Ben yaşamın kökü;
Ben akor." *

Bölümdeki kızlar şarkı söylemeye başladı. Biri için bir şarkı, herkes için bir şarkı. Sonra el ele tutuşup Güneş Ana'nın sıcaklığında sallandılar.

Küçük kız Grace'e gülümsedi ve sonra tekrar kuzgun haline dönüştü. Kanat çırpma sesleriyle karşılandığı bölüme doğru uçtu.

Onlar şarkı söylerken, erkekler ve kadınlar dairenin dışında toplanmaya başladı. Geleneksel kıyafetler giymişlerdi ve çok uzak diyarlardan kırmızı kayaya gelmişlerdi. Çiftler halinde durdular ve el ele tutuştular. Kısa süre sonra eller ayrıldı ve erkekler erkeklerin dairesine giden sırada, kızlar ise kızların dairesine giden sırada durdular.

Aborjin bir çocuk, ilk sarışın çocuğun önüne dikildi ve birbirlerine sarıldılar. Sonra sarışın çocuk yüzüğünü ve kare şeklindeki kumaşı aldı ve Aborjin çocuğun açık avucuna koydu. Aborjin çocuk yüzüğü parmağına taktı. Tekrar sarıldılar ve Aborjin çocuk bekledi.

Çocuğun partneri, beyaz keten bir elbise giyen ilk kızın önüne dikildi. İki kız, erkeklerin yaptığı gibi kucaklaştılar. Kız, Aborjin kıza elbisesinden kırmızı kurdeleyi verdi. Tekrar kucaklaştılar ve sonra kız eğildi, battaniyeyi aldı ve partneriyle birlikte güneşin yönüne doğru yürüdü. Çift ışığa doğru yürüdükçe, ortadan kayboldular.

Aynı olay saatlerce tekrar tekrar yaşandı. Erkekler ve kadınlar birlikte zamanın boşluğunu doldurdular. Çok ağlama ve kucaklaşma oldu. Kısa süre sonra, geriye sadece Vincente ve Grace ile çemberin dışındaki bir çift kaldı.

Son Aborjin erkek bölüme girdi ve o ve Vincente değiş tokuş yaptı.

Ve sonra Grace'in ayaklarının dibindeki bohça ağlamaya başladı.

O sadece bir battaniye değildi. Boş bir bohça değildi. O bir çocuktu. Grace ve Vincente'nin çocuğu.

Grace battaniyeyi okşamak için öne eğildi, ama Aborjin kadın çoktan oradaydı ve tören başlamıştı bile.

Bebek Grace'in ayaklarının dibinde ağlamaya devam etti.

Kadının eline baktı ve elinin titrediğini gördü.

Kadın Grace'i kucakladı.

Grace, kadının partnerinin artık Vincente'nin yüzüğünü taktığını doğrulamak için omzunun üzerinden baktı. Takıyordu, bu da Vincente'nin izin verdiğini anlamına geliyordu.

Grace'in yanağından bir gözyaşı süzüldü.

Törenin bir sonraki aşaması kırmızı bağın hediye edilmesiydi. Grace bunu vermeyi reddederse, anlaşma yapılmayacaktı. Bebeğini görmek, onu rahatlatmak istiyordu.

Kadın Grace'i bir kez daha kucakladı.

Ve sonra olan oldu.

BÖLÜM 44

Kırmızı monolitin etrafındaki dalgalar yükseldi, daha da yükseldi, daha da yükseldi, ta ki kırmızı kayanın etrafını sararak devasa bir sinema ekranı oluşturana kadar.

Yeni ekran çemberi tamamlandığında, Grace'in ayaklarının altındaki zemin titremeye ve sarsılmaya başladı, sonra da parçalandı. Platform, Grace ve çocuğunu daha da yükseğe, daha da yükseğe kaldırdı.

Önünde, dünyanın Aborjin ve Yerli halklarının tarihi ekranlarda yanıp sönmeye başladı. Bebeklerin alınıp çalındığını, yabancılara teslim edildiğini ve ebeveynlerin günler, yıllar ve yüzyıllar boyunca tekrar tekrar ağladığını gördü.

Ve her kaçırılan çocukla birlikte, zeytin ağacı bükülerek Grace'in vücuduna bir yara açtı. İlk başta acıdan çığlık attı, ama ailelerinden koparılan o bebeklerin yaralı gözlerine bakarken kollarını açtı, acıyı kabul etti ve onu varlığının bir parçası olarak kucakladı. Artık zeytin ağacının sabit olduğunu anladı. Burayla orası arasındaki, onlar ile biz arasındaki, dünyalar arasındaki bağlantı.

Acıyı bedenine kabul ettiğinde, Vincente'ye doğru baktı. O, ona koşmaya çalışmıştı, ama ayakları buna izin vermiyordu. Sanki ayakları yere betonla yapıştırılmış gibiydi.

Grace, kanayan yaralarından kan damlarken, ekranları indiren ve onu Aborjin kızın beklediği düz zemine geri getiren Toprak Ana'ya seslendi.

Sert zemine geri döner dönmez, Grace hiç tereddüt etmeden Aborjin kadını kucakladı, kulağına bir özür fısıldadı ve ona kırmızı bağlama kurdelesini uzattı.

Aborjin kadın, artık kendi bebeği olan bebeği kucağına aldı. El salladı ve arkasını dönmeden çocuğunu teselli etti, sonra sıcak güneş ışınlarının olduğu yöne doğru ilerlediler.

İlk başta bebek tekrar ağlamaya başladı, ama kısa sürede sakinleşti ve hava sakin, çok durgun ve belirgin bir şekilde sessizdi.

Sonra tüm ağaçlar ve hayvanlar aynı anda bağırmaya başlayınca ortalık gürültüye boğuldu.

Bir kuzgun, Grace ve Vincente'nin durduğu yere uçtu. Küçük kıza dönüştü ve Vincente'nin elini, ardından Grace'in elini tuttu.

Artık Toprak Ana'nın dengesi yeniden sağlanmıştı; üçlü güneş ışığına doğru yürüdü.

"Bir şey daha var," diye fısıldadı küçük kız ve ellerini bıraktı.

BÖLÜM 45

Yer ayaklarının altında titremeye ve sarsılmaya başladı.

Grace ve Vincente, güçler onları birbirine yaklaştırıp uzaklaştırırken birbirlerine sarıldılar.

El ele tutuşarak yerden havalandılar.

Siyah bir tünelde dönüp durdular, sanki dönen siyah bir şemsiyenin içindeymiş gibi.

Birbirlerine sarıldılar. Öpüştüler.

Birleşik bir çağrı yankılandı.

Göz açıp kapayıncaya kadar, Toprak Ana her şeyi ve herkesi olması gereken yere geri döndürdü.

Ve bir kez daha kırmızı monolit tek başına kaldı.

SONSÖZ

G enç bir adam Manly Quay'de sörf tahtasına bindi.
Büyük dalgayı bekliyordu.
Uzakta, parıldayan ve sallanan bir şey gördü.
Ona doğru kürek çekti. Bir kameraydı.
Kayışı boynuna geçirdi ve büyük dalga nihayet geldiğinde, sörf tahtasıyla kıyıya doğru sörf yaptı.
Daha sonra, bir süre sahilde dolaşarak kimse kamerasını kaybetmiş mi diye sordu. Kimse kamera için talepte bulunmadı.
Meraklanan genç adam, kamerayı yerel bir fotoğrafçıya götürdü. İçindeki film zarar görmemiş ve ıslanmamıştı. Filmi banyo ettirmesini istedi.
Birkaç saat sonra, film hazır olduğunda, sörfçü genç adam fotoğrafçıya geri döndü. Tezgahın arkasındaki genç kadın, filmde sadece bir fotoğraf olduğu için özür diledi.
Genç adam zarfı açtı.
Sarı saçlı, siyah smokin ceket giyen, gömleksiz ve siyah kot pantolonlu genç bir adam, kızıl saçlı, taç ve dantelli gelinlik giyen bir kadınla kol kola duruyordu. Çok mutlu görünüyorlardı. Arkalarında peri ışıkları,

ay ve okyanus, düğünleri için mükemmel bir fon oluşturuyordu.

İkisini de tanımayan sörfçü, fotoğrafı ve kamerayı çöp kutusuna attı.

Uzakta üç kuzgun çığlık attı.

SON DÜŞÜNCE

Olduğu gibi
Ve her zaman olacağı gibi...
Çocuklar bedelini öderler,
Tarih için.

TEŞEKKÜRLER

*DAME MARY GILMORE (1865-1962)

Dame Mary Gilmore'un "The Song of The Woman-Drawer" adlı şiiri
bu kitapta, Avustralya, Sidney'deki ETT Imprint yayınevinin izniyle yer almaktadır.

Umarım Mary Gilmore'un diğer eserlerini de okumak istersiniz!
Bir arama yapın ve onun başardığı her şeyden hayran kalacak ve İLHAM alacaksınız!

OKUMA ÖNERİLERİ

Umarım şu konular hakkında daha fazla bilgi edinmek istersiniz:
EORA ULUSUNUN GADIGAL HALKı VE AVUSTRALYA'NIN YERLİ HALKı
KADIN BİLİM ADAMLARI
KADIN MATEMATİKÇİLER
LEONARDO FIBONACCI
ALBERT EINSTEIN
Arama yapın ve İLHAM ALIN!

YAZARIN NOTU:

Sevgili okuyucular,

Grace ve Vincente'nin hikayesini okumayı tercih ettiğiniz için teşekkür ederim. Umarım yazarken benim kadar keyif almışsınızdır!

Kanada'nın Ontario eyaletinde doğdum, ancak ailemle birlikte on beş yıldan fazla bir süre Avustralya'nın Sidney kentinde yaşadım.

O dönemde Mary Gilmore'un eserlerini keşfettim. Bu romanda yer alan şiir bana büyük ilham verdi ve başkalarının da bu şiiri keşfetmesini istedim.

Grace ve Vincente karakterleri ilk kez aklıma geldiğinde, önümdeki göreve hazır olduğumdan emin değildim. O matematik dehasıydı, o ise kriket oyuncusuydu - ikisi hakkında da pek bilgim yoktu. İlk taslağı yazmaya başlamadan önce çok düşünmek, araştırmak ve kurgulamak gerekti.

Sonunda ilk taslağı yazmakla meşgulken, NSW Kadın Yazarlar Derneği'nin düzenlediği Yazarlar Retreat'ine katıldım ve seminer egzersizlerinden birinde kendimi açtım ve yazmaya izin verdim. O andan sonra hikaye doğal bir şekilde akmaya başladı. Umarım siz de yazarken benim kadar keyif alırsınız.

Şu anda Kanada'nın Ontario eyaletindeki evimde, eşim, oğlum, kedim ve köpeğimle birlikteyim.

Teşekkürler! Her zamanki gibi, KEYİFLİ OKUMALAR!

Cathy

AYRICA:

YA FICTION 13+
E-Z DICKENS SÜPER KAHRAMAN BIRINCI 1 IKINCI 2 TATTOO MELEĞI; ÜÇ
E-Z DICKENS SÜPER KAHRAMAN KITAP 3 KIRMIZI ODA
E-Z DICKENS SÜPER KAHRAMAN KITAP 4 BUZUN ÜZERİNDE

NON-FICTION
103 Fundraising Ideas For Parent Volunteers With Schools and Teams (3RD PLACE BEST REFERENCE 2016 METAMORPH PUBLISHING
+ Children's Books

www.ingramcontent.com/pod-product-compliance
Lightning Source LLC
LaVergne TN
LVHW091612070526
838199LV00044B/771